ଲୁନ୍ଧକର ତିନିପ୍ରହର

କାୟିକ, ମାନସିକ ଓ ଆତ୍ମିକ ମୁକ୍ତିର ତ୍ରିୟାମା

Those were heady days of romance, rebellion and freedom. A decolonised world woke up to its potential as the avalanche of change shook the vestiges of multiple hegemonies of texts, styles and authorial beliefs. A young boy with a brilliant school-leaving record stepped into the portals of the Ravenshaw College to pursue a graduate course in humanities shunning the conventional slot in the Sciences reserved for the brightest. He studied hard in a restless frenzy and lined up a whole army of contemporary intellectual styles and beliefs to interrogate and subdue. He knew he was too small in a global scheme of challenges but who could put out the fire in his soul smouldering ceaselessly? He took in the Beatles, the Beatniks, the symbolists, the imagists, the automatic writers, the novou roman, the soul-singers and the existentialists all in one greedy sweep and fashioned a creative world for himself. The three novellas put together now under the title 'ଲୁବ୍ଧକର ତିନିପ୍ରହର' (Three hours of the Orion), were published in 1977 and soon acquired an iconic status. The young lad never wrote much fiction thereafter and has since remained a celebrity Poet at his best. In a professional career of civil service he has seen the crumbling edifice of the hegemonic World and the underprivileged sneaking into their haloed sanctum and tearing apart the tapestries of lies and deceptions. When he wrote his fiction of melancholic exuberance taking on crime, sex, ambition and fantasy little did he know that he was constructing an enduring edifice for postcolonial and postmodern new writing in Odia challenging and reinventing the art of fiction itself | ©BEB

ଲୁଚକର ତିନିପ୍ରହର

କାୟିକ, ମାନସିକ ଓ ଆଧ୍ମିକ ମୁକ୍ତିର ତ୍ରିଯାମା

ହରପ୍ରସାଦ ଦାସ

ବ୍ଲାକ୍ ଇଗଲ୍ ବୁକ୍ସ

ଭୁବନେଶ୍ୱର, ଓଡ଼ିଶା

BLACK EAGLE BOOKS
Dublin, USA

ଲୁଚକର ତିନିପ୍ରହର / ହରପ୍ରସାଦ ଦାସ
(ହରପ୍ରସାଦ ଦାସଙ୍କର ତିନୋଟି ଉପନ୍ୟାସିକା)

ବ୍ଲାକ୍ ଇଗଲ୍ ବୁକ୍ସ : ଭୁବନେଶ୍ୱର, ଓଡ଼ିଶା ● ଡବ୍ଲିନ୍, ଯୁକ୍ତରାଷ୍ଟ୍ର ଆମେରିକା

 BLACK EAGLE BOOKS

USA address:
7464 Wisdom Lane
Dublin, OH 43016

India address:
E/312, Trident Galaxy, Kalinga Nagar,
Bhubaneswar-751003, Odisha, India

E-mail: info@blackeaglebooks.org
Website: www.blackeaglebooks.org

First published by Jagannath Rath, Cuttack 1977
Second Edition by Chaturanga Prakashani, Bhubaneswar 1997

First International Edition Published by
BLACK EAGLE BOOKS, 2024

THREE HOURS OF THE ORION
Short fictions by **Haraprasad Das**

Cover art : Paying homage to V. S. Gaitonde, the Master of Abstracts

Interior Design: Ezy's Publication

ISBN- 978-1-64560-624-6 (Paperback)

Printed in the United States of America

ସଂଧ୍ୟାକୁ ପ୍ରଥମେ
ସଂଧ୍ୟାକୁ ପୁଣିଥରେ

a careless trust in
the divine occasion of our dust
                    - Gerald Gould

ପ୍ରକାଶକଙ୍କ ଘୋଷଣା

ଗଭୀର ବିଶ୍ୱାସ ଓ ହାର୍ଦ୍ଦିକତା ସହିତ ଆମେ ଏକତ୍ର ଗ୍ରନ୍ଥିତ ହରପ୍ରସାଦ ଦାସଙ୍କର ତିନୋଟି ଉପନ୍ୟାସ, ଓଡ଼ିଆ ସାହିତ୍ୟର ପାଠକକୁ ଅର୍ପଣ କରୁଛୁ। ଏହି ତିନୋଟି ଉପନ୍ୟାସ ଗତ ପାଞ୍ଚବର୍ଷ ମଧ୍ୟରେ ତୁମୁଲ ବିତର୍କର କାରଣ ହୋଇଛନ୍ତି ଓ ଏହି ବିତର୍କର ଅନ୍ତରାଳରେ ଓଡ଼ିଆ ଉପନ୍ୟାସର ଏକ ନୂତନ ଅଧ୍ୟାୟ ଉଦ୍‌ଘାଟିତ ହୋଇଯାଇଛି। ଆମର ହୃଦ୍‌ବୋଧ ହୋଇଛି ଓ ଆମର ବହୁ ପାଠକ, ଲେଖକ ଆମ ସହିତ ଏକମତ ଯେ ଏହି ତିନୋଟି ପ୍ରଭାବଶାଳୀ ଉପନ୍ୟାସ ଭିତରେ ଉତ୍କୀର୍ଣ୍ଣ ହୋଇରହିଛି ଆମର ଭବିଷ୍ୟତରେ ଉପନ୍ୟାସର ସାର୍ଥକତା ଓ ସମ୍ଭାବନା। ଆମେ ଜାଣୁ ହରପ୍ରସାଦ ଦାସ ଯଶସ୍ୱୀ କବି, କିନ୍ତୁ ଉପନ୍ୟାସ ରାଜ୍ୟରେ ତାଙ୍କର ପ୍ରବେଶ ଆକସ୍ମିକ ନୁହେଁ। କବିତାର ଘନ, ତୀକ୍ଷ୍ଣ ଓ ମିତବାକ୍ ଏହି କବି ଦିନେ ବିସ୍ଫୋରିତ ହେବେ ବୋଲି ଆଶା କରାଯାଉଥିଲା। ନିଜର ସାହିତ୍ୟିକ ଯଶ ପ୍ରତି ଭୟଙ୍କର ଭାବେ ଉଦାସୀନ ଏହି ଲେଖକ ଆଉ ଉପନ୍ୟାସ ଲେଖିବେ କି ନାହିଁ ଜଣାନାହିଁ, ଏହି ଗ୍ରନ୍ଥଟି ମଧ୍ୟ ଯଥେଷ୍ଟ ଲୋକପ୍ରିୟତା ଅର୍ଜନ ନ କରି ପାରେ। କିନ୍ତୁ ଆଜିଠାରୁ ବହୁଦିନ ପରେ ଯେତେବେଳେ ନୂତନ ଉପନ୍ୟାସର ଉସ୍ର ସନ୍ଧାନ ହେବ ସେତେବେଳେ ପ୍ରଜ୍ଞା ଓ ଜ୍ୱାଳାର ଆଲେଖ୍ୟ ଏହି କ୍ଷୁଦ୍ରକାୟ ଗ୍ରନ୍ଥଟିର ଖୋଜାପଡ଼ିବ।

ଏହି ଗ୍ରନ୍ଥ ସହିତ ପୃଷ୍ଠବନ୍ଧ ରୂପେ ସଂଯୋଜିତ ହୋଇଛି ହରପ୍ରସାଦ ଦାସଙ୍କର ନୂତନ ଗଳ୍ପର ଇସ୍ତାହାର— ବହୁ ଅପଯଶ ଅର୍ଜନ କରିଥିବା ଗଳ୍ପକଳା ସଂପର୍କୀୟ ଏହି ନିର୍ମମ ସତ୍ୟଭାଷୀ ଗଦ୍ୟରଚନା, ପ୍ରତିଷ୍ଠିତ ରୁଚି ବିରୁଦ୍ଧରେ ପ୍ରଥମ ଘୋଷଣା।

ବିଜୟା ଦଶମୀ   ଜଗନ୍ନାଥ ରଥ
୧ ୯ ୭ ୭

୧୯୯୭

ପ୍ରକାଶକଙ୍କ ଘୋଷଣା

ହରପ୍ରସାଦ ଦାସଙ୍କର ତିନୋଟି ତୀକ୍ଷ୍ଣ ଉପନ୍ୟାସିକାକୁ ନେଇ 'ଲୁବ୍ଧକର ତିନିପ୍ରହର' ଶିରୋନାମାରେ ସଂକଳିତ ଏହି ଗ୍ରନ୍ଥଟିର ଦ୍ୱିତୀୟ ସଂସ୍କରଣ ପ୍ରକାଶିତ ହେବା ଅବସରରେ ଆମେ ଶ୍ରଦ୍ଧାର ସହିତ ସ୍ମରଣ କରୁଛୁ ଏହାର ପ୍ରଥମ ପ୍ରକାଶକ ସ୍ୱର୍ଗତ ଜଗନ୍ନାଥ ରଥଙ୍କୁ। ଲୋକପ୍ରିୟ କଥାଶିଳ୍ପୀ କିମ୍ୱଦନ୍ତୀ ପୁରୁଷ ବିଭୂତି ପଟ୍ଟନାୟକଙ୍କ ଦ୍ୱାରା ସଂପାଦିତ 'ଗଣ୍ଡ' ପତ୍ରିକାରେ ଏହି ତିନୋଟି ଉପନ୍ୟାସିକା ସପ୍ତମ ଦଶକରେ ପ୍ରକାଶିତ ହେଲାବେଳେ ନୂତନ ଉପନ୍ୟାସର ଶିଳ୍ପବୋଧକୁ ନେଇ ଯେଉଁ ବିତର୍କର ଭୂମିକା ପ୍ରସ୍ତୁତ ହୋଇଥିଲା, ସେ ପରିପ୍ରେକ୍ଷୀରେ ଜଗନ୍ନାଥ ରଥଙ୍କ ପ୍ରକାଶନୀୟ ଘୋଷଣା ଥିଲା ଅଭୂତପୂର୍ବ। କଥା ସାହିତ୍ୟର ମୋଡ଼ ବଦଳାଇବା ପାଇଁ ହରପ୍ରସାଦଙ୍କ ଏହି ତିନୋଟି ସାହସିକ ସ୍ୱାକ୍ଷରକୁ 'ଗଣ୍ଡ' ପତ୍ରିକା ସହିତ ସ୍ଥାନିତ କରି ବିଭୂତି ପଟ୍ଟନାୟକ ଏଭଳି ଗୋଟିଏ ସୁଯୋଗ ଦେଇଥିଲେ ଜଗନ୍ନାଥ ରଥଙ୍କୁ। ବହୁଦିନରୁ ଏ ଗ୍ରନ୍ଥର ପ୍ରଥମ ସଂସ୍କରଣ ଶେଷ ହୋଇଯାଇଛି, ବହୁଦିନ ଧରି ହରପ୍ରସାଦ ଦାସ ଆଉ କଥା ସାହିତ୍ୟରେ ମନୋନିବେଶ କରିନାହାନ୍ତି। ଆମର କହିବାରେ ଦ୍ୱିଧାନାହିଁ ଯେ ଓଡ଼ିଆ ନୂତନ ଉପନ୍ୟାସର ଉତ୍ସ ସନ୍ଧାନ କଲାବେଳେ ପ୍ରାୟ କୋଡ଼ିଏ ବର୍ଷ ପରେ ପ୍ରଜ୍ଞା ଓ ଜ୍ୱାଳାର ଆଲେଖ୍ୟ ଏହି କ୍ଷୁଦ୍ରକାୟ ଗ୍ରନ୍ଥଟିର ଖୋଜା ପଡୁଛି। ଯେ କୌଣସି ପ୍ରକାଶକ ପାଇଁ ଏହାଠାରୁ ଅଧିକ ସୁସମ୍ବାଦ ଆଉ କ'ଣ ଥାଇପାରେ ? ଜଣେ ଲେଖକ ପାଇଁ ମଧ୍ୟ ଏହାଠାରୁ ବଡ଼ ସାର୍ଥକତା କ'ଣ ହୋଇପାରେ ?

ବିଜୟା ଦଶମୀ   ଚତୁରଙ୍ଗ

୧୯୯୬

ପ୍ରକାଶକଙ୍କ ନିବେଦନ

ହରପ୍ରସାଦଙ୍କର '**ଲୁହର ତିନିପ୍ରହର**' ଅବିସମ୍ୱାଦିତ ଭାବରେ ଏକ ବିସ୍ମୟକର ରଚନା। ତିନୋଟି ଉପନ୍ୟାସିକାର ସମାହାର ଏ ରଚନା ଜଣେ ବିଚକ୍ଷଣ ତରୁଣର ଅଦମ୍ୟ ସୃଜନ ଶକ୍ତିର ପରିଚୟ ଦେଇଥିଲା ଓ ଘୋର ବିତର୍କ ସତ୍ତ୍ୱେ ଏହା ସ୍ୱୀକୃତ ହୋଇଥିଲା ଯେ ଏହା ଏକ ପଥକୃତ ରଚନା। ନୂଆ କଥା ସାହିତ୍ୟର ପ୍ରବେଶ ଦ୍ୱାର ଭାବରେ ଚର୍ଚ୍ଚିତ ଏ ରଚନା ପ୍ରଥମେ ୧୯୭୦ ରେ ବିଭୂତି ପଟ୍ଟନାୟକଙ୍କ ଦ୍ୱାରା ସମ୍ପାଦିତ 'ଗଳ୍ପ' ପତ୍ରିକାରେ ଧାରାବାହିକ ପ୍ରକାଶିତ ହୋଇଥିଲା।

ହରପ୍ରସାଦ ମାତ୍ର ଷୋଳବର୍ଷ ବୟସରେ ସେତେବେଳର ସର୍ବୋଚ୍ଚ ସାହିତ୍ୟ ପତ୍ରିକା 'ଝଙ୍କାର'ରେ ଗଳ୍ପ ଲେଖି ତାଙ୍କର ଚମକପ୍ରଦ ଉପସ୍ଥିତି ଜାହିର କରିଥିଲେ ଓ ପରେ ପରେ 'ଜୀବନ ମିଶ୍ର ଓ ଜନ୍ମ', 'ପଶୁ ଓ ପ୍ରଜାପତି' ଓ 'ଅସମୟର ପରୀ' ଭଳି କେତୋଟି ବିସ୍ମୟକର ଗଳ୍ପ ଲେଖି, ବହୁ ମୂଲ୍ୟବାନ ଗଳ୍ପ ପାଣ୍ଡୁଲିପି ହଜାଇ, ଗଳ୍ପ କ୍ଷେତ୍ରରୁ ଅନ୍ତର୍ହିତ ହୋଇ ଯାଇଥିଲେ। ଏ ଭିତରେ ସେ ଓଡ଼ିଆ ନୂଆ କବିତାର ଜଣେ ଅନନ୍ୟ ରୂପକାର ଭାବରେ ନିଜକୁ ପ୍ରତିଷ୍ଠିତ କରିସାରିଥିଲେ ଓ ଏବେ ସେ ଭାରତୀୟ କବିତାର ଜଣେ ମୁର୍ଦ୍ଧନ୍ୟ ଉଦ୍‌ଗାତା। କବିତା ପାଇଁ ସେ ବହୁବନ୍ଦିତ। କିନ୍ତୁ ନୂଆକଥା ଓ ନୂଆ କଥକତାର ଭଗୀରଥ ଭାବରେ ସେ ଦୀର୍ଘ ଅର୍ଦ୍ଧଶତାବ୍ଦୀ ପରେ ଏବେ ମଧ୍ୟ ସ୍ମରଣୀୟ ହୋଇ ରହିଚନ୍ତି।

ଏବେ ମଧ୍ୟ କାଳଜୟୀ ହୋଇ ରହିଛି ସେଇ ଶୀର୍ଷକାୟ ବହି ଖଣ୍ଡକ! ତା'ର ପ୍ରଥମ ପ୍ରକାଶକ ଜଗନ୍ନାଥ ରଥ କେବଳ ବହିଟିକୁ ବିସ୍ମୃତି ଗର୍ଭରୁ ଉଦ୍ଧାର କରିନଥିଲେ, କୌଣସି ଭୂମିକା ବା ମୁଖବନ୍ଧର ଅପେକ୍ଷା ନକରି ନିଜେ ଲେଖିଥିଲେ ଏକ ଘୋଷଣାପତ୍ର। ସେ ସଗର୍ବେ ଘୋଷଣା କରିଥିଲେ ଯେ ବହୁବର୍ଷ ପରେ ନୂତନ ଗଳ୍ପର ଉସ୍ଥ ସନ୍ଧାନ ବେଳେ ପ୍ରଜ୍ଞା ଓ ଜ୍ୱାଲାର ଆଲେଖ୍ୟ ଏହି ବହିଟି

ମନେପଡ଼ିବ । ସତକୁ ସତ କୋଡ଼ିଏ ବର୍ଷ ପରେ ଚତୁରଙ୍ଗ ପ୍ରକାଶନୀ ଏ ବହିଟିକୁ ଲୋଡ଼ିଆଣି ଯାର ଦ୍ବିତୀୟ ସଂସ୍କରଣ କଲେ ୧୯୯୭ରେ । ଏବେ ୨୦୨୪ରେ, ବହୁ ପାଠକ ଓ ଲେଖକଙ୍କ ସ୍ମୃତିକୁ ସମ୍ମାନ ଦେଇ ଆମେ ପ୍ରକାଶିତ କରୁଛୁ ଏ ଅବିସ୍ମରଣୀୟ କୃତିକୁ ଗଭୀର ଶ୍ରଦ୍ଧାରେ । ମାତ୍ର କୋଡ଼ିଏରୁ ପଚିଶ ବର୍ଷ ବୟସରେ ଆଦ୍ୟ ତରୁଣ୍ୟରେ ହିଁ ଅସାଧାରଣ ପରିପକ୍ବତା ପ୍ରଦର୍ଶନ ଓ ପରବର୍ତ୍ତୀ କାଳରେ ଏହିଧାରାର ବା ଯାର ସମକକ୍ଷ କୌଣସି ଗଳ୍ପ ରଚନା ସମ୍ଭବ ନହେବା ବହୁଦିଗରୁ ଗୁରୁତ୍ୱପୂର୍ଣ୍ଣ । ହେଇପାରେ ଯେ ଓଡ଼ିଆ କଥା ସାହିତ୍ୟ ବହୁଦିଗରୁ ସମୃଦ୍ଧ ହେଇଛି ଓ କଥାକାରମାନେ ଏ ରଚନାର ବୈଚିତ୍ର୍ୟ ଓ ବର୍ଣ୍ଣାଢ୍ୟ ବସ୍ତୁବୋଧକୁ ଶ୍ରେୟ ବା ଅନୁକରଣୀୟ ମଣି ନାହାଁନ୍ତି । କିନ୍ତୁ ଏ ବହିଖଣ୍ଡକ ବାରମ୍ବାର ସ୍ମୃତିପଥାରୂଢ଼ ହୁଏ କାହିଁକି ? ଯାଦୁକରୀ ବାସ୍ତବତା ପ୍ରସିଦ୍ଧ ହେବା ପୂର୍ବର ଏ ରଚନା କଥକତା ଭିତରେ କୁହୁକ କିପରି ସମ୍ଭବ କରାଇଥିଲା ? ହୁଏତ ଯାର ଉତ୍ତର ଏ ବହିରେ ସଂଯୋଜିତ ନୂତନ ଗଳ୍ପର ଇସ୍ତାହାରରେ ଥାଇପାରେ ! ହୁଏତ ଇଏ novou roman ର ଏକ ବସ୍ତୁନିଷ୍ଠ ଅଣୈନ୍ଦ୍ରଜାଲିକ ସମ୍ଭାବନା । ଏ ରଚନାର ଇଂରାଜୀ ଅନୁବାଦ ଥିଲେ ଆମେ ଯାକୁ ଏକ ବିଶ୍ବସ୍ତରୀୟ ରଚନା ଭାବରେ ସିଦ୍ଧ କରିପାରିଥାନ୍ତେ ।

ଏ ଲୋମହର୍ଷକ ତ୍ରିଯାମା ଏବେ ଆପଣଙ୍କ ହାତରେ ! ତ୍ରିଯାମାର ଅର୍ଥ ଟ୍ରିଲୋଜି ନୁହେଁ, ତ୍ରିଯାମା ରାତିର ସେହି ନିଷିଦ୍ଧ କାଳ (ରାତି ବାରଟାରୁ ତିନିଟା) ଯେତେବେଳେ ସମସ୍ତ କର୍ମ ନିଷିଦ୍ଧ, ଶରୀରର ନିର୍ବେଦତାର ସମୟ ଏ ! ଏହି ସମୟରେ ଆକାଶରେ ବ୍ୟାଧ ବା ଶିକାରୀ ବା ଲୁବ୍ଧକ ତାରା ଆକାଶରେ । ଏ ତାରା ଇଂରାଜୀରେ Orion ! ହରପ୍ରସାଦ ଦାସ ଥରେ କେବେ ସ୍ବଷ୍ଟ କରିଥିଲେ ଯେ ସାରା ରାତି ଆକାଶକୁ ଚାହିଁ ଚାହିଁ ଶିହରି ଉଠୁଥିବା ନିଷିଦ୍ଧ କାଳର ଅସ୍ତିତ୍ୱ ସନ୍ଧାନ ଏ ରଚନା । ବିସ୍ମୟ, ବ୍ୟଥା, ଯୌନତା, ଅପରାଧ ମହତ୍ଵାକାଂକ୍ଷା ଓ ଏସବୁକୁ ଘେରି ରହିଥିବା ତାରୁଣ୍ୟର ଉନ୍ମାଦ !

ଧନ୍ୟବାଦ ଆପଣଙ୍କୁ, ଯିଏ ଏ ରଚନାଟିକୁ ସ୍ମୃତିରେ ଓ ଅବବୋଧରେ ବଞ୍ଚେଇ ରଖିଚନ୍ତି ଏଯାଏଁ...

ସତ୍ୟ ପଟ୍ଟନାୟକ

ବ୍ଲାକ୍ ଇଗଲ୍ ବୁକ୍

କ୍ରମ ବିନ୍ୟାସ

ବର୍ଗାକାର ବୃତ୍ତାକାର

ଜନ୍ମ ଦିନ

ପରୀକ୍ଷିତର ଜନ୍ମଦିନ । ତା'ର ମା'ଙ୍କର ଚାରି ଜଣ ପୁରୁଷବନ୍ଧୁ ଦାଣ୍ଡଘରେ ଅପେକ୍ଷା କରି ବସିଥିଲେ ।

ମା' ଶୋଇବାଘରେ କଷ୍ଟ ଭୋଗୁଥିଲେ ଓ ମା'ଙ୍କର ବିବାହିତ ସ୍ୱାମୀ (ପରୀକ୍ଷିତର ସାମାଜିକ ପିତା) ଅତ୍ୟଧିକ ମଦ୍ୟପାନ ପରେ ଶୋଇଯାଇଥିଲେ ।

କିଛି ସମୟ ପରେ ମା' ଇଙ୍ଗିତରେ କ'ଣ କହିଲେ ଓ ବୃଦ୍ଧା ପରିଚାରିକା ଦାଣ୍ଡଘରେ ଖବର ଦେଲା ।

ତା'ପରେ ସେମାନେ ଜଣ ଜଣ କରି ଶୋଇବାଘରକୁ ଗଲେ । ମା' ତାଙ୍କୁ ଯେମିତି କ'ଣ ମନେପକାଇ ଦେଲେ ଓ ସେମାନେ ସମସ୍ତେ ଅପରାଧୀ ପରି ତଳକୁ ମୁଣ୍ଡପୋତି ଫେରିଲେ ।

କିଛି ସମୟ ପାଇଁ ଦାଣ୍ଡଘର ଅନ୍ଧାର କରି ସେମାନେ ନିଜ ନିଜର କୋଣ ବାଛିନେଲେ ।

ପୁଣି ଆଲୋକ ଜ୍ୱଳିଲା ଓ ସେମାନେ ଅଭୁତ ପୋଷାକ ପିନ୍ଧି ପରସ୍ପରକୁ ନୀରବରେ ଭର୍ସନା କଲେ ବା ସମ୍ମାନ ଜଣାଇଲେ ।

ଅପେରାର ଚାରୋଟି ଚରିତ୍ର ସେମାନେ :

ଜଣେ ରାଜପୁତ୍ର : ତା'ର ମୁକୁଟ

ଜଣେ କାପାଳିକ : ତା'ର ଅସ୍ଥିମାଳ

ଜଣେ ସୌଦାଗର : ତା'ର ମୋତିହାର

ଜଣେ ବିଦୂଷକ : ତା'ର ସୁନାଦାନ୍ତ

ମା' ଅପେରା ପ୍ରତାରିତା ନାୟିକା । ରାଜପୁତ୍ର, କାପାଳିକ, ସୌଦାଗର ଓ ବିଦୂଷକ ତାଙ୍କର ଚାରିଜଣ ପ୍ରେମିକ । ସେମାନେ ପରସ୍ପର ଦ୍ୱାରା ପ୍ରତାରିତ ।

ମା' କଷ୍ଟ ଭୋଗୁଛନ୍ତି ।

ଏବେ ସେମାନେ ଉପସ୍ଥିତ, ନିର୍ଦ୍ଦିଷ୍ଟ ମୁହୂର୍ତ୍ତରେ । ନିୟତି ଜନ୍ମନେବ । ନିୟତି, ପରୀକ୍ଷିତ ।

ସେମାନେ ନୀରବରେ ବସି ରହିଛନ୍ତି ଓ ଏକ ଅଦୃଶ୍ୟ ଇଙ୍ଗିତର ଅପେକ୍ଷା କରୁଛନ୍ତି ।

ଏହିପରି ସମୟରେ, ବୃଦ୍ଧା ପରିଚାରିକା ଆସିଲା ଓ ସେମାନେ ନୀରବରେ ତା'ର ଅନୁସରଣ କଲେ ଶୋଇବାଘର ଭିତରକୁ (ଯେଉଁଠାରେ ମା' କଷ୍ଟ ଭୋଗୁଛନ୍ତି)

କୋଠରୀ ଭିତରେ ଉତ୍ତେଜିତ ଆଲୋକ ଓ ସେହି ଆଲୋକ ଭିତରେ ଏକ ସ୍ଥିର, ନିଷ୍କ୍ରିୟ ନୀଳବତୀ ଜଳୁଛି । ଚଟାଣର ପ୍ରକାଶ ଲାଲ୍ ଫୁଲମାଳ ସ୍ପଷ୍ଟ ଦିଶୁଛନ୍ତି ।

ସେମାନେ ମୁଣ୍ଡପୋତି ଠିଆ ହୋଇଛନ୍ତି ।

ଡାକ୍ତର ଉଠି ଠିଆହେଲେ ଓ ସେମାନେ ସତର୍କ ହୋଇ ଡାକ୍ତରଙ୍କ ମୁହଁକୁ ଚାହିଁଲେ ।

ତା'ପରେ ଡାକ୍ତର ସେହି ବହୁ ପ୍ରତୀକ୍ଷିତ ମୁହୂର୍ତ୍ତର ଘୋଷଣା କଲେ ।

ମା' ଆଖିଖୋଲି ଚାହିଁଲେ (ସେମାନେ ମା'ଙ୍କୁ ସମ୍ମାନ ଜଣାଇଲେ) ଓ ତା'ପରେ ଏକ ତୀକ୍ଷ୍ଣ ବିଷର୍ଣ୍ଣ ଚିତ୍କାର କରି ମା' ସଂଜ୍ଞାହୀନା ହୋଇଗଲେ ।

ସେମାନେ, ଏକ ନିର୍ଦ୍ଦିଷ୍ଟ ନିୟମ ମାନିଲା ଭଳି ହାତତାଳି ଦେଲେ ଓ ଅନାଗତକୁ ସ୍ୱାଗତ ଜଣାଇଲେ ।

ରକ୍ତ, ଔଷଧ ଓ ବିଶୋଧକର ଗନ୍ଧ । ପ୍ରଶସ୍ତ ପଲଙ୍କ ।

ପ୍ରଥମେ ପରୀକ୍ଷିତର ମୁଣ୍ଡ ଏକ ବିରାଟ ବନ୍ୟଫୁଲ ଭଳି ଦୁଇ ଜାନୁ ମଧ୍ୟରେ ଦେଖା ଦେଲା । ଏକ ତେଜସ୍ଵିୟ ଆଲୋକରେ କୋଠରୀ ଆଲୋକିତ ହେଲା ।

ସେମାନେ ଚିତ୍କାର କଲେ । ଭୟରେ ଆଖି ବୁଜିଦେଲେ ।

ତା'ପରେ ଗର୍ଭର ଦ୍ୱାର ସଂପୂର୍ଣ୍ଣ ଉନ୍ମୋଚିତ ହେଲା ଓ ଖସିପଡ଼ିଲା ପରୀକ୍ଷିତର କ୍ରମଶୀର୍ଷ ଶରୀର ।

ସେମାନେ ଆଖିଖୋଲି ଚାହିଁଲେ । ରାଜପୁତ୍ର, କାପାଲିକ, ସୌଦାଗର, ବିଦୂଷକ । ନିୟତିର ଜନ୍ମ ହେଲା । ନିୟତି ପରୀକ୍ଷିତ ।

ରକ୍ତ ଓ ଲାଳରେ ଜୁଡ଼ୁବୁଡ଼ୁ ସେହି ମାଂସପିଣ୍ଡୁଳା- ପ୍ରକାଣ୍ଡ ମୁଣ୍ଡ ଓ ଭାରସାମ୍ୟହୀନ ଦେହ – ପରୀକ୍ଷିତ ।

ତଥାପି ଅବତରଣ ସଂପୂର୍ଣ୍ଣ ହୋଇନାହିଁ । ଏକ ଲୋହିତ ରଜ୍ଜୁ ବାନ୍ଧି ରଖିଚି ପରୀକ୍ଷିତକୁ ଗର୍ଭ ସହିତ ।

ଶେଷରେ ସେହି କରୁଣ ଅବଶ୍ୟମ୍ଭାବୀ ମୁହୂର୍ତ୍ତ । ମା' ଗର୍ଭର ସଂକୀର୍ଣ୍ଣ ବୃଭାକାର କୋଠରୀ ସହିତ ତା'ର ସମସ୍ତ ସମ୍ପର୍କ ତୁଟିଗଲା ।

ପରୀକ୍ଷିତ ପ୍ରତିବାଦ କଲା । ତା'ର ବୋଧେ ମନେ ପଡ଼ିଲା ସେହି ସନ୍ତୁଷ୍ଟ, ଆମୃସମାହିତ ସମୟ—

ପ୍ରଥମ ମାସରେ ପରୀକ୍ଷିତ ଦ୍ଵିତୀୟ ମାସରେ ପରୀକ୍ଷିତ ତୃତୀୟ ମାସରେ ପରୀକ୍ଷିତ ଚତୁର୍ଥ ମାସରେ ପରୀକ୍ଷିତ ପଞ୍ଚମ ମାସରେ ପରୀକ୍ଷିତ ଷଷ୍ଠ ମାସରେ ପରୀକ୍ଷିତ ସପ୍ତମ ମାସରେ ପରୀକ୍ଷିତ ଅଷ୍ଟମ ମାସରେ ପରୀକ୍ଷିତ ନବମ ମାସରେ ପରୀକ୍ଷିତ ଦଶମ ମାସରେ ପରୀକ୍ଷିତ ।

ବର୍ତ୍ତମାନ ପରୀକ୍ଷିତ ।

ମା' ଅସନ୍ତୁଷ୍ଟ । ମା' ବୋଧେ ଚାହୁଁ ନ ଥିଲେ ପରୀକ୍ଷିତ ଅଚାନକ ଏମିତି ଆସି ବିରକ୍ତ କରୁ ବୋଲି । ଦଶମାସ ତଳେ ମା'ଙ୍କର ଗର୍ଭର କୋଠରୀ, ସୁରକ୍ଷିତ ଓ ପରିଷ୍କୃତ ହୋଇଥିଲା । ମା' ଦିନସାରା ବସି ମୁରୁଜରେ ଚିତ୍ର ଆଙ୍କୁଥିଲେ ଓ ସେହି ବନ୍ଧୁମାନଙ୍କ ସହିତ ଗପ କରୁଥିଲେ । ମା'ଙ୍କ ସ୍ଵାମୀ ଦିନସାରା ବାରଣ୍ଡାରେ ବସି ରହୁଥିଲେ (ଗର୍ଭର କୋଠରୀ ବାହାରେ ସେ ବାରଣ୍ଡାରେ କେତେ ଥଣ୍ଡା ।)

ଦିନେ ମା' ମୁରୁଜରେ ଚିତ୍ର ଆଙ୍କୁ ଆଙ୍କୁ ଅନ୍ୟମନସ୍କ ହୋଇପଡ଼ିଲେ । ଚଟାଣର ପ୍ରକାଣ୍ଡ ଫୁଲ ସଂପୂର୍ଣ୍ଣ ହେଲା ନାହିଁ । କେବଳ ତା'ର ବୃଭାକାର ଲୋହିତ କେଶର ଦାଉ ଦାଉ ହୋଇ ଜଳିଉଠିଲା । ଉପସ୍ଥିତ ବନ୍ଧୁମାନେ ଭୟରେ ଜଡ଼ ହୋଇଗଲେ ଓ ମା' ଆଉ ଲିଭାଇବାର ସମୟ ପାଇଲେ ନାହିଁ ।

ପରୀକ୍ଷିତ କବାଟ ଠକ୍ ଠକ୍ କଲା । ସଂପୂର୍ଣ୍ଣ ନିବୁଜ ଗର୍ଭର କୋଠରୀ । ମା' ଶୁଣୁନାହାନ୍ତି, ମା' ଗୋଟିଏ କୋଣରେ ହତଭମ୍ବ ହୋଇ ଠିଆ ହୋଇଛନ୍ତି ।

କବାଟ ଭାଙ୍ଗି ପଶିଲା ପରୀକ୍ଷିତ ଓ ମା'ଙ୍କୁ କହିଲା – 'ମା', ମୁଁ ଆସିଗଲି' ।

ଚକ୍ରାକାରରେ ଘୁରୁଛି ଲୋହିତ ବୃଭ ପରୀକ୍ଷିତକୁ କେନ୍ଦ୍ରକରି ।

ଚାରି କୋଣରୁ ଚାରି ଜଣ ଶତ୍ରୁ ତାକୁ ଘେରି ଗଲେ । ସେମାନେ ପରୀକ୍ଷିତକୁ ଛୁଇଁ ପାରିଲେ ନାହିଁ ।

ଶେଷରେ ସେମାନେ ଖସିଯିବାର ଉଦ୍ୟମ କରୁଥିଲାବେଲେ ମା' ସେମାନଙ୍କୁ ତୀକ୍ଷ୍ଣ ଦୃଷ୍ଟିରେ ଚାହିଁଲେ ଓ କହିଲେ – 'ଆଉ ଦଶ ମାସ ଅପେକ୍ଷା କର ତମେମାନେ, ଏ ଭବିଷ୍ୟତର ଅବତରଣ ଦିନ ତମେମାନେ ନିଜ ନିଜର ପୋଷାକ ପିନ୍ଧି ମୋ' ଶଯ୍ୟା ନିକଟରେ ଉପସ୍ଥିତ ରହିବ; ତା'ପରେ ତମର ମୁକ୍ତି; ମୋର ମଧ୍ୟ।'

ମା' ତା'ପରେ ପରୀକ୍ଷିତକୁ ଚାହିଁ କହିଲେ – "ପ୍ରବେଶ ନିଷିଦ୍ଧ ଥିଲା, ପରୀକ୍ଷିତ ଯଦି ଆସିଲୁଣି, ବସ୍। ତତେ ମୁଁ ଖାଇବାକୁ ଦେବି। ପ୍ରଚୁର ଆରାମ ଓ ଆସକ୍ତି ଦେବି। ହେଲେ, କେତେଦିନ ? ଦଶମାସ ପରେ, ତୋ ଦାୟିତ୍ୱ ତୋ'ର। ତୁ ମୋର ଦାୟିତ୍ୱହୀନ ମୁହୂର୍ତ୍ତର ପରିଣତି। ତୁ ଜାଣିବୁ ସୃଷ୍ଟିର ଆଦିବିକୃତି ଏତେ ବଡ଼ ସ୍ଥାପତ୍ୟର ଦୁର୍ବଳ କେନ୍ଦ୍ରସ୍ଥଳ। ତୋତେ ମୁଁ ସାମ୍ନା କରିପାରିବି ନାହିଁ।

ଏ ଘଟଣା ଘଟିଲାବେଲେ, ମା'ଙ୍କର ସ୍ୱାମୀ ବାରଣ୍ଡାରେ ବସି ରହିଥିଲେ।

ଏ ସବୁ ଥିଲା ପରୀକ୍ଷିତର ଜନ୍ମପୂର୍ବର ଇତିହାସ।

ପରୀକ୍ଷିତ ଜନ୍ମ ହେଲା। ନିର୍ଦ୍ଦିଷ୍ଟ ନିୟମାନୁଯାୟୀ ସବୁ ଘଟିଲା।

ମା'ଙ୍କ କଥା ସତ ହେଲା।

ପରୀକ୍ଷିତର ଜନ୍ମ ପରେ ଓ ମା'ଙ୍କର ମୂର୍ଚ୍ଛାଭଙ୍ଗ ପରେ ସେ ଚାରି ଜଣ ପୁଣି ଆସିଲେ।

ରାଜପୁତ୍ର ଡାକିଲା : ଆସ କାଞ୍ଚନଲତା, ରାଜ୍ୟକୁ ଫେରିବା ଏଥର। ମୃଗୟାରେ ଆସି କାତର ହୋଇପଡ଼ିଲି ତମର ଦୁଃଖଲତାରେ। ଏ ଅଗ୍ନାଗ୍ନି ବନସ୍ଥ ଆଉ କେତେଦିନ ? ଦେଖ, ଦୂରରେ ମୋର ରାଜଧାନୀ ଆଲୋକରେ ଉଦ୍ଭାସିତ ତମର ସଂବର୍ଦ୍ଧନା ପାଇଁ। ରଥାରୂଢ଼ା ହୁଅ।

କାପାଳିକା ଡାକିଲା : ଆସ କୁହୁକିନୀ, ଗୃହାଙ୍ଗନକୁ ଫେରିବା ଏଥର। କାଳଭେଦ କବଚ ମାଗି ଆସିଥିଲି, ବାନ୍ଧି ହୋଇପଡ଼ିଲି ବଣତୁଳସୀରେ। ଦେଖ, ତମ ପାଇଁ କବନ୍ଧନାଚର ଆୟୋଜନ ଦିଗେ ଦିଗେ। ରୂପାନ୍ତିତା ହୁଅ।

ସୌଦାଗର ଡାକିଲା : ଆସ ବିମୋହିତା; ଦ୍ୱୀପକୁ ଫେରିବା ଏଥର। ବେଉସା କରି ଆସିଥିଲି, ତୁମକୁ ଦେଖି ବାଟ ହୁଡ଼ିଲି। ଦେଖ ମୋର ଛପନ ବୋଇତ ତମର ଅପେକ୍ଷାରେ। ପାଦ ଦିଅ।

ବିଦୂଷକ ଡାକିଲା : ଆସ ପ୍ରମୋଦିନୀ, ଗ୍ରାମପଥକୁ ଫେରିବା ଏଥର। ସଭା ମଝିରେ ଠିଆ ହୋଇଥିଲି, ତମକୁ ଦେଖି ମତିଭ୍ରମ ହେଲା। ଏବେ ଦେଖ ପଣ୍ଡା – ପଲଟଣ ତୁମ ପାଇଁ ଠିଆହୋଇଛନ୍ତି, ଚାଲ !

ମା' ସ୍ପଷ୍ଟ ମନା କରିଦେଲେ।

ସେ ତାଙ୍କର ସ୍ୱାମୀ (ସେହି କ୍ରୀତଦାସ ଦ୍ୱାରରକ୍ଷୀ)ର ହାତ ଧରିଲେ ଓ କେଉଁଆଡ଼େ କେଜାଣି ଚାଲିଗଲେ।

ପରୀକ୍ଷିତକୁ ଏକ ପ୍ରକାଣ୍ଡ ସୌଭାଗ୍ୟ (ସାମାଜିକ)ର ଅଧିକାର କରିଦେଇଗଲେ। ସେମାନେ ଆଉ ଫେରିଲେ ନାହିଁ।

ତା' ପରେ ସାଧାରଣତଃ ଯାହା ହୋଇଥାଏ, ତାହା ହିଁ ହେଲା। ବୃଦ୍ଧା ପରିଚାରିକା, ମୃତ୍ୟୁ ପର୍ଯ୍ୟନ୍ତ ଚିରଅନୁଗତା ହୋଇ ରହିଲା। ଜଣେ କେହି ନିରପତ୍ୟା ଦୂର ସଂପର୍କୀୟା ଆପାତତଃ ଭାର ବହନ କଲେ।

ନିଷିଦ୍ଧ ଘର

ପରୀକ୍ଷିତର ବାଲ୍ୟକାଲ ଓ କୈଶୋର ରହସ୍ୟମୟ।

ସମଗ୍ର ବାଲ୍ୟକାଲ ସେ ଏକ ବର୍ଗାକାର କୋଠରୀ ଭିତରେ ବନ୍ଦୀ ହୋଇ ଶୋଇରହିଲା। ଶାମୁକା ଶାମୁକା ଘୃଣା ଓ ଅସନ୍ତୋଷ ନିର୍ବିକାର ଭାବେ ଢୋକି ଦେଲା। ପ୍ରତିଦିନ ତା'ର ଖେଳଘର ଭାଙ୍ଗିଲା ଓ ପ୍ରତିଦିନ ପୁଣି ଗଢ଼ା ହେଲା।

ଜ୍ଞାନପ୍ରାପ୍ତି ପରେ ତାକୁ ସ୍ପଷ୍ଟ କରି ଦିଆଗଲା ଯେ ତା'ର ଜନ୍ମଦାତ୍ରୀ ମା' ଚିରଦିନ ପାଇଁ ତାକୁ ଛାଡ଼ି ଚାଲିଯାଇଛନ୍ତି ଓ ପିତା ନାମଧେୟ ତା'ର ବ୍ୟକ୍ତିଗତ ସ୍ରଷ୍ଟାକୁ ଏ ଯାଏଁ ଚିହ୍ନଟ କରାଯାଇ ପାରିନାହିଁ। ତା'ର ସାମାଜିକ ପିତା (ମା'ଙ୍କର ସ୍ୱାମୀ) ମଧ୍ୟ ଅନୁପସ୍ଥିତ। ତା'ର ପ୍ରଚୁର ସମ୍ପତ୍ତି ଅଛି ଓ ସେ ଚାହିଁଲେ ନିଜର ସାମ୍ରାଜ୍ୟ ଗଢ଼ିପାରେ। ବୃଦ୍ଧା ପରିଚାରିକା ଓ ନିରାପତ୍ୟା ସମ୍ପର୍କୀୟ ତା'ର କେହି ନୁହନ୍ତି। ସେମାନେ କେବଳ ଏକ ବିୟୋଗାତ୍ମକ ନାଟକର ବିହ୍ୱଳ ଦ୍ରଷ୍ଟା। ପରୀକ୍ଷିତ ସୁଖୀ ହେଲେ ସେମାନେ ସୁଖୀ ହେବେ। ଯନ୍ତ୍ରଣାରେ ଶ୍ୱାସରୁଦ୍ଧ ହୋଇଗଲା ପରୀକ୍ଷିତର।

ନିଜ ରକ୍ତ ସହିତ ପ୍ରଥମ ଥର ପାଇଁ ତା'ର ଆଳାପ ଆରମ୍ଭ ହେଲା ଓ ଏକ ରହସ୍ୟମୟ ଛାୟାରେ ସେ ଆବୃତ ହୋଇପଡ଼ିଲା। ସେ ଛାୟା ତା'ର ମା'। ତାଙ୍କର ଗର୍ଭରେ ଦଶମାସର ଇତିହାସ ଓ ଗର୍ଭାଧାନ ବେଳେ ମା'ଙ୍କର ଉକ୍ତି ଯେମିତି ହଠାତ୍ ତା'ର ମନେପଡ଼ିଲା।

ସେ ମୁକ୍ତି ଚାହେଁ। ମୁକ୍ତି ଚାହେଁ ଏ ରହସ୍ୟମୟ ବର୍ଗ ବନ୍ଧନୀରୁ। କେଉଁଠି ସେ ମୁକ୍ତିର ଚାବିକାଠି ?

ମା' ଙ୍କର ଚାରୋଟି ବ୍ୟକ୍ତିଗତ କୋଠରୀ ମା' ମଲା ପରଠାରୁ ରୁଦ୍ଧ। ସେ ଚାରୋଟି କୋଠରୀରେ କ'ଣ ଅଛି ? ମା'ଙ୍କର ନିତ୍ୟବ୍ୟବହାର୍ଯ୍ୟ ପଦାର୍ଥ, ମା'ଙ୍କର ଦେହର ସୁଗନ୍ଧ, ଓ ତା' ଛଡ଼ା ? ତା' ଛଡ଼ା ମୁକ୍ତିର ନିର୍ଦ୍ଦେଶ।

ପରୀକ୍ଷିତ ବଢ଼ିବାକୁ ଚାହେଁ।

ଶେଷରେ, ତା'ର ଏତେ ଜାଗ୍ରତ ପ୍ରହରୀଙ୍କୁ ଫାଙ୍କିଦେଇ ନିଷିଦ୍ଧ ଘରର ଚାବିକାଠି ସଂଗ୍ରହ କଲା ପରୀକ୍ଷିତ।

ପରୀକ୍ଷିତର ଛାୟାନ୍ୱେଷଣ :

(କ) ଠାକୁର ଘର :

ଠାକୁରମାନେ ଚକାପକାଇ ବସିଛନ୍ତି। କେତେଜଣ ଅନ୍ୟମନସ୍କ ହୋଇ, କାନ୍ଥରେ ଆଉଜି ଠିଆ ହୋଇଛନ୍ତି। ନାରୀପୁରୁଷ ନିର୍ବିଶେଷରେ ସେମାନେ ଏକ ଅଙ୍ଗବସ୍ତ୍ର ପିନ୍ଧିଛନ୍ତି। ସମସ୍ତଙ୍କ କପାଳରେ ଚନ୍ଦନପାଟୀ, ସମସ୍ତଙ୍କୁ ଗଳାରେ ଫୁଲହାର।

ସେମାନେ ପରୀକ୍ଷିତକୁ ଦେଖି ଉଠିବସିଲେ ଓ ଚିରସ୍ମିତ ଓଠରେ ବିରକ୍ତିର କୁଞ୍ଚନ ଦେଖାଗଲା।

ପରୀକ୍ଷିତ ଶଙ୍କିଗଲା। ଏମାନେ ଅଭୁତ ମାୟାବୀ ଜୀବ।

କାହାର କପାଳରେ ଦଶ୍ୟାୟମାନ ଆଖି ତ କାହାର ଆଖି ଆବର୍ତ୍ତ ହେଲା। କାହାର ପାଞ୍ଚଟି ମୁଣ୍ଡ ତ କାହାର ଚାରୋଟି ହାତ। କାହା ବେକରେ ମଣିଷ ମୁଣ୍ଡର ମାଳା ତ କାହା ଦେହରେ ସାପ ମାଲମାଲ। କାହାର ରାଜପୋଷାକ ତ କାହାର ବର ବେଶ, କିଏ

ଅବଧୂତ । ଆଉ ଏ କିଏ ? ଏହାଙ୍କ ପେଟ ଭିତରେ ଗଛ, ପାହାଡ଼, ସମୁଦ୍ର, ଧାନକ୍ଷେତ, ପଶୁପକ୍ଷୀ ଦୋକାନବଜାର; ଏ କ'ଣ ଠାକୁରମାନଙ୍କ ରାଜା—ନିଜେ ଈଶ୍ୱର !

ଠାକୁରମାନେ ଏତେ ସ୍ଥୂଳ ଓ ଅର୍ଥହୀନ ମନେହେଉଛନ୍ତି ଯେ ପରୀକ୍ଷିତର ସାହସ ବଢୁଛି ।

ହଠାତ୍ ପରୀକ୍ଷିତ ଭୟରେ କାକୁସ୍ଥ ହୋଇଗଲା ।

ମଣିଷର ତୀକ୍ଷ୍ଣ ଛାଇ, ଠାକୁର ଘରର ଚଟାଣରେ ।

ଧୂପ ବାସ୍ନାରେ ସମଗ୍ର କୋଠରୀ ଆମୋଦିତ । ସେହି ଛାଇ ପ୍ରତି ଠାକୁରଙ୍କ ସାମ୍ନାରେ ପରୀକ୍ଷିତକୁ ପଛକରି ନେଇଯାଉଛି ।

ପରୀକ୍ଷିତ ପ୍ରକୃତିସ୍ଥ ହେବା ପୂର୍ବରୁ ସେ ଛାଇ ଅନ୍ତର୍ହିତ ହେଲା । ପରୀକ୍ଷିତର ମନେହେଲା ସେ ଛାଇ ଯେମିତି ତା'ର ଅତି ପରିଚିତ । ବୋଧେ ତା'ର ମା' ।

ଠାକୁରମାନେ ନିର୍ବିକାର, ଅର୍ଥହୀନ, ସ୍ଥୂଳଦୃଷ୍ଟିରେ ଚାହିଁଛନ୍ତି ।

ପରୀକ୍ଷିତ ବାରଣ୍ଡାକୁ ଆସିଲା । ମିଠାଗନ୍ଧ ପ୍ରସରି ଯାଉଛି ।

(ଖ) ବେଶ ଘର :

ଛାଇ ପଛେ ପଛେ ଯାଇ ଯାଇ ସେ ଯେଉଁ କୋଠରୀରେ ପହଞ୍ଚିଲା, ତା'ର କାନ୍ଥକୁ ଲାଗି ଏକ ଲମ୍ବ ଦର୍ପଣ । ଦର୍ପଣରେ କୋଠରୀ ଆଲୋକ ପ୍ରତିଫଳିତ ।

କୋଠରୀ ମଝିରେ ଏକ ବାହୁବିହୀନ ଚଉକି । ତା'ର ଗୋଡ଼ ସବୁ ସରୀସୃପ ଆକୃତିର । ଦର୍ପଣର ବିପରୀତ କାନ୍ଥରେ ଏକ ପ୍ରକାଣ୍ଡ ଆଲମିରା । ବସ୍ତୁର ଅର୍ଥହୀନତା ଭିତରେ ପୁଣି ସେହି ଅର୍ଥପୂର୍ଣ୍ଣ ଛାଇ ପଡ଼ିଲା ଓ ସେହି ପ୍ରକାଶ ଆଲମିରାଟି ଖୋଲିଗଲା । ଦର୍ପଣରେ ଉଲ୍ଲସିତ ଆଲୋକ । ଚଉକିରେ କାହାର ପୂର୍ଣ୍ଣ ଦେହର ସମ୍ଭାର ! ଆଲମିରା ଭିତରେ ବିଭିନ୍ନ ରଙ୍ଗର ଲୁଗା – ମା'ଙ୍କର ।

ଗୋଟିଏ କୋଣରେ ସ୍ତୂପୀକୃତ ନିଭୃତ ପୋଷାକ – ମା'ଙ୍କର,

ସେହି ଛାଇ ଯେମିତି ହଠାତ୍ ମୂର୍ତ୍ତିରେ ରୂପାନ୍ତରିତ ହେଉଛି । କୋଲାହଳ ଲାଗିଛି ଲୁଗା ଓ ନିଭୃତ ପୋଷାକ ମହଲରେ, ଆଲମିରା ଭିତରେ । ଦର୍ପଣ ବାରମ୍ବାର ପ୍ରତିଫଳିତ କରୁଛି ତା'ର ଆଲୋକ । ଘୂର୍ଣ୍ଣାୟମାନ ଚଉକି ।

ମା' ବେଶ ହେଉଛନ୍ତି ।

ପରୀକ୍ଷିତ ଅପେକ୍ଷା କଲା ।

ତା'ର ଏକ ଅନ୍ୟମନସ୍କ ମୁହୂର୍ତ୍ତରେ ମା' ଛାଇହୋଇ ପୁଣି ଚାଲିଗଲେ ।

ସେହି ନିର୍ବୋଧ ଦର୍ପଣ, ଚଉକି, ଆଲ୍‌?ମିରା ଓ ଚାରିକାନ୍ତୁ ।

ପରୀକ୍ଷିତ ପୁଣି ଅନୁସରଣ କଲା ।

(ଗ) ପ୍ରସାଧନ ଘର :

କି ଚମକ୍କାର ବାସ୍ନା ଏ ଘରର ! ପରୀକ୍ଷିତ ଶିହରିତ ଓ ଉଉପ୍ତ ହୋଇ ଉଠୁଛି । ଚାରିଆଡ଼େ ଦର୍ପଣର ବାଡ଼ । ମଝିରେ ଗୋଟିଏ ଅଳଙ୍କୃତ ଚଉକି ।

ମଝିରେ ଗୋଟିଏ ଅକ୍ଟୋଇ ଟେବୁଲ ଓ ଟେବୁଲ ଉପରେ ବିଭିନ୍ନ ଆକୃତିର କେତେ ନା କେତେ ଶିଶି, ଲମ୍ବା ଓ ଚୌଡ଼ା ଚିକ୍କଣ ଖୋଲ, ବିଭିନ୍ନ ଦୈର୍ଘ୍ୟର ଚିରୁଣୀ ।

କାନ୍ଥର ଗୋଟିଏ କୋଣରେ ଗୋଟିଏ ଉଲଗ୍ନ ନାରୀର ଛବି । ନାରୀଟି ଲଙ୍ଗଳା;

ଛାତି ଓ ପେଟ ଦେଖାଇ ଶୋଇଛି ପରୀକ୍ଷିତକୁ ମୁହଁକରି ।

ଆଉ କ'ଣ ଅଛି ? କେବଳ ଜଡ଼ତା, ଅର୍ଥହୀନତା, ଏକ ବିଚିତ୍ର ନିଷ୍କ୍ରିୟତା ।

ହଠାତ୍ ଯେମିତି ସବୁ ବଦଲିଗଲା ।

ସେହି ଛାଇ ଆସି ସବୁ ଜଡ଼ବସ୍ତୁକୁ ଯେମିତି ଛୁଇଁଦେଇ ଗଲା ।

ଦର୍ପଣ ଖଣ୍ଡମାନ ଏ ହାତରୁ ସେ ହାତ ବଢ଼ାଇଦେଲେ ତାଙ୍କର ବହୁ ପ୍ରତୀକ୍ଷିତ ଛାୟାସମ୍ପତି ।

ଅଳଙ୍କୃତ ଚଉକି ବେକ ଟେକି ଚାହିଁଲା ।

ଟେବୁଲ ଉପରର ପ୍ରସାଧନ ସାମଗ୍ରୀ ପରସ୍ପର ସହିତ ଧକ୍କା ଖାଇଲେ ।

କିଏ ବାଷ୍ପ ହୋଇ ଉଡ଼ିଲା ତ କିଏ ତରଳିଗଲା ।

ଅତର ବର୍ଷା ହେଲା ଛାତରୁ ।

କାନ୍ତରୁ ଉଲଗ୍ନ ନାରୀ କ୍ରମେ ତଳକୁ ଓହ୍ଲାଇ ଆସିଲା;

ସବୁ ପୁଣି ହଠାତ୍ ସ୍ଥିର ହୋଇଗଲା ।

ବସ୍ତୁ କେବଳ, ନିର୍ବୋଧ ଆକୃତି, ଅସମାହିତ । ଛାଇ ଚାଲିଗଲା ।

(ଘ) ଶୋଇବା ଘର :

ଏ ଘର ମା'ଙ୍କର ଶୋଇବାଘର । ବିରାଟ ପଲଙ୍କ, ଧଳା ବିଛଣାଚାଦର, ଚଟାଣରେ ଲାଲ୍ଫୁଲ । ନିସ୍ତବ୍ଧ ନୀଳବତୀ, ଦେହର ନିଜ ଗନ୍ଧ ।

କୋଠରୀର ଚାରିକୋଣରେ ଅନେକ ଛବି । ସୂର୍ଯ୍ୟୋଦୟ ଓ ସୂର୍ଯ୍ୟାସ୍ତର । ଉପତ୍ୟକା ଓ ରୁକ୍ଷ ପତିତ ଜମି । ପତ୍ରହୀନ ଗଛ । ବୈଦ୍ୟୁତିକ ପକ୍ଷୀ । ମେଷ ଶାବକ । ଅସୁର ମୁଣ୍ଡ ।

ସବୁ ନିଷ୍କଳ, ଯେମିତି କାହାର ଆଜ୍ଞାରେ ଏମାନେ ନିୟନ୍ତ୍ରିତ । ପରୀକ୍ଷିତକୁ ଅସହାୟ ଲାଗିଲା । ଏଇ ମା'ଙ୍କ ଶୋଇବାଘର । ଦେହର ଅଲଙ୍ଘନୀୟ ଗୋପନୀୟତା !

ଏହି ସମୟରେ ପରୀକ୍ଷିତକୁ ବିସ୍ମିତ କରି, ସେଇ ଛାଇର ଆବିର୍ଭାବ ହେଲା ।

ଘରର ସମସ୍ତ ବସ୍ତୁ ହଠାତ୍ ଜୀବନ୍ତ ହୋଇଗଲା ।

ଧଳାହସ ହସି ବିଛଣାଚାଦର ହଠାତ୍ ପ୍ରସାରିତ ହୋଇଗଲା ।

ପଲଙ୍କ ଠିଆହେଲା ଆଲିଙ୍ଗନ ମୁଦ୍ରାରେ ।

ଚଟାଣର ଲାଲଫୁଲ ବିକଶିତ ହେଲା ।

ନିସ୍ତବ୍ଧ ନୀଳବତୀ ସ୍ଥିର ଆଲୋକ ଦେଲା ।

ସୂର୍ଯ୍ୟୋଦୟ ହେଲା । ସୂର୍ଯ୍ୟାସ୍ତ ହେଲା । ଉପତ୍ୟକା ତା'ର ପ୍ରଶସ୍ତ ସବୁଜ ଦୃଶ୍ୟ ଖୋଲିଦେଲା । ରୁକ୍ଷ ପତିତ ଜମି ଦେଖାଇଲା ତା'ର ନିଷ୍କଳ ସୌନ୍ଦର୍ଯ୍ୟ । ପତ୍ରହୀନ ଗଛ ଛତା ଭଳି ଖୋଲିଗଲା । ବୈଦ୍ୟୁତିକ ପକ୍ଷୀ ଚିତ୍କାର କଲା । ମେଷଶାବକ ପାଟି ଖୋଲିଲା । ଅସୁରମୁଣ୍ଡ ଗନ୍ଧକ ସ୍ତୂପ ଭଳି ଦପ୍ ଦପ୍ ହେଲା ।

ସେହି ଛାଇ, ଏ ପରିବର୍ତ୍ତନର ଚରମ ମୁହୂର୍ତ୍ତରେ ପରୀକ୍ଷିତକୁ ପିଠିକରି ପଲଙ୍କରେ ବସିଲା ଓ କେଶର ନିବିଡ଼ ଚୂଡ଼ା ଖୋଲିଦେଲା। କ୍ରମେ ଫିଙ୍ଗିଦେଲା ତଳକୁ ଗୋଟି ଗୋଟି ଅଳଙ୍କାର ଓ କବଚ ଭଳି ଘେରିରହିଥିବା ଗୋଟି ଗୋଟି ଅଙ୍ଗବସ୍ତ୍ର।

ଏହିପରି ସମୟରେ ଚାରୋଟି ପୁରୁଷଦେହ ଦୂଲ୍‌ଦାଲ୍‌ ହୋଇ ତାର ପଲଙ୍କରେ ପଡ଼ିଲେ ଓ ସେ ନୀରବରେ ସମସ୍ତଙ୍କୁ ସେ ଧଲାଚାଦରରେ ଘୋଡ଼ାଇଦେଲା।

ସେହି ମୂର୍ଖ ଛାଇ, ସମ୍ପୂର୍ଣ୍ଣ ନିରାଭରଣା, କେଉଁଆଡ଼େ ଅଦୃଶ୍ୟ ହୋଇଗଲା। ପରୀକ୍ଷିତ ଚିକ୍କାର କଲା — ମା' ମା'।

ମା' ଶୁଣିଲେ ନାହିଁ।

ପରୀକ୍ଷିତ ସାମ୍ନାରେ ଏକ ପ୍ରକାଶ ଶୋଭାଯାତ୍ରାରେ ଚାଲିଛନ୍ତି ବସ୍ତୁ ସମୂହ। ସେମାନଙ୍କର ନିଜର ଗତି ନାହିଁ। ଏକ ଅଦୃଶ୍ୟ ହାତ ଯେମିତି ସେମାନଙ୍କୁ ଚଳାଇ ନେଉଛି।

ପରୀକ୍ଷିତ ନିଜକୁ ସ୍ଥିର ରଖି ପାରୁନାହିଁ।

ବାରଣ୍ଡାରେ ଭୟ, କ୍ଷୋଭ, ଲଜ୍ଜା ଓ ଅପମାନରେ ସଂଜ୍ଞାହୀନ ହୋଇ ପଡ଼ିଗଲା ପରୀକ୍ଷିତ।

ତା' ଆରଦିନ ସକାଳକୁ ପରୀକ୍ଷିତ ଯୁବକ।

ବିସ୍ଫୋରଣ

ପରୀକ୍ଷିତ ଯୁବକ। ତା'ର ମାଂସପେଶୀ କଠିନ ଓ ନିର୍ଭରଯୋଗ୍ୟ।

ତିଲୋଉମା ଆପଉ କଲା ନାହିଁ।

ଏଥୁଅନ୍ତେ ପରୀକ୍ଷିତ ଓ ତିଲୋଉମା ଲୋକମୁଖରେ ପ୍ରେମିକ-ପ୍ରେମିକା ବୋଲାଇଲେ।

ତିଲୋଉମା ସହଜ ବିଶ୍ୱାସରେ ବନ୍ଦୀ ହୋଇଗଲାବେଲେ ପରୀକ୍ଷିତର ଚିକ୍କାର କରିବାକୁ ଇଚ୍ଛା ହେଉଥିଲା। ଲୁହାଶିକୁଲି ଠାରୁ କଠୋର, ତିଲୋଉମାର ଫୁଲଡୋର।

ତଥାପି ମୁକ୍ତିର ଉପାୟ ଥିଲା । ଥରେ ପରୀକ୍ଷିତ ନିଜର ସଂଖ୍ୟା ବୁଝିଯାଇଥିଲେ ଆଉ ଭୟ ନ ଥିଲା । ତିଲୋଉମାକୁ ବଜାର ମଝିରେ ଠିଆ କରିଦେଇ, 'ଏଇ ଆସୁଛି' ବୋଲି କହି ପରୀକ୍ଷିତ ଚିରଦିନ ପାଇଁ ନିରୁଦ୍ଦିଷ୍ଟ ହୋଇ ଯାଇଥାନ୍ତା । ତା'ପରେ ତିଲୋଉମା ବେୱାରିସ୍ ପଣ୍ୟ ଯୁବତୀ, ତା'ପାଇଁ ନିଲାମ ଡକାଯାଇଥାନ୍ତା । ସ୍ମୃତିର ବା ଏମିତି କି ଐଶ୍ୱର୍ୟ ଅଛି ! ଶରୀର ଭଳି ସ୍ମୃତି ମଧ୍ୟ ଚିତ୍ରିତ ଓ ସୁନ୍ଦର, ଶରୀର ଭଳି ପଚିଗଲେ ସ୍ମୃତି ମଧ୍ୟ ଦୁର୍ଗନ୍ଧ ।

ପ୍ରେମ କ'ଣ ? ଏହା ଏକ ବିଶେଷ ମାନସିକ ଅବସ୍ଥା, ଏହାର ସୃଷ୍ଟି ନିଜକୁ ଚିହ୍ନଟ ନ କରି ପାରିବାର ଅସାମର୍ଥ୍ୟରୁ । ପରୀକ୍ଷିତ ତିଲୋଉମାର ସାହାଯ୍ୟ ଭିକ୍ଷା କରୁଛି ତାକୁ ଚିହ୍ନଟ କରିବାପାଇଁ ।

ତିଲୋଉମା ହସୁଚି ।

ପରୀକ୍ଷିତ ବିରକ୍ତିରେ ତିଲୋଉମାକୁ ଚୁମ୍ବନ କରୁଛି, ଘୃଣାରେ ତିଲୋଉମାକୁ ଆଲିଙ୍ଗନ କରୁଛି ।

ତିଲୋଉମା, ଚୁମ୍ବନ ଓ ଆଲିଙ୍ଗନର ଅଦୃଶ୍ୟ କ୍ଷତଚିହ୍ନ ସବୁ ତା'ର ତ୍ୱକ୍‌ରେ ସାଇତି ରଖୁଛି । ପ୍ରେମ ପବିତ୍ର ।

ସବୁ ଠିକ୍ ଥିଲା । ତଥାପି ଉପାୟ ଥିଲା ।

କିନ୍ତୁ ସେଦିନ :

ତିଲୋଉମା ଆସିଲା ପରୀକ୍ଷିତର ଘର ଦେଖିବା ପାଇଁ । ପରୀକ୍ଷିତ କାହିଁକି ଡାକିଲା ?

କାହିଁକି ଆସିଲା ତିଲୋଉମା ?

ପରୀକ୍ଷିତ ଘରେ ପାଦଦେଲା ମାତ୍ରେ ତିଲୋଉମା, ସାମ୍ରାଜ୍ଞୀ । ତା'ର ଆଦେଶରେ ବାରଣ୍ଡା ଲମ୍ବି ଯାଉଛି ଏ ଦିଗରୁ, ସେ ଦିଗକୁ । ଘର ଖୋଲିଯାଉଛି । ଏ ଘରୁ ସେ ଘରକୁ ରାସ୍ତା ପଡୁଛି ।

ତିଲୋଉମା ପରୀକ୍ଷିତର ଘର ସଜାଡୁଛି । ଏଠି ତମର ଟେବୁଲ – ଚଉକି, ଏଠି ବହିଥାକ, ଏଠି ଜାମା, ଏଠି ଯୋତା, ଏଠି ନିତ୍ୟବ୍ୟବହାର୍ଯ୍ୟ ପଦାର୍ଥ, ଏଠି ଅଦରକାରୀ କାଗଜ, ଏଠି.......

ମୋଟାମୋଟି, ତିଲୋଉମା ଯେମିତି ପରୀକ୍ଷିତକୁ ଜଣାଇ ଦେଉଛି – ଏଠି ତମେ, ଏଇ ତମର ପରିଧ ।

ବନ୍ଦୀ ପରୀକ୍ଷିତ । ତା'ର ଚାରିଆଡ଼େ ସାମ୍ରାଜ୍ଞୀଙ୍କର ଅନୁଗତ ଜଡ଼ ପ୍ରହରୀ।

ପରୀକ୍ଷିତ ଭୟରେ ଚାହୁଁଛି ତିଲୋଉମାକୁ;

ତିଲୋଉମା ହସୁଛି ଓ ପଚାରୁଛି : ଆଉ କ'ଣ ?

ପରୀକ୍ଷିତ ତିଲୋଉମାର ହାତ ଧରିଲା; କୋମଳ ନିର୍ଭରଶୀଲ ହାତ ତିଲୋଉମାର ।

ପରୀକ୍ଷିତକୁ ନିଶା ଘାରିଆସୁଛି । ତା'ର ଅଚେତନର ଅଖଣ୍ଡ ପ୍ରାସାଦ ହଠାତ୍ ଭୁଷୁଡ଼ି ପଡ଼ୁଛି । ପରୀକ୍ଷିତ ପାରୁନାହିଁ ।

ତିଲୋଉମା ପୁଣି ପଚାରୁଛି : କୁଆଡ଼େ ?

ପରୀକ୍ଷିତ ବାଟ କଡ଼ାଇ ନେଉଛି । ତିଲୋଉମା ଚାଲିଛି ।

ମା'ଙ୍କର ଚାରୋଟି ନିଷିଦ୍ଧ କୋଠରୀ।

ତିଲୋଉମା କହିଲା; ମୋତେ ଭୟ ଲାଗୁଛି । ତା' ପରେ ମା'ଙ୍କର ନିଷିଦ୍ଧ କଠୋରୀରେ ଆମର କ'ଣ ଦରକାର ?

ପରୀକ୍ଷିତ କହିଲା, ମୋତେ ବି ଭୟ ଲାଗୁଛି । ହେଲେ, ତମକୁ ଦେଖ୍ବାକୁ ହବ । ସେଇ ତ ମୋର ସ୍ୱର୍ଗନର୍କର ସ୍ଥାପତ୍ୟ, ସେଇ ତ ମୋର ପାପପୁଣ୍ୟର ବିଚାରାଳୟ ।

ସେଇ ତ ମୁଁ ନିଜେ ।

ଠାକୁରଘରେ ତିଲୋଉମା, ପ୍ରଣାମ କଲା ଠାକୁରମାନଙ୍କୁ । ହଡ଼ାଫୁଲ ଖୋସିଦେଲା ଗଭାରେ ଓ ଚାହିଁଲା ପରୀକ୍ଷିତକୁ ।

ତିଲୋଉମା ରୂପାନ୍ତରିତ ହେଉଛି ।

ବେଶଘର ଚଉକିରେ ତିଲୋଉମା ଅଜାଡ଼ିଦେଲା ଦେହର ପୂର୍ଣ୍ଣ ସମ୍ଭାର ।

ପୁଣି ଉଠି ଆଲମିରା ସାମ୍ନାରେ ଠିଆହେଲା । ଲୁଗା ବଦଲିଲା ତିଲୋଉମା, ପରୀକ୍ଷିତକୁ ପଛକରି ।

ତିଲୋଉମା ରୂପାନ୍ତରିତ ହେଉଛି ।

ପ୍ରସାଧନଘରେ, ତିଲୋଉମା କାନ୍ତର ସେଇ ଉଲଗ୍ନ ନାରୀ ସହିତ ଗୋପନ ଆଲାପ କଲା । ତା'ପରେ ତା'ର ପ୍ରସାଧନ କଲା !

ତିଲୋଉମା ରୂପାନ୍ତରିତ ହେଉଛି ।

ଶୋଇବାଘରେ ତିଲୋଉମା, ପରୀକ୍ଷିତକୁ ପିଠିକରି ପଲଙ୍କରେ ବସିଲା । କେଶର ନିବିଡ଼ ଚୂଡ଼ା ଖୋଲିଦେଲା । ଛଡ଼ାପୁଲ ଫିଙ୍ଗିଦେଲା । ଫିଙ୍ଗି ଦେଲା ଗୋଟି ଗୋଟି ଅଲଙ୍କାର, ଆଭରଣ, ଗୋଟି ଗୋଟି ଅଙ୍ଗବସ୍ତ୍ର ଓ ନିଭୃତ ପୋଷାକ ।

ସଂପୂର୍ଣ୍ଣ ଉଲଗ୍ନ ତିଲୋଉମା ।

ତିଲୋଉମା ରୂପାନ୍ତରିତ ।

ମାତ୍ର ନିମିଷକେ ଅଦୃଶ୍ୟ ହୋଇଯିବ ।

ପରୀକ୍ଷିତକୁ ମୁକ୍ତିଦେବ କିଏ ?

ତିଲୋଉମାକୁ ଜଡ଼ାଇ ଧରିଲା ପରୀକ୍ଷିତ ।

ଉଲଗ୍ନ ତିଲୋଉମା । ତେଜସ୍ବିନୀ । ଶରୀର କେବଳ ଜ୍ବଳନ୍ତ ମୃତ୍ତିକା ।

ପରୀକ୍ଷିତ ବାତଚକ୍ର । ଜଲ, ତାପ, ଧୂମ ।

ହଠାତ୍, ଏକ ଶାନ୍ତ ବିସ୍ଫୋରଣରେ ଦୁହେଁ ଜଲିଗଲେ ।

ତିଲୋଉମା ଶୋଇଛି । ଥଣ୍ଡା, ଲୋଭହୀନ, ପ୍ରସାରିତ ଦେହ ।

ପରୀକ୍ଷିତ ଶୀତଲ ହେଉଛି । କ୍ଷୋଭ ଓ ଲଜ୍ଜାରେ ତା'ର ମୁଣ୍ଡ ତଲକୁ ନଇଁପଡ଼ିଛି ।

ତିଲୋଉମା ତଥାପି ହସୁଛି, ଏକ କ୍ଲାନ୍ତ ସମର୍ପିତ ହସ ।

ପରୀକ୍ଷିତ ବସିଛି ପଲଙ୍କରେ । ଆମ୍ଯାଭିମାନରେ ପରୀକ୍ଷିତ କାନ୍ଦୁଛି ।

ତା'ର ଭୁଲ ହେଲା, ତା'ର ଭୁଲ ହେଲା । ଆଉ ଉପାୟ ନାହିଁ ।

ବନ୍ଦୀ, ବନ୍ଦୀ, ବନ୍ଦୀ ପରୀକ୍ଷିତ ।

ତିଲୋଉମା ଉଠି ଠିଆହେଲା ଓ ପରୀକ୍ଷିତର ମୁଣ୍ଡକୁ, ଛାତିରେ ଆଉଜାଇ ନେଲା ।

ବିରାଟ ମୁଣ୍ଡ ପରୀକ୍ଷିତର ।

ତିଲୋଉମାର କୋଳରେ ତୀକ୍ଷ୍ଣ ଛୁରୀ ଭଲି ପରୀକ୍ଷିତର ମୁହଁ । ଦଶଟି ଆଙ୍ଗୁଠି । ତିଲୋରମାର ଗର୍ଭ ଉନ୍ମୋଚିତ ହେଉଛି । ପରୀକ୍ଷିତ ଆଖି ବୁଜି ତୀକ୍ଷ୍ଣତର ହେଉଛି । ତିଲୋଉମାର ଗର୍ଭର କୋଠରୀ, ତରଳ ଅନ୍ଧକାର । ଏକ ଅସ୍ଥିର କ୍ଷୀଣ ଲୋହିତବିନ୍ଦୁ ପଥ ଖୋଜୁଛି । ଏକ ନୀଳ ପରିଧି ଭିତରେ । କ୍ରମେ ନୀଳ ଓ ଲୋହିତ ମିଶିଯାଉଛନ୍ତି । ସୀମାରେଖା ଅସ୍ପଷ୍ଟ ହୋଇଆସୁଛି ।

ଓ କ୍ରମେ କ୍ରମେ......

ନୀଳ ଲୋହିତର ଆକୃତି ସ୍ପଷ୍ଟ ଦିଶୁଛି ।

ନୀଳଲୋହିତ ପାଦ ପିଟୁଚି, ହାତ ପିଟୁଚି, ଅନ୍ତନାଡ଼ୀ ମୁଠା ମୁଠା କରୁଛି, ମୁଣ୍ଡ ପିଟୁଚି, ଚିକ୍କାର କରୁଛି ନୀଳଲୋହିତ । ମୁକ୍ତି ଖୋଜୁଛି ।

ରାକ୍ଷସ, ବର୍ବର ନୀଳଲୋହିତ । ପରୀକ୍ଷିତ ଦ୍ୱାର ବନ୍ଦ କରି ରଖ୍ଛି, ତା'ର ସମସ୍ତ ଓଜନ ଦେଇ ରୁଦ୍ଧ କରି ରଖ୍ଚି ସେଇ ଗର୍ଭଗହ୍ୱର ।

ପରାସ୍ତ ନୀଳଲୋହିତ ଅଭିମାନରେ ବଢୁଛି । ଶକ୍ତି ସଂଗ୍ରହ କରୁଛି । ତା'ପରେ ଦ୍ୱାର ଭାଙ୍ଗି ନୀଳଲୋହିତ ପରୀକ୍ଷିତ ସାମ୍ନାରେ ଠିଆହେବ ।

ଭୟ ଓ କ୍ରୋଧରେ ପରୀକ୍ଷିତ କମ୍ପୁଛି ।

ଯନ୍ତ୍ରଣାରେ ଚିକ୍କାର କରୁଛି ତିଲୋଉମା । ପରୀକ୍ଷିତର ନଖ ଦାନ୍ତ ତଳୁ ଖସିଯାଉଛି ଓ ଦୂରରେ ଠିଆ ହୋଇ ହସୁଛି ।

ପରୀକ୍ଷିତ ପୁଣି ଧରିନେଇଛି ତିଲୋଉମାକୁ । ତିଲୋଉମା ଖସିଯାଉଛି । ପରୀକ୍ଷିତ ଖୋଜିବାକୁ ଚାହୁଁଛି । ତିଲୋଉମାକୁ ଦୁଇଫାଳ କରି ଖୋଜିବାକୁ ଚାହୁଁଛି ।

ପାରୁନାହିଁ ।

କ'ଣ ଖୋଜୁଛି ପରୀକ୍ଷିତ ? ତିଲୋଉମା ବୁଝିପାରୁ ନାହିଁ ।

ତା'ପରେ, ନିର୍ଦ୍ଦିଷ୍ଟ ଦିନ ତିଲୋଉମା ଗର୍ବରେ ଘୋଷଣାକଲା, ଯେ ସେ ଗର୍ଭବତୀ ।

ପ୍ରତିଦ୍ବନ୍ଦୀ

ହାଡ଼, ମାଂସର ଧୂସର କାନ୍ତ ଭାଙ୍ଗି ନୀଳଲୋହିତ ଆସୁଛି। ଅସ୍ଥିମଜ୍ଜା ବାଟ ଛାଡ଼ି ଦେଉଛନ୍ତି ଭୟରେ।

ଗର୍ଭ ବିଦାରିତ ହେଉଛି।

ଭୟରେ ଆଖି ବୁଜିଦେଲା ତିଲୋଉମା।

ଆଖି ଖୋଲିଦେଲା ବେଳକୁ, ସକାଳର ଦୀର୍ଘ ହଳଦିଆ ଚିତ୍କାରରେ ଭାଙ୍ଗିପଡ଼ୁଛି ପ୍ରସୂତୀଘରର କାଚଝରକା।

ପ୍ରଶସ୍ତ ପରିଷ୍କାର ବିଛଣାରେ, ତା' ପାଖରେ ଶୋଇଛି ଦୀର୍ଘକାୟ ଲୋମଶ ଶିଶୁ। ନୀଳଲୋହିତ।

ନୀଳଲୋହିତ ତିଲୋଉମାକୁ ଚାହିଁଲା ଓ ପାଟି ଖୋଲିଦେଲା। ତିଲୋଉମା ଭୟରେ ଜଡ଼ ହୋଇ ଚାହିଁଲା ତା'ର ପାଟି ଭିତରକୁ — ପରୀକ୍ଷିତ ସମେତ ତା'ର ସମଗ୍ର ଇତିହାସ ନୀଳଲୋହିତର ପାଟି ଭିତରେ।

ତିଲୋଉମା ଦୟା କରୁଛି ପରୀକ୍ଷିତକୁ।

ପରୀକ୍ଷିତ ଘରର ଗୋଟିଏ କୋଣରେ ଅସହାୟ ହୋଇ ଠିଆହୋଇଛି ଶଯ୍ୟାକୁ ପଛକରି।

ତିଲୋଉମାର ସ୍ତନରୁ କ୍ଷୀର ଝରୁଛି।

ଅଦୃଶ୍ୟ ବ୍ୟଥାରେ ଛାତି ଫାଟିପଡ଼ୁଛି।

କାପୁରୁଷ, ଦୁର୍ବଳ ପରୀକ୍ଷିତ !

ତିଲୋଉମା ସ୍ତନବୃନ୍ତ ଭରିଦେଲା ନୀଳଲୋହିତ ପାଟିରେ।

କ୍ରମେ ନୀଳଲୋହିତ ଜୀବନ୍ତ ହୋଇଉଠୁଛି। ତା'ର ଅଙ୍ଗପ୍ରତ୍ୟଙ୍ଗ କଠିନ ହୋଇ ଉଠୁଛନ୍ତି।

ନୀଳଲୋହିତ ଦୁଇ ପ୍ରକାଣ୍ଡ ହାତରେ ଚାପିଧରିଛି ତିଲୋଉମାକୁ।

ନିଜକୁ ଖଣ୍ଡ ଖଣ୍ଡ କରି ଖୁଆଇଦେଉଛି ତିଲୋଉମା ନୀଳଲୋହିତକୁ।

ଯ୍ଆ'ପରେ ? ଯ୍ଆ' ପରେ ?

ଏକ ତୀକ୍ଷ୍ଣ ଲମ୍ବା ଶୀତ୍କାର। ପିଙ୍ଗଳ ଆଲୋକରେ କୋଠରୀ ଆଲୋକିତ।

ଧର୍ଷିତ, କ୍ଷତବିକ୍ଷତ ଦେହ ତିଲୋଉମାର ଚାପିହୋଇ ପଡ଼ିଛି ଶଯ୍ୟାର ଗୋଟିଏ ଧାରରେ।

ପରୀକ୍ଷିତର ମାଂସପେଶୀ ଫୁଲୁଛି।

ପରୀକ୍ଷିତ ପ୍ରସ୍ତୁତ।

ପ୍ରସ୍ତୁତ ନୀଳଲୋହିତ।

ମଞ୍ଚରେ ତିଲୋଉମାର ଶରୀର।

ସେମାନେ ନିଜ ନିଜର ବ୍ୟୁହ ରଚନା କରୁଛନ୍ତି :

ବର୍ଗାକାର ବ୍ୟୁହ ମଞ୍ଚରେ ପରୀକ୍ଷିତ। ତାକୁ ଘେରି ଠିଆ ହୋଇଛନ୍ତି ରାଜପୁତ୍ର, କାପାଳିକ, ସୌଦାଗର, ବିଦୂଷକ।

ବୃତ୍ତାକାର ବ୍ୟୁହ ମଞ୍ଚରେ ନୀଳଲୋହିତ। ତାକୁ ଘେରି ଠିଆ ହୋଇଛନ୍ତି ଦଶଗୋଟି କ୍ରମବର୍ଦ୍ଧମାନ ମାଂସପିଣ୍ଡ।

ପତନ

ବର୍ତ୍ତମାନ, ଅତୀତ ଓ ଭବିଷ୍ୟତ ଚକ୍ରବେଗରେ ଘୁରୁଛନ୍ତି। ଶିଶୁ ପରୀକ୍ଷିତ ଧକ୍କା ଖାଉଛି ଯୁବତୀ ତିଲୋଉମା ଦେହରେ। ଯୁବତୀ ତିଲୋଉମା ଶୋଇଛି ବୃଦ୍ଧ ପରୀକ୍ଷିତର ରୁଦ୍ଧ ଜାନୁଦ୍ୱାରା ନିର୍ମିତ ଗୁମ୍ଫାରେ। ଭବିଷ୍ୟତର ଅନ୍ଧାର ଘର ଖୁମ୍ବରେ ଗୁଡ଼ାଇହୋଇ ଗର୍ଜୁଛି କାଳସର୍ପ। ପରୀକ୍ଷିତ ଦିଶୁଛି : ଖଣ୍ଡ ଖଣ୍ଡ ରୁଗ୍ଣ ଧଳା ମାଂସ। ହେ ମୋ'ର ଅସ୍ଥିର ଅସ୍ଥି, ହେ ମୋ'ର ମାଂସର ମାଂସ। ମା' ମା' ତପ୍ତ ଦୀର୍ଘଶ୍ୱାସ ଆସ୍ତେ ଆସ ସନ୍ତାନ ମୋ'ର ପିତା ତୋ'ର ମାତା ତୋ'ର ରକ୍ତଧାର, ଜଳଧାର, ଲୁହଧାର, ମାଂସ, ନୌକା, ଭୟ: ବୋକା ବୋକା ତମେ ବୋକା, ହୃଦୟ କ୍ଷତ: ଅନିଷ୍ଟ: ଯୁଦ୍ଧ ସତ୍ୟ ଯୁଦ୍ଧ ଯୁଦ୍ଧ।

ତା'ପରେ ସେହି ଅବଶ୍ୟମ୍ଭାବୀ ମୁହୂର୍ତ୍ତ।

ରକ୍ତର ସ୍ରୋତରେ ଧଳା ନୌକା ଘୁରୁଛି ଘୂର୍ଣ୍ଣରେ। ହଠାତ୍ ପୁଣି ବୁଡ଼ି

ଯାଉଛି । ଆଉ ଦିଶୁ ନାହିଁ । କେବଳ ରକ୍ତର ଅତଳରେ ଓଜନ ଜମୁଛି । ରକ୍ତର ଗତି ଶିଥିଳ ହେଉଛି ।

କେତେବେଳେ ପୁଣି ଧଲା ନୌକା ଭାସିଉଠିବ । ସ୍ରୋତ ଯେତେ ଚେଷ୍ଟା କରି ମଧ୍ୟ ବୁଡ଼ାଇ ପାରିବ ନାହିଁ ନୌକାକୁ । ତା' ପରେ ନୌକା ନିର୍ଦ୍ଦେଶ ଦେବ ସ୍ରୋତକୁ । ରକ୍ତ ଅନ୍ୟର ହୋଇଯିବ । ନିଃଶ୍ୱାସ ବନ୍ଦ ହୋଇଯିବ ।

ନୌକାରେ ଆରମ୍ଭ ହେବ ଅବଶିଷ୍ଟ କାଳ ପାଇଁ ଅପେରା ସଂଳାପ ପ୍ରବେଶ, ପ୍ରସ୍ଥାନ, ମୂର୍ଚ୍ଛା, ପତନ । ହାଡ଼ର ଉଜ୍ଜ୍ୱଳ ନଦୀବନ୍ଧ, ନିଃଶ୍ୱାସର ବାଲିଶଯ୍ୟା, ରକ୍ତର ସ୍ରୋତ, ହତଭମ୍ୟ ନୌକା, କବନ୍ଧ-କୁଶୀଳବ । ମୁକ୍ତିର ମହାନାଟକ । ନୌକା ଆଉ ପହଞ୍ଚିବ ନାହିଁ କୂଳରେ ।

ସମୟର ଅର୍ଥ ଆଉ କ'ଣ ? ଏକ ସମ୍ପର୍କହୀନ ନିରର୍ଥକ ଦୋଳନ । ପରୀକ୍ଷିତର ମନେପଡ଼ୁଛି, ସେଦିନ ତିଲୋଉମାର ସ୍ତନଚୂଳ ପାଣ୍ଡୁର, କଟୀ ସ୍ଖୀତ, ମହୁଁ ଚିକ୍‌ଣ ଓ ବିଷର୍ଷ । ସେମାନେ କ୍ରମେ ଶୀତଳ ହୋଇ ଘନୀଭୂତ ହେଉଥିଲେ, ପରସ୍ପରକୁ ନିର୍ବାକ୍‌ ହୋଇ ଚାହୁଁଥିଲେ । ସେହି ଅତୀତର ପୁନର୍ଜନ୍ମ ବର୍ତ୍ତମାନ, ଗର୍ଭାଧାନ, ଭବିଷ୍ୟତ, ଭବିଷ୍ୟତର ସ୍ମୃତିଲିଖନ । ମୁହୂର୍ତ୍ତ ସହିତ ମୁହୂର୍ତ୍ତର ସଂଘର୍ଷ । ମୁକ୍ତିର ମହାନାଟକ ।

ପତନ ଅବଶ୍ୟମ୍ଭାବୀ ।

ଦ୍ୱିଧାର ପ୍ରକାଣ୍ଡ ସୀମାରେଖାରେ ସାମ୍ମୁଖ୍ୟର କଠିନ ସ୍ଥଳଭୂମି ବିଭକ୍ତ ।

ଈର୍ଷା / ପ୍ରେମ

ଘୃଣା / ଅନୁକମ୍ପା

କ୍ରୋଧ/କରୁଣା

ସ୍ରଷ୍ଟା ବନାମ ସୃଷ୍ଟିପ୍ରକ୍ରିୟା ।

ଦଶଟି ମାଂସ ପିଣ୍ଡକୁ ସାମ୍ନା କରି ଠିଆ ହୋଇଛି ପରୀକ୍ଷିତ : ପୁରୁଷ, ସ୍ରଷ୍ଟା; ଈଶ୍ୱର, ରାକ୍ଷସ । ଦଶଟି ମୌଲିକ ଆଘାତ । ପିତା ପୁତ୍ରର ସମ୍ପର୍କ କ'ଣ ? ପତିପତ୍ନୀ ବା କିଏ ?

ପ୍ରଥମ ଆଘାତ !

(ପରୀକ୍ଷିତର ପୁରୁଷଚିହ୍ନ ଖସିପଡ଼ୁଛି। ତା'ର ମନେପଡ଼ୁଛି ସେହି ତେଜସ୍ୱିନୀ ମୁହୂର୍ତ ଯେତେବେଳେ ତିଲୋଉମା ସହିତ ତା'ର ସମଗ୍ର ଜାଗତିକ ଚେତନା ଏକ ବିସ୍ଫୋରଣରେ ଲୋପ ପାଇଯାଇଥିଲା। ସେ ବୀର ଧନୁର୍ଧର ଅରଣ୍ୟର କେତେ ଗଭୀରକୁ ଟାଣି ହୋଇ ନ ଯାଇଛି କେବଳ ଏଇ ଏକ ପୁରୁଷଚିହ୍ନ, ଅବ୍ୟର୍ଥ ନାରାଚର ଭରସାରେ। କେତେ ଗର୍ବରେ ଠିଆ ନ ହୋଇଛି ଶରୀରର ଯୁଦ୍ଧ ଭୂମିରେ! ବର୍ତ୍ତମାନ ତୂଣୀର ଶୂନ୍ୟ। ସେ ତିଲୋଉମାକୁ ଜଗି ବସିଛି ଏକ ନପୁଂସକ କ୍ରୀତଦାସ।

ତିଲୋଉମାର ସ୍ନାନାଗାର ଚଟାଣରେ ଅଜସ୍ର ଜଳପତନ ଶବ୍ଦ ସହିତ ମିଳାଇଯାଉଛି ତା'ର ଭବିଷ୍ୟତର ଧ୍ୱନି। ତିଲୋଉମାର ପଦଚାଳନାରେ ବିଦ୍ଧ ହୋଇଯାଉଛି ସେ, ଭୁରୁଚାଳନାରେ ଲୁଟିଯାଉଛି, ପଦାଘାତରେ ଜାଗ୍ରତ ହେଉଛି ଓ ନୀବି ମୋକ୍ଷଣରେ ମୋହ ଯାଉଛି।

ସେ କେବଳ ତା'ର ପ୍ରକାଣ୍ଡ ତରବାରୀ ଲମ୍ଭାଇ ଦେଇଛି ଦ୍ୱାରବନ୍ଧ ଉପରେ। ଭିତରେ ତିଲୋଉମା ଆକାଂକ୍ଷା କରୁଛି ପରପୁରୁଷକୁ। ନଂପୁସକ କ୍ରୀତଦାସ ବସିଛି ତା'ର ଅବଶିଷ୍ଟ ଇନ୍ଦ୍ରିୟ ଉନ୍ମୁକ୍ତ ରଖି।)

ଦ୍ୱିତୀୟ ଆଘାତ!

(ପରୀକ୍ଷିତର ଦୃଷ୍ଟିଲୋପ। ସେ ଦେଖିପାରୁ ନାହିଁ ତିଲୋଉମାକୁ। ସେ ଦେଖିପାରୁ ନାହିଁ ଏପରି କି ତରବାରୀର ଶାଣିତ ଧାର। ସେ ଦେଖିପାରୁ ନାହିଁ ଦ୍ୱାରବନ୍ଧର ପରପାରରେ ପ୍ରସ୍ତୁତ ଛଦ୍ମବେଶୀ ପରପୁରୁଷକୁ। ତିଲୋଉମାର ପାଦଶବ୍ଦ ଶୁଭୁଛି। ତିଲୋଉମା ଏଇ ତ ଠିଆହେଲା ଦ୍ୱାରବନ୍ଧ ନିକଟରେ, ଏଇ ତ ସେ ଛଦ୍ମବେଶୀର ହାତ ଧରିଲା; ସେମାନେ ପରସ୍ପରକୁ ଚୁମ୍ବନ କଲେ। ମଝିରେ ଶାଣିତ ଅଲଙ୍ଘନୀୟ ତରବାରୀ। ପରୀକ୍ଷିତ ତରବାରୀ ଠାବ କରିନେଲା ଓ ଦୃଢ଼ଭାବେ ତୋଲି ଧରିଲା।

ତୃତୀୟ ଆଘାତ!

(ପରୀକ୍ଷିତର ଶ୍ରୁତି ଲୋପ। ସେ ଆଉ ଶୁଣିପାରୁ ନାହିଁ। ସେ ଶୁଣିପାରୁ ନାହିଁ ତିଲୋଉମାର ବିଶ୍ରମ୍ଭାଳାପ, ପଦଶବ୍ଦ, ଚୁମ୍ବନର ଧ୍ୱନି, କଟୀର କିଙ୍କିଣୀ। କେବଳ ତା'ର ତରବାରୀ ଉଦ୍ୟତ।)

ଚତୁର୍ଥ ଆଘାତ !

(ପରୀକ୍ଷିତର ହାତପାଦ ଲୋପ । ସେ ପଙ୍ଗୁ । ତା'ର ତରବାରୀ ଭୂପତିତ । ସେ ଚିକ୍କାର କରୁଛି ।)

ପଞ୍ଚମ ଆଘାତ !

(ପରୀକ୍ଷିତ ଜିହ୍ୱାଚ୍ଛେଦ । ସେ ଚିକ୍କାର କରିପାରୁ ନାହିଁ । କେବଳ ତିଳୋଉମା ସରୀସୃପ, କାଳସର୍ପ ତା' ଦେହରେ ଗୁଡ଼ାଇ ହୋଇ ଗଲାବେଳେ ସେ ଶିହରି ଉଠୁଛି ।)

ଷଷ୍ଠ ଆଘାତ !

(ସ୍ପର୍ଶଶକ୍ତି ଲୋପ । ସେ ଜାଣିପାରୁ ନାହିଁ ଦେହର କୋମଳ ଅଗ୍ନି କିପରି ତା'ର ରକ୍ତକୁ କ୍ଷାରରେ ପରିଣତ କରୁଛି । ସେ ଜଳି ଜଳି ନିଃଶବ୍ଦ ହୋଇ ମଧ ଜାଣିପାରି ନାହିଁ ଜ୍ୱଳନ୍ କ'ଣ କ୍ଷୟ କ'ଣ ?)

ସପ୍ତମ ଆଘାତ !

(ତା'ର ହୃତ୍‌ପିଣ୍ଡ ବିଦ୍ଧ । ପରୀକ୍ଷିତ ଜୀବିତ ? ମୃତ ? ନା ଜୀବନ ଓ ମୃତ୍ୟୁର ମଝିରେ ଯେଉଁ ଗୋଧୂଲି ସାମ୍ରାଜ୍ୟ ତା'ର ରାଜଧାନୀରେ ନା ସ୍ପନ୍ଦନ ନା-ନିଃଶ୍ୱାସର ସିଂହାସନରେ ଅଧ୍ୟଷିତ ?)

ଅଷ୍ଟମ ଆଘାତ !

(ପରୀକ୍ଷିତର ମସ୍ତିଷ୍କ ବିଦୀର୍ଣ୍ଣ । ଏହି ପ୍ରକାଣ୍ଡ ଭୌତିକ ପ୍ରକ୍ରିୟା ଲୋପ ପାଇଗଲା ପରେ କେବଳ ଏକ ସରଳ ଶୂନ୍ୟତା ଆରମ୍ଭ ଓ ଶେଷ ଏକ ବିନ୍ଦୁରେ ସମାହିତ ।)

ନବମ ଆଘାତ !

(ପରୀକ୍ଷିତକୁ ଫିଙ୍ଗିଦେଉଛି ରାସ୍ତାକୁ । ତିଳୋଉମାର ଅଞ୍ଚଳ ଆଶ୍ରୟ; କେଶଛାୟା ଯଥେଷ୍ଟ ନୁହେଁ ।)

ଦଶମ ଆଘାତ ।

(ତାକୁ ଉଡ଼ାଇ ଦେଉଛି । ପରୀକ୍ଷିତ ଅବାନ୍ତର, ଏକ ନାମ ଏକ ସଂଖ୍ୟା, ଏକ ଆସ୍ତର୍ଣ, ଏକ ବାହାନା । ତା'ର ପଛେ ପଛେ ପଡ଼ି ଚାଲିଛନ୍ତି ତା'ର

ସମ୍ପର୍କମାନ। ବସ୍ତୁ ଅବିଚଳିତ। କେବଳ ଉଡୁଛନ୍ତି ସେମାନଙ୍କର ଅର୍ଥ ସମୂହ।

ଉଡୁଛି ପରାକ୍ଷିତ: ପଙ୍ଗୁ, ମାଦଳ। ପୂର୍ବକୁ ଯାଉଛି ଓ ଦିଗକୋଣରୁ ପୁଣି ଉଡୁଛି ପଶ୍ଚିମକୁ, ପୁଣି ଉତ୍ତରକୁ, ପୁଣି ଦକ୍ଷିଣକୁ। ସମାନ ପଥ। ଅସମାହିତ ସମକୋଣ ସବୁଠାରେ। ସେ ଉଡୁଟି ନିଜର ପରିଧ୍ୱ ମାନି। କେଉଁଠି ଖସିପଡ଼ିବ ସେ ? କେଉଁ ମୁକ୍ତିର ବ୍ୟାପ୍ତିରେ ? କେବେ ?

ରୂପାନ୍ତର

ଅସହାୟ ପରାକ୍ଷିତ ପୁଣି ଚାହୁଁ ଚାହୁଁ ନିଜକୁ ସଂଗ୍ରହ କରିନେଲା।

ସେ ଆର୍ତ୍ତଚିତ୍କାର କରି ଡାକିଲା ତା'ର ଚାରିଜଣ ରକ୍ଷୀଙ୍କୁ। ରାଜପୁତ୍ର, କାପାଳିକ, ସୌଦାଗର ଓ ବିଦୂଷକ ତାକୁ ବୋହି ନେଲେ ତା'ର ଶିବିରକୁ।

ସେଠି ତା'ର ଅଦ୍ଧତେତନା ଉପରେ ବିଚିତ୍ର ଅସ୍ତ୍ରୋପଚାର ଆରମ୍ଭ ହେଲା।

ଲିଙ୍ଗ : ଧାତୁମାଟି

ଆଖି : କାଚ

କାନ : ରବର

ଜିଭ : ପତ୍ର

ଚମ : କାଗଜ

ହାତପାଦ : ବାଲି

ମସ୍ତିଷ୍କ : କଣ୍ଡା

ହୃତ୍‌ପିଣ୍ଡ : ଅଙ୍ଗାର।

ଏ ବିଚିତ୍ର ଜୀବ କିଏ ? ମଣିଷ ? ପରାକ୍ଷିତ ?

ପରାକ୍ଷିତ ପୁଣି ଠିଆ ହେଲା। ଆଉ ଭୟ ନାହିଁ।

ରାଜପୁତ୍ର ତା'ର ହାତରେ ଦେଲା ତରବାରୀ,

ସୌଦାଗର ତା'ର ବେକରେ ଲମ୍ବାଇଦେଲା ମୋତିହାର;

କାପାଳିକ ଦେଲା ଅସ୍ଥିମାଳ; ବିଦୂଷକ ଦେଲା ସୁନାଦାନ୍ତ।

(ସେମାନେ ବିଦାୟ ନେଲେ)

ପରୀକ୍ଷିତ ପହଞ୍ଚିଲା ନୀଳଲୋହିତର ଶଯ୍ୟା ନିକଟରେ।

ତା'ର ଖଡ୍ଗାଘାତରେ ଦଶଟି ମାଂସପିଣ୍ଡ ବିଦୀର୍ଣ୍ଣ।

ଏଥର ତା'ର ବିଜୟ। ପରୀକ୍ଷିତ ମାୟାବୀ।

ମୁକ୍ତି, ମୁକ୍ତି ଚିତ୍କାର କଲା ପରୀକ୍ଷିତ। ବସ୍ତୁଜଗତ ସ୍ଥିର ହୋଇଗଲେ।

ହଠାତ୍ ପୁଣି ଏ କ'ଣ ହେଲା ?

ତା'ର ଦଶଟିୟାକ ଖଡ୍ଗାଘାତ ତିଲୋଉମାର ଗର୍ଭଗହ୍ବରରେ ଲୀନ ହୋଇ
ଯାଇଛନ୍ତି।

ତିଲୋଉମା ହସୁଛି।

ପରୀକ୍ଷିତ ପୁଣି ରକ୍ତମାଂସର ଦେହଧାରୀ: ରକ୍ତର ସ୍ରୋତରେ ଧଲାନୌକା
ମାଂସର ମାଂସ, ଅସ୍ଥିର ଅସ୍ଥି।

ତିଲୋଉମା ଚିହ୍ନାଇଦେଉଛି : ଦେଖ ଦେଖ, ଏଇ ତମର ପୁଅ। ମୁଁ ମୁଁ
ତା'ର ଗର୍ଭଧାରିଣୀ ମା'। ତମେ ତମେ ମୋର ସ୍ବାମୀ। ଏଇ ତମର ପୁଅ।

ପରୀକ୍ଷିତ ନିର୍ବାକ୍ ହୋଇ ଠିଆହୋଇଛି।

ତିଲୋଉମା ହସୁଛି।

କ୍ରମେ ପରୀକ୍ଷିତ ନିର୍ବାକ୍ ଦୃଷ୍ଟି ହିଂସ୍ର ହୋଇଆସୁଛି। ସେ ନୀଳଲୋହିତକୁ
ଏକଲୟରେ ଚାହିଁଛି। ଏଇ ରକ୍ତମାଂସ ପିଣ୍ଡଟି ପ୍ରତି ତା'ର ଏତେ ଆକ୍ରୋଶ
କାହିଁକି ? ଏଇ ତ ଲୁଣ୍ଠନ କରି ନେଉଛି ତା'ର ମୁକ୍ତିର ସମ୍ଭାବନା, ମୁକ୍ତିର ବ୍ୟାପ୍ତିକୁ
ତା'ର ଚାବିକାଠି। ଏ କ'ଣ ଜାଗ୍ରତ ? ଏ କ'ଣ ଜାଣେ ମୁକ୍ତି କ'ଣ ?

ନୀଳଲୋହିତ ହଠାତ୍ ଦିଶୁଛି ଭୟଙ୍କର। ତା'ର ମୁହଁରେ ନିଶଦାଢ଼ି।
ତା'ର ଅଟ୍ଟହାସ୍ୟ, କାନ୍ଦରେ ଶୋଇବା ଘର କମ୍ପୁଛି।

ପରୀକ୍ଷିତ, ତିଲୋଉମାକୁ ଇଙ୍ଗିତରେ ଡାକିଲା।

ତିଲୋଉମା ପରୀକ୍ଷିତକୁ ଅନୁସରଣ କରି ଆସିଲା :

ପରୀକ୍ଷିତ ଓ ତିଲୋଉମା ବାରଣ୍ଡାର ଏକ ଛାୟାବୃତ କୋଣରେ ପରସ୍ପରକୁ
ସାମ୍ନା କରି ଠିଆହେଲେ।

ତିଲୋଉମା ପରୀକ୍ଷିତକୁ ଚିହ୍ନଟ କରିବାକୁ ଚେଷ୍ଟାକଲା ପ୍ରଥମଥର ପାଇଁ। ତାକୁ ସ୍ପଷ୍ଟ ଦିଶୁଚି ପରୀକ୍ଷିତ ହାଡ଼ମାଂସର ବିଧ୍ୱସ୍ତ ସ୍ତୂପଟିଏ ଭଳି ଠିଆହୋଇଛି। ତା'ର ବକ୍ତବ୍ୟ ନାହିଁ କିଛି। ବୋକା, ବୋକା ତମେ ପରୀକ୍ଷିତ !

ତିଲୋଉମା ପରୀକ୍ଷିତ ପାଖରେ ଠିଆହୋଇ ତା'ର ମୁଣ୍ଡକୁ ଆଉଜାଇ ଆଣିଲା ଛାତି ଉପରକୁ। ତିଲୋଉମାର ଆଙ୍ଗୁଠି ଯେମିତି କଣ୍ଢାବୁଦାରେ ଅଟକି ଯାଇଛି। ପରୀକ୍ଷିତର ଖୋଲା ମସ୍ତିଷ୍କ ତାକୁ ରକ୍ତାକ୍ତ କରୁଛି। କାହିଁଗଲା ସେ ରହସ୍ୟମୟ ବୁଦ୍ଧିଦୀପ୍ତ ମସ୍ତିଷ୍କ, ଯାହାର ଆଲୋକରେ ଏ ପର୍ଯ୍ୟନ୍ତ ଅଭିଭୂତ ତିଲୋଉମା ?

ତିଲୋଉମା ଚିତ୍କାର କରି ଡାକୁଛି ମୋତେ ଚାହଁ; ମୋତେ ଚାହଁ। ଏକ ସ୍ଥିର କାଚ ଆଖି ଚାହିଁଛି। ସେ ଆଖିରେ ପ୍ରତିବିମ୍ବ ନାହିଁ। ପ୍ରତିଦାନ ବା ପ୍ରତିକ୍ରିୟା ନାହିଁ। କ'ଣ ହେଲା ପରୀକ୍ଷିତର ?

ଏଇ ମୋ' ଦେହ ପରୀକ୍ଷିତ, ଏଇ ମୋ'ର କେଶ, ଆଘ୍ରାଣ କର ପରୀକ୍ଷିତ ଜଡ଼। ଏଇ ମୋର ମୁହଁ ପରୀକ୍ଷିତ ଏଇ ମୋର ମୁହଁ, ଏଇ ତୁମର ଚର୍ବ ଚୋଷ୍ୟ ଲେହ୍ୟ, ତମର ଆଦ୍ୟଯୌବନର ଉପଢୌକନ : ଗ୍ରହଣ କର। ପରୀକ୍ଷିତ ଜଡ଼ଶୁଷ୍କପତ୍ର, ମାଟି, ରବରର ପ୍ରତିକୃତି। ଏଇ ମୋ'ର ପ୍ରେମ, ମୋର ବିଶ୍ୱାସ ସତୀତ୍ୱ : ପରୀକ୍ଷିତର ହୃତ୍‌ପିଣ୍ଡ ଏକ ଅଙ୍ଗାରର ପ୍ରାଚୀର : ନିରୁତ୍ତର।

ପାଟିରେ ପରୀକ୍ଷିତ ହାତରେ ତରବାରୀ, ମୁଣ୍ଡରେ ମୁକୁଟ, ବେକରେ ମୋତିହାର, ଅସ୍ଥିମାଳ, ସୁନାଦାନ୍ତ।

ତିଲୋଉମା ହତଭମ୍ବ ହୋଇ ଠିଆହେଲା।

କିଏ ? କିଏ ତମେ ?

ହଠାତ୍‌ ତିଲୋଉମା ଆନନ୍ଦରେ ବିଭୋର ହୋଇଗଲା, ସେ ଯେମିତି ଚିହ୍ନଟ କରିପାରିଲା ପରୀକ୍ଷିତକୁ।

ସେ ପରୀକ୍ଷିତକୁ କୁଣ୍ଢାଇ ଧରିଲା ଏକ ଗଭୀର ତୃପ୍ତିର ଆଲିଙ୍ଗନରେ। ତା'ର ଆଉ ଦୁଃଖ ନାହିଁ। ସେ ପରୀକ୍ଷିତକୁ ଫେରିପାଇଚି। ତା'ର ପୁରୁଷ ଫେରିଛି ପୁଣି।

ପରୀକ୍ଷିତ ! ପରୀକ୍ଷିତ !

ତିଲୋଉମାର ଚିକ୍ରାରେ ସମଗ୍ର ବାରଣ୍ଡାରୁ ଛାଇର ବିଜୁଳୀବତୀ ଲିଭିଗଲା ଯେମିତି ! ତା'ପରେ ହିଂସ୍ର ଅନ୍ଧାର ।

ଅନ୍ଧାର ଭିତରେ ଅନ୍ଧାରର ବୃଭ ।

ସେ ବୃଭର କେନ୍ଦ୍ରରେ ଛଦ୍ମବେଶୀ ପୁରୁଷ ପରୀକ୍ଷିତ ଓ ତିଲୋଉମା ତା'ର ବିମୋହିତା ସ୍ତ୍ରୀ ।

ଆସ ପରୀକ୍ଷିତ ପଲଙ୍କୁ ଆସ । ତିଲୋଉମାକୁ ଆଲିଙ୍ଗନ କର । ତିଲୋଉମାକୁ ଜଣାଇ ଦିଅ ଯେ ତମେ ପରାସ୍ତ : ପୁତ୍ରଠାରୁ, ପତ୍ନୀଠାରୁ । ତୁମେ ତୁମର ନିଜ ଅଙ୍ଗରକ୍ଷୀମାନଙ୍କ ଦ୍ୱାରା ପ୍ରତାରିତ । ଆଉ କେଉଁ ମୁକ୍ତି ? କେଉଁଠାରୁ ?

ତିଲୋଉମାର ଶୟନ କୋଠରୀର ଅଧୀଶ୍ୱର, ବନ୍ଦୀ ହୋଇ ରୁହ ଚାରିକାନ୍ତ ଭିତରେ । ତିଲୋଉମାର ରନ୍ଧନଶାଳର ଅଗ୍ନିଦେବ, ବନ୍ଦୀ ହୋଇ ରୁହ ଅନ୍ନ ବ୍ୟଞ୍ଜନର ପଞ୍ଚଗ୍ରାସ ଭିତରେ ।

ତିଲୋଉମାର ସନ୍ତାନର ଜନକ, ରୋଗଶୋକର କ୍ରୁଶରେ ବିଦ୍ଧ ହୋଇ ଠିଆହୁଅ ବୈଠକଖାନାର ଚଟାଣରେ ।

ତିଲୋଉମାର କଣ୍ଠତରୁ; ଦୁଇହାତ ମେଲି ଠିଆହୁଅ; ଟଙ୍କା, ଔଷଧ ଓ ସନ୍ତାନ ଫଳାଅ ।

ତିଲୋଉମା ପରୀକ୍ଷିତକୁ ଶୟ୍ୟାରେ ବସାଇଲା ।

ପରୀକ୍ଷିତ ତା'ର ବାଲିର ହାତ ବଢ଼ାଇଦେଲା । ସେମାନେ ନୀଳଲୋହିତକୁ ଘୋଡ଼ାଇ ଦେଲେ ।

ନୀଳଲୋହିତ ଶିଶୁ, ନିରୀହ, ନିଷ୍ପାପ ।

ଶରୀର ମୁକ୍ତିର ଚାବିକାଠି । ପଡ଼ିଛି ବିଛଣାରେ । ଉଜ୍ଜ୍ୱଳ ଚିକ୍କଣ ଦିଶୁଛି । ଏହି ଚାବିକାଠି ପୁଣି କଳଙ୍କି ଲାଗି ବିକୃତ ଦିଶିବ । ସେତେବେଳକୁ ତାହା ଅଦରକାରୀ ହୋଇଯିବ । ବିଚରା ନୀଳଲୋହିତ ! ଆହା ବିଚରା !

ପରୀକ୍ଷିତ ଓ ତିଲୋଉମା ଜଗି ବସିଛନ୍ତି ନୀଳଲୋହିତକୁ ।

ନୀଳଲୋହିତର ମୁଣ୍ଡ ଚାବିକାଠିର ମୁଣ୍ଡ । ତା'ର ଟିକି ଟିକି ହାତପାଦ: ଚାବିକାଠିର ଦାନ୍ତ ।

କେଉଁ ଘର ଖୋଲିଦେବ ନୀଳଲୋହିତ ? କେଉଁ ମୁକ୍ତିରେ ଅଦୃଶ୍ୟ ହୋଇଯିବ ?

ତିଲୋଉମା, ତିଲୋଉମା ରୁଦ୍ଧ କରିଦିଅ ତା'ର ପାଟି ସ୍ତନବୃନ୍ତରେ। ବାନ୍ଧି ଦିଅ ତାକୁ ତା'ର ଶରୀର ସହିତ ନିଷ୍ଠୁର ଭାବରେ।

କାନ୍ଦ୍ କାନ୍ଦ୍ ନୀଳଲୋହିତ। ତୋର କାନ୍ଦରେ ଆକାଶ ଛିଡ଼ିପଡ଼ୁ, ପୃଥିବୀ ଶଯ୍ୟା ପରିବର୍ତ୍ତନ କରୁ। ତୁ କିନ୍ତୁ ପଡ଼ିରହ ତୋତେ ଉପଲକ୍ଷ୍ୟ କରି।

ହଠାତ୍ ଏକ ପିଙ୍ଗଳ ଆଲୋକରେ କୋଠରୀ ଉଦ୍‌ଭାସିତ ହେଲା। କବାଟ ଖୋଲି ଭିତରକୁ ପଶିଆସିଲା ଯୁବକ ନୀଳଲୋହିତ।

କୋଠରୀ ଭିତରେ ଶଯ୍ୟା ଶୂନ୍ୟ।

ନୀଳଲୋହିତ ଝୁଲିପଡୁଛି ପିତାମାତାଙ୍କ ବାହୁଦ୍ୱାରା ନିର୍ମିତ ଚୌକାଠରେ।

ଦୁଃସ୍ୱପ୍ନ

ନୀଳଲୋହିତର ଯୌବନ ବହୁ ଦୁଃସ୍ୱପ୍ନର ସମଷ୍ଟି, ତା'ର ଏକ ବ୍ୟକ୍ତିଗତ ଅଧିକାର। ପରୀକ୍ଷିତର ଯେଉଁ ଚାରିଜଣ ଅଙ୍ଗରକ୍ଷୀ ବିଦାୟ ନେଇଥିଲେ, ସେମାନେ ପୁଣି ଫେରିଆସିଲେ ନୀଳଲୋହିତର ରକ୍ତକୁ ଏହି ଦୁଃସ୍ୱପ୍ନର ସିଡ଼ି ଦେଇ। ନିମ୍ନୋକ୍ତ ଦୁଃସ୍ୱପ୍ନ ମାନ :

(କ)

ଏକ ପ୍ରକାଣ୍ଡ ଶୋଭାଯାତ୍ରା — ରାଜପଥ ଠାରୁ ରାଜପ୍ରାସାଦ ଯାଏଁ। ଏକ ପଙ୍ଗୁର ଚିକ୍କାରରେ ହଠାତ୍ ସବୁ ସ୍ତବ୍ଧ ହୋଇ ଯାଉଛି। ହାତୀ ପିଠିର ଚୌଦୋଳରୁ ରାଜପୁତ୍ର ତଳକୁ ଚାହିଁଛନ୍ତି। ରାଜପୁତ୍ରଙ୍କର ଶରୀର ଦିଶୁନାହିଁ, କେବଳ ଦିଶୁଚି ଅର୍ଦ୍ଧତରଳ ଓ ଉଜ୍ଜ୍ୱଳ ମାଂସ। ରାଜପୁତ୍ରଙ୍କର ଅଭିଷେକ ଉତ୍ସବ। ପଙ୍ଗୁକୁ ଡାକ। ପଙ୍ଗୁକୁ ପ୍ରାସାଦକୁ ନିଅ। ପଙ୍ଗୁକୁ ସିଂହାସନ ତଳେ ଫିଙ୍ଗିଦିଅ। ପଙ୍ଗୁକୁ ଶାସ୍ତି ଦିଅ। ପଙ୍ଗୁକୁ ତା'ର ଅଙ୍ଗ ଫେରାଇ ଦିଅ। ପଙ୍ଗୁକୁ ରାଜପଥରେ ଚଲାଅ। ପଙ୍ଗୁକୁ ହାତୀ ପିଠିରେ ବସାଅ। ଏହି ପଙ୍ଗୁ ଅନ୍ୟ ଏକ ପଙ୍ଗୁର ଚିକ୍କାର ଶୁଣୁ। ପଙ୍ଗୁ ପ୍ରାସାଦକୁ ଆସୁ। ପଙ୍ଗୁକୁ ସିଂହାସନ ତଳେ ଫିଙ୍ଗି ଦିଅ।

ରାଜପୁତ୍ର ବିବସ୍ତ୍ର ହେବା ପାଇଁ ପ୍ରସ୍ତୁତ । ସେ ତାଙ୍କର ଚାରି ଦିଗକୁ ଚାହୁଁଛନ୍ତି । ତାଙ୍କ ଦୃଷ୍ଟିରେ ପଡୁଛି ଚୁମ୍ବନ, ଆଲିଙ୍ଗନ ଓ ଶିହରଣର ଏକ କ୍ଷୁଦ୍ର ଉଦ୍ୟାନ ଓ ତା'ର କଣ୍ଟକମୟ ବାଡ଼ । ତାଙ୍କର ଛାଇ ପଡୁଛି ରାଜପଥରେ । ସେଇ ଛାଇର ଏକ କଠିନ ସବୁଜ ଆଲୋକ ଅଛି, ତା'ର ତଳେ ଆଶ୍ରୟ ନେଉଚନ୍ତି ସହରର ଶିଶୁମାନେ ।

(ପ୍ରଥମ ଘଣ୍ଟାଧ୍ୱନି)

ସେ ପାଦ ଉଠାଉଛନ୍ତି । କ୍ଷୁଦ୍ର ଉଦ୍ୟାନ କ୍ରମେ ପାଖେଇ ଆସୁଛି । ଛାଇ ଘୁଞ୍ଚି ଆସୁଛି ନିକଟକୁ । ଶିଶୁମାନଙ୍କ ଉପରେ ଦିପ୍ରହରର କ୍ରୂର ଖରା । ସେମାନେ ଚିତ୍କାର କରୁଛନ୍ତି । ଧଳା ମାଂସ କଳା କେଶ । ପ୍ରଥମେ ଛାତିରୁ ବସ୍ତ୍ର ଫିଙ୍ଗିଦେଲେ ରାଜପୁତ୍ର ।

(ଦ୍ୱିତୀୟ ଘଣ୍ଟାଧ୍ୱନି)

(ହର୍ଷଧ୍ୱନି)

ଅର୍ଦ୍ଧନାରୀଶ୍ୱର । ରାଜପୁତ୍ରଙ୍କର ବକ୍ଷ କ୍ଷୀରମୟ । ସେ ଦୌଡ଼ିଲେ ଓ ଶିଶୁମାନଙ୍କ ମଝିରେ ଖସିପଡ଼ିଲେ । ଶିଶୁମାନେ ତାଙ୍କ ବକ୍ଷରୁ କ୍ଷୀରପାନ କଲେ ।

ରାଜପୁତ୍ର ରତିମଗ୍ନ । ତାଙ୍କ ପାଟିରେ ବିଦ୍ଧ ସ୍ତନଚୂଳ । ମାଂସର ଗହ୍ୱରରେ ପୁରୁଷଚିହ୍ନ ଅବଲୁପ୍ତ । ଦୁଇ ହାତ କଟୀରେ ନିବଦ୍ଧ । ଶରୀରର ତେଜସ୍ୱିୟ ଦୋଳନ । ସବୁ ସ୍ଥିର ।

(ଶେଷ ଘଣ୍ଟାଧ୍ୱନି)

ରାଜପୁତ୍ରଙ୍କର ମୃତ ଶରୀର ପରିତ୍ୟକ୍ତ ଶୂନ୍ୟ ବିଛଣାରେ । ତାଙ୍କୁ ଜଗି ବସିଛି ଏକ ନାରୀ । ନାରୀର ଉଦର ପିଙ୍ଗଳବର୍ଣ୍ଣ ।

(ଶବର ଅଭିଷେକ)

(ଖ)

କାପାଳିକର ପତ୍ନୀ : ପକ୍ଷାଘାତଗ୍ରସ୍ତ ଶରୀର, ଉଦର ସ୍ଫୀତ ।

କାପାଳିକ ବସିଛି ତା'ର ଗର୍ଭବତୀ ପତ୍ନୀର ପେଟ ଉପରେ । ପତ୍ନୀର ଜାନୁଗହ୍ୱରରେ ସେ ପୋତିଛି ବଣ ତୁଳସୀ । ନାଭି ମଣ୍ଡିଚି ସିନ୍ଦୁରରେ ।

(ଧାନମୁଦ୍ରା)

କାପାଳିକ ପ୍ରଥମେ ତର୍ଜନୀରେ ମେଞ୍ଜାଏ ସିନ୍ଦୁର ଆଣି ଗୋଟିଏ ଲୋହିତ ବୃତ୍ତ ଆଙ୍କୁଚି ପେଟ ଉପରେ ।

ବୃତ୍ତ ଭିତରେ ରଖୁଛି ଆଞ୍ଜୁଳାଏ ତିଳ । ତିଳ ବିଷ୍ଟୁ ଯାଉନାହିଁ । ବୃତ୍ତ ଜ୍ୱଳନ୍ତ ।

(ଆବାହନ)

ବୃତ୍ତ ଭଙ୍ଗ ! ବୃତ୍ତ ଭଙ୍ଗ !

ବୃତ୍ତଭଙ୍ଗ ହେଉ । ତିଳ ଉଡ଼ିଯାଉ ଶୂନ୍ୟକୁ । ନକ୍ଷତ୍ର ହୋଇ ବିରାଜୁ ଅନ୍ତରୀକ୍ଷରେ ।

ମୋତେ ଦିଅ କାଳଭେଦ କବଚ ।

ମୁଁ ଗର୍ଭରେ ପ୍ରବେଶ କରେ ।

ବାୟୁରୂପେ ମୁକ୍ତି ଲାଭ କରେ ।

(ଆବିର୍ଭାବ)

ଦେବୀ ଆଦେଶ ଦେଇଛନ୍ତି ।

କାପାଳିକ ଅବୟବମାନ କାଟି ଫିଙ୍ଗି ଦେଇଛି ଓ ପତ୍ନୀର ଶବ ଉପରେ ପଙ୍ଗୁର କ୍ରୀଡ଼ା ଆରମ୍ଭ ହେଉଛି ।

(ଅଭିଶାପ)

କାପାଳିକ ଏକ ଗହ୍ୱର ଭିତରେ ଲୀନ ହୋଇ ଯାଉଛି ।

(ଗ)

ସୌଦାଗରର ବୋଇତ ଠିଆହୋଇଛି ସମୁଦ୍ର ପାଣିରେ ।

ଏକ ଆଲୋକିତ ଶୋଭାଯାତ୍ରାରେ ସୌଦାଗର ତା'ର

ନାରୀକୁ ବାଟ କଡ଼ାଇ ନେଉଚି । (ଶଙ୍ଖଧ୍ୱନି, ବାଦ୍ୟଧ୍ୱନି)

ଆସ, ବିମୋହିତା, ଦେଖ ଏଇ ମୋ'ର କୁବେର ଭଣ୍ଡାର (କ୍ରନ୍ଦନ ଧ୍ୱନି)

ରାଶି ରାଶି ସୁନାମୋହର ଉପରେ ପଡ଼ିଛି ଉଲଗ୍ନ ସାଧବୋଆଣୀ ।

ପ୍ରଥମ ରାତ୍ରି, ପ୍ରଥମ ମିଳନ ।

ସୌଦାଗରର ହାତ, ପାଦ, କଟୀ ସାଧବାଣୀ ଦେହରେ ଲୀନ ।

ସାଧବାଣୀ ବୁଡ଼ିଯାଉଛି ସୁନାମୋହର ଭିତରେ ।

ସମୁଦ୍ରର ଢେଉ ଭଳି ଉଜ୍ଜ୍ୱଳ ଓ ଚକ୍ ଚକ୍ ସୁନାମୋହର

ଅକାତକାତ ପାଣି

କେଶର ଅଗ୍ନାନି ବନସ୍ତ

ଅପହୃତ ଚେତନା

ସାଧବାଣୀର ସୁନା ମୋହରର ଦେହ ।

ସୁନାମୋହର ଦୃଷ୍ଟି ହେଉଛି

କି ଦେବଗଣ ପୁଷ୍ପବୃଷ୍ଟି କରୁଛନ୍ତି ।

ସୁନା ମୋହର ଗର୍ଭରେ

(ଧାତୁପିଣ୍ଡ)

ଗର୍ଭସଞ୍ଚାର ।

(ମୃତ ଶିଶୁ)

(ଘ)

ଶଢ଼ର ପ୍ରକାଣ୍ଡ ଜାଲ ।

କାଳ ନିରବଧ୍ୟ ।

(ହ୍ରସ)

ବିଦୂଷକ ଠିଆହୋଇଛି ମଞ୍ଚଦାଣ୍ଡରେ

ତାକୁ ଘେରି ଠିଆହୋଇଛନ୍ତି ପଣ୍ଡା ପଲଟଣ

ବିଦୂଷକର ପତ୍ନୀ ବାନ୍ତି କରୁଛି

ବିଦୂଷକର ହସର ସୁଗନ୍ଧରେ ଆଉ କିଛି

ଜଣା ପଡ଼ୁନାହିଁ ।

ସୂର୍ଯ୍ୟ ମଧ ଧରା ଦେଉଛି ଶଢ଼ର ଜାଲରେ (ସୂର୍ଯ୍ୟାସ୍ତ)

ବିଦୂଷକ ପଛକରି ଠିଆହୋଇଛି ସଭାଜନଙ୍କୁ

ତା'ର ପତ୍ନୀ ମୂର୍ଚ୍ଛିତା ହୋଇ ପଡ଼ିଛି ଭୂମିରେ

ବିଦୂଷକ ପାଦର ଆଙ୍ଗୁଠିରେ ନାଡ଼ି ଚିପୁଡ଼ି

ଓ ପ୍ରମାଣ କରୁଛି ଯେ ତା'ର ସ୍ତ୍ରୀ ଜୀବିତ

ପତ୍ନୀଗର୍ଭରେ ପୁରୁଷ

ମୀନ ଅବତାର   (ଶଢ଼ କେବଳ)

ବିଦୂଷକ କାନ୍ଦୁଚି।

କାନ୍ଦୁଚନ୍ତି ସଭାଜନ, ପଣ୍ଡା ପଲଟଣ

ବିନୋଦିନୀ ପତ୍ନୀର ଗର୍ଭରେ

ଲୌହମୂଷଳ

ତ୍ରିଶିର, ପିଚ୍ଛିଳ

                                        (ଗର୍ଭପାତ)

ସନ୍ଦେହ

ନୀଳଲୋହିତ ବିଶ୍ୱାସ କରି ପାରୁନାହିଁ

ତା'ର ସାମ୍ନାରେ ତିଲୋଉମା (ତା'ର ସାମାଜିକ ମାତା)ର କୋଠରୀ

ଦ୍ୱାର ଖୋଲିଯାଉଛି।

ଏକ ପ୍ରକାଣ୍ଡ ଆଦିମ ପଲଙ୍କ ଉପରେ ତିଲୋଉମା ତାକୁ

ପଛକରି କେଶ ବାନ୍ଧୁଚି : ତା'ର ରଜ୍ଜୁଗ୍ରୀବା, କ୍ରମସ୍ଫୀତ କଟୀ...

କିଏ ଚାରିଜଣ ଦୁଲ୍‌ଦାଲ୍‌ ହୋଇ ତିଲୋଉମା

ଉପରେ ଖସି ପଡ଼ୁଚନ୍ତି।

ସମସ୍ତଙ୍କୁ ଏକାଠି କରି ତିଲୋଉମା ଲୁଚାଇ ଦେଉଚି

ଏକ ପ୍ରକାଣ୍ଡ ଚଦର ତଳେ

ପରୀକ୍ଷିତ ଏକ ଆବର୍ଜନାର ସ୍ଥାପତ୍ୟ ଭଳି ଚାହିଁରହିଚି ଘରକୋଣରୁ

ନୀଳଲୋହିତ ସନ୍ଦେହ କରୁଛି : ପରୀକ୍ଷିତ ତା'ର ପିତା ନୁହେଁ ବା

ତିଲୋଉମା ତା'ର ମାତା ନୁହେଁ

ନୀଳଲୋହିତର ସାମ୍ନାରେ ଧାଡ଼ି ଧାଡ଼ି ରୁଦ୍ଧ କୋଠରୀ

ଏକ ବୈଦ୍ୟୁତିକ ପ୍ରକ୍ରିୟାରେ ତା'ର ସମଗ୍ର ଶରୀର ହଠାତ୍

ଏକ ପ୍ରକାଣ୍ଡ ଚାବିକାଠିରେ ପରିଣତ ।

କେଉଁ ଦ୍ୱାର ସେ ଖୋଲିବ ? କେଉଁ ମୁକ୍ତି ?

ଶରୀର

ବର୍ଷମାଳା ! ବର୍ଷମାଳା !

କେଉଁଠି ତମେ ?

ମୁଁ ନୀଳଲୋହିତ ।

ଠିକ୍ ଯେମିତି ଏତିକି ପରିଚୟର ଦରକାର ଥିଲା । ନିଜର ନାମ ନିଅ । ନିଜକୁ ଚିହ୍ନାଇଦିଅ । ତା'ପରେ ବିଶ୍ୱାସ, ପ୍ରେମ... ସବୁ

ଦ୍ୱାର ଖୋଲିଦେଲା ବର୍ଷମାଳା ।

ଭିତରକୁ ପଶି ଯାଉ ଯାଉ ନୀଳଲୋହିତ କହିଲା : ମୋର ନାମ ଯେ ମୋତେ ଚିହ୍ନାଇ ଦେବାପାଇଁ ଯଥେଷ୍ଟ, ଏ କଥା ଅନ୍ୟ ଇତର ଲୋକମାନଙ୍କ ଭଳି ତମେ ବି ବିଶ୍ୱାସ କର । କିନ୍ତୁ ମୁଁ ଯେ ପ୍ରତି ମୁହୂର୍ତ୍ତରେ ବଦଳି ଯାଉଛି । ସେ ଖବର ତମେ ରଖ ବା ନ ରଖ, ତାହା ଅବଶ୍ୟମ୍ଭାବୀ । ପ୍ରତି ମୁହୂର୍ତ୍ତରେ ତମେ ଯାହା ଦେଖୁଛ ତାହା ମୁଁ ବା ମୋର ନାମାଙ୍କିତ ଭୂଗୋଲ ନୁହେଁ । ତମେ ବର୍ତ୍ତମାନକୁ ଦେଖୁନାହଁ; କେବେହେଲେ ଦେଖୁଛ ଏକ କ୍ରମମାନ ଅତୀତକୁ । ସେଇ ସ୍ଥିର ପୁନର୍ଲିଖନ ତ ପରିଚୟ । ସେଇ ତ ।

ବର୍ଷମାଳା କହିଲା : ମୁଁ ଜାଣେ, ତମେ ବଦଳୁଚ । ହେଲେ ତମ ଚାରିଆଡ଼କୁ ଚାହିଁ ଦେଖ ତମର ସଙ୍ଗା କେମିତି ପୃଥିବୀପୃଷ୍ଠରୁ ଲୋପ ପାଇଯାଉଛି । ତମେ ପ୍ରବଳ ବେଗରେ ଦୌଡୁଛ । କିନ୍ତୁ କାହିଁକି ? ତଥାପି ସମୟ ଅଛି । ତଥାପି ଭରସା ଅଛି । ତମେ ବିଚରା କ'ଣ ଜାଣ । ଯେତେବେଲେ ତମେ ତମର ଏଇ ପ୍ରତାରକ ବହିର୍ଜଗତକୁ ଅତିକ୍ରମ କରିଯିବ ସେତେବେଲେ ତମ ନିଜ ଗତିବେଗ କଥା

ଚିନ୍ତାକରି ତମେ ପାଗଳ ହୋଇଯିବ। ଯେତେବେଳେ ବହିର୍ଜଗତ ତମକୁ ଅତିକ୍ରମ କରିଯିବ, ସେତେବେଳେ ତମେ ନିଜ ମୁହଁକୁ ଛେପ ପିଙ୍ଗିବ, ମୁଣ୍ଡ ପୋତିଦେବ ଗ୍ଲାନିରେ।

ନୀଳଲୋହିତ ବର୍ଷମାଲାର ବିଶ୍ଳେଷଣ ଶୁଣି ତଟସ୍ଥ ହୋଇଗଲା। ତା'ର ମନେହେଲା, ଯେମିତି ସମଗ୍ର ବହିର୍ଜଗତ ହଠାତ୍ ଝରକା ସେପଟେ ରାସ୍ତାରେ କିମିତି ଗୋଟାଏ ବିଚିତ୍ର ଯାନ ହୋଇ ଚାଲିଛି ଓ ସେ ନିଜେ ହାତ ପାଦ ହଲାଇ ବେକ ବଙ୍କା କରି ଓଠ କାମୁଡ଼ି ଚାଲିଛି ଆଉ ଏକ ଯାନ। କିଏ ଅତିକ୍ରମ କରିଯିବ କାହାକୁ ?

ବର୍ଷମାଲା ତାଲିମାରି ହସିଲା। କହିଲା : ପ୍ରଶ୍ନ ଉଠୁନାହିଁ। ପ୍ରତିଯୋଗିତା ଦୌଡ଼ ତ ଆରମ୍ଭ ହୋଇନାହିଁ ଏପର୍ଯ୍ୟନ୍ତ, ପ୍ରସ୍ତୁତ ହୁଅ।

ଏକ୍।

ଦୁଇ... ଦୁଇ... ଦୁଇ... ଦୁଇ

ତିନ୍ କେବେ ଡାକିବ ବର୍ଷମାଲା ?

ବର୍ଷମାଲା ଅଭିଜ୍ଞ ଦୌଡ଼ାଳୀ ଭଳି କହିଲା : ତିନ୍ ଡକାଯାଏ ନାହିଁ ଏ ଦୌଡ଼ରେ। ଆଣ୍ଠୁମାଡ଼ି ବସ। ସତର୍କ ହୁଅ। ତିନ୍ ଡାକ ସବୁବେଳେ ଉହ୍ୟ।

ନୀଳଲୋହିତ ବୁଝିପାରିଲା ନାହିଁ।

ବର୍ଷମାଲା ଅତି ନିକଟରେ ଆସି ଠିଆହେଲା।

ବର୍ଷମାଲାର ଦେହ ଡାକୁଛି – ଏକ୍, ଦୁଇ... ଦୁଇ....ଦୁଇ....ଦୁଇ

ନୀଳଲୋହିତ ବର୍ଷମାଲା କାନ୍ଧରେ ହାତ ରଖିଦେଲା।

ବର୍ଷମାଲା ଘୁଞ୍ଚିଗଲା। ନୀଳଲୋହିତ ହାତର ଓଜନ। ଭୟ।

ନୀଳଲୋହିତର ପ୍ରଶ୍ନ ଏଥର। ଜଟିଳ ପ୍ରଶ୍ନ। କି ପ୍ରଶ୍ନ ପଚାରିବ ନୀଳଲୋହିତ ?

କି ଉତ୍ତର ଦେବ ବର୍ଷମାଲା ! କି ଭୟଙ୍କର ମୁହୂର୍ତ !

ବର୍ଷମାଲା ଜାଣେ। ଅନ୍ୟ ସବୁଦିନ ଭଳି ଆଜି ମଧ ଗୋଟିଏ ପ୍ରଶ୍ନ ପଚାରିବ ନୀଳଲୋହିତ। ମାନସାଙ୍କ ଭଳି ସହଜ ଭାବେ ପଚାରିବ। ଉତ୍ତର ଦାବୀ କରିବ।

ଚାହୁଁ ଚାହୁଁ ସେମାନେ ପରସ୍ପରକୁ ନଖଦାନ୍ତରେ ଆକ୍ରମଣ କରିବେ। କିଛି ଚିନ୍ତା କରିବା ପୂର୍ବରୁ ସକାଳ ହେବ ଓ ଶୂନ୍ୟ ବିଛଣାରେ ବର୍ଷମାଲାର ଲଙ୍ଗଳା ଦେହକୁ ଗଡ଼ାଇ ଦେଇ, ପାଚେରୀ ଡେଇଁ ନୀଲଲୋହିତ ପହଞ୍ଚିବ ରାସ୍ତାରେ।

କି ପ୍ରଶ୍ନ ପଚାରିବ ନୀଲଲୋହିତ ?

ବର୍ଷମାଲା ନୀଲଲୋହିତର ଦୁଇ ହାତ ଧରି ଆଦର କଲା।

ମୁଣ୍ଡପୋତି ଠିଆହୋଇଛି ବୈଠକଖାନାର ବାଘ। କ୍ରମେ ତା'ର ଦେହରେ ରକ୍ତମାଂସ ଲାଗିବ। ଏକା କୁଦାରେ ବାଘ ଡେଇଁପଡ଼ିବ ବର୍ଷମାଲାର ଛାତି ଉପରକୁ।

ବସ ନୀଲଲୋହିତ। ସାମ୍ନା ଚଉକିରେ ବସ।

ନୀଲଲୋହିତ ଚଉକିରେ ବସିଲା ଓ ନୀରବରେ ତା'ର ଦୁଇପାଦ ଲମ୍ବାଇ ଦେଲା ବର୍ଷମାଲାର କୋଲକୁ।

କି ପ୍ରଶ୍ନ ପଚାରିବ ନୀଲଲୋହିତ ?

ନୀଲଲୋହିତର ଆଖିକୋଣରେ ଏକ ବିନ୍ଦୁ ଆଲୋକ।

ନୀଲଲୋହିତ କହିଲା : ଅତୀତରେ, ପରିଚୟର ପ୍ରଥମ ଦିନଠାରୁ ଏପର୍ଯ୍ୟନ୍ତ ତମକୁ ବହୁ ପ୍ରଶ୍ନ ପଚାରିଛି। ତମେ କେତେବେଳେ ଉତ୍ତର ଦେଇଛ, କେତେବେଳେ ଦେଇନାହୁଁ, ପୁଣି କେତେବେଳେ ତମ ମୁହଁରୁ ମୁଁ ଉତ୍ତର ଓଟାରି ଆଣିଛି। ସେତେବେଳେ ମୋର ପ୍ରତି ପ୍ରଶ୍ନର ଉତ୍ତର ଲୋଡ଼ାଥିଲା। ଉତ୍ତର ନ ମିଳିଲେ ମୁଁ ପାଗଳ ହୋଇ ଯାଉଥିଲି। ଉତ୍ତର ଖୋଜି ଖୋଜି ମୁଁ ତମ ଘରୁ ରାସ୍ତା ଶେଷ ପର୍ଯ୍ୟନ୍ତ ବୁଲୁଥିଲି। ତମେ ବାରଣ୍ଡାରେ ଠିଆହୋଇ ଲକ୍ଷ୍ୟ କରୁଥିଲ ମୋର କ୍ଲାନ୍ତି, ମୋ'ର ଅବସୋସ, ମୋ'ର ପରାଜୟ। ପବନ ଉଡ଼ାଇ ନେଇଛି ପତ୍ରଟାଏ, ମୁଁ ଧାଇଁଛି ତାକୁ ଧରିନେବାକୁ, ପତ୍ର ଉଠିଯାଉଛି ଉପରକୁ ଏକ ଘୂର୍ଣ୍ଣରେ। ମୁଁ ହା ହା କରି ଠିଆ ହୋଇ ରହିଛି। ବର୍ଷମାଲା, ମୁଁ ଜାଣେ ସବୁ ପ୍ରଶ୍ନର ଉତ୍ତର ନାହିଁ। ଆଜି ମୋ'ର ଆଉ ପ୍ରଶ୍ନ ନାହିଁ ତମ ପାଇଁ ଓ ଆଜି ମୋ'ର ଏକ ଘୋଷଣା ଅଛି– ମୁଁ ଘର ଛାଡ଼ିଦେଇଛି, ପିତାମାତାଙ୍କୁ ଅସ୍ୱୀକାର କରି ତମ ନିକଟରେ ପହଞ୍ଚିଛି, ଦେଖ, ମୁଁ କେମିତି ଦୌଡ଼ି ଦୌଡ଼ି ଆସି ତମ କୋଲରେ ମୋ'ର ଧୂଳିଧୂସର ପାଦ ଲମ୍ବାଇଦେଇଛି।

ବର୍ଷମାଲା ଯେମିତି ସବୁ ଜାଣିଥିଲା ଆଗରୁ। ତା'ର ମୁହଁର ଜ୍ୟାମିତି

ବିସ୍ମୟରେ ବଦଳିଗଲା ନାହିଁ। ସେ ସେଇଭଳି ନୀଳଲୋହିତକୁ ଚାହିଁରହିଲା। ନୀଳଲୋହିତର ବେକରେ ତା'ର ଦୁଇହାତ ଗୁଡ଼ାଇ ଦେଲା ଓ ମୁହଁରେ ମୁହଁ ରଖି ପଚାରିଲା: ବର୍ତ୍ତମାନ ଗତି କେଉଁଆଡ଼େ ?

ଗତି କେଉଁଆଡ଼େ ?

ଗତି ? କେଉଁଆଡ଼େ ?

ଏ କି ପ୍ରଶ୍ନ ପଚାରିଲା ବର୍ଷମାଳା ? ଏଇ ପ୍ରଶ୍ନକୁ ଏଡ଼ାଇ ଯିବା ପାଇଁ ତ ପଲାୟନ। ବର୍ଷମାଳା ବୋଧେ ଠିକ୍ ପ୍ରଶ୍ନ ପଚାରୁଛି, ଠିକ୍ ସମୟରେ। ପଲାୟନର ବି ଗତି ଅଛି। ଯେମିତି ବନ୍ଧନର ବି ଗତି ଅଛି। ବନ୍ଧନର ଗତିରେ ଦିଗକୋଣ ନାହିଁ, ତାହା ବୃତ୍ତାକାର, ଜନ୍ମ-ଜୀବନ। ପଲାୟନର ଗତି କୋଣାଭିମୁଖୀ ବର୍ଗାକାର।

ବର୍ଷମାଳା ଠିଆହୋଇଛି କେଉଁ କୋଣରେ ? ଘରର ଚାରିକାନ୍ତ, ଚାରିକୋଣ। କେଉଁଠି ନୀଳଲୋହିତ ?

ନୀଳଲୋହିତ ହଠାତ୍ ବର୍ଷମାଳାକୁ ସାମ୍ନାକରି ଠିଆହେଲା ଓ ପଚାରିଲା — ମୋ ସହିତ ଘରଛାଡ଼ି ଚାଲିଆସି ପାରିବ ?

ବର୍ଷମାଳା ଯେମିତି ଏହିଭଳି ଏକ ପ୍ରଶ୍ନର ଆଶଙ୍କା କରୁଥିଲା। ସେ ପଚାରିଲା: କାହିଁକି ?

ନୀଳଲୋହିତ ବର୍ଷମାଳାର ଏ ଉତ୍ତର ଶୁଣି ସ୍ତମ୍ଭୀଭୂତ ହୋଇଗଲା। ବିଶ୍ୱାସ, ପ୍ରେମ.....ସବୁ ଖସିପଡ଼ିଚି ମଞ୍ଜି ଆକାଶରୁ।

ଏପଟେ ବର୍ଷମାଳା, ଧନ୍ଦି ହୋଇ ମରୁଛି ନିଜର ପ୍ରଶ୍ନରେ। କାହିଁକି ? କାହିଁକି ?

ତା'ର ଯଦି ହଠାତ୍ ମନେହୁଏ ନୀଳଲୋହିତ ଜୀବ, କାପୁରୁଷ, ଅପଦାର୍ଥ ! ଯଦି ହଠାତ୍ ନୀଳଲୋହିତ, ବୈଠକଖାନାର କୁଟାବାଘ ଭଳି ନିଷ୍ପ୍ରାଣ ଦେଖାଯାଏ ! କେଉଁ ଭରସାରେ ଘର ଛାଡ଼ି ଚାଲିଯିବ ବର୍ଷମାଳା ?

ବର୍ଷମାଳା ମନକୁ ମନ ପ୍ରଶ୍ନ କଲା : ନୀଳଲୋହିତ ତା'ର କିଏ ? ନୀଳଲୋହିତ ଓ ତା'ର ସମ୍ପର୍କର ଅର୍ଥ କ'ଣ ?

ଦେହ ସହିତ ଦେହର ସଂଯୋଗ, ମୁହୂର୍ତ୍ତ ପ୍ରତି ମୁହୂର୍ତ୍ତର ଆକର୍ଷଣ। ସେଇ କ'ଣ ଯଥେଷ୍ଟ ?

ଆଖି ବୁଜିଦେଲେ ଅନ୍ଧାର। ସେ ଅନ୍ଧାର ଭିତରେ ବର୍ଷମାଲା ଦେଖୁଛି ଯେମିତି ନୀଳଲୋହିତ କ'ଣ ଖୋଜୁଛି। ବର୍ଷମାଲାର ଶିରାସ୍ନାୟୁ ଖୋଲିହୋଇ ପଡ଼ିଛି ତା' ସାମ୍ନାରେ।

ବର୍ଷମାଲା ଆଖି ଖୋଲି ଚାହିଁଲା।

ନୀଳଲୋହିତ ତଥାପି ଚାହିଁଛି ଉତ୍ତର ଅପେକ୍ଷାରେ। ତା'ର ଦୁଇ ଆଖିରେ ମୁକ୍ତିର କାମନା ନା ଜୀବନର କରୁଣ ଆସକ୍ତି ?

ବର୍ଷମାଲା ଯଥେଷ୍ଟ ସାହସ ସଞ୍ଚୟ କରି ମୁହଁ ଖୋଲିଲା। ତା'ର ଦନ୍ତର ପାଚେରୀ ଭାଙ୍ଗି ପଡୁଛି। ଗୃହାଙ୍ଗନରେ ଠିଆହୋଇଛି ଗୋଟିଏ ଗୋପନୀୟ ଦେହ।

ବର୍ଷମାଲା କହିଲା : ମୁଁ ବା ତମର କି କାମରେ ଆସିବି ନୀଳଲୋହିତ ? ତମର ମୁକ୍ତି ଲୋଡ଼ା, ଉତ୍ତରଣ ଲୋଡ଼ା। ମୁଁ ତ ଜୀବନର ଏକ ସ୍ଥିର ବିନ୍ଦୁରେ ବସିଛି, ଦେହର ଜଞ୍ଜାଲରେ ବାନ୍ଧି ହୋଇ ପଡୁଛି। ମୋ'ର ଚେତନାର ଆରୋହଣ ଅବରୋହଣ ମୋ' ପାଇଁ ସବୁଠାରୁ ବଡ଼ ଦର୍ଶନ। ତମେ ମନେପକାଅ ଆମର ପରିଚୟର ପ୍ରଥମ ଦିନ। ତମେ ମୋତେ ଦେଖି ଆଗେଇ ଆସିଥିଲ ଯେମିତି କି ମୁଁ ଏ ବସ୍ତିର ଦୁର୍ମୂଲ୍ୟ ଗଣିକା ଓ ମୁଁ ତମ ପାଖକୁ ଟାଣି ହୋଇ ଯାଇଥିଲି ଯେମିତିକି ତମେ ରାସ୍ତାରେ ସର୍ବଶ୍ରେଷ୍ଠ ବିଭବଶାଲୀ ନାୟକ। ତମେ ଏ ହାତରେ ବିଡ଼ିଏ ନୋଟ୍ ଫିଙ୍ଗିଦେଲ ଆର ହାତରେ ମୋତେ ରାସ୍ତାରୁ ଗୋଟାଇ ନେଲ। କେତେ ଭୟଙ୍କର ପ୍ରଶ୍ନ ତମେ ନ ପଚାରିଚ ମତେ ? କେବଳ ଗୋଟାଏ ଆଶା ତମର ଥିଲା : ମୁଁ ତମକୁ ମୁକ୍ତିର ରାସ୍ତା ବତାଇଦେବି। କାରଣ, ମୁଁ ତମ ନଜରରେ ଥିଲି ଦୁନିଆଁର ସବୁ ଠାରୁ ବାଞ୍ଛିତା ନାରୀ। ଆହା ନୀଳଲୋହିତ, ତମେ ଯଦି ଥରେ ଭାବିଥା'ନ୍ତ ଏ ଦେହ ମୋର ପଣ୍ୟ ବୋଲି ! ମୁଁ ସାର୍ଥକ ହୋଇଥା'ନ୍ତି। ତମେ ବାଟକାଟି ଚାଲିଯାଇଥା'ନ୍ତ। ତମେ ତା' କଲ ନାହିଁ। ତମେ ମୋତେ ସିଂହାସନରେ ବସାଇଦେଲ। ମୋର ଅଭିମାନ ସହିତ ଦେହର ସ୍ୱଚ୍ଛ ମୂଲଧନ ମିଶାଇ ମୁଁ ନିଜ ପାଇଁ ଏକ ନୂଆ ରାସ୍ତା ତିଆରି କରି ନେଲି। ଏବେ ଦେଖୁଛି, ତମେ ମୋତେ ପୁଣି ଥରେ ରାସ୍ତାକୁ ଟାଣିନେବ। ମୋତେ ସିଂହାସନରୁ ଖସାଇ ନେଇ ପୁଣି ଥରେ ଛାଡ଼ିଦେବ ମାଟିରେ। ତମକୁ ଅନୁସରଣ କରି, ତମକୁ ଭରସା ଦେଇ ମୁଁ ପାଇବି

କ'ଣ ? ନୀଲଲୋହିତ, ତମକୁ ମୁକ୍ତିର ନିଶା ଲାଗିଛି । ତମେ ଯାହା ଇଚ୍ଛା କରିପାର ମୁହୂର୍ତ୍ତର ଖିଆଲରେ । ମୁଁ କ'ଣ ପାରିବି ? ଆବଶ୍ୟକତାର ଚକ ଘୁରୁଛି ସମୟ ଭଳି : ଷାଠିଏ ସେକେଣ୍ଡରେ ମିନିଟ୍, ଷାଠିଏ ମିନିଟରେ ଘଣ୍ଟାଏ, ଚବିଶି ଘଣ୍ଟାରେ ଦିନେ, ତିରିଶ ଦିନରେ ମାସେ, ବାରମାସରେ ବର୍ଷେ । ସପ୍ତାହକୁ ଦିନେ ଛୁଟି । ମାସକୁ ଥରେ ରତୁସ୍ରାବ । ବାଇଶିଦିନ ଗର୍ଭନିରୋଧକ ପିଲ । ପନ୍ଦର ରାତି ନିଦ ଔଷଧ । ଦିନକୁ ଚାରିଥର ଖାଦ୍ୟ । ନିୟମିତ ସଂଗମ । ରୋଗ, ବ୍ୟାଧୀ ପ୍ରେମ, ବିକାର । ମୁଁ କ'ଣ ତମ ସହିତ ଚାଲିପାରିବି ?

ବର୍ଷମାଳା କାନ୍ଦୁନାହିଁ । ଜୀବନର ସବୁଠାରୁ ଜଘନ୍ୟ ସତ୍ୟଟିକୁ ସେ ଖୋଲିଧରିଛି ନୀଲଲୋହିତ ଆଖି ସାମ୍ନାରେ ।

ନୀଲଲୋହିତ ଚାହିଁଛି । ବର୍ଷମାଳାର ଇତିହାସର ପୃଷ୍ଠା ଲେଉଟୁଛି । ନୀଲଲୋହିତ ଆଖି ସାମ୍ନାରେ ତା'ର ନିଜ ସାମ୍ରାଜ୍ୟ ଅନ୍ୟ ସାମ୍ରାଜ୍ୟରେ ମିଶିଯାଉଛି ସୀମାରେଖା ଲିଭିଯାଉଛି ।

ବର୍ଷମାଳା ମୁଣ୍ଡଟେକି ପୁଣି ଥରେ ଚାହିଁଲା ନୀଲଲୋହିତକୁ ଓ କହିଲା: ମୋତେ ତମେ କ୍ଷମା କରିବ ନାହିଁ । ମୁଁ ଜାଣେ । ମୋର ଅପରାଧର ତୁଳନା ନାହିଁ । କ'ଣ ବା ମୁଁ କରନ୍ତି ? ପାପ-ପୁଣ୍ୟର ବିଚାରାଳୟ କେଉଁଠି ମୁଁ ଦେଖିନାହିଁ । କାହାନ୍ତି ବା ଈଶ୍ୱର ସେହି ଅଦୃଶ୍ୟ ନ୍ୟାୟାଧୀଶ, ଯାହାଙ୍କ ପାଇଁ ଏତେ ଭୟ ? ଆଉ ଏ ସମାଜ ! ମୁଁ କେବେ ଖାତିର କରିନାହିଁ କାହାକୁ । ବାପା, ମା' ମରିଗଲା ପରେ ଅନାଥାଶ୍ରମର ଚାରିକାନ୍ଥ ଭିତରେ ମୁଁ ବଢ଼ିଛି । ଅନ୍ୟମାନଙ୍କ ସହିତ ମିଶି ରାସ୍ତାରେ ଭିକ ମାଗିଛି । ଚାନ୍ଦା ଟଙ୍କାରେ ଭୋଜି ଖାଇଛି । ସେଇ ଅଭ୍ୟାସ ରହିଗଲା । ବଡ଼ ହେଲା ପରେ, ପାଠ ପଢ଼ି ନିଜକୁ ଯୋଗ୍ୟ କରିସାରିଲା ପରେ ବି ସେଇ ଅଭ୍ୟାସ ରହିଗଲା । ଏତେ ଟିକିଏ ଜିନିଷ ପାଇଁ ବି ହାତ ପତାଇଦେଲି । ଯାହା ମାଗିଲି, ମିଳିଲା । ଏହା ଉପରେ ଆଉ ପୁଣି କ'ଣ ଅଛି ଯେ ମାଗିବି ? ମୁକ୍ତିର ଅର୍ଥ ତ ମୁଁ ବୁଝେ ନାହିଁ । କେଉଁଥିରୁ ମୁକ୍ତି ଲୋଡ଼ିବି, କେଉଁ ଯନ୍ତ୍ରଣାରୁ ? ନିଜକୁ ତ ନିଜେ ଚିହ୍ନି ପାରେ ନାହିଁ । ଜନ୍ମହେଲି କେମିତି ଜାଣେ ନାହିଁ, ଭିକ ମାଗିଲାବେଲେ ଜାଣିଲି ମୁଁ କିଶୋରୀ ବାଳିକୋ, ଅନ୍ଧାର ରାତିରେ ଗଲିମୋଡ଼ରେ ଧର୍ଷିତା ହେଲାବେଲେ ଜାଣିଲି ଯୁବତୀ । ଏବେ ଜାଣୁଚି ବୟସ ବଢୁଛି, ଦେହ ମାଡ଼ି ପଡୁଛି ଯେମିତି । ଏମିତି କଟି ଯିବ ଆଉ କେତେ ବର୍ଷ । ମଲେ ନର୍କକୁ ଯିବି ।

ବର୍ଷ୍ମାଲା କାନ୍ଦିଲା ଏଥର। ସେ ବିସ୍ତାରଟି ଆଖିରେ ଚାହିଁଛି। ଲୁହ ଖସି ପଡୁଛି। ନୀଳଲୋହିତ କିଛି ବୁଝିଲା ନାହିଁ ଯେମିତି। ସେ କହିଲା : ତମେ ମୋତେ ଠକି ଦେଲ ବର୍ଷ୍ମାଲା। ସବୁକଥା ଭିତରେ କ'ଣ ଯେମିତି ଲୁଚାଇଦେଲ। ମୁଁ ତଥାପି ଅପେକ୍ଷା କରୁଛି। ଦେହ କଥା ମୁଁ କେବେ ଚିନ୍ତା କରିନାହିଁ। ଭୁଲ ସ୍ଥାପତ୍ୟ। ଭୁଲ ଭୁଲ।

ଶରୀର ଭେଦ

ନୀଳଲୋହିତ ବର୍ଷ୍ମାଲାକୁ ତା'ର ସବୁଠାରୁ ଅସତର୍କ ମୁହୂର୍ତରେ ବନ୍ଦୀ କରି ନେଲା। ବର୍ଷ୍ମାଲାର ଯୁକ୍ତି ଯଥେଷ୍ଟ ହେଲା ନାହିଁ।

ନୀଳଲୋହିତ ପଛରେ ଚାଲିଛି ବର୍ଷ୍ମାଲା।

ସେମାନେ ଘର ଛାଡ଼ି ଆସିଲେଣି। ଅନେକ ପଛରେ ଅନ୍ଧକାରମୟ ଜଗତର ସୀମା। ସେ ଜଗତ୍ କାହାର ତେବେ ? ପିତାମାତା, ସ୍ୱଜନ-ସମ୍ପର୍କୀୟ ନା ଅସଂଖ୍ୟ ମସ୍ତକହୀନ କବନ୍ଧର ?

ଦେହର କ୍ଷୁଧା। ଦେହର କ୍ଷୁଧା କ୍ଷୁଧା କେବଳ। ସେ କ୍ଷୁଧାର ପରିଣତି ପୁଣି କ'ଣ ? ଆଖି ବୁଜିଦିଅ। ଢେଉ ଉଠି ଚାଲିଯାଉ ମୁଣ୍ଡ ଉପରେ। ମୁଣ୍ଡ ଉଠାଅ ଏଥର। କୂଳକୁ ଆସ। କୂଳରେ ତମର ପରିଚ୍ଛଦ, ଅଙ୍ଗବସ୍ତ୍ର। ପିନ୍ଧିଦିଅ, ହାତ ହଲାଇ ବାଟ ଚାଲି, ବାସ୍।

ଏଟିକି କ'ଣ ସମ୍ଭବ ? — ପଚାରିଲା ବର୍ଷ୍ମାଲା।

ବର୍ଷ୍ମାଲା ଓ ନୀଳଲୋହିତ ମୁଣ୍ଡପୋତି ବସିଛନ୍ତି। ଢେଉ ଭାଙ୍ଗୁଛି ମୁଣ୍ଡ ଉପରେ। କାହିଁ ସେହି ସମୟ ଯେତେବେଳେ ମୁଣ୍ଡ ଟେକି ହେବ।

ଢେଉର ପ୍ରଚଣ୍ଡ ଆଘାତ। ନିଶ୍ୱାସ ବନ୍ଦ ହୋଇଆସୁଚି।

ନୀଳଲୋହିତ ବର୍ଷ୍ମାଲାର ପ୍ରଶ୍ନ ଶୁଣି ବି ଶୁଣିଲା ନାହିଁ।

ପବନରେ ଗାଛଡାଲ ଦୋହଲୁଛି। ପତ୍ର ଥରୁଛି। କାହିଁ ପବନ ? ମାୟା କେବଳ ସ୍ପର୍ଶ, ଅନୁଭୂତି, ଇନ୍ଦ୍ରିୟଚେତନା।

ବର୍ଷମାଲା ଭୟରେ ନୀଲଲୋହିତକୁ ଟାଣିଧରିଲା ।

ସାମ୍ନାରେ ସେମାନଙ୍କର ଛାଇ । ଦେହର ଛାଇ । ଛାଇରେ ଦେହର ଗନ୍ଧ ନାହିଁ, ଦେହର ଘନତ୍ୱ ନାହିଁ, ଦେହର ବିକାର ନାହିଁ ।

ନୀଲଲୋହିତର ମନେହେଲା, ସେ ଯେମିତି ଏତେ ଦିନ ଧରି କେବଳ ଏହି ଛାଇଟିକୁ ଖୋଜି ଖୋଜି ଚାଲିଛି ।

ଦେହର ଛାଇ । ଦେହ ମିଳାଇ ଗଲେ ଛାଇ ମଧ୍ୟ ନିଶ୍ଚିହ୍ନ ହୋଇଯିବ ।

କିନ୍ତୁ ଦେହ ମିଳାଇ ଯିବ କେମିତି ? ଏଇ ତ ପାଦ ଭୂମି ଉପରେ । ଏଇ ତ ହାତ ଝୁଲି ପଡୁଛି ଦେହର ଦୁଇକଡ଼ରେ । ଏଇ ତ ଦୁଇ ଆଖି, ସ୍ପଷ୍ଟ ଦିଶୁଛି ବାହାରର ଜଗତ, ବସ୍ତୁର ରଙ୍ଗ, ଆକାର । ଏଇ ତ ଦୁଇ କାନ, ଶୁଭୁଛି ଶବ୍ଦ, ସଂଘର୍ଷ । ଏଇ ତ ନାକ, ଗନ୍ଧ ବାରୁଚି । ଏଇ ତ ପାଟି, ଜିଭ ଲାଳ ଝୁଡ଼ୁଝୁଡ଼ୁ, ଖାଦ୍ୟ ଗିଳୁଛି । ଏଇ ତ ଯୌନାଙ୍ଗ, ଟାଣି ନେଉଛି ତଳକୁ ।

ଦେହ ମିଳାଇ ଯିବ କେମିତି ?

ନୀଲଲୋହିତ ଦେଖୁଛି ତା'ର ସାମ୍ନାରେ ଠିଆ ହୋଇଛି ପରୀକ୍ଷିତ । ଜଡ଼ପିଣ୍ଡ । ରୂପାନ୍ତରିତ । ଆବର୍ଜନାର ସ୍ଥାପତ୍ୟ । ଚେତନା ନାହିଁ ।

ଘୃଣାରେ ନୀଲଲୋହିତ ଆଖି ବୁଜିଦେଲା ।

ତା'ର ଆଖି ସାମ୍ନାରେ ପିତାମାତାଙ୍କ ସଙ୍ଗମ ଓ ତା'ର ଆଖି ସାମ୍ନାରେ ତା'ର ଜନ୍ମ । କି ହାସ୍ୟାସ୍ପଦ! କି କରୁଣ! କେତେବଡ଼ ପ୍ରବଞ୍ଚନା!

ବର୍ଷମାଲାର ଦେହ ।

ନୀଲଲୋହିତର ଦେହ ।

ଦେହର ଛାଇ ଦେହ ଉପରେ । ଅବ୍ୟର୍ଥ ଜାଲର ଡୋର ବୁଣୁଛି ଦୁଇଟି ହାତ ନିଜ ପାଇଁ ।

ନୀଲଲୋହିତ ହଠାତ୍ ମୁକୁଳିଗଲା ବର୍ଷମାଲା ବନ୍ଧନରୁ ।

ବର୍ଷମାଲା ଚମକି ଉଠିଲା ।

ନୀଲଲୋହିତ କହିଲା : ଭୁଲ୍, ଭୁଲ୍, ଭୁଲ୍ ।

ବର୍ଷମାଲା ବୁଝିପାରୁ ନାହିଁ ଭୁଲ କ'ଣ । ଦେହ ଯଦି ଭୁଲ ହୁଏ ଠିକ୍

ତେବେ କେଉଁଟା ? କ୍ରୋଧ ଓ ଅନ୍ତର୍ଦାହ । ବର୍ଷମାଲା ମୁହଁ ଖୋଲିବାକୁ ଚେଷ୍ଟାକରୁଛି । ନୀଳଲୋହିତ ନିର୍ବିକାର ହୋଇ ବସିଛି ।

ବର୍ଷମାଲା କହିଲା : ଭୁଲ୍ କ'ଣ ନୀଳଲୋହିତ ? ଭୁଲ କେଉଁଠି ?

ବର୍ଷମାଲା ଦେହରୁ ବସ୍ତ୍ର ଖୋଲିଦେଲା । ଦୁଇ ସ୍ତନକୁ ଦୁଇ ହାତରେ ଧରି ପଚାରିଲା : ଏଥିରେ ଭୁଲ କାହିଁ ? ଆଖି ଖୋଲି ଦେଖ । ଏ ମାଂସପିଣ୍ଡକୁ ଅନୁଭବ କର । ଦେଖ ତା'ର ଉନ୍ମୁଖ ରକ୍ତିମ ଚୂଚୁକକୁ । କାହିଁ ଭୁଲ ଏଥିରେ ? କାହିଁ ?

ନୀଳଲୋହିତ ଭୟ ପାଇ ଯାଉଛି । ତା'ର ମନେହେଉଛି ବର୍ଷମାଲାର ସେହି ରହସ୍ୟାମୟ ବକ୍ଷ ହଠାତ୍ ଯେମିତି ଦୁଇମୁଠା ମାଟି – ସୁନ୍ଦର, ସତ୍ୟ ।

ବର୍ଷମାଲା ପୁଣି କହୁଛି : ଏଇ ମୋର ଜାନୁ ମଧକୁ ଚାହଁ । କ'ଣ ଅଛି ଏଠି ? ଜନନେନ୍ଦ୍ରିୟ, ଯୌନାଙ୍ଗ । ତୁମକୁ ଗ୍ରହଣ କରି ପୁଣି ଫେରାଇଦେବ ଅଲିନ୍ଦ ଛନ୍ଦପଥ । ଏ ତ ମାଂସ, ଏ ତ ରକ୍ତ । ଠିକ୍ ଭୁଲ କାହିଁ ?

ନୀଳଲୋହିତ ଚାହିଁଛି । ଛୋଟ ଶିଶୁ ଭଲି । କ'ଣ ଅଛି ଏ ବିବରରେ ?

ସଙ୍ଗମ, ଜନ୍ମ ଓ ମୃତ୍ୟୁର, ଆଦ୍ୟ ଓ ଅନ୍ତିମର । ଭୁଲ୍ କାହିଁ ତେବେ ?

ନୀଳଲୋହିତ ବର୍ଷମାଲାର ଦେହରେ ହାତ ରଖି ପରୀକ୍ଷା କରୁଛି । ଦେହ ସତ୍ୟ । ଦେହ ସ୍ଥିର ।

ବର୍ଷମାଲା ଡାକୁଛି : ନୀଳଲୋହିତ ମୋ' ବନ୍ଧନକୁ ଆସ । ବକ୍ଷରେ ହାତରଖ । କୁଣ୍ଢାଇ ଧର । ଲୀନ କରି ଦିଅ ମୋତେ । ଏ ତ ମହାଜନ୍ମ । ଏ ତ ମହାମରଣ !

ନୀଳଲୋହିତ ବର୍ଷମାଲାର ଆଲିଙ୍ଗନର ବ୍ୟୂହ ଭିତରକୁ ଡେଇଁ ପଡ଼ିଲା ।

ତା' ପରେ ?

ନୀଳଲୋହିତ ଲକ୍ଷ୍ୟ କରୁଚି ଜଡ଼ ଦେହ ଜୀବନ୍ତ ହେଉଛି । ଏକ ନୂତନ ଚେତନା । ଏକ ନୂତନ କମ୍ପନ । କେଉଁଠି ଥିଲା ଏ ଚେତନା, ଏ କମ୍ପନ ?

ଦେହ ମାଟିପିଣ୍ଡ ନୁହେଁ, ମାଂସପିଣ୍ଡ ନୁହେଁ । ଜୀବନ ଅଛି ସେଥିରେ, ଜୀବନ ସେଇ ଯନ୍ତ୍ରଣା । ସେଇ ବନ୍ଧନ । ସେଇ ଶିହରଣ, କମ୍ପନ ।

ନୀଳଲୋହିତ ହଠାତ୍ ଜଡ଼ ହୋଇଗଲା ।

ବର୍ଷମାଳା ଛଟପଟ ହେଉଛି। ଚିତ୍କାର କରୁଛି : ନୀଳଲୋହିତ ମୋତେ ପୂର୍ଷ୍କର ! ମୋତେ ପୂର୍ଷ୍କର !

ନୀଳଲୋହିତ ବର୍ଷମାଳାକୁ ପଚାରିଲା ପୁଣି ସେହି ଚରମ ପ୍ରଶ୍ନ : କାହିଁକି ?

ବର୍ଷମାଳା ଉତ୍ତର ଦେଉନାହିଁ।

ଦେହ ସଙ୍କୁଚିତ ହୋଇ ଯାଉଛି।

ତା'ର ନିରୀହ ମୁହଁରେ ବିଚିତ୍ର ହସ ଫୁଟୁଛି। ସେ ହସରେ କ୍ଷୁଧା ନାହିଁ। କାହିଁକି ? କାହିଁକି ? କାହିଁକି ?

ନୀଳଲୋହିତର ପ୍ରଶ୍ନ ପ୍ରତିଧ୍ୱନିତ ହେଉଛି। ଚାରିକାନ୍ତୁ ଫଟାଇ ପ୍ରତିଧ୍ୱନି ଉପରକୁ ଉଠୁଛି।

ଅନୁଶାସନ

ପରୀକ୍ଷିତ ଓ ତିଲୋଉମା ଦେଖ୍ଲେ ନୀଳଲୋହିତର କୋଠରୀ ଶୂନ୍ୟ। କାହିଁ ନୀଳଲୋହିତ ?

ପ୍ରତିଧ୍ୱନି ଫେରିଆସୁଛି। ପ୍ରତିଧ୍ୱନି କେବଳ।

ସେମାନେ ପରସ୍ପରକୁ ଚାହିଁଲେ।

ସେମାନେ ବୁଝିପାରୁନାହାନ୍ତି ବୋଧେ।

ସେମାନେ ଦୁଇଜଣ। ସ୍ୱାମୀ-ସ୍ତ୍ରୀ। ପିତା-ମାତା।

ପରୀକ୍ଷିତ : ତିଲୋଉମା

ନୀଳଲୋହିତ ପୁଣି କିଏ ?

ସେମାନଙ୍କର ସନ୍ତାନ, ପୁତ୍ର, ତ୍ରାଣକର୍ତ୍ତା

କେଉଁ ସନ୍ତାନ ? କେଉଁ ପୁତ୍ର ? କେଉଁ ତ୍ରାଣ ? କେଉଁ ନର୍କରୁ ?

ସେମାନେ ନୀଳଲୋହିତକୁ ଅସ୍ୱୀକାର କରୁଛନ୍ତି ଓ ବହୁ ନିଷ୍ଫଳ ପ୍ରଶ୍ନର ଓଜନରେ ଭାଙ୍ଗି ପଡ଼ୁଛନ୍ତି।

ପରୀକ୍ଷିତ ତିଲୋଉମାକୁ ଗଭୀର ଅସ୍ୱସ୍ତିରେ ଚାହିଁଲା ।

ବୟସ କେତେ ତିଲୋଉମାର ?

ତିଲୋଉମାର ଦେହ ଓହ୍ଲି ପଡୁଛି ।

ପରୀକ୍ଷିତର ଆଙ୍ଗୁଠି ମାଂସର କାଦୁଅରେ ପୋତିହୋଇ ପଡୁଛି ।

ଆଉ ପରୀକ୍ଷିତ ?

ବୟସ କେତେ ପରୀକ୍ଷିତର ?

ତିଲୋଉମା ପରୀକ୍ଷିତର ଦୃଷ୍ଟି ଲେଉଟାଇ ଦେଲା ।

ତା'ପରେ ସେମାନେ ହସିଲେ ।

ନିଷ୍କଳ ମାଟି, ନିଷ୍କଳ ବୀଜ !

ଆଉ ସମୟ ନାହିଁ । ଟିକ୍, ଟିକ୍, ଟିକ୍, ଟିକ୍ ।

ଗୋଟିଏ ଗାରରୁ ଆଉ ଗୋଟିଏ ଗାର, ଆଉ ଗୋଟିଏରୁ ଆଉ ଗୋଟିଏରୁ ଆଉ ଗୋଟିଏ ।

ସେମାନେ ପରସ୍ପର ଉପରେ ଦେହ ଲଦି ଦେଲେ । କିଏ କାହାର ଆଧାର ଜଣାନାହିଁ । ଜଣାନାହିଁ କିଏ କର୍ତ୍ତା, କିଏ କ୍ରିୟା । ସେମାନେ ଏକ ହୋଇଗଲେ– ପଉରିମାକ୍ଷିତିତଲୋ ।

ଅକ୍ଷର ସହିତ ଅକ୍ଷରର ସଙ୍ଗମ । ଟିକ୍ ଟିକ୍ ଉପରେ ଟିକ୍ଟିକ୍;

ବୃତ୍ତ ଉପରେ ବୃତ୍ତ ।

ପରସ୍ପରକୁ ଖାଇ ଖାଇ ଫେରିଯାଅ ପଛକୁ

ଅନ୍ଧାର

ସିଡ଼ିରେ

ଓହ୍ଲାଇ

ଆସ

ତଳେ ମାଂସ ସିଝୁଚି

ଘୋଡ଼ଣୀ ଢାଙ୍କିଦିଅ । ନିଜ ହାତରେ ସୂଚୀକାମରେ ଲେଖା ପରିଚୟ ସେ ଘୋଡ଼ଣୀରେ । ତା'ପରେ ।

ଲାଲ୍ ବାଷ୍ପମୟ ହୋଇ ଚାଲିଆସ ଟେବୁଲକୁ ।

କିଏ ଖାଉଛି କାହାର ମାଂସ ?

ତିଲୋଉମା ହସିଦେଲା ।

ପରୀକ୍ଷିତ ହସିଦେଲା ।

ନିଃଶବ୍ଦ ହସ । ଛୁରୀର ଥଣ୍ଡା ଧାର ଭଳି । ଜମାଟବନ୍ଧା ରକ୍ତ ଭଳି ।

ସେମାନେ ହଠାତ୍ ବୁଝିଲେ । ସେମାନେ ହଠାତ୍ ଜାଣିଲେ କାହିଁକି ନୀଳଲୋହିତର କୋଠରୀ ଶୂନ୍ୟ ।

ପ୍ରଶ୍ନ କରିବାର ଅଧିକାର ସେମାନଙ୍କର ନାହିଁ । ଦୁଇ କୋଠରୀ ଭିତରେ ଯେତିକି ଛିଦ୍ରପଥ, ସେ ଛିଦ୍ରପଥରେ ଯେତିକି ଆଲୋକ, ସେ ଆଲୋକରେ ଯେତିକି ଉତ୍ତାପ, ସେ ଉତ୍ତାପରେ ଯେତିକି ଜୀବନ, ବାସ୍ ସେତିକି ।

ସେମାନେ ହାତ ଧରାଧରି ହୋଇ ଚାଲିଲେ, କିନ୍ତୁ କେବେ ପଚାରିବେ ନାହିଁ କିଏ କାହାର ? କିଏ କାହିଁକି ?

ସେମାନେ ପରସ୍ପର ଖାଇ ଚାଲିଥିବେ, କିନ୍ତୁ କେବେ ପଚାରିବେ ନାହିଁ ମାଂସ କାହାର ? ରକ୍ତ କାହିଁକି ?

ସେମାନେ ତଥାପି ହସୁଛନ୍ତି ।

ଅନ୍ଧାର ସିଡ଼ିରେ ଓହ୍ଲାଇ ଯାଉଛନ୍ତି ।

ସେମାନେ ଦେଖୁଛନ୍ତି ନୀଳଲୋହିତକୁ ସେମାନଙ୍କର ଅସମାହିତ ସ୍ୱପ୍ନରେ; ବାୟୁ ଭଳି ବ୍ୟାପକ ହୃଦୟ, ହାଡ଼ କଙ୍କାଳର ଗଛ ଓ ତହିଁରେ ମସ୍ତିଷ୍କର ଫୁଲ ଓ ସର୍ବୋପରି ନୀଳଲୋହିତ । ସେମାନଙ୍କର ପଳାତକ ପୁତ୍ର ନା ଆଉ ଜଣେ କିଏ ନା ଭବିଷ୍ୟତ ?

ଠକ୍, ଠକ୍, ସେମାନେ ଓହ୍ଲାଉଛନ୍ତି ସିଡ଼ିରେ ।

ଟିକ୍, ଟିକ୍ ସମୟ ।

ସିଡ଼ି ଶେଷ । ନିଃଶବ୍ଦ, ନିଃସମୟ: ଗୁମ୍ଫା

ଗୁମ୍ଫା ଦ୍ୱାରରେ ଲିପିବଦ୍ଧ ଅନୁଶାସନ – ମୃତ୍ୟୁ

ଶବ ସଂସ୍କାର

ସେମାନେ ଆଖ୍ ଖୋଲିଲାବେଳକୁ ସକାଳ ।

ସେମାନେ, ପରୀକ୍ଷିତ ଓ ତିଲୋଉମା ପରସ୍ପରକୁ ଅବିଶ୍ୱାସୀ ଆଖିରେ ଚାହିଁଛନ୍ତି ଯେମିତି ସେମାନେ ପରସ୍ପରର ସତ୍ତାରେ ସନ୍ଦେହ କରୁଛନ୍ତି । ନା, ସେମାନେ ସନ୍ଦେହ କରୁଛନ୍ତି ମୃତ୍ୟୁର ଅନୁଶାସନକୁ ?

ନା । ସେମାନେ ଜାଣନ୍ତି ମୃତ୍ୟୁ ନିଶ୍ଚିତ । ସେମାନେ ଜାଣନ୍ତି ସେମାନେ ସ୍ୱପ୍ନ ଦେଖୁନାହାଁନ୍ତି । ସେମାନେ ଜାଣନ୍ତି ।

ସେମାନେ ଜାଣନ୍ତି ?

ତା' ହେଲେ ସେମାନେ ସେ ଗୁମ୍ଫା ଭିତରେ ପଶିଗଲେ ନାହିଁ କାହିଁକି ? ଲୋପ ପାଇଗଲେ ନାହିଁ କାହିଁକି ? କାହିଁକି ସେମାନେ ପୁଣି ଫେରିଆସିଲେ ଶୟନଘରର ଯୋଡ଼ି ପଲଙ୍କକୁ, ହୃତ୍‌ପିଣ୍ଡର ଧକ୍ ଧକ୍‌କୁ ପାକସ୍ଥଳୀର କଡ଼ କଡ଼କୁ, ଘଣ୍ଟାର ଟିକ୍ ଟିକ୍‌କୁ ?

ସେମାନେ ପରସ୍ପରକୁ ପଚାରୁଛନ୍ତି ।

ଦର୍ପଣ-ସିନ୍ଦୁର ଆସିଗଲେ । ଖବରକାଗଜ – ଚା ଆସିଗଲେ । ଯୋଡ଼ି ଯୋଡ଼ି ବିଶେଷ୍ୟ – ବିଶେଷଣ, ଶବ୍ଦଧ୍ୱନି ।

କିଏ କାହାକୁ ଛାଡ଼ିବ ? କିଏ କାହା ବିନା ?

ତିଲୋଉମା ଭାବିଲା : ଯଦି ପରୀକ୍ଷିତ ପ୍ରଥମେ ଖସିଯାଏ, ତେବେ ? ତେବେ – ଆଉ କ'ଣ ? ଗୋଟାଏ ନିରାଭରଣା ସଫେଦ୍ ଛାଇ ପହିଁରି ଆସିବ ଦର୍ପଣକୁ । ସୀମନ୍ତ ନିରକ୍ତ ହୋଇଯିବ । ଧୋବ ଶାଢ଼ୀ ପିନ୍ଧି ଫୁଙ୍ଗୁଲା ହାତରେ ସେ ଭାତ ତରକାରୀ ରାନ୍ଧିବ, ଟଙ୍କା ବାକ୍‌ସରେ ତାଲା ଦେବ । କାନ୍ଦୁରୁ ଠଙ୍ଗା କରିବ ପରୀକ୍ଷିତର ମୁହଁ । ସ୍ୱାର୍ଥପର, ଠଙ୍ଗା କରୁଥାଉ ସେମିତି । ତୋ'ର ତ ତୁ ଖସିଗଲୁ ! ମୋତେ ଅପେକ୍ଷା କଲୁ କି ? ତୋର ସ୍ମୃତି, ତାକୁ ପୁଣି ସମ୍ଭାଳିବ କିଏ ? ସମ୍ପାଦିବ କିଏ ? ମୁଁ ତ ? ସ୍ତ୍ରୀ ତୋ'ର ଜନ୍ମଜନ୍ମର ?

ପରୀକ୍ଷିତ ଭାବିଲା : ଯଦି ଖସିଯାଏ ତିଲୋଉମା ? ଏକା ହୋଇ ଚାଲ ରାସ୍ତାରେ । ଏ ବାରଣ୍ଡାରୁ ସେ ବାରଣ୍ଡା ନଥ ନଥ ହୁଅ ଚଉକିରେ, ରୋଗା କୁକୁର

ଭଲି, ଛାଇ ଦେଖିଲେ ଭୁକିଦିଅ ଥରେ। ତା'ପରେ, ମୁଁହ ଢାଙ୍କିଦିଅ ଖବର କାଗଜରେ। ତୁ ତ ଖସିଗଲୁ ତିଲୋଉମା, ତୋ'ର ପୁଣ୍ୟ, ପାପ ମୋ'ର। ତୋର ଗୁଣ ଗାଇ ବୁଲିବି: ତୋ' ଦେହର ଗନ୍ଧ, ତୋ ହାତର କାର୍ଚ୍ଚି, ତୋ'ର ଢଙ୍ଗ, ତୋ'ର ଚଳଣି, ତୋ'ର କଥା, ତୋ'ର ମୂର୍ତ୍ତି, ଜୀବନ୍ତ ସମସ୍ତେ ସବୁଦିନ। ମୁଁ ତୋ'ର ସ୍ୱାମୀ ଜନ୍ମଜନ୍ମର....

ସେମାନେ ପରସ୍ପରକୁ ଛାଡ଼ିଦେବେ। ପ୍ରତ୍ୟେକ, ପ୍ରତ୍ୟେକ ବିନା ବଞ୍ଚି ପାରିବେ। ଭୂଷଣ ରହିବ ନାହିଁ, ବିଶେଷଣ ରହିବ ନାହିଁ। ରଙ୍ଗ, ଆକୃତି ରହିବ, ଗୋଟିକ ବିନା ଆରେକର।

ପୁଣି କିଛିଦିନ ଯିବ। ଟିକ୍, ଟିକ୍, ଟିକ୍।

ଠକ୍, ଠକ୍, ଠକ୍।

ଆର ଜଣକ ବି ଯିବ।

କେଉଁଆଡ଼େ ଯିବ, କେଉଁଠିକି, ପଚାରିବା ମନା। କଥା ଏତିକି ଯେ ଆମ୍ଭ (ଯଦି ତାହା ଥାଏ?) ପରମ ପୁରୁଷ (ସେ କିଏ?)ଙ୍କ ନିକଟକୁ ସେହି ଅତିମାନସ ରାଜ୍ୟକୁ (ତାହା କ'ଣ?) ଉଡ଼ିଯିବ ଓ ଶରୀର ପଡ଼ିରହିବ ଶବ ହୋଇ ମାଟିରେ। ଏ ଶବର ସଂସ୍କାରକାର୍ଯ୍ୟ ପରେ ସ୍ମୃତି ମଧ୍ୟ ଲୋପ ପାଇଯିବ।

ହସ ପରୀକ୍ଷିତ ଆହୁରି ଜୋରରେ ହସ। ନିଶବ୍ଦ ଓ ତୁଙ୍ଗ। ବ୍ୟାପ୍ତ, କୁଣ୍ଠିତ, ଚିକ୍କଣ।

ହସ ତିଲୋଉମା। ତୀକ୍ଷ୍ଣରୁ ତୀକ୍ଷ୍ଣ। ଶାନ୍ତ, ବିଦାରିତ। ଗଭୀର, ଆର୍ଦ୍ର, ସ୍ନିଗ୍ଧ।

ତୁମେ ଦୁଇ ଜଣ ଜାଣ ନାହିଁ :

ଆମ୍ଭ ଅଛି ନା ନାହିଁ?

ପରମ ପୁରୁଷ କିଏ?

ଅତିମାନସ ରାଜ୍ୟ କ'ଣ?

ତୁମେ ଦୁଇ ଜଣ ଦୁଇଗୋଟି ଶବ। ଆମ୍ଭ ତୁମର ନାହିଁ। ଆଉ ଦେଖ, ଦେଖ, ଆମ୍ଭ ପୁଣି ଫେରୁଛି ପରମ ପୁରୁଷଙ୍କ ନିକଟରୁ ଏକ ଲାଲ ତୀରଚିହ୍ନ

ହୋଇ। ଏଇ ଦେଖ, ସେ ତୀରଚିହ୍ନ ଉଭେଇ ଯାଉଛି କେଉଁ ମାନଚିତ୍ରରେ। ରାଜ୍ୟସୀମା ଚିହ୍ନିତ ହେଉଛି।

ମୁକ୍ତିର ସାମ୍ରାଜ୍ୟ। ସୀମିତ। ସବୁ ସାମ୍ରାଜ୍ୟ ଭଳି। ରାଜକୋଷ ପୂର୍ଣ୍ଣ ଲୁଣ୍ଠିତ ସଂପଦରେ: କ୍ଲେଦ, ରକ୍ତର ମଣିମୁକ୍ତାରେ। କିନ୍ତୁ କିଏ ଏହି ସାମ୍ରାଜ୍ୟର ଅଧୀଶ୍ୱର, ଶାସକ ? କାହାର କୃତିତ୍ୱ ଏ ସବୁ ?

ଈଶ୍ୱର, ପରମପୁରୁଷ ଅଦୃଶ୍ୟ। ଅନୁପସ୍ଥିତ। ତାଙ୍କୁ ଦାୟୀ କରି ଲାଭ ନାହିଁ।

ପରୀକ୍ଷିତ ଓ ତିଲୋଉମା, ଦୁହିଁଙ୍କ ସାମ୍ନାରେ ପୁଣି ସେହି ଅନ୍ଧକାରର ସିଡ଼ି। ସିଡ଼ି ଶେଷରେ ମୃତ୍ୟୁର ଅନୁଶାସନ।

ସ୍ମୃତି, ସତ୍ତା ଓ ଭବିଷ୍ୟତ ହଠାତ୍ ସମାହିତ ଏକ ଚରମ ବିନ୍ଦୁରେ। ଆଉ କିଛି ନାହିଁ ତା' ପରେ।

ଓହ୍ଲାଇ ଯାଅ ପରୀକ୍ଷିତ; ଓହ୍ଲାଇ ଯାଅ ତିଲୋଉମା। ପଛରୁ ଦୌଡ଼ି ଆସୁଛି ତମର ସ୍ମୃତି। ସାମ୍ନାରୁ ଦୌଡ଼ିଆସୁଛି ଭବିଷ୍ୟତ। ମୁଣ୍ଡ ଉପରୁ ଖସିପଡ଼ୁଛି ସତ୍ତା। ଏଇ ମୁହୂର୍ତ୍ତରେ ସେମାନେ ତମ ନିକଟରେ। ଆଖି ବୁଜିଦିଅ ଏଥର। ତମେ ସ୍ୱାମୀ ସ୍ତ୍ରୀ ନୁହଁ, ନୀଳଲୋହିତର ପିତା-ମାତା ନୁହଁ, ଏପରି କି ତମେ ପରୀକ୍ଷିତ ତିଲୋଉମା ନୁହଁ। ତମେ ଶିରାସ୍ନାୟୁର ବୈଦ୍ୟୁତିକ ଅରଣ୍ୟ। ନିର୍ବାପିତ ହୁଅ।

ସେମାନେ ଓହ୍ଲାଇଗଲେ।

ଏହାପରେ ଶବସଂସ୍କାର।

ଶବ ଯାଉଛି ଶୂନ୍ୟେ ଶୂନ୍ୟ। କାହାନ୍ତି ଶବବାହକମାନେ ?

ଲିଆକଉଡ଼ିରେ ପୂର୍ଣ୍ଣ ଆକାଶ ଅଶରୀରୀ କ୍ରନ୍ଦନରେ।

ଜୀବନର ଚିରନ୍ତନ ଶ୍ମଶାନ। ଚିରନ୍ତନ ଚିତାଗ୍ନି।

ଚିତାଗ୍ନି ଭିତରେ ଅର୍ଦ୍ଧଦଗ୍ଧ କାଠପଲଙ୍କରେ ବସିଛନ୍ତି ମାତା। ତାଙ୍କ ନିକଟରେ ନପୁଂସକ କ୍ରୀତଦାସ ପିତା। ତାଙ୍କୁ ଘେରି ବସିଛନ୍ତି ଚାରି ସଖା। ଚିତାଗ୍ନିରେ ଅର୍ଦ୍ଧଦଗ୍ଧ ଦେହ।

ହସୁଛନ୍ତି ସେମାନେ। ଡାକୁଛନ୍ତି ସେମାନେ।

ଏ ମୃତ୍ୟୁର ରାଜ୍ୟ। ଏଠାରେ ମୁକ୍ତିର ପ୍ରଶ୍ନ ନିରର୍ଥକ। ଏଠାରେ ଅନନ୍ତକ୍ଷୟର ଦଗ୍ଧ ଉଲ୍ଲାସ। (ସଫଳତା) ଫୁଟୁଛି ମୁଣ୍ଡର ହାଡ଼। (ସୌନ୍ଦର୍ଯ୍ୟ) ସିଞ୍ଚୁଛି ଚର୍ମ‌ଆବରଣ। ଚୌରାଅଶୀ ନର୍କର ଚୌରାଅଶୀ ଅଙ୍ଗାର ଉଦ୍ୟାନ। ଅବୟବର ଦୁର୍ଗନ୍ଧ ଫୁଲ।

ସଫଳତା ନା ବିଫଳତା। ସୌନ୍ଦର୍ଯ୍ୟ ନା ବିକୃତି। ସୁଗନ୍ଧ ନା ଦୁର୍ଗନ୍ଧ !

ରୂପାନ୍ତରିତ ଜୀବନ।

ପରୀକ୍ଷିତ ଓ ତିଲୋଉମା ସେହି ଚିତାଗ୍ନିରେ ପ୍ରବେଶ କଲେ।

ପୁରୁଷ-ପୁରୁଷ ଚିତାଗ୍ନି, ଯୁଗଯୁଗର। ମାତା, ପିତା, ସ୍ୱାମୀ, ସ୍ତ୍ରୀ, ସଖା ସମସ୍ତଙ୍କର।

ଆଉ ପୁଣି କାହା ଅପେକ୍ଷାରେ ଜଳୁଚି ଚିତାଗ୍ନି ?

ନୀଳଲୋହିତ ଦର୍ଶକ କେବଳ। ମୃତ୍ୟୁର ମହାନ୍ ଦୃଶ୍ୟ: ଜୀବନ ରୂପାନ୍ତରିତ ହେଉଚି।

ଏହି ରୂପାନ୍ତର କ'ଣ ମୁକ୍ତି ?

ଏହି କ'ଣ ସେହି ମହାସତ୍ୟ ?

ନୀଳଲୋହିତ ଜାଣେ, ଏହି ଚିତାଗ୍ନି ସହିତ ଜଳିଯାଉଛି ତା'ର ଜନ୍ମର ପ୍ରଥମ ଓ ଶେଷ ଐତିହାସିକ ସୂତ୍ର। ଏହାପରେ ସେ ସମ୍ପର୍କଚ୍ୟୁତ ଏକ ଗତିରେଖା କେବଳ।

ଏ ଗତି କ'ଣ ଭବିଷ୍ୟତକୁ ?

ନା ଏ ଗତି ସେହି ଚିତାଗ୍ନିକୁ ?

ନୀଳଲୋହିତ ମୁଣ୍ଡ ପୋତିଦେଲା।

ଆତ୍ମହତ୍ୟା

ମୁଣ୍ଡପୋତି ବସିରହ ନାହିଁ ନୀଳଲୋହିତ।

ମୁଣ୍ଡ ଟେକି ଚାହଁ। ଦେଖ, ତମେ କେଉଠି, କେଉଁ ସଘନ ବିନ୍ଦୁରେ ମୃତ୍ୟୁଠାରୁ କେତେ ଦୂରରେ ବା କେତେ ନିକଟରେ।

ଦୁଇ ପୁରୁଷର ଚିତାଗ୍ନି ଦେଖିଲ ତମେ। ଯୁଗ ଯୁଗର ପ୍ରଶ୍ନ ନିଆଁରେ ମିଶିଗଲା। ଏହାପରେ ପୁଣି ତମର ମୁକ୍ତି ଲୋଡ଼ା ? ଏହା ପରେ ପୁଣି ତମେ ଜାଣିବାକୁ ଚାହଁ ଜୀବନର ଅର୍ଥ ?

ଏ କି ସମାଧାନ ହେଉଛି ବର୍ଣ୍ଣମାଲା ? ଏଇ କ'ଣ ସବୁ ପ୍ରଶ୍ନର ସମାଧାନ ?

ନୀଲଲୋହିତ ମୁଣ୍ଡ ଟେକି ଚାହିଁଲା।

ପଲଙ୍କରେ ବସିଛି ବର୍ଣ୍ଣମାଲା। ଗୋଡ଼ ଲମ୍ବାଇ ଦେଇଛି ତଳକୁ ଓ ସ୍ଥିର ଆଖିରେ ଚାହିଁଛି ନୀଲଲୋହିତକୁ ନା ସାମ୍ନାର କାନ୍ଥକୁ।

ନୀଲଲୋହିତ କ'ଣ କହିବ ? ତା'ର ଓଠ ଥରୁଛି, ଦେହ ଜଡ଼ ହୋଇ ଆସୁଛି ଜୀବନ୍ତ ଶବ।

ହଠାତ୍ ଏକ ଆଲୋକବିନ୍ଦୁର ବିସ୍ଫୋରଣରେ ଜାଗ୍ରତ, ଚଞ୍ଚଳ ହୋଇ ଉଠିଲା ନୀଲଲୋହିତ।

ମୃତ୍ୟୁ, ଜୀବନର ସ୍ୱାଭାବିକ ପରିଣତି। ସମଗ୍ର ଜୀବନ ଯେମିତି ସେହି ଗୋଟିଏ ସମାଧାନ ପାଇଁ ଅପେକ୍ଷା।

ହାତ ହଲାଇ ଦିଅ। ତମେ ମୃତ୍ୟୁ ଆଡ଼କୁ ଗୋଟିଏ ପାଦ ଆଗେଇ ଗଲ।

ମୁଣ୍ଡ ହଲାଇ ଦିଅ। ଆଉ ଏକ ପାଦ।

ଓଠ ଖୋଲିଦିଅ। ଆଉ ଏକ ପାଦ।

ବର୍ଣ୍ଣମାଲାକୁ କୋଳାଗ୍ରତ କର। ଆଉ ଏକ ପାଦ।

ସଙ୍ଗମ। ଆଉ ଏକ ପାଦ।

ଖାଦ୍ୟ। ଆଉ ଏକ ପାଦ।

ବିଶ୍ରାମ। ଆଉ ଏକ ପାଦ।

(ଏହିଭଳି କ୍ରମେ କ୍ରମେ

କ୍ରମେ କ୍ରମେ କ୍ରମେ

କ୍ରମେ କ୍ରମେ......)

କ୍ରମେ କ୍ରମେ କ୍ରମେ କ୍ରମେ କ୍ରମେ କ୍ରମେ କ୍ରମେ କ୍ରମେ କ୍ରମେ କ୍ରମେ

କ୍ରମେ କ୍ରମେ କ୍ରମେ କ୍ରମେ କ୍ରମେ କ୍ରମେ କ୍ରମେ କ୍ରମେ କ୍ରମେ ।

ପାଦ ପରେ ପାଦ ପରେ ଟିକ୍ ପରେ ଟିକ୍ ପରେ ପାଦ ପରେ ଟିକ୍ ପରେ ପାଦ ପରେ ଟିକ୍ ।

ଏହିଭଳି ମୃତ୍ୟୁ ।

କି ବା ଗୌରବ ଏ ମୃତ୍ୟୁରେ ? କି ଅର୍ଥ ବା ଏ କ୍ରମଶଃ ପତନର ?

ନିଜର ଦାୟିତ୍ୱ ନାହିଁ, ନିଜର ଇଙ୍ଗିତ ନାହିଁ । ଆଉ କାହା ଦାୟିତ୍ୱରେ ଆଉ କାହା ଇଙ୍ଗିତରେ ।

ବରଂ ଆମ୍ଭହତ୍ୟା !

ଯଦି ଏ ଜୀବନ ଅବାନ୍ତର, ଯଦି ମୃତ୍ୟୁ ଅବାନ୍ତର, ଯଦି ଅବାନ୍ତର ଈଶ୍ୱର, ସମାଜ, ଧର୍ମ, ସଙ୍ଗମ, ଐତିହ୍ୟ—

ତେବେ ନିଜ ଇଚ୍ଛାରେ ମୃତ୍ୟୁ, ନିଜ ହାତରେ, ନିଜ ଦାୟିତ୍ୱରେ, ନିଜ ଇଙ୍ଗିତରେ ।

ନୀଳଲୋହିତ ତା'ର ନିଷ୍ପତ୍ତି ଜଣାଇଦେଲା ।

ବର୍ଣ୍ଣମାଳା ପଲଙ୍କରୁ ଓହ୍ଲାଇ ନୀଳଲୋହିତର ସାମ୍ନାରେ ଠିଆ ହେଲା ଓ ଅବଜ୍ଞାରେ ହସିଦେଲା ।

ନୀଳଲୋହିତର ଦେହ ଭିତରେ ସେ ହସର ବରଫସ୍ରୋତ ।

ଆଉ ଚିନ୍ତା ବା ଯୁକ୍ତିର ପ୍ରୟୋଜନ ନାହିଁ । ଯଥେଷ୍ଟ ହୋଇଛି ।

ବର୍ଣ୍ଣମାଳାର ହସର ବରଫସ୍ରୋତ ତରଳି ଯାଉଛି । ରକ୍ତରେ ମିଶି ଯାଉଛି । ବର୍ଣ୍ଣମାଳା ଅବାନ୍ତର ।

ଏଥର କାନ୍ଦିଲା ବର୍ଣ୍ଣମାଳା । କିନ୍ତୁ କାହିଁକି ?

ନୀଳଲୋହିତ ବୁଝିପାରୁ ନାହିଁ ।

ଆମ୍ଭହତ୍ୟାର ବିଭିନ୍ନ ଉପାୟ :

ଟେବୁଲ ଉପରୁ କଣ୍ଢା ଛୁରୀ ଉଠାଇଆଣ । ଭୁଷିଦିଅ ଦର୍ଷରେ । ଯେଉଁ ବ୍ଲେଡ଼ରେ କ୍ଷୌର ହୁଅ, ସେହି ବ୍ଲେଡ଼ରେ ଚିରିଦିଅ ଶ୍ୱାସନଳୀ । ଝୁଲିପଡ଼ ଗାଧୁଆଘର

ଛାତରୁ। ବିଷ ପିଇଦିଅ। ଗିଳିଦିଅ ନିଦବଟିକା।

କିନ୍ତୁ...

"ତାହା ଆମ୍ବହତ୍ୟା କିଭଳି ?" ପ୍ରଶ୍ନ ପଚାରୁଛି ବର୍ଣ୍ଣମାଳା।

ପୁଣି ଥରେ ତ ଆଉ କାହାର ଅବଲମ୍ବନ, ପୁଣି ଥରେ ତ ଜୀବନ ଭିତରକୁ ଅବାନ୍ତର ବାହ୍ୟବସ୍ତୁର ପ୍ରବେଶ !

ଛୁରୀ, ବ୍ଲେଡ୍, ରସି, ବିଷ, ନିଦବଟିକା।

ଏସବୁ କ'ଣ ? ଏମାନଙ୍କ ଉପରେ ପୁଣି ଭରସା କାହିଁକି ନୀଳଲୋହିତ ?

ଛୁରୀର ଧାର ପରୀକ୍ଷା କରି ଦେଖୁଛ

ବ୍ଲେଡ୍‌ର ଧାର ପରୀକ୍ଷା କରି ଦେଖୁଛ

ରସିର ଦୃଢ଼ତା ପରୀକ୍ଷା କରି ଦେଖୁଛ

ବିଷର ଉଗ୍ରତା ପରୀକ୍ଷା କରି ଦେଖୁଛ

ନିଦବଟିକାର ସଂଖ୍ୟା ପରୀକ୍ଷା କରି ଦେଖୁଛ

କୁହ, କୁହ ତମେ ଆମ୍ବହତ୍ୟା କରୁଛ କି ?

ନୀଳଲୋହିତର ସବୁ ଦମ୍ଭ ତୁଟିଯାଉଛି। ସେ ନିଜକୁ ସ୍ଥିର ରଖିପାରୁ ନାହିଁ। ମୃତ୍ୟୁ ଅବାନ୍ତର। ଏପରି କି ଆମ୍ବହତ୍ୟା ମଧ୍ୟ ଅବାନ୍ତର। ମୃତ୍ୟୁ ପାଇଁ ଅପେକ୍ଷା ଯେତିକି ଅଭିଶାପ, ଆମ୍ବହତ୍ୟାର ପ୍ରସ୍ତୁତି ମଧ୍ୟ ସେତିକି। ପ୍ରଭେଦ କେବଳ ଉପାୟରେ, ପନ୍ଥାରେ। ମୃତ୍ୟୁ ପରେ ଯେଉଁ ଅଜ୍ଞାତ ଶୂନ୍ୟତା, ଆମ୍ବହତ୍ୟା ପରେ ମଧ୍ୟ ତାହା ହିଁ।

ନା, ମୃତ୍ୟୁ ପାଇଁ ଅପେକ୍ଷା କରିହେବ ନା ଆମ୍ବହତ୍ୟା କରିହେବ। ତେବେ କ'ଣ ସମ୍ଭବ ଏ ଜୀବନରେ ?

କିଏ କାହାର ବିକଳ୍ପ, କାହା ବଦଳରେ କିଏ ? କ'ଣ ବାଛିନେବାକୁ ହେବ ? କାହା ପାଇଁ, କାହିଁକି ବଞ୍ଚିବାକୁ ହେବ ?

ନୀଳଲୋହିତ ଦେଖୁଛି, ବର୍ଣ୍ଣମାଳା ସମେତ ତା'ର ଐତିହାସିକ ଜଗତ୍ ହଠାତ୍ ଧ୍ୱଂସ ପାଇଯାଉଛି।

ନୀଳଲୋହିତ ବୁଝୁଚି ସେ ସ୍ଥାନ-କାଳର ନିୟମରେ ବନ୍ଦୀ ଏକ ଅସ୍ତିତ୍ୱ।

ନୀଳଲୋହିତ ଚିନ୍ତା କରୁଛି ତା'ର ପନ୍ଥା କ'ଣ ?

କି ବିଚିତ୍ର ଅନୁଭୂତି ଏ !

ଏ ଅନୁଭୂତିର ଏକ ଦିଗରେ ଯନ୍ତ୍ରଣା, ଅନ୍ୟ ଦିଗରେ ଆନନ୍ଦ।

ଏ ଅନୁଭୂତିର ନାମବାଚକ ରୂପ କ'ଣ ଜୀବନ ?

ଆତ୍ମରକ୍ଷା

ବର୍ଣ୍ଣମାଳାର ଯୁକ୍ତିର ଜାଲରେ ଧରାପଡ଼ିଗଲା ପରେ ନୀଳଲୋହିତ ହଠାତ୍ ଏକ ଅଭୂତ ଆତ୍ମରକ୍ଷାର ଉପାୟ ସ୍ଥିର କରିନେଲା। ଏଥିପାଇଁ ଚିନ୍ତା, ସମନ୍ୱୟ ବା ଭବିଷ୍ୟତ ଦୃଷ୍ଟିର ଆବଶ୍ୟକତା ହେଲା ନାହିଁ।

ନୀଳଲୋହିତ ଦୃଢ଼ମୁଷ୍ଟିରେ ବର୍ଣ୍ଣମାଳାର ବେକ ଚିପିଧରିଲା ଓ ପଚାରିଲା: ତୁ କିଏ ? ବର୍ଣ୍ଣମାଳାର ଆଖି ସ୍ଥିର ଯବକାଚ। ଗୋଟିଏ ତୀକ୍ଷ୍ଣ ପ୍ରଶ୍ନର ଆଲୋକ ରଶ୍ମି କେବଳ ଜଳିଉଠୁଚି।

ଏ ପ୍ରଶ୍ନର ଉତ୍ତର ନାହିଁ।

ବର୍ଣ୍ଣମାଳାର ବେକର ନୀଳଶିରା ଫୁଲୁଛି। ନୀଳଲୋହିତର ହାତ କମ୍ପୁଛି। ଆଉ କେତେ ସମୟ ? ତା'ପରେ ବର୍ଣ୍ଣମାଳାର ନାମ ଲୋପ ପାଇଯିବ।

ନୀଳଲୋହିତର 'ନୀଳଲୋହିତତ୍ୱ' ପ୍ରମାଣିତ ହୋଇଯିବ।

ମୃତ୍ୟୁ ସମ୍ଭବ ନୁହେଁ।

ଆତ୍ମହତ୍ୟା ନିରର୍ଥକ।

କିନ୍ତୁ ହତ୍ୟା ତ ସମ୍ଭବ ! ହତ୍ୟା ତ ଅର୍ଥମୟ !

ନୀଳଲୋହିତ କଳ୍ପନା କଲା ସେ ବର୍ଣ୍ଣମାଳାର ହତ୍ୟାକାରୀ। ସେ ଠିଆ ହୋଇଛି ଏକ ଲୋକାରଣ୍ୟ ବିଚାରାଳୟରେ।

ନୀଳଲୋହିତ ସେହି ଲୋକାରଣ୍ୟକୁ ଚାହିଁଲା। କି ଆଶ୍ଚର୍ଯ୍ୟ ! ସମସ୍ତେ ତ ନୀଳଲୋହିତ— ଏକ ଲିଙ୍ଗ, ଏକ ବଚନ।

ସହସ୍ର ନୀଲଲୋହିତରେ ପୂର୍ଣ୍ଣ ବିଚାରାଳୟର ଗାଲେରୀ । ସମସ୍ତେ ସମସ୍ତଙ୍କୁ ଚାହିଁଛନ୍ତି ନିଜର କ୍ଷୁଦ୍ର ବେଷ୍ଟନୀ ଭିତରୁ । ଏକ ପ୍ରଚଣ୍ଡ ବକ୍ତବ୍ୟହୀନତା, କୋଲାହଲରେ ପରିଣତ ହେଉଛି ଓ ତା'ପରେ ନିରୁଦ୍ଦିଷ୍ଟ ହୋଇ ବୋହିଆସୁଛି ପରମୁହୂର୍ତ୍ତର ଚେତନାକୁ ।

ଅବାକ୍ ନୀଲଲୋହିତ ଚାହିଁଲା ବିଚାରପତି ଆସ୍ଥାନକୁ । ସେଠାରେ ମଧ୍ୟ ଅଧିଷ୍ଠିତ ନୀଲଲୋହିତ । ବିଚାରପତି ନୀଲଲୋହିତ ସାମ୍ନାରେ, ହତ୍ୟାକାରୀ ନୀଲଲୋହିତ ସାମ୍ନାରେ ଦର୍ଶକ ନୀଲଲୋହିତ ।

ଆଇନ୍ କାହିଁ ଆଇନ୍ ? ନୀଲଲୋହିତ ଚିତ୍କାର କଲା । ଆଇନ୍ କାହିଁ ଆଇନ୍; ବିଚାରପତି ପଚାରିଲେ । ଆଇନ୍ କାହିଁ ଆଇନ୍ ପ୍ରତିଧ୍ୱନି ଉଠିଲା ଦର୍ଶକ ମହଲରେ ।

ସହସ୍ର ନୀଲଲୋହିତ, ସହସ୍ର ନୀଲଲୋହିତଙ୍କୁ ତର୍ଜମା କଲେ । ଆଙ୍ଗୁଠି ଦେଖାଇ କିଏ କହିବ ଆଇନ୍ କାହିଁ ?

ଅଭିଯୁକ୍ତ ନୀଲଲୋହିତକୁ ଦଣ୍ଡିତ କରିବା ପାଇଁ ଆଇନ୍ କାହିଁ ? ରାଶି ରାଶି ଅକ୍ଷର ଉଡୁଛନ୍ତି ପବନରେ । ଧରିରଖିବାର ଶକ୍ତି କାହାର ? ବାନ୍ଧି ରଖିବାର ଶକ୍ତି କାହାର ?

ଗୋଟିଏ ରେଖା ଅକ୍ଷର ସଜାଇ ରଖ । ଆଇନ୍ ତିଆରି ହେଲା । ରେଖା ପରେ ରେଖା ପରେ ରେଖା ପରେ ରେଖା : ନିଅ ତମର ଅଧିକାରର ଖସଡ଼ା । ଏଇତ ! ବିଦ୍ୟୁତ୍ ବେଗରେ ଚମକି ଯାଉଛନ୍ତି ଅକ୍ଷର ରାଶି ।

ବର୍ଣ୍ଣମାଲାର ଦେହ ପଚି ଯାଉଛି ନର୍ଦ୍ଦମାରେ । ସହସ୍ର ଅକ୍ଷର ଉଡ଼ିଯାଇ ବସୁଛନ୍ତି ପୋକମାଛି ଭଳି ସେ ଦେହରେ ।

ଦେହ କ୍ଷୟ ପାଉଛି । ପୋକମାଛି ଉଡ଼ିଯାଉଛନ୍ତି ପୁଣି ଆକାଶକୁ ।

ଆଇନ୍ ଲେଖା ହେଉଛି ।

ନୀଲଲୋହିତ ଚାହିଁଛି ସେଇ ନର୍ଦ୍ଦମା ଭିତରକୁ । ବର୍ଣ୍ଣମାଲାର ପଚା ଦେହର ସନାକ୍ତ କରୁଛି ନିଜେ । ଆସ୍ଥାନରେ ବସୁଛି ଓ ନିଜର ଫାଶୀ ଆଦେଶ ଲେଖିଦେଉଛି ନିଜେ ।

କିନ୍ତୁ ତା'ପରେ ?

"ତା'ପରେ ଆଇନ୍ କାହିଁ ନୀଲଲୋହିତ ? ନିଜ ଇଚ୍ଛାରେ ନିଜେ"— ବର୍ଣ୍ଣମାଳା କହୁଛି ।

ନୀଲଲୋହିତ ଚକିତ ହୋଇ ଚାହିଁଲା ସାମ୍ନାକୁ । ନିର୍ବିକାର ବର୍ଣ୍ଣମାଳା ବସିଛି, ତା'ର ବେକରେ ଆଙ୍ଗୁଠିର ନୀଲଛାଇ ।

ପାଉଁଶର ସ୍ତୂପ ଭଳି ବର୍ଣ୍ଣମାଳାର ସ୍ୱର ହଠାତ୍ ଅଜାଡ଼ି ହୋଇପଡୁଛି ନୀଲଲୋହିତ ଉପରେ ।

ନୀଲଲୋହିତ ଡିଗ୍‌ବାଜି ମାରି ଉଠୁଛି, ଯେମିତି ମୁଣ୍ଡପୋତା କେଳା । ଉପରେ ହସୁଛି ବାଉଁଶରାଣୀ ।

ତାଲିମାଡ଼ରେ କମ୍ପୁଛି ଦାଣ୍ଡ ।

ନୀଲଲୋହିତ ଉପରକୁ ଚାହିଁଲା ।

ସିଡ଼ିରେ ଉଠିଯାଉଛି ବର୍ଣ୍ଣମାଳା ଉପରକୁ । ବର୍ତ୍ତମାନ ପ୍ଲେଟ୍‌ରେ ସଜା ହୋଇ ତଳକୁ ଆସିବେ ଅଣ୍ଡା-ପାଉଁରୁଟି : ସାମାଜିକ ନିରାପଦା । ଛୁରୀରେ କାଟି କାଟି ଖାଅ । କଫି ପିଅ ଆରାମ୍ କର । ଖବର କାଗଜ ପଢ଼ ।

ବର୍ଣ୍ଣମାଳା ଓହ୍ଲାଇ ଆସିଲା । ହାତରେ ଦିନର ଖାଦ୍ୟ, ଛୁରୀ, ଚାମଚ ।

ନୀଲଲୋହିତ ଭୟରେ ଚାହିଁଲା । ଲାଲ ପୋର୍ସେଲିନ୍ ପ୍ଲେଟ୍‌ରେ ରକ୍ତ । ରକ୍ତବୋଳା ଛୁରୀ ଚାମଚ । ଦୁଇଟି ସଢ଼ା ଆଖି ଭଳି ପୋଚ୍, ଦଇଚାଏ ମାଂସ ଭଳି ପାଉଁରୁଟି ।

ସେ ଆତଙ୍କରେ ଚିକ୍‌କାର କରିଉଠିଲା । ବର୍ଣ୍ଣମାଳା ବୁଝିଗଲା । ସେ ନିର୍ବିକାର ହାତରେ କଫି ବଢ଼ାଇଦେଲା ।

କଫି ନା ରକ୍ତ ?

ନୀଲଲୋହିତ ଦାନ୍ତଚିପି ଠିଆହେଲା । ଟେବୁଲ ଉପରୁ ଖବରକାଗଜ ଉଠାଇନେଲା ଓ ମୁହଁ ଢାଙ୍କି ଦେଲା ।

କ'ଣ ଆଜିର ଖବର ? ରାଜନୀତି, ଅର୍ଥନୀତି, ସମାଜବ୍ୟବସ୍ଥା । ସହସ୍ର ଆଲପିନର ମୁହଁ ଫୁଟି ଦିଶୁଛି ଖବର କାଗଜର ଅକ୍ଷର ଭିତରୁ । ସହସ୍ର ବିରୁଡ଼ିର ଦଂଶନ ।

ହାତରୁ କାଗଜ ଫିଙ୍ଗିଦେଲା ନୀଳଲୋହିତ ।

ବର୍ଷମାଲା ଗୋଟାଇ ନେଲା ତଳୁ । ଢାଙ୍କି ଦେଲା ଖାଦ୍ୟପାତ୍ର ଓ ତା'ପରେ ନୀଳଲୋହିତକୁ ଯେମିତି ଆଉ ଚିହ୍ନି ପାରିଲା ନାହିଁ ।

ନୀଳଲୋହିତର ପ୍ରତିଛବି ଦର୍ପଣରେ । ନୀଳଲୋହିତ ବନାମ୍ ନୀଳଲୋହିତ । ନୀଳଲୋହିତ ଦର୍ପଣକୁ ଏକ କୋଣକରି ଠିଆହୋଇଛି । ବର୍ଷମାଲାର ମନେହେଲା ଯେମିତି ଏକ ଅପାର୍ଥିବ କୋଣରୁ ସବୁ ଯାତନାର ସୃଷ୍ଟି । ଦର୍ପଣର ସ୍ୱଚ୍ଛତାକୁ ସାମ୍ନା କଲେ ଯେଉଁ ପ୍ରତିକୃତି ମିଲେ, ତାହା ଯେମିତି ଦର୍ପଣର ନିଜସ୍ୱ । ନା' ତାକୁ ଛୁଇଁ ହେବ, ନା ତାକୁ ଅତିକ୍ରମ କରିହେବ । ସେ ପର୍ଯ୍ୟନ୍ତ ଦେହ, ସେ ପର୍ଯ୍ୟନ୍ତ ପ୍ରତିଫଳନ, ସେ ପର୍ଯ୍ୟନ୍ତ ବଞ୍ଚିବାର ବାହାନା : ସୁଖ, ସଙ୍କଟ, ସମ୍ଭାର ସବୁ । ନୀଳଲୋହିତ ଦର୍ପଣକୁ ସାମ୍ନା କରି ଠିଆ ହେବନାହିଁ, ମାନି ନେବ ନାହିଁ ତା'ର ପ୍ରତିଛବିକୁ । ତେଣୁ ତା'ର ନିଜର ସାମ୍ରାଜ୍ୟ ତା'ର ଅଗୋଚରରେ ଆବୃତ ହୋଇ ଆସୁଛି । ଦର୍ପଣ ପ୍ରତିଫଳିତ କରି ଚାଲିଛି ସେତିକିବେଳୁ, ନୀଳଲୋହିତର ଆଗ୍ରହ ନାହିଁ ।

ବର୍ଷମାଲା ଦର୍ପଣକୁ ସାମ୍ନା କରି ଠିଆହେଲା । ଏଥର ନୀଳଲୋହିତର ଦେହର କିୟଦଂଶ ଅଦୃଶ୍ୟ ହୋଇଗଲା । କେତେ ଡିଗ୍ରୀକୋଣରେ ବର୍ଷମାଲା କାଟୁଚି ନୀଳଲୋହିତକୁ ?

ଏହି ସମୟରେ ନୀଳଲୋହିତର ପ୍ରତିଛବି ଅଦୃଶ୍ୟ ହୋଇଗଲା ଦର୍ପଣର ସୀମାରୁ ।

ବର୍ଷମାଲା ଦର୍ପଣକୁ ପଛକରି ଶୂନ୍ୟକୋଠରୀକୁ ଚାହିଁଲା ।

ନୀଳଲୋହିତ ସିଡ଼ିରେ ଉଠୁଛି ଉପରକୁ ।

ବର୍ଷମାଲା ନିଃଶବ୍ଦରେ ହସିଲା । ଏତିକି ପାଇଁ ତ ଅପେକ୍ଷା ଥିଲା । ଉପର ମହଲାର ବାରଣ୍ଡାରେ ନିଷ୍ପଳ ହୋଇ ଠିଆହେଲା ନୀଳଲୋହିତ । ବର୍ଷମାଲା ଏକ ନିଷ୍ଚିତ ଦୂରତ୍ୱରେ ଠିଆହୋଇ ପଚାରିଲା: ତମେ ଜାଣ ଉପର ମହଲାରେ କେତେ ଗୋଟି କୋଠରୀ ?

ନୀଳଲୋହିତ ଉତ୍ତର ଦେଲା ନାହିଁ । ତା'ର ମନେହେଲା ଯେମିତି ବର୍ଷମାଲାର ଚେତନାର ଚିକ୍କଣ ପ୍ରଭାବରେ ସେ ପୁଣି ଖସିଯିବ ।

ବର୍ଷମାଳା ପୁଣି ପଚାରିଲା: ଉପରମହଲାରେ କେତୋଟି କୋଠରୀ ତମେ ଜାଣ ?

ଜାଣେ ନାହିଁ : ନୀଲଲୋହିତର ସଂକ୍ଷିପ୍ତ ଉତ୍ତର।

ବର୍ଷମାଳା ଆଶ୍ଚର୍ଯ୍ୟ ହେଲା ନାହିଁ। ଉପରମହଲା କୁହୁକ ସାମ୍ରାଜ୍ୟ। ନୀଲଲୋହିତର ପ୍ରବେଶ ନାହିଁ।

"ଜାଣେନାହିଁ, କ'ଣ ଯଥେଷ୍ଟ ଉତ୍ତର ?" ବର୍ଷମାଳା ଠଙ୍ଗା କଲା।

ନୀଲଲୋହିତ ଏଥର ଠିଆହୋଇଛି ଏକ ରୁଦ୍ଧକୋଠରୀ ସାମ୍ନାରେ। ବର୍ଷମାଳାର ଆଙ୍ଗୁଠି ଚାବିକାଠି।

କୋଠରୀ ଦ୍ୱାର ଖୋଲିଗଲା।

କୋଠରୀ ଭିତରେ ଅନ୍ଧାର।

ନୀଲଲୋହିତ ହଠାତ୍ ଉନ୍ମାଦ ଭଳି ପଶିଗଲା କୋଠରୀ ଭିତରକୁ। ବର୍ଷମାଳା ଠିଆହୋଇଛି ଦ୍ୱାରବନ୍ଧ ନିକଟରେ।

ଏଇ ପ୍ରଥମ କୋଠରୀ।

ପ୍ରଥମ କୋଠରୀ : ପ୍ରଥମ ପରିଚୟ

ଶୂନ୍ୟ ଅନ୍ଧକାର ଭିତରେ ଅଲୌକିକ ବୃକ୍ଷ। ମଧ୍ୟଶୂନ୍ୟରୁ ଉଠିଛି ଉପରକୁ। ସେହି ଅଲୌକିକ ବୃକ୍ଷ ତଳେ ନୀଲଲୋହିତର ପିତାମାତା। ସେହି ଅଲୌକିକ ବୃକ୍ଷର ଶାଖାରେ ଦୋଲାୟମାନ ପରମ୍ପରା: ବଂଶ ଇତିହାସ।

ନୀଲଲୋହିତ ପ୍ରତି ଶାଖାକୁ ଲକ୍ଷ୍ୟ କଲା। ହାତପାଦ ବନ୍ଧା ହୋଇ ଝୁଲୁଛି ଇତିହାସ।

ପ୍ରଥମ ଥର, ଏହି ପ୍ରଥମ ଥର ନୀଲଲୋହିତ ଦେଖିଲା ବନ୍ଦୀ ସମୟକୁ।

ବଂଶବୃକ୍ଷ ପ୍ରମାଣ କରୁଛି। କି ସତ୍ୟ ପ୍ରମାଣ କରୁଛି ବଂଶବୃକ୍ଷ ?

ନୀଲଲୋହିତର ଶରୀରରେ ପରିବର୍ତ୍ତନ। କି ଏକ ଜାନ୍ତବ ଜାଗରଣ। ରାକ୍ଷସ ନୀଲଲୋହିତ ଲମ୍ଫ ଦେଇ ଛୁଇଁଛି ବୃକ୍ଷଶାଖାକୁ ଓ ତା'ପରେ ବିକଟ ହସରେ ଦୋହଲାଇ ଦେଉଛି ତା'ର ଚେରମୂଳକୁ, ମଧ୍ୟଶୂନ୍ୟକୁ।

ବର୍ଷମାଳା ଦ୍ୱାରବନ୍ଧ ନିକଟରେ ଠିଆହୋଇ ଆଶଙ୍କାରେ ମଳିନ ପଡ଼ିଯାଉଛି । କ'ଣ କରୁଛି ନୀଳଲୋହିତ ? ଏ କି ପରୀକ୍ଷା ପୁଣି ? ଶୂନ୍ୟ ଅନ୍ଧାର କୋଠରୀ ଭିତରେ କେଉଁ ଅନୁଭୂତିର ଆବିର୍ଭାବ ପୁଣି ?

ନୀଳଲୋହିତର ପାଦଶବ୍ଦ ଶୁଭୁଛି । ନୀଳଲୋହିତ ଫେରିଆସୁଛି ।

ଜୀବନ୍ତ ମଣିଷ ଫେରୁଛି କବରତଳୁ କେଉଁ ନୂଆ ଆସକ୍ତି ନେଇ ?

ଦ୍ୱିତୀୟ କୋଠରୀ ଗର୍ଭର କୋଠରୀ ।

କୁହୁକ ଆଙ୍ଗୁଠିରେ ବର୍ଷମାଳା ଖୋଲିଦେଲା ଦ୍ୱିତୀୟ କୋଠରୀର ଦ୍ୱାର । ପିଙ୍ଗଳ ଆଲୋକରେ ଉଦ୍ଭାସିତ ।

ନୀଳ ବୃତ୍ତ ।

ଲୋହିତ ବିନ୍ଦୁ ।

ନୀଳଲୋହିତ ।

କୋଠରୀ ଭିତରେ ହଠାତ୍ ଯେମିତି ନୀଳଲୋହିତ ନିଜକୁ ଫେରି ପାଇଲା । ହାଡ଼ମାଂସର ପ୍ରକାଣ୍ଡ ଜାହାଜ ପରିଣତ ହେଉଛି ଏକ କ୍ଷୁଦ୍ର ଶୁଭ୍ର ନୌକାରେ । ନୌକା ଘୁରୁଚି ଘୂର୍ଣ୍ଣୀରେ । ବୃତ୍ତ ଭାସି ଉଠୁଛି । ବିନ୍ଦୁ ଖସିଯାଉଛି ବୃତ୍ତରୁ । ତା'ପରେ ସୃଷ୍ଟି ।

ନୀଳଲୋହିତର ବାହାର ଓ ଅନ୍ତର ଏକାକାର ହୋଇଯାଉଛନ୍ତି । ଚେତନ ଓ ଅଚେତନର ପ୍ରଭେଦ ଲୋପ ପାଇ ଆସୁଛି । ଦେହ ଆଶ୍ରୟ ଖୋଜୁଛି । ହାତ ପାଦ ପିଟି ଭାସୁଛି ଶରୀର ନୌକା । ସ୍ରୋତର ଗତିବେଗ ବଢୁଛି ।

ଆଶ୍ରୟ କାହିଁ ଆଶ୍ରୟ ?

ସେହି ଅନ୍ଧକାରର ଆଲୋକ ଭିତରେ ବର୍ଷମାଳାର ଗୁମ୍ଫା ଦ୍ୱାରେ ପ୍ରଦୀପ ଜଳୁଛି ।

ସେହି ପ୍ରଦୀପର ଆଲୋକରେ ସମ୍ମୋହିତ ନୀଳଲୋହିତ ଗୁମ୍ଫା ଦିଗକୁ ବହି ଯାଉଛି ହାଡ଼ମାଂସର ପିଣ୍ଡ ହୋଇ । ଦ୍ୱାର ବନ୍ଦ ହୋଇ ଯାଉଛି ଗୁମ୍ଫାର ।

ଦ୍ୱିତୀୟ କୋଠରୀର ଦ୍ୱାରବନ୍ଧରେ ବର୍ଷମାଳା । ବର୍ଷମାଳାର ଦେହରେ ଅପୂର୍ବ ରୋମାଞ୍ଚ ।

ତୃତୀୟ କୋଠରୀ ସାମ୍ମୁଖ୍ୟର କୋଠରୀ ।

ବର୍ଷ୍ମାଲାର କୁହୁକ ଆଙ୍ଗୁଠିରେ ତୃତୀୟ କୋଠରୀର ଦ୍ୱାର ଖୋଲିଗଲା। ଚୁମ୍ବକରେ ଆକର୍ଷିତ ବ୍ୟକ୍ତିତ୍ୱର ଲୌହପତାକା। ନୀଳଲୋହିତ କଟାଡ଼ି ହୋଇ ପଡ଼ିଲା ଏକ ସୁସଜ୍ଜିତ ପଲଙ୍କରେ।

ନୀଳଲୋହିତକୁ କିଏ ଯେମିତି କହିଲା : ଏଇତ ଜୀବନ। ଦେହ ମଧ ପଲଙ୍କର ଏକ ଅଂଶ। ପଲଙ୍କ ସହିତ ନିଦ୍ରା ଯାଆ। ଦାନ୍ତରେ କାମୁଡ଼ି ଧରି ରଖ କାଠର ଖୋଦାଇକୁ। ମୃତ୍ୟୁ କ'ଣ କିଏ ଜାଣେ ? ମଲାଲୋକକୁ ପଚାର, ମଲାଲୋକ ଉତ୍ତର ଦେଉ ନାହିଁ। ମଲାଲୋକ ମଧ ମୃତ୍ୟୁର ଏକ ଅଂଶ।

ନୀଳଲୋହିତ ତା'ର ବିନ୍ଦୁ ଓ ପରିଧ ସହିତ ଖେଲାଇ ହୋଇ ପଡ଼ିଛି ପଲଙ୍କରେ। ବୃତ୍ତାକାର ଶଯ୍ୟା।

ଠିକ୍ ସାମ୍ନାରେ ଉଜ୍ଜ୍ୱଲ ଦିବାଲୋକ ଓ ଏକ ବର୍ଗକ୍ଷେତ୍ର। ବର୍ଗକ୍ଷେତ୍ରରେ ସଜ୍ଜିତ ସହସ୍ର ଆୟୁଧ।

ଯୁଦ୍ଧର ପୂର୍ବମୁହୂର୍ତ୍ତ। ବୃତ୍ତାକାର ଶଯ୍ୟା ଛାଡ଼ି ନୀଳଲୋହିତ ଠିଆହେଲା। କାହାର ଆହ୍ୱାନ ଏ। ଆୟୁଧ ଗ୍ରହଣ କର, ଅଦୃଶ୍ୟ ଶକ୍ତିକୁ ପରାସ୍ତ କର।

ନୀଳଲୋହିତ ଅସ୍ତ ତୋଲିନେଲା। ଶତ୍ରୁ କାହିଁ ଶତ୍ରୁ ?

ନୀଳଲୋହିତ ଆଖି ସାମ୍ନାରେ ଏକ ରୁଦ୍ଧ ଗିରିପଥ ଉନ୍ମୋଚିତ ହେଉଛି। ସେହି ଗିରିପଥରେ ସହସ୍ର ଅଶ୍ୱାରୋହୀର କଳଙ୍କିତ କଦମ୍ ଶୁଭୁଛି। ଶୁଭିଚାଲିଛି, ଶୁଭି ଚାଲିଛି।

ଚତୁର୍ଥ କୋଠରୀ ସମାଧାନର କୋଠରୀ।

ଏ କୋଠରୀର ଦ୍ୱାର ଉନ୍ମୁକ୍ତ ଚିରଦିନ। ବର୍ଷ୍ମାଲା ନୀଳଲୋହିତ ଠାରୁ ଯଥେଷ୍ଟ ଦୂରତ୍ୱ ରଖି ଠିଆହେଲା ଓ ଦ୍ୱାରବନ୍ଧ ନିକଟରେ ନୀଳଲୋହିତର ମୁହଁକୁ ଚାହିଁ ହସିଦେଲା।

ନୀଳଲୋହିତର ମୁହଁ କେଉଁ ଅଲୌକିକ କଠୋରତାରେ ସ୍ଥିର ହୋଇ ଥମ ଥମ୍ ହେଉଛି ବର୍ଷ୍ମାଲା ବୁଝିପାରିଲା ନାହିଁ। ତା'ର ଅବାନ୍ତର ହସ ସେ ଏକା ନିଃଶ୍ୱାସରେ ଫେରାଇନେଲା।

ଚତୁର୍ଥ କୋଠରୀ ଯେମିତି ଏକ ଯାଦୁଘର। ନୀଳଲୋହିତ ବୁଝିପାରିଲା ନାହିଁ। ପଦ୍ଧତତ୍ତ୍ୱରେ ଆଗ୍ରହ କେବେ ନ ଥିଲା କି ନାହିଁ। ତେବେ କଳଙ୍କିତ କୃପାଣ,

ମନ୍ଦିର ବେଢ଼ାର ଖଣ୍ଡିତ ଦେବତା ବିଗ୍ରହରେ ସଜ୍ଜିତ କାହିଁକି ଏ କୋଠରୀର ଦ୍ୱାରବନ୍ଧ ? କି ରହସ୍ୟ ଏ କୋଠରୀରେ ? ସମାଧାନ ?

କୋଠରୀ ଭିତରେ ଉଜ୍ଜ୍ୱଳ ଆଲୋକରେ ଉଦ୍‌ଭାସିତ । ସହସ୍ର ମୁଖାରେ ପୂର୍ଣ୍ଣ ଘରକାନ୍ତ ।

ପଶୁ, ପକ୍ଷୀ ଓ ମଣିଷର ମୁହଁ । ଅଙ୍କିତ ମୁହଁରେ ଅଙ୍କିତ ହସ ।

ନୀଳଲୋହିତ ଜାଣେ ନାହିଁ ଏ କି ସମାଧାନ । ଏ ସମାଧାନର ପରିଣତି ପୁଣି କ’ଣ ?

ଅଦୃଶ୍ୟ ମିଳିତ ହସରେ ହତବାକ୍‌ ହୋଇଗଲା ନୀଳଲୋହିତ ।

ସହସ୍ର ମୁଖା ହସୁଚନ୍ତି । ଠକ୍‌ ଠକ୍‌ ଥରୁଛି ସୋଲକାଗଜର ଦୁଇପାଟି ।

ଚାରୋଟି ଛାୟାମୂର୍ତ୍ତି ଠିଆ ହୋଇଛନ୍ତି କୋଠରୀର ଚାରିକୋଣରେ ।

ନୀଳଲୋହିତ ଆଖି ସାମ୍ନାରେ ହସର ଘନ କୁହୁଡ଼ି । କୁହୁଡ଼ି ଭିତରେ ବାରି ହେଉଛି ଛାୟାମୂର୍ତ୍ତିମାନଙ୍କର ସୀମାରେଖା ।

ପୂର୍ବ କୋଣରୁ ଆଗେଇ ଆସୁଛି ଛାୟାମୂର୍ତ୍ତି — ମୁଁ ରାଜପୁତ୍ର ।

ପଶ୍ଚିମ କୋଣରୁ ଆଗେଇ ଆସୁଛି ଛାୟାମୂର୍ତ୍ତି — ମୁଁ କାପାଳିକ ।

ଉତ୍ତର କୋଣରୁ ଆଗେଇ ଆସୁଛି ଛାୟାମୂର୍ତ୍ତି — ମୁଁ ସୌଦାଗର ।

ଦକ୍ଷିଣ କୋଣରୁ ଆଗେଇ ଆସୁଛି ଛାୟାମୂର୍ତ୍ତି — ମୁଁ ବିଦୂଷକ ।

ନୀଳଲୋହିତ ଚିତ୍କାର କରି କହିଲା: ମୁଁ ଚିହ୍ନେ ନାହିଁ ।

ଦ୍ୱାରବନ୍ଧରୁ ବର୍ଣ୍ଣମାଳା କହୁଚି: ନ ଚିହ୍ନିଲେ ପଟ୍ଟା କାହିଁ ନୀଳଲୋହିତ । ସେମାନେ ଏ କୋଠରୀର ମିଳିତ ଶାସକ । ସେମାନଙ୍କୁ ପ୍ରଣାମ କର, ମାନିନିଅ ସେମାନଙ୍କର ଅନୁଶାସନ ।

ନୀଳଲୋହିତ ଚାରିଆଡ଼େ ଏକ ବୀଭତ୍ସ ମୁଖାନାଚର ଆୟୋଜନ । ମୁଖା ହସ, ମୁଖା କାନ୍ଦ ଓ ମୁଖା-ଅନୁଭୂତି ଭିତରେ ସ୍ଥିର ହୋଇ ଠିଆ ହୋଇଛି ନୀଳଲୋହିତ ।

ଚାରିଯୋଡ଼ା ହାତ ତୋ’ ଦେହର କୋଣ ଅନୁକୋଣ ଘେରି ଖୋଜୁଛନ୍ତି କ’ଣ ?

ଏଇତ ସେମାନେ ହସ୍ତଗତ କରିନେଲେ ନୀଳଲୋହିତର ବ୍ୟକ୍ତିତ୍ୱର ଶେଷ ପ୍ରତିଶ୍ରୁତି। ଆଉ କ'ଣ ଅଛି ତା'ପରେ ?

ନୀଳଲୋହିତ ଆଖି ଆଗରେ ପୁଣି ସେହି ବିଚାରାଳୟର ଦୃଶ୍ୟ। ନୀଳଲୋହିତ ଚିକ୍କାର କରି ପଚାରୁଛି: ଲୁଣ୍ଠନକାରୀକୁ ଶାସନ କରିବା ପାଇଁ ଆଇନ୍ କାହିଁ ଆଇନ୍ ?

ଆଇନ୍ ତ କେବଳ ଏକ ସୀମାରେଖା ନୀଳଲୋହିତ। ମଲାଲୋକର କଳା ରକ୍ତରେ ଲେଖା କଳା ଅକ୍ଷର। ତମର ଅପହୃତ ଚେତନାର ନିଜ ଗୋଲକଧନ୍ଦା। ଧୈର୍ଯ୍ୟ ଧର। ଶତ୍ରୁର ନିକଟବର୍ତ୍ତୀ ହୁଅ।

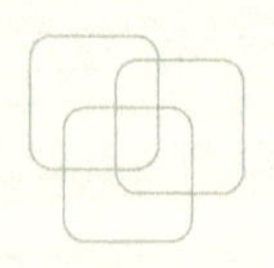

ନିର୍ଜନତାର ରକ୍ତମାଂସ

ସତ୍ୟର ଜ୍ୟାମିତିକ ପ୍ରମାଣ ନାହିଁ। ତେଣୁ ଆମେମାନେ କେହି କହିପାରବୁ ନାହିଁ ମୃତ୍ୟୁ ସତ୍ୟ କି ନୁହେଁ। ପ୍ରତୀକର ମୃତ୍ୟୁ ପରେ ଆମେ ତିନି ଜଣ କେବଳ ପରସ୍ପରର ଗନ୍ଧ ବାରୁଛୁ ଓ ପରସ୍ପରର ଛାଇ ଦେଖି ଭୁକୁଛୁ। ଆମେମାନେ ମୃତ୍ୟୁକୁ ଭୟ କରୁନାହିଁ। କିନ୍ତୁ ଆମେମାନେ ପରସ୍ପରକୁ ଭୟ କରୁଛୁ। ଆମମାନଙ୍କର ମାନସିକ ଅବସ୍ଥା ଯେ ନିତାନ୍ତ ବିପର୍ଯ୍ୟସ୍ତ ହୋଇପଡ଼ିଛି, ଏକଥା ଆମେମାନେ ବୁଝୁଛୁ। କିନ୍ତୁ ଉପାୟ କ'ଣ ?

ଅଥଚ ଉପାୟ ଥିଲା। ଆମେମାନେ ଚାହିଁଥିଲେ ଏ ସହର ଛାଡ଼ି, ପରସ୍ପରର ସମ୍ପର୍କ ତୁଟାଇ ନିଜ ନିଜ ରାସ୍ତାରେ ଚାଲିଯାଇ ପାରିଥାନ୍ତୁ। ଆମେ ତା' କଲୁନାହିଁ। ଏହାଦ୍ୱାରା ଯେ ପ୍ରତୀକର ସ୍ମୃତି ସମ୍ମାନିତ ହେଲା ତା' ମଧ ନୁହେଁ। ଆମେମାନେ ପରସ୍ପରକୁ ଛାଡ଼ି ପାରିଲୁ ନାହିଁ, କାରଣ ଆମେମାନେ ପରସ୍ପର ପ୍ରତି ଅଭ୍ୟସ୍ତ ହୋଇ ଯାଇଥିଲୁ। ପ୍ରତୀକ କେବଳ ଗୋଟିଏ ବାହାନା, ପ୍ରତୀକର ମୃତ୍ୟୁ ସେ ବାହାନାର ଚୂଡ଼ାରେ ଗୋଟାଏ ପତାକା। ସେ ପତାକା ଫରଫର ଉଡ଼ି ଆମକୁ ଜଣାଇ ଦେଉଛି ଯେ ଆମେମାନେ ଆଉ କେହି କାହାକୁ ଛାଡ଼ିପାରିବୁ ନାହିଁ।

ଆମମାନଙ୍କର ମାନସିକ ଅବସ୍ଥା ବିପର୍ଯ୍ୟସ୍ତ ହୋଇପଡ଼ିଛି। ଆମେ ଭାବୁଛୁ, ଆମର ଗୋଟାଏ ସ୍ଥାୟୀ ଭାବ ଦରକାର। ଅଳ୍ପ ଚେଷ୍ଟା କଲେ ମାଟିରେ ଚେରମୂଳ ଲଗାଇ ସ୍ଥାୟୀ ହୋଇଯିବାକୁ କେତେବେଳ ବା ଲାଗିବ ? ଅଥଚ ଆମେମାନେ ତାହା ଚାହୁଁ ନାହୁଁ।

ତେବେ ଆମେ କ'ଣ ଚାହୁଁଛୁ ? ଅନ୍ୟମନସ୍କ ହୋଇ ଚା'କପରେ ସିଗାରେଟ୍ ପାଉଁଶ ଝାଡ଼ିବା ବ୍ୟତୀତ ଆମର କ'ଣ ଆଉ କିଛି ଯୋଗ୍ୟତା ଅଛି ? ଅନ୍ୟାନ୍ୟ ଯୋଗ୍ୟତା ସମ୍ପର୍କରେ ଆମର କିଛି କହିବାର ନାହିଁ। ନା ଦର୍ପଣରେ ମୁହଁ ଦିଶୁଛି ନା ଚିହ୍ନହେଉଛି ହାତଗୋଡ଼। ବଡ଼ିପାଣି ପରେ ପଟୁମାଟି ଭଳି ବସିଯାଇଛୁ ଆମେ, ଜମିଯାଇଛୁ ଆମେ। ଆକାର, ବିକାର ନେଇ ଏତେ

ର୍ସଞ୍ଚଟରୁ ଆପାତତଃ ମୁକ୍ତ ଆମେ। ରକ୍ତମାଂସ ଯଥେଷ୍ଟ ନୁହେଁ। ଯଥେଷ୍ଟ ନୁହେଁ ମଧ୍ୟ ରକ୍ତମାଂସର ଊର୍ବରତା।

ଜୀବନ କ'ଣ ଆମେ ଦେଖିଲୁ ନିଜ ଆଖିରେ। ତିନିଯୋଡ଼ା ହାତରେ ଠକ୍ ଠକ୍ ଠକ୍ ହୋଇ ମୋଡ଼ି ହୋଇ ଭାଙ୍ଗିଗଲା ଗୋଟାଏ କ'ଣ ବେକ ପାଖରୁ। ତା'ପରେ ଦେହ ଓହ୍ଲି ପଡ଼ିଲା। ଆମେ ନିଜ ହାତରେ ପୁଣି ଗାତ ଖୋଲିଲୁ। ଦେହଖଣ୍ଡକୁ ପୋତିଦେଲୁ ମାଟିତଳେ। ପୁଣି ନିଜ ହାତରେ ମାଟି ଢାଙ୍କିଦେଲୁ ବାସ୍। ଜୀବନରୁ ମୃତ୍ୟୁକୁ ନିଜ ହାତରେ ରାସ୍ତା ତିଆରି କରି ଦେଲୁ। ସ୍ମୃତି, ସଭା, ଭବିଷ୍ୟତ ପୋତି ହୋଇଗଲା ମାଟିତଳେ। ପ୍ରତୀକ ମରିଗଲା। ଆହାଃ ପ୍ରତୀକ। ତୋର ରକ୍ତମାଂସର ଦୋଷ ନ ଥିଲାରେ, ଦୋଷ ଥିଲା ତୋ'ର ଗୁଣରେ। ସେଇ ଗୁଣ, ସେଇ ତ ତୋ'ର ଦୋଷ। କେତେଦିନ ଆଉ ତୋ'ର ମୁଣ୍ଡର ଶିକୁଳିରେ ବନ୍ଧା ହୋଇଥା'ନ୍ତୁ ଆମେ ତିନିଟା ପବନ ?

ଦୁଃଖ ବି ତ ଗୋଟାଏ ବାହାନା, ଯେମିତି ଘରଦ୍ୱାର, ବନ୍ଧୁବାନ୍ଧବ, ଅତୀତ ଭବିଷ୍ୟତ। ହେଲେ, ସେଟିକିରେ କ'ଣ କଥା ସରିଲା ? କଥା ଆହୁରି ଲମ୍ବିଲା, ସେ ଦୁଃଖର ଆହୁରି ଭିତରକୁ, ହାଡ଼ ଭିତରର ଶସ ଭିତରକୁ ଧାଇଁଲା। ଭିତରକୁ ଭିତରକୁ ଆହୁରି ଭିତରକୁ। ହେଲେ ସେ ଭିତରେ ଅଛି କ'ଣ ?

କଥା କହିବାର ଢଙ୍ଗ କେବଳ। ହେଇଟି ଅଛି, ହେଇଟି ନାହିଁ, ହୁଏତ ଅଛି, ହୁଏତ ନାହିଁ। ଆମେ କହିପାରିବୁ ନାହିଁ ଅଛି ନା ନାହିଁ। ଏ ପର୍ଯ୍ୟତ ବ୍ୟକ୍ତିଗତ ଗୋପନୀୟତାକୁ ଆମେମାନେ ଚିହ୍ନି ନଥିଲୁ। ପକେଟ ଭିତରେ ଆଙ୍ଗୁଠି ଛୁଦି ଖେଳିଲା ଭଳି ଏକ ଅନ୍ୟମନସ୍ତା ବୋଲି ଆମେ ଯାହାକୁ ଖାତିର କରି ନ ଥିଲୁ, ପ୍ରତୀକର ମୃତ୍ୟୁ ତାକୁ ହଠାତ୍ ପଞ୍ଜରାହାଡ଼ ଭଳି ସ୍ପଷ୍ଟ କରିଦେଲା। ତେଣୁ ଆମେ ଭାବୁଛୁ ଆମର ପରସ୍ପର ଯୋଗ୍ୟତା ପ୍ରମାଣ / ଅପ୍ରମାଣ କରିବାର ବେଳ ଆସିଗଲା।

ଅଥଚ ଆମେମାନେ ନିଶ୍ଚିତ ନୋହୁଁ, ଏ ବେଳ ଠିକ୍ ଦିନ କେତେଟାରେ ଆସି ପହଞ୍ଚିବ। ବର୍ତ୍ତମାନ ସକାଳ ୭ଟା ଓ ଆମେମାନେ ପରସ୍ପର ମୁହଁକୁ ଚାହିଁ ସାରା ରାତି ବସିଛୁ। ପରସ୍ପର ଆଖିରୁ ପରସ୍ପର ମନୋଭାବ ବୁଝିବାର ପ୍ରେରଣା ଆମ ଭିତରେ ନାହିଁ ଓ ତେଣୁ ପ୍ରାୟ ବାର ଘଣ୍ଟା ହେବ ଆମେ ତିନି ଜଣ ଗୋଟିଏ ଘଣ୍ଟାର ଭାଙ୍ଗା ଡାଲରୁ ଝୁଲୁଛୁ। ନା ଆମେ ଜାଣିଛୁ ଆମର ଭବିଷ୍ୟତ, ନା ଆମର

ସ୍ମୃତି ପାଇଁ ଶୋଚନା ଅଛି । ଘଣ୍ଟାର ଦୁଇ ହାତ ଛକର ପୁଲିସ୍ ଭଳି ରାସ୍ତା ଦେଖାଇ ଦେଉଛି । ମିନିଟ୍, ସେକେଣ୍ଡ ସହିତ ଆମେ ତିନି ଜଣ ବି ଖସିଯାଉଛୁ । ଏ ରାସ୍ତାରୁ ସେ ରାସ୍ତା, ଏ ଗଲିରୁ ସେ ଗଲି ।

ଆମେ ଯେଉଁ ଘରେ ବର୍ତ୍ତମାନ ବସିଛୁ, ସେ ଘର ପ୍ରତୀକର । ଆମ ତିନି ଜଣଙ୍କର ଘର ନାହିଁ । ହୁଏତ ଥିବ ଆମେ ଜାଣିନାହୁଁ । ପାଞ୍ଚ ବର୍ଷ ହେଲା ଆମେ ପୈତୃକ ଘର ଛାଡ଼ି ଆସିଛୁ ଓ ଏ ସହରରେ ଏକାଠି ହେଇଛୁ । ପ୍ରତୀକର ଘର ଏଇ ସହରରେ । ସମ୍ମାନ, ସୌନ୍ଦର୍ଯ୍ୟ, ପ୍ରତିପତ୍ତି, ଯୋଗ୍ୟତା କୋଣସିଟିର ଅଭାବ ନଥିଲା ପ୍ରତୀକର । ଆମ ତିନି ଜଣଙ୍କର କିଛି ନ ଥିଲା କି ଥିଲା ଆମେ ଜାଣିନାହୁଁ ।

ଆମ ତିନି ଜଣଙ୍କ କଥା କିଏ ଶୁଣିବ ? କାହାର ଏତେ ଧୈର୍ଯ୍ୟ ଅଛି ଏ ପୃଥିବୀରେ ? ପାଞ୍ଚ ବର୍ଷ ତଳେ ବଜ୍ର ବିଜୁଳି ଭଳି ହଠାତ୍ ଯେମିତି ଆମେ ଖସିପଡ଼ିଲୁ, ପୁଣି ଏକାଠି ହେଲୁ, ପୁଣି ଯେମିତି ବର୍ଷାପାଣି ଭଳି ବୋହିଗଲୁ ରକ୍ତସ୍ୱେଦ ଅଶ୍ରୁର ନର୍ଦ୍ଦମାରେ । ପ୍ରତୀକ ସେ ନର୍ଦ୍ଦମାର ପଚା ପାଣିରେ ଗୋଟାଏ ଧଲା ଚକ୍ ଚକ୍ ଡଙ୍ଗା ।

ଆମେ ତିନି ଜଣ କେହି କାହାକୁ ଚିହ୍ନ ନ ଥିଲୁ ପ୍ରଥମେ । କିଏ କୋଉଠି ଲୁଚି ବସିଥିଲା କାହାକୁ ଅପେକ୍ଷା କରି କେଜାଣି ? ଚିହ୍ନା ହେଲା ପୁଣି ଦିନେ । ଗୋଟିଏ ଘଟଣାର ସୂତ୍ରରେ ବନ୍ଧା ହୋଇଗଲୁ ଆମେ ତିନିଜଣ ପରସ୍ପର ପୁଣି ପ୍ରତୀକ ସହିତ ଆମେ ତିନି ଜଣ । ଏବେ ସେ ଘଟଣା ଆଉ ଘଟଣା ହୋଇ ନାହିଁ, ତାହା ଘଟିଲା ନାହିଁ । ପ୍ରତୀକର ସାବତ ବାପାଙ୍କୁ ମାରିଦେବାର ଚକ୍ରାନ୍ତ ପଣ୍ଡ ହୋଇଗଲା । ଆମେ ଆସିଥିଲୁ ତିନି ଜଣ ଘାତକ । ଘାତକ ହୋଇ ରହିଗଲୁ ଶେଷରେ । ପ୍ରତୀକର ସାବତ ବାପା ଶୂନ୍ୟରେ ମିଳାଇଗଲେ ଯେମିତି ! ତା'ପରେ ଆଉ ପରସ୍ପରକୁ ଗୋଟିଏ ଛୋଟ ଦୂରତ୍ୱର ଯୁକ୍ତିରେ କେବଳ ବାତିଲ୍ କରିଦେବାର ସାହସ କାହାର ଥିଲା ? ଆମେ ଜୀବନର ଭିତରକୁ ଭିତରକୁ ଖୋଲି ଚାଲିଲୁ କେଉଁ ସୁନାଖଣିର ଭରସାରେ ?

ଇତିହାସ ଲେଖା ହୋଇଯାଇଛି । ଆମେ ଜାଣିଛୁ ପ୍ରତୀକର ମୃତ୍ୟୁ ପରେ ବୋଧହୁଏ ଆମେମାନେ ଏଠାରେ ରହିବା ଅନୁଚିତ । କିନ୍ତୁ ଏଠା ଛାଡ଼ି ଆମେ ଯିବୁ କୁଆଡ଼େ ? ଆମେ ଏ ପ୍ରଶ୍ନ ପରସ୍ପରକୁ ବହୁବାର ପଚାରିଛୁ । ଯେଉଁଦିନ ଉତ୍ତର ମିଳିଯିବ, ସେଇଦିନ ସବୁ ଶେଷ ହୋଇଯିବ ।

ଦିନ ୮ଟା । ପ୍ରତୀକର ମା' ବାରଣ୍ଡାରେ ଠିଆ ହୋଇ ସାମ୍ନାର ଅଗଣାକୁ ଚାହିଁଛନ୍ତି । ପ୍ରତୀକର ମା' ଜାଣନ୍ତି ନାହିଁ ପ୍ରତୀକ କାଲି ସନ୍ଧ୍ୟାଠାରୁ ମଲାଣି । ସେ ବୋଧେ ଭାବୁଛନ୍ତି ପ୍ରତୀକ ଆମରି ଭିତରେ ଅଛି । ସେ କେବେ ପଚାରନ୍ତି ନାହିଁ । ସେ ଯଦି ପଚାରନ୍ତି ଆମେ କ'ଣ କହିବୁ ? ଆମେ କ'ଣ କହିପାରିବୁ ଯେ ପ୍ରତୀକ ମରିଯାଇଛି ? ଆମେ କ'ଣ କହିପାରିବୁ ଯେ ଆମେ ଜାଣୁନାହିଁ ?

ପ୍ରତୀକର ମା' କୋଠରୀ ଭିତରକୁ ମଧ୍ୟ ଚାହିଁଲେ ନାହିଁ । ସେ ବାରଣ୍ଡାରେ ଚାଲିଗଲେ । ଆମେ ସମସ୍ତେ ବୋଧେ ଟିକିଏ ଡରିଯାଇଛୁ । ତାଙ୍କର ପାଦଶବ୍ଦ ସିଡ଼ିରେ ଉଠୁଛି । ସେ ଉପର ମହଲାକୁ ଗଲେଣି । ସବୁଦିନ ଭଲି ଟେବୁଲ୍ ଉପରକୁ ଆସିବ ଚାରି ପ୍ଲେଟରେ ସକାଳର ଖାଦ୍ୟ । ଆମେ ଖାଇବୁ ନାହିଁ ବୋଲି ଭାବୁଛୁ । ପ୍ରତୀକ ନାହିଁ । ବଳକା ଗୋଟାଏ ପ୍ଲେଟ୍ ଲୁଚାଇବୁ କେଉଁଠି ? ନା ସମସ୍ତେ ବାଣ୍ଟି ଖାଇଦେବୁ ଓ ଚୁପ୍‌ଚାପ୍ ମୁହଁ ଧୋଇ, ସବୁଦିନ ଭଲି ବାହାରକୁ ଚାଲିଯିବୁ ?

ଚାରୋଟି ପ୍ଲେଟ୍‌ରେ ଖାଦ୍ୟ ଆସିଲା । ଆମେ ଚୁପ୍ ହୋଇ ବସିଛୁ । ଅନ୍ୟ ଦିନ ହୋଇଥିଲେ ଆମେ ସମସ୍ତେ ଉଠି ଏକାସାଙ୍ଗରେ ଖାଇଥାନ୍ତୁ । ଖାଦ୍ୟ ଥଣ୍ଡା ହୋଇ ଯାଉଛି ଆମେ ଦେଖୁଛୁ । ବାଙ୍କ କମୁଛି, ଆମେ କ୍ଲାନ୍ତ ହୋଇ ପଡ଼ୁଛୁ ।

ନା, ଆଉ ଚିନ୍ତା କରି ଲାଭ ନାହିଁ । ଆମେ ଉଠିଲୁ । ଖାଦ୍ୟ ? ଖାଦ୍ୟ ଯେଉଁ ଦାନ୍ତପାଟି ପାଇଁ, ଯେଉଁ ପେଟ ପାଇଁ, ସେ ଦାନ୍ତପାଟି, ପେଟ ସବୁଥିରେ କୋଲଯ଼ ପଡ଼ିଚି, କୋଲଯ଼ । ହାଡ଼ର କୋଲଯ଼, ରକ୍ତମାଂସର କୋଲଯ଼ । ଆଉ ଖାଦ୍ୟର ଦରକାର କ'ଣ ମା' ?

ପ୍ରତୀକର ମା' ଆମର ମା' । ପ୍ରତୀକ ଆମର ସହୋଦର । ନୁହେଁ ତ ଆଉ କ'ଣ ? କିନ୍ତୁ ପ୍ରତୀକର ମା' (ଆମର ମା') ଜାଣନ୍ତି ନାହିଁ ପ୍ରତୀକର ମୃତ୍ୟୁଖବର । ସେ ଜାଣନ୍ତି ନାହିଁ କେଉଁ ଚକ୍ରାନ୍ତରେ ଦୁର୍ଗ ଭୁଷୁଡ଼ି ପଡ଼ିଲା କେତେ ଘଣ୍ଟା ତଲେ, ସେ ଜାଣନ୍ତି ନାହିଁ । ଚାରି ପ୍ଲେଟ୍ ଖାଦ୍ୟ ବି ସତ୍ୟ ପ୍ରମାଣ କରେ ?

ଦୁଃସ୍ୱପ୍ନ ଭଲି ଲାଗୁଚି ସବୁ । ବଳକା ପ୍ଲେଟ୍‌ରେ ପ୍ରତୀକର ଆଖି ଡୋଳା ଆଙ୍ଗୁଠି । ଆମେ ଆଖି ବୁଜିଦେଲୁ ।

ପ୍ରତୀକର ମା' ଅଗଣାର ଫୁଲଗଛକୁ ଚାହୁଁଛନ୍ତି । ବେଶ୍ ବେଶ୍, ଫୁଲଗଛକୁ ଚାହଁ ମା' । ଆର ଜନ୍ମରେ ପୁଣି ଫୁଲଗଛ ହୋଇ ଜନ୍ମିବୁ ତମ ବଗିଚାରେ, ରଣ ଶୁଝିଦେବୁ ଏ ଜନ୍ମର । ହଠାତ୍ ମୁହୂର୍ତ୍ତିକର ଆବେଗରେ ଆମେ ପରସ୍ପର ନିକଟରେ

ଧରା ପଡ଼ିଗଲୁ । ପ୍ରତୀକର ମା' ଗୋଟିଏ ଫୁଲ ତୋଳିଲେ ଗଛରୁ । ବେଶ୍ ବେଶ୍, ତୋଳିନିଅ ମା', ଛିଣ୍ଡାଇ ନିଅ । ଏଇ ତ ଆମର ଶେଷ ଦୃଶ୍ୟ ।

ଆମେ ଉଠି ଠିଆହେଲୁ । ପ୍ରତୀକର ମା' ଯେଉଁ ଗଛରୁ ଫୁଲ ଛିଣ୍ଡାଇ ନେଲେ ଠିକ୍ ସେହି ଗଛ ଅଦୃଶ୍ୟ ଶିକାରୀ ଭଳି ଲକ୍ଷ୍ୟ କରୁଛି ଆମର ମୁଣ୍ଡକୁ; କ୍ୟାଟ୍ରିଜ୍‌ମାଳ, ପତ୍ରର ମୁନିଆଁ ବାୟୋନେଟ୍ ।

ସେ ଖାଦ୍ୟ ପଡ଼ିଥାଉ ସେମିତି । ଛି ଛି ସେ ଖାଦ୍ୟ, ଯେଉଁଠି ଥିଲା ସେଇଠି ଥାଉ । କିନ୍ତୁ ପ୍ରତୀକର ମା' କ'ଣ ଭାବିବେ ? ସାଧାରଣ ବ୍ୟତିକ୍ରମ ଭାବି ଭୁଲିଯିବେ, ହସିଦେଇ କ୍ଷମା ଦେବେ ନା ଆଉ କ'ଣ କରିବେ ? ଆମେ ତିନି ଜଣ ବାହାରକୁ ଆସିଲୁ । ଆମକୁ ପ୍ରଶ୍ନ ପଚାରିବାକୁ କେହି ନ ଥିଲେ । ଲମ୍ବା ରାସ୍ତା ଆଗରେ ବାମକୁ ଗଲେ ଜନବସତି, ସହରର କୋଲାହଳ, ଡାହାଣକୁ ଗଲେ ନିକାଞ୍ଜନ ପତିତ ଜମି, ଉଡ଼ାଜାହାଜ ପଡ଼ିଆ ।

କେଉଁ ଦିଗକୁ ଯିବା ତା' ହେଲେ ? ଚିନ୍ତା କରି ଉତ୍ତର ଠିକ୍ କରିବାର ଅବସର ନ ଥିଲା । ଆମେମାନେ ବାମ ଦିଗକୁ ଥରେ ମାତ୍ର ଚାହିଁଦେଇ ଡାହାଣକୁ ଚାଲିଲୁ । ଡାହାଣକୁ ଚାଲିଲୁ କାହିଁକି ? ପତିତ ଜମି ଭିତରେ ପୋତା ହୋଇ ରହିଚି ପ୍ରତୀକର ମଲାଦେହ । ସେଇ ମଲାଦେହକୁ ପୁଣି ଥରେ ଚିହ୍ନିବା ପାଇଁ ନା କେଉଁ ଅଦୃଶ୍ୟ ନଜରବନ୍ଦୀରୁ ଫେରାର ହୋଇଯିବା ପାଇଁ ଆମେ ଏ ରାସ୍ତା ଧରିଲୁ ? ଆମେ କେହି କାହାକୁ ଚାହୁଁନାହୁଁ । ସମସ୍ତଙ୍କର ନଜର ସାମନାକୁ, ପାଦର ଗତି ବଢୁଛି । କିଛି ସମୟ ପରେ ଆମେ ବୁଝିଲୁ ଯେ ଆମେ ଅଶନିଃଶ୍ୱାସୀ ହୋଇ ଦୌଡ଼ିଛୁ ।

ଦିନ ୯ଟା । ଖଣ୍ଡେ ରମ୍ୟସ ଭଳି ପତିତ ଜମି, ଚାରି ଦିଗରୁ ଆବୃତ ସେଇଠି । ସେଇଠି ପ୍ରତୀକର ଦେହ ମାଟିତଳେ ସଢ଼ିଯାଉଛି । ତାକୁ ପୁଣି ଉଠାଇବାର ସାହସ ଆମର ନାହିଁ । ପ୍ରତୀକ ଶୋଇଥାଉ । କିନ୍ତୁ ପ୍ରତୀକର ସୁଷୁପ୍ତି କ'ଣ ତା'ର ନିଜର ? ଆମେମାନେ ଚମକିଗଲୁ । ଯଦି ପ୍ରତୀକର ସୁଷୁପ୍ତି ଦିନେ କେତେବେଳେ ଆମମାନଙ୍କର ଚେତନା ଭିତରକୁ ପଶିଆସେ, ତେବେ ? ତେବେ ଆଉ କ'ଣ, ଆମେମାନେ ମଧ୍ୟ ପ୍ରତୀକ ଭଳି ମାଟି ତଳେ ପୋତା ହେବୁ । ଆମେ ଜାଣୁ ।

ବର୍ତ୍ତମାନ ଫେରିଆସିବା ଉଚିତ୍ । ଉଡ଼ାଜାହାଜ ପଡ଼ିଆ ନିକଟରେ । ଖରାରେ ଜକ୍ ଜକ୍ ଦିଶୁଛି ଲମ୍ବା ରନ୍‌ୱେ । ସକାଳର ଉଡ଼ାଜାହାଜ ଉଠୁଛି ଉପରକୁ ।

ଟାୱ୍ବାର ଉପରେ ପବନଚକ ଘୂରୁଛି, ତୀର ଦେଖାଉଛି ଉତ୍ତରକୁ। ଉଡ଼ାଜାହାଜ ଚକ୍ରି କାଟି ଉପରକୁ ଉଠୁଛି। ଆମେ ଉପରକୁ ଚାହିଁଲୁ।

ଉପରେ ଉଡ଼ାଜାହାଜ। ତଳେ, ମାଟିତଳେ ପ୍ରତୀକର ମଳାଦେହ। ଆମେ ମାଟି ଉପରେ।

ହଠାତ୍ ଆମର ଗତି ବଦଳିଗଲା। ଆମେମାନେ ସହର ଦିଗକୁ ଚାଲିଲୁ। ଖଣ୍ଡେ ଛୋଟ ରମ୍ବସାକୃତି ଜମି ଆମକୁ ଗିଲିଦେବ ବୋଲି ଆଁ କରି ଚାହିଁଛି। ଆମେ ଦୌଡ଼ି ଦୌଡ଼ି ଚାଲିଲୁ। ଆମେ ରାସ୍ତା ମାନିଲୁ ନାହିଁ। ତିନୋଟି ପାଗଳ ଆମେ ଚାଲିଲୁ ସହରକୁ। ସହରରେ ଆମର ଛାଇ ଦିଶିବ ନାହିଁ। ସହସ୍ର ଛାଇ ଭିତରେ ଆମର ତିନୋଟି ନିରୀହ ଛାଇ କେଜାଣି କେମିତି ମିଶିଯିବେ। ଆମେ ନିଃଶ୍ୱାସ ନେଇ ଚିନ୍ତା କରିବୁ। ଆମେ ଚିନ୍ତା କରିବୁ ଆମର ପନ୍ଥା ସମ୍ପର୍କରେ। ସହରରେ ଆମେ ବେଶିଦିନ ରହିପାରିବୁ ନାହିଁ। ପ୍ରତୀକର ଘରକୁ ଫେରିଆସିବା ମଧ୍ୟ ସମ୍ଭବ ହେବ ନାହିଁ। ତେବେ ଆମେ କରିବୁ କ'ଣ ?

ଅଜାଣତରେ କେତେବେଳେ ଆମେ ପ୍ରତୀକର ଘର ନିକଟରେ ପହଞ୍ଚିଗଲୁଣି। ପ୍ରତୀକର ଘରକୁ ଡାହାଣରେ ରଖି ସାମ୍ନାରେ ଲମ୍ବାରାସ୍ତା ଧରି ସହରରେ ପହଞ୍ଚିବା କଥା। ଆମ ପାଦ ଜଟିଲ ହୋଇଯାଉଛି। ଆମେମାନେ ପରସ୍ପର ଦେହରେ ଧକ୍କା ଖାଇଯାଉଛୁ। ସ୍ଫିଙ୍କସ୍ ଭଲି ଠିଆ ହୋଇଛି ପ୍ରତୀକର ଘର। ଦିବାଲୋକରେ ସ୍ୱଷ୍ଟ ଓ ପ୍ରକାଣ୍ଡ। ଆମେ ଭାବୁଛୁ ଯେମିତି ଆମର ଅନୁପସ୍ଥିତି, ଏଇ କେତେ ଘଣ୍ଟା ଭିତରେ ପ୍ରତୀକର ଘର ଲମ୍ବ। ଚୌଡ଼ାରେ ବଢ଼ିଯାଇଛି କେତେ ନା କେତେ। ଆମେ ସନ୍ଦେହ କରୁଛୁ ଏ ପ୍ରତୀକର ଘର ନା ନୁହେଁ। ପ୍ରତୀକର ମା' ବିଜୁଳୀ ଭଲି ଚମକି ଗଲେ ଦାଣ୍ଡ ବାରଣ୍ଡାରେ। ନୀରବ ସ୍ଫିଙ୍କସ୍ ଆଁ ମେଲିଦେଲା। ଆମେ ପ୍ରତୀକର ଘର ଏକା ନିଃଶ୍ୱାସରେ ଅତିକ୍ରମ କରିଦେଲୁ।

ସହରର ବସ୍ତି ବଜାର ସହସ୍ର ଦାନ୍ତ ଭଲି ଫୁଟି ଦିଶୁଛନ୍ତି ମାଟିରୁ। ଆମେ ନୀରବରେ ଏକ ଛୋଟ ପୋଲ ପାର ହେଉଛୁ। ପୋଲ ଟପିଗଲେ ପ୍ରାୟ ସହର। ସହରର ପ୍ରଥମ ଘର। ପରସ୍ପର ନ ଜାଣିଲା ଭଲି ଆମେ ହାତ ଛନ୍ଦି ପ୍ରସ୍ତରେ ଚାଲୁଛୁ। ଆମେ ନିଷ୍ପତ୍ତି କରିଛୁ ଆଉ ପଛକୁ ଚାହିଁବୁ ନାହିଁ। ଦିନ ୧୦ଟା।

ପୋଲ ଟପିଗଲା ପରେ ରାସ୍ତାର ଲମ୍ବ ଗଡ଼ାଣି। ତା'ପରେ ସମତଳ। ସହର। ଆମେ ଗଡ଼ାଣିଆରେ ଖସୁଛୁ ତଳକୁ। ଆମେ ଜାଣିଛୁ ଥରେ ସମତଳରେ

ପହଞ୍ଚିଗଲା ପରେ ଆମକୁ ଆଉ ପଛର ଦୃଶ୍ୟ ଦିଶିବ ନାହିଁ । ଦିଶିବ କେବଳ କେନାଲ ଉପରେ ସେହି ଛୋଟ ପୋଲ ।

ସହରରେ ପହଞ୍ଚିଗଲୁ ଆମେ । ବଞ୍ଚିଗଲୁ ଆମେ । ହଠାତ୍ ଦିନର ଆଲୋକ, ହଠାତ୍ ଆମେ ତିନୋଟି ନିରୀହ ଛାଇ ।

ଆମେ ଭାବୁଛୁ ଆମର ଗତି କେଉଁଆଡ଼େ । ଏ ସହର ଆମର ପ୍ରତି ଦିନର ଖେଳପଡ଼ିଆ । କିଏ ଜାଣେ କାହା ପକେଟରେ ଆମର ହଜିଥିବା ରବର ପେଣ୍ଟୁ । ଚିହ୍ନା ମୁହଁ ଅନେକ । ହେଲେ, ଆମକୁ ପ୍ରଥମେ ଚିହ୍ନିବ କିଏ ? ଆମେ ବା କାହାକୁ ମୁହଁ ପଥର କରି ଚିହ୍ନା ଦେବୁ । ଯଦି କିଏ ପଚାରେ ପ୍ରତୀକ କାହିଁ, ଆମେ କ'ଣ କହିବୁ ? ଆମେ କ'ଣ କହିପାରିବୁ ଯେ ପ୍ରତୀକ, ମାଟିତଳେ ପୋକ ଖାଉଛି ଓ ଆମେ ହାୱା ଖାଇବାକୁ ଆସିଛୁ ସହରକୁ ? ଆମେ କିଛି କହିବୁ ନାହିଁ ଓ ପଚାରିଥିବା ଲୋକର ପକେଟରୁ ଗୋଟିଏ ରବର ପେଣ୍ଟୁ ଖସିପଡ଼ି ଦୌଡ଼ିଚାଲିବ ଆଗେ ଆଗେ । ଠିକ୍ ଆଗ ଛକରେ ଆମେ ଧରାପଡ଼ିଯିବୁ ।

ମୁହଁ ଢାଙ୍କି ଚାଲିବା ତେବେ ? କେଉଁଥିରେ ମୁହଁ ଢାଙ୍କିବା, କେଉଁଥିରେ ? ପକେଟ୍‌ର ରୁମାଲ ମୁହଁ ଢାଙ୍କିବା ପାଇଁ ଯଥେଷ୍ଟ ନୁହେଁ । ଜାମା ଖୋଲି ମୁହଁ ଢାଙ୍କିଦେଲେ ପଞ୍ଜରାହାଡ଼ ଦିଶିବ । ପଞ୍ଜରାହାଡ଼ ଗଣିଦେଇ ଯେ କେହି ଚିହ୍ନିଦେବ ଆମେ କିଏ !

ଆଉ ଉପାୟ ନାହିଁ । ସହସ୍ର ଛାଇ ଭିତରେ ଆମର ତିନୋଟି ଛାଇ ବାରି ହୋଇ ପଡ଼ୁଛି । ଆମେ ଠିଆ ହୋଇଛୁ ଏମିତି ଗୋଟିଏ ଛକରେ । ଆମେ ନୀରବରେ ଠିଆ ହୋଇଛୁ । ତଳକୁ ଚାହିଁ, ରାସ୍ତାକୁ ଚାହିଁ ପ୍ରାର୍ଥନା କରୁଛୁ ଆମକୁ ଆଜି ଦିନଟିଏ ଆତ୍ମଗୋପନ କରି ରହିବା ପାଇଁ ଆଶ୍ରୟ ମିଳିଯାଉ, ଆମେ କାଲି ସକାଳକୁ ଆଉ ନ ଥିବୁ କାହା ଆଖିର କଣ୍ଟା ହୋଇ । କାହା ଆଖିର କଣ୍ଟା ଆମେ ? ଆମେ ଜାଣିନାହିଁ ।

ହଠାତ୍ ଆମର ମନେପଡ଼ୁଛି ପ୍ରତୀକର ମା'ଙ୍କ କଥା । ତାଙ୍କ କଥା ମନେପଡ଼ୁଛି, ଅଥଚ କି ଆଶ୍ଚର୍ଯ୍ୟ ତାଙ୍କର ମୁହଁ ମନେ ପଡ଼ୁନାହିଁ । ଏପରି କି ତାଙ୍କ ଘରର ଚେହେରା ମନେପଡ଼ୁ ନାହିଁ । ପ୍ରତୀକର ମା' ଯାଦୁକରୀ ପରିଚାରିକା ଭଳି ଦୁଇ ହାତରେ ତିନୋଟି ଜଳଖିଆ ପ୍ଲେଟ ଓ ଶୂନ୍ୟରେ ଗୋଟିଏ, ଏହିଭଳି ଚାରୋଟି ଜଳଖିଆ ପ୍ଲେଟ୍‌ର ଭାରସାମ୍ୟ ସମ୍ଭାଳି ଆମ ଆଡ଼କୁ ଆସୁଛନ୍ତି । ଆମ ଛାତି ଦବି ଯାଉଛି ଆଶଙ୍କାରେ । ଆଉ ଭାବିବାକୁ ସାହସ ହେଉ ନାହିଁ ।

କାଲି ରାତିଠାରୁ ଆମେ କିଛି ଖାଇନାହୁଁ। ଭୋକରେ ପେଟ ଦଳି ହେଇ ଯାଉଛି। ବାନ୍ତି ଲାଗୁଛି। ଆମ ନିକଟରେ ଅଛ କିଛି ଟଙ୍କା ଅଛି। ସକାଳର ଖାଦ୍ୟ ଚଳିଯିବା ପାଇଁ ଯଥେଷ୍ଟ। କିନ୍ତୁ କାହା ପକେଟ୍‌ରେ ଅଛି ଆମେ ଜାଣିନାହୁଁ। ପକେଟ୍‌ରେ ହାତ ଭର୍ତ୍ତିକରି ବିଡ଼ାଏ ନୋଟ୍ ବା ମୁଠାଏ ରେଜାପଇସା ବାହାର କରି ଆଣିବାର ସାହସ ଏକା ପ୍ରତୀକର ଥିଲା। ସାହସ ନୁହେଁ ସାମର୍ଥ୍ୟ। ଆମର ସାହସ ବା ସାମର୍ଥ୍ୟ ସମ୍ପର୍କରେ ଆମର କିଛି କହିବାର ନାହିଁ। ବେଳ ତ ଆସିଯାଉଛି। ଆପେ ଜଣାପଡ଼ିଯିବ। ବର୍ତ୍ତମାନ ବଡ଼ କଥା ହେଲା ପେଟର ଭୋକ। ଆମ ଭିତରୁ ଜଣକ କାହା ପକେଟ୍‌ରେ କିଛି ଟଙ୍କା ଅଛି ବୋଲି ଆମର ହଠାତ୍ ଧାରଣା ହୋଇଯାଇଛି। କିନ୍ତୁ ସେ ଟଙ୍କା ପ୍ରତୀକର। ପ୍ରତୀକୁ ମାଟିରେ ପୋତିଦେଲା ବେଲେ ଆମର ସ୍ପଷ୍ଟ ମନେପଡ଼ୁଛି ଗୋଟିଏ ଛୋଟ କଳା ପର୍ସ ତା'ପକେଟରୁ ଖସିପଡ଼ିଥିଲା। ଆମ ଭିତରୁ କିଏ ଜଣେ ତାକୁ ଉଠାଇ ଆଣିଥିଲା। ତା' ଭିତରେ କ'ଣ ଅଛି ଆମେ କେହି ଜାଣିନାହୁଁ। ତା'ଭିତରେ କିଛି ନଥାଇ ପାରେ, ଅଛ ବା ଯଥେଷ୍ଟ କିଛି ଥାଇପାରେ, ଅଛ ଥିଲେ ହିଁ ଭଲ। ଆଜି ଦିନଟା ତ କେବଳ! ବେଶୀ ଥିଲେ ପୁଣି ଜଞ୍ଜାଳ। ଆଉ କିଛି ନ ଥିଲେ ?

ଆମେ ତିନି ଜଣ ଏକସ୍ୱରରେ ହସିଲୁ ଓ ଆମର ବହୁ ପରିଚିତ କଫିହାଉସ୍ ବାରଣ୍ଡାକୁ ଉଠିଗଲୁ। ବହୁ ଚିହ୍ନା ମୁହଁର ଭିଡ଼ ଭିତରେ ତିନୋଟି ଚିହ୍ନା ମୁହଁ ଜାକିଜୁକି ହୋଇ ଲୁଚିଯିବା ପାଇଁ ଜାଗା ଖୋଜିବାକୁ ହେଲା ନାହିଁ। ସେଇ ଭିଡ଼ ମଝିରେ ହସୁ ହସୁ ଆମେ ତିନୋଟି ଚଉକି ଅଧିକାର କରି ବସିଗଲୁ। ଆମେ ଭଲଭାବେ ଜାଣିଲୁ ଯେ ଆମେ କଫି ହାଉସ୍‌ର ମଝି ଟେବୁଲ ଆବୋରି ବସିଛୁ। ଆମକୁ କେହି ଲକ୍ଷ୍ୟ କଲେ ନାହିଁ। ଆମେ ବୁଝିଗଲୁ ଯେ ଏକ ବୃତ୍ତର କେନ୍ଦ୍ରବିନ୍ଦୁ ଭଳି ଉହ୍ୟ ହୋଇ ରହିଛୁ। ଧରା ପଡ଼ିଯାଉଛନ୍ତି କେବଳ ପରିଧି ପରି ବସିଥିବା ଅନ୍ୟାନ୍ୟ ଚିହ୍ନା ଲୋକସବୁ। ଆମେ ନିଶ୍ଚିନ୍ତ ହେଲୁ ଆପାତତଃ।

କାହା ପକେଟରେ ପ୍ରତୀକର କଳା ପର୍ସ ତାହା ହିଁ ବର୍ତ୍ତମାନ ପ୍ରଶ୍ନ। ନା ଆମେ ନିଜେ ଆମର ପକେଟ୍ ଅଣ୍ଟାଲିପାରୁଛୁ ନା ପରସ୍ପରକୁ ଅନୁମତି ଦେଉଛୁ ପରସ୍ପରର ପକେଟ୍ ଅଣ୍ଟାଲିବା ପାଇଁ।

ଆମ ଅଜାଣତରେ ଆମେ କେତେବେଳେ ଚାରି ପ୍ଲେଟ୍ ଖାଦ୍ୟ ବରାଦ ଦେଇଛୁ ଓ ଆମ ଅଜାଣତରେ କେତେବେଳେ ଚାରି ପ୍ଲେଟ୍ ଖାଦ୍ୟ ଆମ ଟେବୁଲରେ

ଥୁଆ ହେଲାଣି । ଆମେ ଚମକି ଗଲୁ । ପ୍ରତୀକ ଘରେ ସେହି ଚାରିପ୍ଲେଟ୍ ଖାଦ୍ୟ କଥା ଆମର ମନେ ପଡ଼ିଗଲା ।

କିନ୍ତୁ କାହା ପକେଟ୍‌ରେ ଅଛି ପ୍ରତୀକର କଳା ପର୍ସ ? ଆମେ ସମସ୍ତେ ଆଖି ବୁଜିଦେଲୁ । ନିଜକୁ ହଠାତ୍ ଅନୁଭୂତିହୀନ କରିଦେବାର କଳା ଆମକୁ ଜଣା । ଆମର ହାତମାନ ପକେଟ୍ ଭିତରୁ ଓଟାରି ଆଣି ଜମା କରିଦେଲେ ଯେତେ ଯାହା ଥିଲା ଆମ ପକେଟରେ । ଆମେ ଭାବିଲୁ ଆମେ ସଙ୍କଟସୀମା ଟପିଗଲୁ ।

ଆମେ ଆଖି ଖୋଲି ଚାହିଁଲୁ ଟେବୁଲ ଉପରକୁ । ତିନୋଟି ଧଳା ରୁମାଲ କେବଳ, କଳାପର୍ସ ନାହିଁ । ହୁଏତ କଳାପର୍ସ ଆଉ କାହା ପକେଟରେ କେବେ ନ ଥିଲା । ହୁଏ ତ କଳାପର୍ସ ଆମେ ପ୍ରତୀକକୁ ମାଟିରେ ପୋତିବାବେଳେ ମଧ ଦେଖି ନ ଥିଲୁ । ଚାରି ପ୍ଲେଟ୍ ଖାଦ୍ୟ ଟେବୁଲ ଉପରେ ଥଣ୍ଡା ହେଉଛି । ଆମେ ଟେବୁଲ ଛାଡ଼ି ଉଠିଲୁ ଓ ଭିଡ଼ ଭିତରେ ଆମ୍ଭଗୋପନ କରି କ୍ୟାସ୍ କାଉଣ୍ଟର ଦେଇ ଖସିଗଲୁ ।

ଆମର ମାନସିକ ବିପର୍ଯ୍ୟୟ ଏତେ ସହଜରେ ପ୍ରମାଣିତ ହୋଇଯାଉ ଆମେ ଚାହୁଁ ନ ଥିଲୁ । ତେଣୁ ରାସ୍ତା ଉପରେ ଠିଆ ହୋଇ ଆମେ ଭାବିଲୁ ଅନ୍ତତଃ ମିନିଟକ ପାଇଁ ଆମର ଏକ ସୁରକ୍ଷିତ ସ୍ଥାୟୀ-ଭାବ ଦରକାର । ମିନିଟକ ପାଇଁ ହେଉ ପଛେ ମୁଣ୍ଡରୁ ବୋଝ ଓହ୍ଲାଇଯାଉ । ତା'ପରେ ପଛେ ଆମେ ତିନୋଟି ଭାରବାହୀ ପଶୁ ସହର ଛାଡ଼ି ଅଜ୍ଞାତ ଗନ୍ତବ୍ୟ ସ୍ଥାନ ଉଦ୍ଦେଶ୍ୟରେ ଚାଲିଯାଉଁ । ମିନିଟକ ପାଇଁ ସ୍ଥିରତା ଆସୁ, ମିନିଟକ ପାଇଁ ବୋଝ ଓହ୍ଲାଇ ଯାଉ ।

ମୁଣ୍ଡରେ ଆମର ଏକମାତ୍ର ବୋଝ ପ୍ରତୀକର ମୃତ୍ୟୁଖବର । ଏ ଖବର ଥରେ ଖବର କାଗଜରେ ରାଷ୍ଟ୍ର ହୋଇଗଲେ, ମୁକ୍ତି ମିଳିଯାଆନ୍ତା ଏଭଳି ଏକକ ଯନ୍ତ୍ରଣାରୁ । ଖବରକାଗଜ ତ ଦୂରର କଥା, ଏପରି କି ପ୍ରତୀକର ମା' ମଧ ଜାଣନ୍ତି ନାହିଁ । ପ୍ରତୀକର ମା'କୁ ଏ ଖବର ଜଣାଇବାର ନୈତିକ ଦାୟିତ୍ୱ ଆମର ବୋଲି ହଠାତ୍ ଆମର ଧାରଣା ହେଲା । କିନ୍ତୁ ଉପାୟ କ'ଣ ? ଆମେ ବର୍ତ୍ତମାନ ଆଉ ଫେରିଯାଇ ପାରିବୁ ନାହିଁ ।

ଟେଲିଫୋନ୍ ହିଁ ଏକମାତ୍ର ମାଧ୍ୟମ । ଆମେ ଜାଣୁ ଆମର ସ୍ୱର ପ୍ରତୀକର ମା' ଚିହ୍ନିପାରିବେ ନାହିଁ । ସେ କେବଳ ଚିହ୍ନିପାରିବେ ସେହି କୋଳାହଳକୁ, ଯାହା ଆମର ବ୍ୟକ୍ତିଗତ ସ୍ୱରରେ ନାହିଁ । ଗୋଟିଏ ନିୟନ୍ତ୍ରକ ବାଦ୍ୟର ଅଭାବରେ ସମଗ୍ର ସ୍ୱର ସପ୍ତକ ବେସୁରା ହୋଇଗଲା ଭଳି ଆମର ସ୍ୱର ମଧ୍ୟ ବେସୁରା ହୋଇଯିବ ।

ତେଣୁ ଆମେ ନିଷ୍ପତ୍ତି କରିନେଲୁ ଆମ ଭିତରୁ ଜଣେ ଏ ସମ୍ବାଦ ଟେଲିଫୋନ୍‌ରେ ପ୍ରତୀକର ମା'ଙ୍କୁ ଜଣାଇ ଦେବ।

ବର୍ତ୍ତମାନ ସମସ୍ୟା କେବଳ କୋଡ଼ିଏଟି ପଇସା ପାଇଁ। ହାଲୁକା ଧାତୁର ଏଇ ଛୋଟ ମୁଦ୍ରା କେତୋଟି ଆମକୁ ମୁକ୍ତ କରିବେ ଏତେ ବଡ଼ ଓଜନରୁ। କିନ୍ତୁ ଆମ ପକେଟ୍ ଯେ ଖାଲି! କିଏ ଜାଣିବ ଆମେ କି ଅବସ୍ଥାରେ ସହରରେ ଆସି ପହଞ୍ଚିଛୁ। କିଏ ଜାଣିବ ?

ହଠାତ୍ ଆମର ହୃଦୟ ଅଜ୍ଞାତ ମହାନୁଭବତାରେ ପୂର୍ଣ୍ଣ ହୋଇ ଆସୁଛି। ଆମେ ହାତ ପତାଇ ଠିଆ ହେଲୁ ସେହି ଛକରେ ଓ ଲୋକଗହଳିକୁ ମାଗିଲୁ ଗୋଟିଏ ଟେଲିଫୋନ୍ ଯୋଗାଯୋଗର ଦାମ୍; ଆଉ ବେଶୀ ନୁହେଁ। ଫଳ କିଛି ହେଲା ନାହିଁ। କେହି ଚାହିଁଲେ ନାହିଁ ଆମକୁ। ଆମେ ଅନ୍ୟ ଉପାୟ ଚିନ୍ତା କଲୁ। ପରସ୍ପରଠାରୁ ଦୂରରେ ଠିଆ ହେଲୁ ଓ ଆଖିରେ ରୁମାଲ୍ ବାନ୍ଧିଦେଲୁ। ତା'ପରେ ହାତ ପତାଇଦେଲୁ ପୂର୍ବଭଳି। ସାଧନାର ବୀଜମନ୍ତ୍ର ଭଳି ଆମେ କେବଳ ଉଚ୍ଚାରଣ କଲୁ ଆମର ପ୍ରାର୍ଥନା। ଅଭୁତ ଏ ଭିକାରୀର ଅଭିନୟ। ଆମର ଆଖି ଲୁହପୂର୍ଣ୍ଣ। ହୃଦୟ ବିକାରଶୂନ୍ୟ। କୋଡ଼ିଏଟି ପଇସା ଆମର ଦରକାର, ଗୋଟିଏ ଟେଲିଫୋନ୍ ସୂତ୍ରରେ ମା'କୁ ପୁଅର ମୃତ୍ୟୁଖବର ଜଣାଇବା ପାଇଁ। ଏ ସହରରେ ଯାହା ପକେଟରେ କୋଡ଼ିଏ ପଇସା ଅଛି, ସେ ଏ ଗୋଟିଏ ମୁହୂର୍ତ୍ତରେ ଆମ ପାଇଁ କୁବେରଠାରୁ ଅଧିକ ଧନଶାଳୀ, ଏ କଥା କେଉଁ ଭିକାରୀ ବିଶ୍ୱାସ କରିବ ? କିନ୍ତୁ ଆମର ତାହା ହିଁ ଧାରଣା ହେଲା।

ପ୍ରାୟ ଘଣ୍ଟାଏ ଆମେ ଠିଆ ହୋଇ ରହିଲୁ। ଘଣ୍ଟାକ ପରେ ଆମ ଭିତରୁ ଜଣେ ଆନନ୍ଦରେ ଚିତ୍କାର କରିଉଠିଲା। ଆମେ ଆଖି ଫିଟାଇ ଦେଖିଲୁ ତା'ର ହାତରେ ସେଇ ଉଜ୍ଜ୍ୱଳ ହାଲୁକା ଧାତୁର ମୁଦ୍ରା କେତୋଟି। କୃତଜ୍ଞତାରେ ଆମର ହୃଦୟ ବାଷ୍ପରୁଦ୍ଧ ହୋଇଗଲା। ଆମେ ସେହି ମହାନ୍ ଦାତାଙ୍କ ଉଦ୍ଦେଶ୍ୟରେ ପ୍ରଣାମ କଲୁ। ଆମକୁ ଅବାକ୍ କରି ସେହି ଦାତା ଯେମିତି ଶୂନ୍ୟରୁ ଓହ୍ଲାଇ ପଡ଼ିଲେ ଆମ ମଝିରେ। ଦାତାଙ୍କ ଦେହରେ ଛିଣ୍ଡାଜାମା, ଦାତାଙ୍କ ମୁହଁରେ ଦାଢ଼ି, ନିଶ, ବୁଦା ବୁଦା ଅସନା ବାଳ ମୁଣ୍ଡରେ। ଦାତା ଆମକୁ ଚାହିଁ ହସିଦେଲେ। ପାଟିଭିତରୁ ଦାନ୍ତର ଉଜ୍ଜ୍ୱଳ ଝଲକ୍ ଦେଖି ଆମେ ଡରିଗଲୁ। ଦାତା କିଛି କହିଲେ ନାହିଁ। ସେ ଚୁପ୍‌ଚାପ୍ ହୋଇ ଠିଆ ହେଲେ ଓ ଡାହାଣ ହାତର ବିଶିଆଙ୍ଗୁଠି ସାମ୍ନାକୁ ବଢ଼ାଇ ଦେଇ କହିଲେ : ଅଚଳ ପଇସା। ଭୋ ଭୋ ହୋଇ କାନ୍ଦି ଉଠିଲେ ଦାତା ଓ

ତା'ପରେ ଅନ୍ତର୍ଦ୍ଧାନ ହୋଇଗଲେ । ଆମେ ପରସ୍ପରର ମୁହଁକୁ ଚାହିଁଲୁ, ଆମ ଆଖି ସାମ୍ନାରେ ସେହି ଆଙ୍ଗୁଠିର ନିର୍ଦ୍ଦେଶ । ଆଙ୍ଗୁଠିରେ ଉଜ୍ଜ୍ଵଳ ପଥରବସା ମୁଦି । ପ୍ରତୀକର ଆଙ୍ଗୁଠି । ଆମେ ବାରମ୍ବାର ପଛକୁ ଚାହିଁଲୁ । ସେ ଦାତା ଆଉ ଦୃଶ୍ୟ ହେଲେ ନାହିଁ । ସହସ୍ର ପାଗଳ ଭିକାରୀଙ୍କ ଭଳି ସେ ଗଳିମୋଡ଼ରେ କେଉଁଠି ଲୁଚିଗଲେ ନା ସେହି ରମ୍ୟସାକୃତି ଜମିତଳେ ପଶିଗଲେ କୀଟପତଙ୍ଗର ଲକ୍ଷ୍ୟ ହେବା ପାଇଁ । ଆମେ ବୁଝିପାରିଲୁ ନାହିଁ ।

ଆମେ ଦ୍ୱିଗୁଣ ସାହସରେ ଗୋଟିଏ ମନୋହରୀ ଦୋକାନର କାଉଣ୍ଟର ନିକଟରେ ଥିବା ଟେଲିଫୋନ୍ ନିକଟରେ ଠିଆ ହେଲୁ । ଆମ ଭିତରୁ ଜଣେ ଟେଲିଫୋନ୍ ଡାଏଲ୍ ଘୁରାଇଲା, ଜଣେ ସେହି ଅଚଳ ପଇସା ଗଲାଇବେଲା ବାକ୍ସରେ ଓ ଜଣେ ବିକ୍ରେତାକୁ ପଚାରିଲା ୪' X ୪' କଳା ପର୍ସର ଦାମ୍ କେତେ ? ଆମେ କେହି କୌଣସି ପ୍ରଶ୍ନର ଉତ୍ତର ଚାହୁଁ ନ ଥଲୁ ।

ଯାହାର ଟେଲିଫୋନ୍‌ରେ ସମ୍ୱାଦ ଦେବା କଥା ତାକୁ ଭୟ ଲାଗୁଛି । ସେ ଅନ୍ୟ ଦୁଇ ଜଣଙ୍କୁ ଚାହୁଁଛି । ସେ କେବଳ କହୁଛି : ଆପଣଙ୍କର ପୁଅ... ଆପଣଙ୍କର ପୁଅ... ପ୍ରତୀକ... ଆପଣଙ୍କର ପୁଅ...

ତା'ପରେ ସେ ଟେଲିଫୋନ ରଖିଦେଲା । କାଠବାକ୍ସ ଭିତରୁ ଅଚଳ ପଇସା ହସିଦେଲା, ପ୍ରତୀକର ମୁଦିଲଗା ଆଙ୍ଗୁଠି ଲମ୍ୱିଗଲା ଆଗକୁ । ସହର ମଝିରେ ଚମକି ଉଠିଲା ପୋଖରାଜପଥର ।

ଟେଲିଫୋନ୍ ନିକଟକୁ ଯିବା ପାଇଁ ଆଉ ଆମର ସାହସ ହେଲା ନାହିଁ । ଏକ ଛୋଟ ପ୍ଲାଷ୍ଟିକ ଡବା ଭିତରେ ବିକ୍ରେତା ପୁଣି ରଖିଦେଲା ୪' X ୪'ର କଳା ପର୍ସଟିକୁ ।

ଆମମାନଙ୍କର ମନ ପୁଣି କ୍ଲାନ୍ତ ହୋଇ ଆମ ନିକଟକୁ ଫେରିଆସିଲା, କୁଆଡ଼େ ଗଲା ଦି'ଘଣ୍ଟା ତଳର ମହାନୁଭବତା ? ଆମର ଆଖିରେ ଲୁହ ନାହିଁ । ମୁଣ୍ଡ ଉପରେ ବୋଝ । ପ୍ରତୀକ ତା' ମା'ଙ୍କର ପୁଅ, ଏତିକି କ'ଣ ଆମେ ନୂଆକରି ପ୍ରତିଷ୍ଠିତ କଲୁ ଟେଲିଫୋନ୍ ଜରିଆରେ ? ଏଥିରେ କ'ଣ ଓଜନ କମିଲା ?

ପ୍ରତୀକର ମା'ଙ୍କୁ ପ୍ରତୀକର ମୃତ୍ୟୁଖବର ଜଣାଇପାରିଲୁ ନାହିଁ । ଆଉ କାହାକୁ ଜଣାଇବୁ ?

ଆମର ମନେପଡ଼ିଲା ଈର୍ଷାର ମୁହଁ। ଈର୍ଷାର ସୁନ୍ଦର ମୁହଁ। ବେଶ୍ୟା ମାତ୍ରେଇ ସୁନ୍ଦରୀ, ଆମର ବିଶ୍ୱାସ ହେଲା। ବେଶ୍ୟାର ହୃଦୟ ସତ୍ୟର ନିରାପଦ ଆଶ୍ରୟ, ଆମର ବିଶ୍ୱାସ ହେଲା।

ଈର୍ଷାର ନାମ ଏପରି ଅଚାନକ ଭାବରେ ମନେପଡ଼ିଲା ଯେ ଆମେ ସ୍ଥାନକାଳ ଭୁଲି ପରସ୍ପରର ହାତ ଛଡ଼ିଦେଲୁ ଓ ଗଭୀର ତୃପ୍ତିରେ ବାମ ଦିଗରୁ ରାସ୍ତା ଧରି ଚାଲିଲୁ।

ଆମେ ତିନି ଜଣ ବର୍ତ୍ତମାନ କେବଳ ଈର୍ଷାର କଥା ହିଁ ଭାବୁଛୁ। ଈର୍ଷା ସହିତ ଆମର ସଂପର୍କ ଯେ ବେଶ୍ୟା —ନାଗରର ସଂପର୍କ, ଏ କଥା ଆମେ କେବେ ଚିନ୍ତା କରିନାହୁଁ। ଈର୍ଷାର ଦେହ ବିଭିନ୍ନ ସମୟରେ ଆମମାନଙ୍କୁ ସମର୍ପିତ ହୋଇଛି, ଏ କଥା ଆମ ଭିତରୁ କିଏ ନ ଜାଣେ ? ଈର୍ଷାକୁ ଉପଭୋଗ କରିବାକୁ ଆମକୁ ଟଙ୍କା ଖର୍ଚ୍ଚ କରିବାକୁ ପଡ଼ିନାହିଁ, ଈର୍ଷା ବେଶ୍ୟା ନୁହେଁ। ଆମେ ହଠାତ୍ ଏ ପ୍ରକାର ସିଦ୍ଧାନ୍ତରେ ପହଞ୍ଚିଲୁ କିପରି ଓ କେଉଁ ଯୁକ୍ତିରେ, ତାହା ନ ବୁଝିଲା ଲୋକକୁ ଗୋଚର ହେବ ନାହିଁ।

ଈର୍ଷାର କାହାଣୀ ଆମ ଜୀବନ କାହାଣୀର ଅଂଶ। ଆମେମାନେ ଈର୍ଷାକୁ ଈର୍ଷାରେ ପରିଣତ କରିଛୁ ଓ ମୈଥୁନର ଚରମ ପର୍ଯ୍ୟାୟରେ ମଧ ସ୍ରଷ୍ଟାର ଦାୟିତ୍ଵ ଦକ୍ଷତାର ସହିତ ତୁଲାଇବାକୁ ଆମର ଅନଭିଜ୍ଞତା ଅହଂକାର ବୋଲି ପ୍ରମାଣ କରିଦେଇଛୁ। ଏଇ ଈର୍ଷାକୁ ଅଥଚ ଆମେ ଗତକାଲିଠାରୁ ସମ୍ପୂର୍ଣ୍ଣରୂପେ ଭୁଲି ଯାଇଥିଲୁ। ପ୍ରତୀକର ମୃତ୍ୟୁ ଆମକୁ ଭୁଲାଇ ଦେଇଥିଲା। ବର୍ତ୍ତମାନ ସେହି ପ୍ରତୀକର ମୃତ୍ୟୁ ଆମକୁ ପୁଣି ମନେ ପକାଇ ଦେଇଛି। ଆମେ ତିନି ଜଣ ଦୁଲ୍ଦୋଲ୍ ହୋଇ ଈର୍ଷାର କୋଳରେ ଖସିପଡ଼ିବୁ ଓ ପ୍ରତୀକର ମୃତ୍ୟୁଖବର ଖୋଲିଦେବୁ।

ଈର୍ଷା ଆମ ଜୀବନ ଭିତରକୁ କିପରି ଟଣାହୋଇ ଆସିଲା, କେଉଁ ସୂତ୍ରରେ, ସେ ଏକ ଆଶ୍ଚର୍ଯ୍ୟ କାହାଣୀ। ସେତେବେଳେ ଆମର ଦଲ ବେଶ୍ ଜମିଥାଏ। ଦଲ ମାନେ ଆମେ ତିରି ଜଣ। ପ୍ରତୀକ ଥାଏ ଆମର ଅବଲମ୍ବନ। ତାକୁ ଘେରି ଆମର ଖେଲ ଚାଲିଥାଏ ସମୟ ସହିତ। ସେତିକିବେଳେ ପ୍ରତୀକ ଚିହ୍ନାଇଦେଲା ଈର୍ଷାକୁ। ପ୍ରତୀକ କହିଲା : ଈର୍ଷା ତା'ର ବାନ୍ଧବୀ। ଆମେ ପ୍ରତୀକୁ ଅବିଶ୍ୱାସରେ ଚାହିଁଲୁ। ପ୍ରତୀକ ବୁଝାଇଦେଲା ଯେ ଏହା ବ୍ୟତୀତ ଆଉ ଅଧିକ ଜାଣିବାକୁ ଚାହିଁବା ଅପରାଧ।

ଆମେ ନୀରବ ରହିଲୁ। ତା'ପରେ ଈର୍ଷା ଆମର ପରିଚିତ ହୋଇ ଉଠିଲା। ଆମେ ଈର୍ଷାକୁ ନ ଛୁଇଁ ମଧ୍ୟ ଚିହ୍ନିଗଲୁ। କିନ୍ତୁ ସେ ପର୍ଯ୍ୟନ୍ତ ଈର୍ଷା ଆମର ଜୀବନ ଭିତରକୁ ଆସି ନ ଥିଲା; ଆମ କାହାଣୀର ଅଂଶ ହୋଇ ନ ଥିଲା। ଘରର ଉଦ୍‌ବୃତ୍ତ ବାରଣ୍ଡା ଭଳି ଅଦରକାରୀ ଈର୍ଷାକୁ ଆମେ କେବେ ଆସନ ମର୍ଯ୍ୟାଦା ଦେଇ ଡାକି ଆଣି ନ ଥିଲୁ। ଆମେ ଚାରି ଜଣ ଜୀବନ ଉପରେ ଯେଉଁ କଠୋର ପରୀକ୍ଷା କରୁଥିଲୁ ସେଥିରେ ଈର୍ଷା ଭଳି ବାନ୍ଧବୀ ଅବାନ୍ତର ହୋଇ ରହିବାର ଯୁକ୍ତି ଯଥେଷ୍ଟ ଥିଲା। କିନ୍ତୁ ଦିନେ ହଠାତ୍ ଈର୍ଷା ଆମ ଜୀବନ କାହାଣୀର ଅଂଶ ହୋଇଗଲା। ଈର୍ଷା, ପ୍ରତୀକର ବ୍ୟକ୍ତିଗତ ସମ୍ପତ୍ତି ହୋଇ ରହିଲା ନାହିଁ। ଈର୍ଷା ଆମ ସମସ୍ତଙ୍କର ହୋଇଗଲା।

ଆମର ମନେ ଅଛି, ସେଦିନ ରବିବାର। ଆମେ ଚର୍ଚ୍ଚ ସାମ୍ନାରେ ଠିଆ ହୋଇ ଈର୍ଷାକୁ ଅପେକ୍ଷା କରୁଛୁ। ସନ୍ଧ୍ୟା ହେଲା; ଈର୍ଷାର ଦେଖା ନାହିଁ। ଆମେ ଶେଷରେ ଭାବିଲୁ ଈର୍ଷା ଆଜି ଚର୍ଚ୍ଚ ଆସିନାହିଁ : ଆମେ ଫେରୁଛୁ, ହଠାତ୍ ପଛରୁ ଚିକ୍‌ର କରି ଉଠିଲା କିଏ। ପ୍ରତୀକର ସ୍ଵର। ଆମେ ପଛକୁ ଚାହିଁଲୁ। ରିକ୍‌ସାରେ ବସିଛ ପ୍ରତୀକ ନା ମୂର୍ଚ୍ଛା ହୋଇ ପଡ଼ିଛି। ଆମେ ଦୌଡ଼ିଗଲୁ ରିକ୍‌ସା ନିକଟକୁ। ପ୍ରତୀକ ବସିଛି ସେମିତି। କପାଳରେ ତା'ର ଝାଳ ଜମିଛି, ଓ ସ୍ଵର ଫିଟୁନାହିଁ। ଆମେ ହତବାକ୍ ହୋଇ ଚାହିଁଲୁ। ପ୍ରତୀକର ମୁହଁ ଖୋଲିଲା। ପ୍ରତୀକ କହିଲା 'ଆସ'। ଆମେ ତିନି ଜଣ ରିକ୍‌ସା ଉପରକୁ ଡେଇଁ ପଡ଼ିଲୁ। ରିକ୍‌ସାବାଲା ଥରେ ଅବାକ୍ ହୋଇ ଚାହିଁଲା ଓ ଚାରୋଟି ପଥରମୂର୍ତ୍ତିକୁ ନେଇ ଚାଲିଲା ପଛକୁ। ଆଙ୍ଗୁଠି ଦେଖାଇ ଦେଲା ପ୍ରତୀକ। ରିକ୍‌ସା ଠିଆ ହେଲା ଗୋଟାଏ ପ୍ରକାଣ୍ଡ ପାଞ୍ଚ ମହଲା ସାମ୍ନାରେ। ଆମେ ବୁଝିପାରିଲୁ ନାହିଁ। ପ୍ରତୀକ ସହିତ ରିକ୍‌ସାରୁ ଡେଇଁ ପଡ଼ିଲୁ। ପ୍ରତୀକ ରିକ୍‌ସାବାଲା ଉପରକୁ ଫିଙ୍ଗି ଦେଲା ନୋଟ୍‌ଟାଏ। ଆମେ ପ୍ରତୀକ ପଛରେ ଚାଲିଲୁ। ତଲ ମହଲାରେ ପାଗଳଙ୍କ ଭଳି ସ୍ଵିଚ୍ ଟିପିଧରିଲା ପ୍ରତୀକ ଲିଫ୍‌ଟ୍ ପାଇଁ। ଲିଫ୍‌ଟ୍ ତଲକୁ ଆସିଲା। ଆମେ ଲିଫ୍‌ଟ୍ ଭିତରକୁ ପଶିଗଲୁ। ପ୍ରତୀକ ଶୁଣି ସ୍ଵିଚ୍ ଟିପିଲା — ପାଞ୍ଚ ମହଲାରେ ପହଞ୍ଚିଲା ପରେ ଆମେ ଉପରକୁ ଚାହିଁଲୁ ଭୟରେ। ୧୧୭ ନମ୍ବର ଫ୍ଲାଟ୍। ୧୧୭ ନମ୍ବର ଫ୍ଲାଟ୍‌ର ଦରଜା ଆଉଜା ହୋଇ ରହିଥିଲା ଆଗରୁ। ଝଡ଼ପବନ ଭଳି ଆମେ ପଶିଗଲୁ ଭିତରକୁ ପ୍ରତୀକର ପଛେ ପଛେ। ଛୋଟ ଡ୍ରଇଂ ଟପିଯିବାକୁ କେତେ ସେକେଣ୍ଡ, ତା'ପରେ ଶୋଇବା ଘର ଭିତରେ ପହଞ୍ଚି ପ୍ରତୀକ ଅମକି ଠିଆହେଲା।

କେହି ନାହାନ୍ତି ଶୋଇବା ଘରେ । ଆମେ ପ୍ରତୀକକୁ ଚାହିଁଲୁ । ପ୍ରତୀକ ଦୋଷୀ ଭଳି ମୁଣ୍ଡ ପୋତି ଠିଆ ହୋଇଛି । ଆମେ ବୁଝିପାରିଲୁ ନାହିଁ, ଏ ପ୍ରତୀକର ପାଗଲାମି ନା ସତରେ କିଛି ରହସ୍ୟ ଅଛି ଏ ଘଟଣା ପଛରେ । ହଠାତ୍ ପ୍ରତୀକ ଖଟ ଉପରେ ଥମ୍ କରି ବସିଗଲା ଓ ଗୋଟାଏ ଲୋଟାକୋଟା ବିଛଣା ଚାଦରକୁ ଦୁଇ ହାତରେ ଗୋଟାଇ ଧରିଲା । ଆମେ ହତଭମ୍ବ ହୋଇ ଠିଆ ହୋଇ ରହିଲୁ କେବଳ । ଏହିଭଳି ସମୟରେ ଗୋଟିଏ ବଡ଼ ଆଲୁମିନିୟମ୍ ଟ୍ରେରେ ପାଞ୍ଚ କପ ଚା' ଧରି ଭିତରକୁ ଆସିଲା ଈର୍ଷା । ଆମର ଜଡ଼ତା ହଠାତ୍ ଯେମିତି ଜୀବନରେ ରୂପାନ୍ତରିତ ହେଲା । କିନ୍ତୁ ଆମେ ଆହୁରି ବିସ୍ମିତ ହେଲୁ ଯେତେବେଳେ ପ୍ରତୀକ ଗଭୀର ଯନ୍ତ୍ରଣାରେ ଗାଁ ଗାଁ ହୋଇ କ'ଣ ଗୋଟାଏ କହିବାକୁ ଚାହିଁ ଲଥ୍ କରି ବିଛଣାରେ ଗଡ଼ି ପଡ଼ିଲା ।

ଆମେ ଈର୍ଷାକୁ ତୀକ୍ଷ୍ଣ ଦୃଷ୍ଟିରେ ଚାହିଁଲୁ । ଈର୍ଷା କହିଲା : ମୁଁ ଜାଣେ ତମେମାନେ ଆସିବ । ପ୍ରତୀକ ଯେତେବେଳେ ଏ ଘରୁ ପ୍ରାୟ ଅଧଘଣ୍ଟାଏ ତଳେ ଦୌଡ଼ି ଚାଲିଗଲା, ସେତିକିବେଳୁ ହିଁ ଜାଣିଥିଲି ।

ଆମେ ତିନି ଜଣ ଏକାସ୍ବରରେ ପଚାରି ଉଠିଲୁ : କିନ୍ତୁ କାହିଁକି ? ପ୍ରତୀକ ଦୌଡ଼ି ଚାଲିଗଲା କାହିଁକି ?

ଈର୍ଷା ମଲିନ ହସିଲା । ଆମେ ଦେଖିଲୁ ତା'ର ଓଠ ଫାଟି ରକ୍ତ ଝରୁଛି । ସେ ଶାଢ଼ୀକାନିରେ ଓଠ ପୋଛିନେଲା ଓ କହିଲା : ଚା' ପିଅ ପ୍ରଥମେ ।

ଆମେ ଚା' କପ ଉଠାଇ ନେଲୁ । ପ୍ରତୀକର ଚା' କପ ଟ୍ରେ ଉପରେ ପଡ଼ିରହିଲା ସେମିତି । ପ୍ରତୀକକୁ ଉଠାଇବାର ସାହସ ଆମର କାହିଁକି କେଜାଣି ନ ଥିଲା । ଈର୍ଷା ଉଠିଗଲା ଓ ଲୁଗା ଆଲ୍ମାରିର ଡ୍ରୟାର ଖୋଲିଲା ।

ତା' ପରେ ଗୋଟିଏ ଝଟ୍କାରେ ଆମ ହାତରୁ ଚା' କପ୍‌ମାନ ଖସିପଡ଼ିଲା । ଈର୍ଷା ଆମ ମୁହଁ ଉପରକୁ ଫିଙ୍ଗିଦେଲା ମେଞ୍ଚାଏ ଚିରା ଲୁଗା । ଆମେ ଦେଖିଲୁ ଛିଣ୍ଡା ଦଲା ବଡ଼ିସ, ଶାୟା, ଶାଢ଼ୀ, ରକ୍ତଦାଗ । ଆମର ମୁଣ୍ଡ ଘୂରିଗଲା । ଆମେ କିଛି ବୁଝିପାରିଲୁ ନାହିଁ ।

ଈର୍ଷା ଆମ ସାମ୍ନାରେ ଆଷ୍ଟେଇ ପଡ଼ିଲା । ପେଡ଼ିରୁ ମୁକ୍ତ ନାଗୁଣୀ ଭଳି ଆଷ୍ଟୁରେ ଆଶ୍ରୟ ରଖି ଅଣ୍ଟା ସିଧା କରି ଚାହିଁଛି ଈର୍ଷା ।

ଈର୍ଷା କହିଲା : ଦେଖ ଓଠରେ କ୍ଷତ ଦେଖ। ଗାଲରେ ଦାନ୍ତଚିହ୍ନ ଦେଖ। ଛାତିରେ ପଞ୍ଝାଦାଗ ଦେଖ। ଅଧାଲଙ୍ଗଳା ହୋଇ ଠିଆ ହୋଇଛି ଈର୍ଷା। ଆମେ ଦେଖ ମଧ ଦେଖ ପାରୁନାହିଁ ଯେମିତି। ଈର୍ଷାର ମୁହଁରେ ମଲିନ ଆଲୋକ। ଆମେ ସ୍ୱଷ୍ଟ ଦେଖିପାରୁଚୁ ଈର୍ଷାର ଗାଲରେ ଶୁଖିଲା ଲୁହର ଦାଗ। ଆମର କିଛି କହିବାର ନାହିଁ।

ଈର୍ଷା କହିଲା : ତମେମାନେ ବୁଝିପାରୁ ନାହଁ। ମୁଁ ବା କେମିତି ବୁଝାଇବି। ସେ ଲୋକଟାକୁ ମୁଁ ଚିହ୍ନେ ନାହିଁ। ମୁଁ ଚର୍ଚ ଯିବାକୁ ବାହାରିଛି, ଦରଜା —ବେଲ୍ ବାଜିଲା। ଠିକ୍ ପାଞ୍ଝ ଥର ବେଲ୍ ଟିପିବାର ସୂତ୍ର ଯେ ପ୍ରତୀକ ଛଡ଼ା ଆଉ କାହାକୁ ଜଣା, ମୁଁ ଜାଣିଥାନ୍ତି କେମିତି ! ମୁଁ ଦରଜା ଖୋଲିଦେଲି। ସେ ଲୋକଟା ମୁହଁ ଆବୃତ କରି ରଖିଥିଲା। ମୁଁ ଚିତ୍କାର କରିବା ପୂର୍ବରୁ ସେ ମୋ ଉପରକୁ କୁଦିପଡ଼ିଲା। ତା'ପରେ ଏଇ ତ ତମ ସାମ୍ନାରେ ଜ୍ୱଲ ଜ୍ୱଲ ଦିଶୁଚି ସବୁ। ସେ କେତେବେଲେ ମୋତେ ଖଟରେ ଗଡ଼ାଇ ଦେଇ ଚାଲିଗଲା ମୁଁ ଜାଣେ ନାହିଁ। ପ୍ରତୀକ ଆସିଲାବେଲକୁ ମୁଁ ଆଖ୍ଯ ଖୋଲି ଦେଖୁଥିଲି ମୋର ବିପର୍ଯ୍ୟସ୍ତ ଜୀବନକୁ। ପ୍ରତୀକ ଚିତ୍କାର କରି ଉଠିଲା ଓ ତା'ପରେ ଝଡ଼ ଭଲି ବାହାରି ଚାଲିଗଲା। ମୁଁ ପଡ଼ିରହିଲି ସେମିତି। ତା'ପରେ ତମମାନଙ୍କ ପାଇଁ ଚୂଲିରେ କେଟ୍ଲି ଥୋଇଲି, ଚା'କଲି, ଆଉ ଏଇତ ମୁଁ ବସିଛି।

ଏଥର ଜୋରରେ ହସିଲା ଈର୍ଷା। ପ୍ରତୀକର ମୂଚ୍ଛା ଭାଙ୍ଗିଲା ବୋଧେ। ସେ ଖଟରୁ ଉଠିଲା। ତା'ପରେ ଏକା ନିଃଶ୍ୱାସରେ ଥଣ୍ଡା ଚା'କପେ ଢୋକିଦେଲା ଓ ଈର୍ଷାକୁ ଚାହିଁ ଛୋଟ ଶିଶୁଭଲି କାନ୍ଦି ଉଠିଲା। ଈର୍ଷା ପ୍ରତୀକକୁ ତା' ଛାତି ଉପରକୁ ଆଉଜାଇ ନେଲା ଓ ଆମ ସମସ୍ତଙ୍କୁ ଚାହିଁ କହିଲା : ତମେ ଚାରିଟା ପିଲା ଲୋକ। କି ଖେଲ ଖେଲୁଚ୍ଛ ଜୀବନ ସହିତ! ଏଇତ ଦେଖିଲ ଗୋଟାଏ ଖେଲ। ଏଇ ଖେଲର ପରିଣତି ଯଦି ମୋ ଗର୍ଭରେ ସନ୍ତାନ ହୋଇ ଆମେ ତମେ ତାକୁ କି ଭାବରେ ନବ ? ସେ ଆମରି ଭିତରେ ବଞ୍ଚି ରହିବ ନା ଆମେ ତାକୁ ନର୍ଦ୍ଦମାରେ ଫିଙ୍ଗିଦେବା ?

ଆମେମାନେ ଯେମିତି ଗୋଟିଏ ମାତ୍ର ପ୍ରଶ୍ନରେ ଜୀଇଁ ଉଠିଲୁ। ଈର୍ଷା ଆମକୁ ଦିଶିଲା ମା' ଭଲି, ସ୍ତ୍ରୀ ଭଲି। ଆମର ସନ୍ତାନ ଜନ୍ମ ହେବ; ଆମର ଭାଇ କି ଭଉଣୀ ଜନ୍ମ ହେବ। ଆମେ ଈର୍ଷାକୁ ଘେରିଗଲୁ। ବେବୀ ଭଲି ଉପରକୁ

ଉଠିଗଲା ଈର୍ଷା; ଆମେ ପଡ଼ିରହିଲୁ ମାଟିରେ।

ଏହି ଘଟଣା ପରେ ଈର୍ଷା ଆମ ସମସ୍ତଙ୍କର ହୋଇଗଲା, ଆମ ଜୀବନର ଅଂଶ ହୋଇଗଲା। ଈର୍ଷା, ପ୍ରତୀକର ବ୍ୟକ୍ତିଗତ ବାନ୍ଧବୀ ହୋଇ ରହିଲା ନାହିଁ, ଈର୍ଷା ଆମର ହୋଇଗଲା। ବଞ୍ଚିବା ପାଇଁ ସବୁଠାରୁ ବଡ଼ ବାହାନା ମିଳିଗଲା। ଚାରିଟା ମାତାଲ୍ ଆମେ ଈର୍ଷା ଦେହର ଭଙ୍ଗା ପାଚେରୀରେ ଆଉଜିଗଲୁ କେଜାଣି କେତେକାଳ।

ଈର୍ଷାର ଆଶଙ୍କା ସତ ହେଲା। ଆମେ ନିଜେ ଡାକ୍ତର ରିପୋର୍ଟ ଦେଖିଲୁ ନିଜ ଆଖିରେ। କିନ୍ତୁ ଈର୍ଷାର ମୁହଁ କଳା ପଡ଼ିଗଲା। ଈର୍ଷା ବାରମ୍ବାର ଆମକୁ ଭୟରେ ଚାହିଁଲା। ଈର୍ଷା ଆମଠାରୁ ବୟସରେ ବଡ଼, ଆମେ ଥିଲୁ ଏ ଯାଏଁ ପିଲାଲୋକ। ଗୋଟାଏ ଧକ୍କାରେ ଆମେ ବଡ଼ିଗଲୁ କେତେ ନା କେତେ। ଆମେ ବଡ଼ଲୋକ ହୋଇଗଲୁ, ଗୃହସ୍ଥ ହୋଇଗଲୁ, ବାପା, ଭାଇ, ସ୍ୱାମୀ ହୋଇଗଲୁ। ଆମେ ଈର୍ଷାକୁ ସାନ୍ତ୍ୱନା ଦେଲୁ। ଈର୍ଷାର ଘରେ ପଡ଼ିରହିଲୁ।

ଆମ ମୁଣ୍ଡରେ ବଜ୍ର ପଡ଼ିଲା ଯେଉଁଦିନ ଈର୍ଷାର ଗର୍ଭପାତ ହେଲା। ଆମେ ସେହି ରକ୍ତବୁଜୁଳାଟିକୁ ଦେଖିପାରିଲୁ ନାହିଁ। ଆମେ ଅନେକ ଡେରିରେ ଜାଣିଲୁ। ଆମେ କାନ୍ଦିଉଠିଲୁ। ଈର୍ଷା, ମା' ଆମର, ସ୍ତ୍ରୀ ଆମର। ଆମେ ପିତା ହୋଇପାରିଲୁ ନାହିଁ, ଭାଇ ହୋଇପାରିଲୁ ନାହିଁ। ବଞ୍ଚିବାର ଗୋଟିଏ ଗଭୀର ଷଡ଼ଯନ୍ତ୍ର ବୁଢ଼ୀଆଣି ଜାଲ ଭଳି ଝିଡ଼ିପଡ଼ିଲା ଘରକୋଣରୁ ଓ ଉଡ଼ିଗଲା ପବନରେ। ଆମେ ଈର୍ଷାର ଘର ଛାଡ଼ି ପୁଣି ରାସ୍ତା ଉପରକୁ ଆସିଲୁ। ଆଉ କେବେ ଈର୍ଷାର ମୁହଁ ଦେଖିନାହୁଁ।

ଆଜି ପ୍ରତୀକର ମୃତ୍ୟୁ ପରେ ଆମେ ତିନି ଜଣ ଯେତେବେଳେ ପୁଣି ଏକ ବାହାନା ଖୋଜି ବୁଲୁଛୁ ସେତେବେଳେ ଈର୍ଷା ଛଡ଼ା ଆଉ କିଏ ବା ମନେପଡ଼ନ୍ତା ? ଆଉ କାହାକୁ ବା ଆମେ କହିପାରନ୍ତୁ ପ୍ରତୀକର ମଲା ଦେହ ମାଟିତଳେ ସଡ଼ିଯାଉଛି ବୋଲି।

ଆମେ କେତେବେଳେ ଆସି ଠିଆହୋଇଛୁ ସେଇ ପ୍ରକାଶ କୋଠା ସାମ୍ନାରେ। ସେଇ ପ୍ରକାଣ୍ଡ କୋଠାର ଦୁଇଶହ ଫ୍ଲାଟ୍ ଭିତରୁ ୧୧୭ ନମ୍ବର ଫ୍ଲାଟ୍ ଈର୍ଷାର। ସହରର ଆଲୋକ ଜଳିଉଠୁଛି। ବତୀଖୁଣ୍ଟର ଲମ୍ବା ଛାଇ ରାସ୍ତା ଉପରେ। ଆମର ତିନୋଟି ନିରାଶ୍ରୟ ଦେହ ରାସ୍ତା ଉପରେ। ଆମେ ମୁଖ୍ୟଦ୍ୱାର ଦେଇ

ପ୍ରଥମେ ଲିଫ୍ଟ୍ ନିକଟରେ ପହଞ୍ଚିଲୁ ଓ ତା'ପରେ ବେଲ୍ ଚିପିଧରିଲୁ। ଲିଫ୍ଟ୍ ଖସିଆସିଲା ଉପରୁ ଓ ତା'ପରେ ଲିଫ୍ଟ୍ ସୁଇଚ୍ ଟିପିଦେଲୁ ପାଞ୍ଚ ମହଲାକୁ।

ପାଞ୍ଚ ମହଲାରେ ପହଞ୍ଚିଲା ପରେ କେଉଁ ଅଜ୍ଞାତ ଭୟ ଆମକୁ ଚିପି ଧରିଲା। ଆମେ ପରସ୍ପରକୁ ମୁହଁ ଚିହ୍ନିପାରିଲୁ ନାହିଁ। ଯନ୍ତ୍ରଚାଳିତ ଭଳି ଆମେ ପାଦ ଘୋଷାରି ଚାଲିଲୁ ଓ ୧୧୭ ନମ୍ବର ଫ୍ଲାଟ୍‌ର ଦରଜା ନିକଟରେ ପହଞ୍ଚିଲୁ। ଦରଜା ବେଲରେ ହାତ ଦେବା ପୂର୍ବରୁ ଆମର ମନହେଲା ଯେମିତି ସବୁ ବଦଲି ଯାଇଛି ଏ ଭିତରେ। ହୁଏତ ଆମେ ଈର୍ଷା ବଦଲରେ ଆଉ କାହାକୁ ଦେଖିବୁ। ହୁଏତ ଈର୍ଷା ଆମକୁ ଆଉ ଚିହ୍ନିପାରିବ ନାହିଁ।

ଦରଜା ଖୋଲିଲା। ଆମେ ଯାହାକୁ ଦେଖିଲୁ ସେ ଈର୍ଷା ନା ଆଉ କିଏ? ଆମର ମୁଣ୍ଡ ନଇଁଗଲା ଆଶଙ୍କାରେ।

ଈର୍ଷା ହସିଦେଲା। ଆମେ ଚଞ୍ଚଳ ହୋଇ ଉଠିଲୁ ଓ ଈର୍ଷାକୁ ଚାହିଁ ହୋ ହୋ ହୋଇ ହସିଉଠିଲୁ।

ଓଠରେ ଆଙ୍ଗୁଠି ରଖି ଈର୍ଷା କହିଲା : ଚୁପ୍, ଚୁପ୍, ତାର ନିଦ ଭାଙ୍ଗିଯିବ। ଆମେ, ଅବାକ୍ ହେଲୁ। କାହାର ନିଦ ଭାଙ୍ଗିଯିବ?

କାହିଁ? ଈର୍ଷା ନୀଚ ସ୍ବରରେ କହିଲା : ମୁଁ ଜାଣିଥିଲି ତମେମାନେ ଆସିବ। ହେଲେ, ପ୍ରତୀକ କାହିଁ?

ଆମ ପାଟି ଖୋଲିଲା ନାହିଁ। ଈର୍ଷା କହିଲା : ମୁଁ ଜାଣିଥିଲି।

ଆମେ କଠୋର ସ୍ବରରେ ପଚାରିଲୁ : କ'ଣ ଜାଣିଥିଲ? ଆମେ ରକ୍ଷା ପାଇଗଲୁ।

ଈର୍ଷା କହିଲା : ମୁଁ ଜାଣିଥିଲି ପ୍ରତୀକ ଆଉ ଦିନେ ମୋ'ର ମୁହଁ ଚାହିଁବ ନାହିଁ। ଭିତରକୁ ଆସ, ଆସ୍ତେ ଆସ; ତାର ନିଦ ଭାଙ୍ଗିଯିବ।

କାହାର ନିଦ ଭାଙ୍ଗିଯିବ?

"ସେଇ ରାକ୍ଷସର" – ଈର୍ଷା ହସିଦେଲା।

"କେଉଁ ରାକ୍ଷସ? କିଏ?" – ଆମେ ଏକା ସ୍ବରରେ ପଚାରିଲୁ।

"ମୋର ସ୍ବାମୀ। ମୋର ଭକ୍ଷକ" ଈର୍ଷା ପୁଣି ହସିଦେଲା।

ଈର୍ଷା ଏତେ ଅଚାନକ ଭାବେ, ପୁଣି ଏଭଳି କଥା କହିଲା ଯେ ଆମେ ଆଉ ପ୍ରଶ୍ନ ପଚାରିବାର ସୁଯୋଗ ପାଇଲୁ ନାହିଁ। ସେତେବେଳକୁ ଆମେ ଶୋଇବା ଘରର ଦ୍ୱାରବନ୍ଧରେ ପହଞ୍ଚି ଯାଇଥିଲୁ। ଶୋଇବାଘର ଭିତରକୁ ଚାହିଁବାର ସାହସ ଆମର ନ ଥିଲା।

ଈର୍ଷା ଖଟ ଉପରକୁ ଆଙ୍ଗୁଠି ଦେଖାଇ କହିଲା : ଦେଖ ତାକୁ। କେମିତି ଶୋଇଛି ସେ ଦେଖ।

ଭଲ ପାଇବା ଓ ଘୃଣା କରିବା ଯେମିତି ଗୋଟିଏ ମୋଟାମୋଟି ଅନୁଭବ, ଆମେ ହଠାତ୍ ବୁଝିଗଲୁ ଏଇ କଥା ପଦକରୁ। ଆମେ ଭିତରକୁ ଚାହିଁଲୁ। ଝାପ୍ସା ଆଲୁଅରେ ଅର୍ଦ୍ଧାସୁର ଭଳି ଦେହ ମେଲାଇ ଶୋଇଚି ସେ।

ଶୋଇପଡ଼ିଥିବା ଲୋକ ନିଜ ଦେହକୁ ଚିମୁଟି ଚିମୁଟି ଚିଆଁଇଲା ଭଳି ଆମେ ବାରମ୍ବାର ପ୍ରତୀକର କଥା ମନେପକାଉଛୁ ଓ ଈର୍ଷାର ବର୍ତ୍ତମାନର ନାଟକୀୟ ପରିଣତିକୁ ଭୁଲିଯିବାକୁ ଚାହୁଁଛୁ। ଆମେ ଜାଣିପାରୁଛୁ, ଯେଉଁ କାରଣ ନେଇ, ଆମେ ଈର୍ଷା ନିକଟରେ ପହଞ୍ଚିଲୁ, ସେ କାରଣ ଆଉ ଆମର ଆୟଉରେ ନାହିଁ। ଈର୍ଷାର ସ୍ୱାମୀ ଅଛି, ସଂସାର ଅଛି। ଈର୍ଷା ମଧ ଆମକୁ ଠକି ଦେଇଛି। ପ୍ରତୀକ ଭଳି ସେ ମାଟି ତଳେ ତଳେ କେତେବେଳେ ସୁଡ଼ଙ୍ଗ ଖୋଲି ନିଜକୁ ଆଶ୍ରୟ ଦେଇଛି। ଆମେ ନିରାଶ୍ରୟ ତିନି ଜଣ ଭୂତ ହୋଇ ବିଶ୍ୱ ପରିଶ୍ରୀ ଫିଙ୍ଗୁଛୁ ତା'ର ଅଗଣାରେ। ଆମକୁ ହଠାତ୍ ଏକ ପ୍ରଳୟଙ୍କରୀ ନିର୍ଜନତା ଆଚ୍ଛନ୍ନ କରିଦେଲା। ଆମ ପାଟି ବନ୍ଦ ହୋଇଗଲା, ଆଖି ଫୁଟି ଦିଶିଲା ବାହାରକୁ, ପାଦ ଚଲିଲା ନାହିଁ।

ଆମେ ପୁଣି ଦୋହଲିଗଲୁ ଈର୍ଷାର ସ୍ୱରରେ। ଈର୍ଷା କହିଲା, ତାକୁ ଚାହିଁ – ଚିହ୍ନିପାରୁଛୁ ସେ କିଏ ?

ଆମେ ଏଥର ସିଧା ଚାହିଁଲୁ ସେ ଲୋକଟାକୁ। ତା'ର ମୁହଁ ସ୍ପଷ୍ଟ ଦିଶୁନାହିଁ। ଆମେ ଚମକି ଉଠୁଛୁ। ଆମ ଚାରିଜଣଙ୍କ ଭିତରୁ କିଏ ଯେମିତି! କିଏ ତା ହେଲେ; କିଏ ?

ଈର୍ଷା କହିଲା : ତମେମାନେ ମୋତେ ଯେ କି ଆଖିରେ ଦେଖୁଛ ମୁଁ ଜାଣେ ନାହିଁ। ଭାତ, ଡାଲି ପରଷିଲା ଭଳି ମୁଁ ତମକୁ ମୋର ରକ୍ତମାଂସ ପରଷି ଦେଇଛି। ମୁହଁରେ ଦେହରେ ତମର କ୍ଷେପ ଲାଲ ବୋଲି ହୋଇ କାନ୍ଦିଛି। ତମେ ଚାରିଟା

କାଙ୍ଗାଲ ମୋତେ ରେକେଟି ରେକେଟି ଖାଇଛ। ଆଉ କ'ଣ ଥିଲା ? ଦୁଃଖ ମୋ'ର, ତମ ସନ୍ତାନ ମୋ'ର ଗର୍ଭରେ ଧରିପାରିଲ ନାହିଁ। ତମର ଯଥେଷ୍ଟ ପୁରୁଷତ୍ୱ ନଥିଲା କି ଥିଲା କେଜାଣି ! ଆଉ ସେଦିନ ଯେଉଁଦିନ ମୋର ପାଟିରେ ଲୁଗାବିଣ୍ଡା ଦେଇ ମୋତେ ଅସାଢ଼ କରି ଗୋଟିଏ ଲୋକ ମୋ ଉପରକୁ କୁଦିପଡ଼ିଲା ତା'ର ଅତ୍ୟାଚାରରେ କି ସମ୍ମୋହନ ଥିଲା କେଜାଣି, ମୋର ଗର୍ଭରେ ଭ୍ରୂଣର ସଞ୍ଚାର ହେଲା। ସେ ମଧ୍ୟ ଜନ୍ମ ହେଲା ନାହିଁ, ସେମାନଙ୍କର ନିଃଶ୍ୱାସ ପଡ଼ିଲା ତା'ଉପରେ। ଆଉ ମୁଁ ଖୋଜିଚାଲିଲି ସେଇ ପ୍ରଚଣ୍ଡ ନାୟକଟିକୁ ମୋ'ର। ତା'କୁ ପାଇଲି ଦିନେ। ଏଇ ତ ସେଇ—

ଆମେ ପୁଣି ଜଡ଼ ପାଲଟି ଯାଉଛୁ। କ'ଣ କହୁଚି ଈର୍ଷା, କ'ଣ କହୁଚି ?

ସରଳ ପ୍ରେମର ସରୁରେଖା ମୋଟା ହୋଇ ଫାଟିଯିବାକୁ ବସିଲାଣି। ଆମର ମୁଣ୍ଡ ଭିତରେ ଈର୍ଷାର ଅଭୁତ ରୂପାନ୍ତର କ୍ରମେ ସ୍ପଷ୍ଟ ହୋଇଉଠିଲାଣି। କ୍ରମେ ଈର୍ଷାର ମୁହଁ ଅସ୍ପଷ୍ଟ ହୋଇ ଉଠୁଛି, କ୍ରମେ ଈର୍ଷା ଲୋପପାଇ ଯାଉଛି। ଆମ ଆଖି ଆଗରେ ଅନ୍ୟ ଏକ ଦୃଶ୍ୟ ଫୁଟି ଉଠିଲାଣି।

ଏ କି ଦୃଶ୍ୟ ଫୁଟିଉଠୁଛି ? ସ୍ନାନକାଳରେ ଖୋଲପା ତଳେ ରକ୍ତମାଂସର ଦୃଶ୍ୟ।

ପ୍ରତୀକ ତା'ର ବିଛଣା ଉପରେ ନଇଁପଡ଼ି କ'ଣ ଖୋଜୁଛି ଓ ତା'ପରେ କ'ଣ ଯେମିତି ମିଳିଯାଉଛି ପ୍ରତୀକକୁ! ସେ ପ୍ରବଳ ଆମ୍ୟସନ୍ତୋଷରେ ହସୁଛି। ଆମେ ତିନି ଜଣ କୋଠରୀର ତିନି କୋଣରୁ ପ୍ରତୀକର ମୁହଁ ଦେଖିପାରୁଛୁ। କିନ୍ତୁ ଆମେ ବୁଝିପାରିଲୁ ପ୍ରତୀକର ଏ ଆମ୍ୟସନ୍ତୋଷ କେଉଁ ସଫଳତା ପାଇଁ। ପ୍ରତୀକ ହାତମୁଠାରେ କ'ଣ ଯେମିତି ଅଛି। ହାତମୁଠାକୁ ମାଇକ୍ରୋଫୋନ୍ ଭଲି ମୁହଁ ପାଖରେ ଧରି ସେ ଫୁସ୍‌ଫୁସ୍ କରି କ'ଣ କହୁଛି ଓ ତା'ପରେ ସ୍ପଷ୍ଟ ଉଚ୍ଚାରଣ କରି ଡାକୁଛି ଈର୍ଷା। ଈର୍ଷା ଈର୍ଷା ଇ…। ଚତୁର୍ଥ ଡାକ ପୂର୍ବରୁ ଘରର ଚଟାଣରେ ଓହ୍ଲାଉଛି ଈର୍ଷା। ପ୍ରତୀକ ତର୍ଜନୀ ଟେକି ଆଦେଶ ଦେଉଛି। ଈର୍ଷା କୋଠରୀର କେନ୍ଦ୍ରରେ ଠିଆ ହୋଇ ରହିଛି ଧୂଆଁର ସ୍ତମ୍ଭ ଭଲି। କ୍ରମେ ମୋଡ଼ି ମୋଡ଼ି ହୋଇ ଉଠୁଛି ଉପରକୁ। ଆମେ ଭୟ ଓ ବିସ୍ମୟରେ ଜଡ଼ ପାଲଟି ଯାଇଛୁ ଯେମିତି ! ଆମେ ପ୍ରତୀକକୁ ଆଉ ଦେଖି ପାରୁନାହୁଁ। ଅଦୃଶ୍ୟରେ ରହି ପ୍ରତୀକ ଆମକୁ ଠେଙ୍ଗା

କରୁଛି। ପ୍ରତୀକ କରୁଛି : ମୁଁ ଜାଣେ, ଜାଣେ ସବୁ ଧୂଳିଧୂଆଁର ରହସ୍ୟ। ମୋର ମୁଣ୍ଡ ଭିତରେ ମୋ'ର ଜଗତର ମାନଚିତ୍ର। ମୁଁ ଜାଣେ ଏ ଦେହକୁ।

ଏ କ'ଣ ଈର୍ଷାର ଦେହର ରହସ୍ୟ ? ଆମେ ଆଖ୍ ଖୋଲିଦେଲୁ। ପ୍ରଲାପ ଭଲି ଈର୍ଷାର କଥା ଆମକୁ ଶୁଭୁଛି ପୁଣି ଶୁଭୁନାହିଁ। ଆମେ ଅବିଶ୍ୱାସରେ ଚାହୁଁଛୁ। ଆମର ଛଲନାର ମହଲ ବତାସ ମାଡ଼ରେ ଭାଙ୍ଗିପଡ଼ୁଛି। ପୂର୍ବ ଦୃଶ୍ୟ ଆଉ ନାହିଁ। ଲୋକଟାର ନିଦ ଭାଙ୍ଗିଆସୁଛି। ଆମେ ଭୟରେ ଚାରିଆଡ଼କୁ ଚାହୁଁଛୁ। ଈର୍ଷା ହସୁଛି। ଈର୍ଷା କହୁଛି: ଈର୍ଷା ନୁହେଁ; ମୁଁ ଇସାବେଲା। ମୁଁ ଯେତେବେଲେ ଏ ସହରକୁ ଆସିଲି, ସେତେବେଲେ ମୋ'ର ନାମ ଥିଲା ଇସାବେଲା। ମୋତେ ମୋ'ର ନାମ ଫେରାଇ ଦିଅ। ନେଇଯାଅ ତମର 'ଈର୍ଷା'କୁ। ସେତେବେଲେ ମୋ'ର ଈର୍ଷା ବ୍ୟତୀତ ଅନ୍ୟ କିଛି ପ୍ରତିକ୍ରିୟା ନ ଥିଲା, ଅନ୍ୟ କିଛି ଭରସା ନ ଥିଲା। ତମେମାନେ ମୋତେ ଇସାବେଲାରୁ ଈର୍ଷାରେ ପରିଣତ କଲ। ମୁଁ ତମର ଫାଁଶରେ ପଡ଼ିଗଲି। ଏବେ ଆଉ ମୋର ଈର୍ଷା ନାହିଁ। ଗୋଟିଏ ଧକ୍କାରେ ମୁଁ ଇସାବେଲା ହୋଇଗଲି। ପ୍ରତୀକକୁ କହିଦେବ, ସେ ମୋ'ର ମୁହଁ ନ ଚାହିଁଲେ ମୋ'ର ଦୁଃଖ ନାହିଁ। ମୋତେ ସେ ଗୋଟାଇ ଆଣିଥିଲା ରାସ୍ତାରୁ। ମୁଁ ହତବାକ୍ ହୋଇଯାଇଥିଲି। ତମେ ତିନି ଜଣ ବି ପହଞ୍ଚିଲ ଖେଲପଡ଼ିଆରେ। ମୋ' ଉପରେ ତମର ଅଧିକାର ମୁଁ ମାନି ନେଇଥିଲି। ରବର ପେଣ୍ଡୁ ଭଲି ଗଡ଼ିଚାଲୁଥିଲି ତମର ମର୍ଜିରେ। ଦିନେ ହଠାତ୍ ପଡ଼ିଆ ଛାଡ଼ି ଗଡ଼ିଗଲି ଆଉ ଥପ୍ କରି ଖସିପଡ଼ିଲି ଏଇ ପଙ୍କରେ। ଏଇ ପଙ୍କ ମୋ'ର ଭଲ। ମୁଁ ବୁଡ଼ି ଯାଉଛି ଆସ୍ତେ ଆସ୍ତେ। ନିଶ୍ଚିହ୍ନ ହୋଇଯିବି ପୁଣି କେବେ। ନା ଆଶା ଅଛି ନା ବିକାର।

ଈର୍ଷା ଆମକୁ ଚାହିଁଲା। ଆମେ ମୁଣ୍ଡଟେକି ଚାହିଁଲୁ। ଲୋକଟା ପୁଣି ଶୋଇପଡ଼ିଛି। ତାକୁ କିଛି ଶୁଭୁନାହିଁ।

ଆମେ ଏଥର ସ୍ପଷ୍ଟ ଜାଣିପାରୁଛୁ ସେ ଲୋକଟା ଆମର ଶତ୍ରୁ। ଯେମିତି ତା'ସହିତ ଆମର ପରମ ଆମ୍ୟାୟ ଶତ୍ରୁତା। ଆମେ ଚେଷ୍ଟା କରି ମଧ ଘୃଣା କରିପାରୁନାହୁଁ।

ଲୋକଟା ଚିତ୍ ହୋଇ ଶୋଇଛି। ତା'ର ଛାତି ଉପରୁ ମୁହଁ ପର୍ଯ୍ୟନ୍ତ କୁହୁଡ଼ି ମାଡ଼ିଯାଇଛି। କିନ୍ତୁ ନିରେଖ୍ ନିରେଖ୍ ଚାହିଁଲେ କାହାର ଆକାର ସ୍ପଷ୍ଟ ହୋଇଯାଉଛି। ପ୍ରତୀକ ? ହଁ ପ୍ରତୀକ, କୁହୁଡ଼ିର ମୁଖା ତଲେ ମୁହଁର ପରିସ୍କାର ଗଠନ, ଛାତିର

ଉଠପଡ଼, ବେକର ଭଙ୍ଗୀ। ପ୍ରତୀକ ଓ ପ୍ରତୀକ! ଆମେ ପ୍ରତୀକକୁ ଦେଖୁଛୁ ନା ତା'ର ପ୍ରେତ ନା ପ୍ରତିମୂର୍ତ୍ତି ? କ'ଣ ?

ନା ଏ ତ ପ୍ରତୀକ ନୁହେଁ। ଆମ ଭିତରୁ ଜଣେ କିଏ। ଆମେ ପରସ୍ପରର ମୁହଁକୁ ଚାହୁଁଛୁ। ତୁ ନା ମୁଁ ନା। ସେ ନା ତୁ ନା ମୁଁ କି ? ସିଧା ହୋଇ ପିଠି ଉପରୁ ମୁହଁର ଧାରକୁ ଚାହଁ ତା' ଭଲି ଦିଶୁଛି। ମୁଣ୍ଡ ଉପରକୁ ଚାହଁ, ଦିଶୁଚି ଆଉ ଜଣଙ୍କ ଭଲି, ପୁଣି ଆଖ୍ୟାର କୋଣରୁ ଚାହିଁ ଦିଶୁଛି ଆଉ ଜଣଙ୍କ ଭଲି। କିଏ ତେବେ କିଏ ?

ଅନ୍ୟ କିଏ, ଅନ୍ୟ ଲୋକ। ପ୍ରତୀକ ମାଟିତଳେ। ଆମେ ନିଜ ହାତରେ ପୋତି ଦେଇଛୁ। ଆଉ ଆମେ ତିନି ଜଣ ତ ଠିଆ ହୋଇଛୁ ଏଠି, ଏଇ ସ୍ଥାନକାଳର ସୀମା ଭିତରେ। ଆମେ ଜାଣିଛୁ ସବୁ କାହାର ଭୟଙ୍କର ଖେଳ। ଆମେ ଅଣନିଃଶ୍ୱାସୀ ଭୟରେ ଆଖ୍ ବୁଜିଦେଇଛୁ। ସେଇ ଆଖ୍ ବୁଜି ଦେବାର ମୁହୂର୍ତ୍ତରେ ଅନ୍ୟ ଜଣେ କିଏ ଦିଶୁଛି। ଆମେ ଚିହ୍ନ ନାହୁଁ ତାକୁ। କାହିଁକି ବା ଚିହ୍ନିଥା'ନ୍ତୁ ? ସେ ଆମ ଭିତରୁ କେହି ନୁହେଁ। ସେ ଆଉ ଜଣେ।

ପ୍ରତୀକ ଆମର ଶବ୍ଦ। ଈର୍ଷା ଆମର ଶବ୍ଦ। ସେହି 'ଆଉ ଜଣେ' ମଧ୍ୟ ଆମର ଶବ୍ଦ। ଆମ ବ୍ୟତୀତ ଅନ୍ୟ ସମସ୍ତେ ଆମର ଶତ୍ରୁ। ଆମେ ତିନି ଜଣ ଆଦିପୁରୁଷ। ଆଉ ସମସ୍ତେ ବିକଳ୍ପ।

ଆମେ ପ୍ରଥମ ଥର ପରସ୍ପର ମୁହଁକୁ ଲକ୍ଷ୍ୟ କରୁଛୁ। ପ୍ରତୀକର ମୃତ୍ୟୁରେ ଆମେ ସୁଖୀ। ପ୍ରତୀକର ମୃତ୍ୟୁ ଖବର ଆମର ସର୍ବଶ୍ରେଷ୍ଠ, ଏବଂ ଶେଷ ଗୋପନୀୟତା। ପ୍ରତୀକର ମା କିଏ ? କିଏ ବା ଏଇ ଈର୍ଷା। ଇସାବେଲା ? କିଏ ବା ଅନ୍ୟ ଲୋକ ?

ସେ ଲୋକଟା ସେମିତି ଶୋଇଛି। ଈର୍ଷା। ଇସାବେଲାର ସ୍ୱାମୀ, ଭକ୍ଷକ। ଈର୍ଷା/ ଇସାବେଲା ସେମିତି ଠିଆହୋଇଛି। ଜଡ଼ ସମସ୍ତେ, ଆମେ ହିଁ କେବଳ ଘୂରୁରୁ। ଆମେ ହିଁ କେବଳ ଜୀବନ୍ତ।

ଆମେ ଚିକ୍ରାର କରି କହିଲୁ : ଧନ୍ୟବାଦ ଇସାବେଲା। ସୁଖରେ ରହ ମୁକ୍ତ ତମେ। କୀଟ ହୁଅ, ପତଙ୍ଗ ହୁଅ। ମାଟି ତଳେ ପୋତା ହୁଅ।

ଆମେ କହିପାରିଲୁ ନାହିଁ, ଆମେ ପ୍ରତୀକକୁ ମାଟିତଳେ ପୋତି ଦେଇଛୁ ବୋଲି।

କିନ୍ତୁ ଈର୍ଷା କହିଲା, ମୁଁ ଜାଣେ, ମୁଁ ଜାଣେ। ଆମେ ଥରେ ମାତ୍ର ଚାହିଁଦେଲୁ ତା'ର ମୁହଁକୁ, ସେ ଲୋକର ମୁହଁକୁ। ସେହି ଗୋଟିଏ ଚାହାଁଣିରେ ଆମେ ଦେଖିଲୁ କୋଟି କୋଟିକୁ। ପୁଣି ସେଇ କୋଠରୀର ଦୃଶ୍ୟ। ଆମେ ତିନି ଜଣ ଠିଆହୋଇଛୁ ତିନି କୋଣରେ। କାନ୍ଥରୁ ଝୁଲୁଛି କୋଟି କୋଟି ମୁଣ୍ଡର ବିସ୍ଫୋରଣ ଗ୍ରାଫ୍। ପ୍ରତୀକ ପର୍ଦ୍ଦାରେ ଦେଖାଇ ଦେଉଛି ଓ ହସି ହସି ପାଗଳ ହେଇଯାଉଛି। ଚିତ୍କାର କରି କହୁଚି : ଦେଖ, ଦେଖ, କେମିତି ହୁ ହୁ ବଢ଼ୁଛି ଲୋକସଂଖ୍ୟା। କୋଟି କୋଟି ଅବୟବ ମେସିନ୍ ମୁହଁରୁ ଛୁରୀ ବନ୍ଦୁକ ଭଳି ଛିଟ୍କି ପଡ଼ୁଛନ୍ତି ମାଟି ଉପରେ ପ୍ରତିମୁହୂର୍ତ୍ତରେ। ଉପାୟ କ'ଣ? ଉପାୟ କାହିଁ? ଯୁଦ୍ଧ, ଯୁଦ୍ଧ। ହାଡ଼ ସହିତ ମାଂସର, ରକ୍ତ ସହିତ ନିଃଶ୍ୱାସର। ପାଣି ଟାଙ୍କିରେ ଛାଡ଼ିଦିଅ ବିଷାକ୍ତ ଜୀବାଣୁ, ମାରାତ୍ମକ ଗ୍ୟାସ ପୂର୍ଣ୍ଣ କୋଠରୀରେ ଫିଙ୍ଗିଦିଅ ନିଆଁଝୁଲ, ଭାଗ୍ୟକୁ ଭୁଲାଇ ନେଇଯାଅ ନଦୀକୂଳକୁ, ବୋମାମାଡ଼ରେ ଭାଙ୍ଗିଦିଅ ମହାଜାଗତିକ ସେତୁଟିକୁ। ତା'ପରେ ବଟପତ୍ରରେ ଉତ୍ତାନ ହୋଇ ଭାସ। ବାସ୍ ଭାସୁଥାଅ। ଗୋଟିଏ ପୃଥ୍ୱୀ, ଯଥେଷ୍ଟ ହୋଇଛି ଯଥେଷ୍ଟ। ଆମେ ହତବାକ୍ ହୋଇ ଠିଆହୋଇଛୁ।

ଈର୍ଷାର କୋଠରୀ। ପୁଣି ଈର୍ଷାର ଆଶ୍ଚର୍ଯ୍ୟ ରୂପାନ୍ତର। ଇସାବେଲା। ତା'ର ସ୍ୱାମୀ ତା'ର ଭକ୍ଷକ ତା'ର ଅନ୍ୟ ଲୋକ। କି ସଂସାର ଗଢ଼ିବେ ଏମାନେ କି ସଂସାର? ଗୋଟିଏ କଣ୍ଢେଇ ଅନ୍ୟ କଣ୍ଢେଇକୁ ପଚାରୁଛି, ତୋର ଆଖିରେ ଲୁହ? କାହିଁ ନା ତ!–କହୁଚି ଅନ୍ୟ କଣ୍ଢେଇ। ଗୋଟିଏ ଆବରଣ କହୁଛି ଅନ୍ୟ ଆବରଣକୁ। ମୋତେ ଛୁଁ, ମୋତେ ଛୁ, ମୋତେ ହୁଁ। କାହିଁ କିଏ ଛୁଉଁଛି କାହାକୁ?

ଅନ୍ୟ ଲୋକର ପ୍ରକାଣ୍ଡ ବୀଭତ୍ସ ଦେହ। ଆମେ ଚାହିଁଲେ ତାକୁ ଉଠାଇ ପାରନ୍ତୁ ନିଦରୁ, ଚାହିଁଲେ ତା'ର ତର୍ଣ୍ଣି ଚିପିଦିଅନ୍ତୁ। କିନ୍ତୁ ଏଇ ମୁହୂର୍ତ୍ତରେ ଅଭ୍ୟସ୍ତ ଖେଳାଳୀ ଭଳି ଖସି ଯାଉଛି ସେ ପ୍ରତି ଷଡ଼ଯନ୍ତ୍ର ଫାଶରୁ। ତା'ର ନିଦ ଭାଙ୍ଗୁଛି। ଆମର ଦେହ ଥରିଗଲା। ଆମେ ଆଖି ବୁଜିଦେଲୁ। ତା'ପରେ ଆମେ ରାସ୍ତା ଉପରେ। ୧୧୭ ନମ୍ବର ଫ୍ଲାଟ୍, ପାଞ୍ଚ ମହଲା ଉପରେ ଗୋଟାଏ ଆତସବାଜି ଭଳି ଫୁଟି ମିଳାଇଗଲା। ଆମେ ଦୁଇ ଆଖିରେ ଦେଖିଲୁ। ଆମର ହୃଦୟ ପୂର୍ଣ୍ଣ ହୋଇଗଲା।

ସେତେବେଳକୁ ରାତି। ଏଇ ରାତିଟା କେବଳ। ଆଜି ରାତିଟା ଆମେ ଦେଖ୍ନେବାକୁ ଚାହୁଁ ପ୍ରତୀକର ମୃତ୍ୟୁ ପରର ଦୁନିଆଁକୁ, ଏ ସହରକୁ। ସକାଳକୁ ଆମେ ନ ଥିବୁ। କେଉଁଠି ଥିବୁ ଆମେ?

ନର୍କରେ ଥିବୁ ନର୍କରେ। କେଉଁ ନର୍କରେ ? ତୁହାକୁ ତୁହା ପ୍ରଶ୍ନ ଆସୁଛି। ହାକୁଟି ମାରିଲା ଭଳି ବେକ ଲମ୍ବାଇ, ଛାତି ଉପରେ ହାତ ରଖି ଆମେ ପରସ୍ପରକୁ ଚାହୁଁଛୁ। କେଉଁ ଅଦୃଶ୍ୟ ସୂତ୍ରରେ ତିନୋଟି କାଠପିତୁଳା ଆମେ ଚାଲିଲୁ। ସାମ୍ନାରେ ରାସ୍ତା ଖୋଲିଯାଇଉଛି। ଆଉ ପଛକୁ ଚାହିଁବାର ନାହିଁ। ପଛରେ ଈର୍ଷା / ଇସାବେଲା, ତା'ର ସ୍ୱାମୀ ରିକ୍ସାବାଲା। ହାୟ ହାୟ! ସାମ୍ନାରେ ଅଦୃଷ୍ଟ। ଅଦୃଷ୍ଟ କି ?

ଆମ ରାସ୍ତା ରୋକି ଠିଆହୋଇଛି ବିମୂଢ଼ ଟ୍ରାଫିକ୍ ପୋଷ୍ଟ ଛକ ଉପରେ। ଲାଲ୍ ସୂଚନା –ଷ୍ଟପ୍। ଆମେ ଅଟକିଗଲୁ। ଆମେ ହୋସ୍ ପାଇଲୁ। ଆମର ମୁଣ୍ଡ ଭିତରେ ଚକ୍ରିକାଟି ଯେଉଁ ତୋଫାନ୍ ଉଠୁଥିଲା ତାହା କ୍ରମେ ସ୍ତବ୍ଧ ହୋଇଗଲା। ଆମେ ପରସ୍ପର ମୁହଁକୁ ଚାହିଁଲୁ। ଆମେ ପରସ୍ପରଠାରୁ ଜାଣିବାକୁ ଚାହିଁଲୁ ଆମର ଗତି କେଉଁଆଡ଼େ, ଆମେ ଜାଣିବାକୁ ଚାହିଁଲୁ ଏ ଭିତରେ ଯାହା ଘଟିଗଲା, ତାହା ସତ ନା ମିଛ। ଆମେ କେହିଁ କାହାକୁ ଉତ୍ତର ଦେଲୁନାହିଁ। ଆମେ ଜାଣିଲୁ ସତ୍ୟର ଜ୍ୟାମିତିକ ପ୍ରମାଣ ନାହିଁ। ତେଣୁ ଆମେ କେହ ଗାର କାଟି, କୋଣ ମାପି କହିପାରିବୁ ନାହିଁ ପ୍ରତୀକର ମୃତ୍ୟୁ ସତ୍ୟ କି ନୁହେଁ। ଈର୍ଷା / ଇସାବେଲାର ନାଟକ ସତ୍ୟ କି ନୁହେଁ, ଏପରି କି ଆମର ହାତପାଦ ସତ୍ୟ କି ନୁହେଁ।

ମାତ୍ର କେତେ ସେକେଣ୍ଡର କଥା। ଟ୍ରାଫିକ୍ ସୂଚନା। ଲାଲରୁ କେତେବେଳେ ଖସିଆସିଲା କମଲାକୁ ଓ କମଲାରୁ ଖସିଆସିଲା ସବୁଜକୁ। ଆମର ମୁଣ୍ଡ ଭିତରେ ସେହି ଶୋଇପଡ଼ିଥିବା ତୋଫାନ୍‌ଟି ପୁଣି ଚେଇଁଉଠିଲା। ଘୂର୍ ଘୂର୍ ଚକ ଘୁରିଲା ପୁଣି। ଆମର ହୋସ୍ ଉଡ଼ିଗଲା ମୁହୂର୍ତ୍ତକରେ। ଆମେ ତିନୋଟି ମାରିଓନେଟ୍, ଆମେ ତିନୋଟି କାଠପିତୁଳା ସେହି ଅଦୃଶ ସୂତ୍ରଧାରୀର ଇଙ୍ଗିତରେ ପୁଣି ଗତିଶୀଳ ହେଲୁ। ଗୋଟିଏ ପାଦ ଆଗକୁ ବାହାରିଗଲା ପ୍ରଥମେ। ଗୋଟିଏ ହାତ ପଛକୁ ଝୁଲିଲା, ତା'ପରେ ଆଉ ପାଦ, ତା'ପରେ ଆର ହାତ। ଆମେ ଦୋହଲିଲୁ, ଧସ ଧସ ହେଲୁ ଓ ଆଗକୁ ଚାଲିଲୁ। ଆମ ଚାରିଆଡ଼େ ମଣିଷ, ମଟରଗାଡ଼ି, ରିକ୍ସା, ଘର, ଦୋକାନ, ଘୋ ଘୋ ତାମସା। ଆମେ ତିନୋଟି ନିରୀହ ଛାଇ। ଆମେ ତିନୋଟି ପାରଦ ଦ୍ୱୀପ। ଆମକୁ ଛୁଇଁପାରୁନି କିଛି, ଆମେ ଛୁଇଁପାରୁଛୁ କାହାକୁ। ହସ ହସ ହୋଇ ବଡ଼ିଯାଉଛି ସମୟ। ଏଇ ତ ଗଲା ଆଗରେ ଲାଲ ମଟରରେ, ତା' ପଛରେ ସାଇକେଲରେ, ଫୁଟପାଥରେ ଖାଲି ପାଦରେ। ଧର, ଧର, ଧର ତାକୁ। କୋଲାହଲରେ ଫାଟିପଡ଼ୁଛି ରାସ୍ତା। ଆମେ କୋଲାହଲରେ ମିଶିଗଲୁ ନିଜ

ଅଜ୍ଞାତରେ । ମିଶିଗଲୁ ଆମେ ମିଶିଗଲୁ, ଗୋଲେଇ ଫେଣ୍ଟି ହୋଇଗଲୁ, ଆମର ପଠା ମିଳିଲା ନାହିଁ । ପାନଦୋକାନର ଗୁଆଭଙ୍ଗା ହେବାର ଖର୍ ଖର୍ ଭିତରେ ପଶି ଆମେ ବାହାରିଲୁ ପେଟ୍ରୋଲ ପମ୍ପର ସଁ ସଁରେ । ସେଠି ପଶି ପୁଣି ବାହାରିଲୁ ଫଟା ଟିଉବ୍ର କୁଇଁକ୍‌ରେ । କୁଇଁକ୍‌ରେ ପଶି ପୁଣି ବାହାରିଲୁ ଲଟେରୀବାଲାର ଲାଖ୍ ଲାଖ୍‌ରେ । ଲାଖ୍ ଲାଖ୍‌ରେ ପଶି ବାହାରିଲୁ ଜୟଜୟରେ । ଜୟଜୟରୁ ଖୁଁ ଖୁଁ, ଖୁଁ ଖୁଁରୁ ଭକ୍ ଭକ୍, ଭକ୍ ଭକ୍‌ରୁ ଚଟ୍‌ଚଟ୍, ଚଟ୍‌ଚଟ୍‌ରୁ ଧଡ୍ ଧଡ୍, ତା'ପରେ ସେ, ତା'ପରେ ଢୋ । ଆମେ ଛିଟିକି ଆସିଲୁ । ଭାସି ଉଠିଲୁ । କୋଲାହଲ ଉଠିଲା । ଧର ଧର ତାକୁ ! ଆମେ ଚାହିଁ ଦେଖିଲୁ ଆମର ଚାରିଦିଗକୁ ଜଡ଼ ସ୍ଥିର କରିଦେଇ କିଏ ଉଲ୍‌କା ଭଳି ଖସି ଚାଲିଯାଉଛି । ଆମେ ଦୌଡ଼ିଲୁ ତା'ର ପଛେ ପଛେ । ଆମ ସହିତ ଦୌଡ଼ିଲେ ଆହୁରି କେତେ । ତାକୁ ପାରୁନୁ ଆମେ । ସେ ବଡ଼ ରାସ୍ତାରୁ ପଶିଯାଉଛି ଗଲିରେ, ଗଲିରୁ ଉପଗଲି, ଉପଗଲି, ରାସ୍ତା ପୁଣି ଗଲି । ସହସ୍ର ବାଙ୍କ ଦେଇ, ସହସ୍ର ଛିଦ୍ର ଦେଇ ଖସିଯାଉଟି ସେ । ଆମେ ଥରେ ମାତ୍ର ପଛକୁ ଚାହିଁଲୁ, ଆମ ପଛରେ କେହି ନାହାନ୍ତି ଆଉ । ଦୌଡ଼ିଛୁ ଆମେ ତିନିଜଣ କେବଳ । କାହିଁକି ଦୌଡ଼ୁଛୁ, ଆମେ, ଜାଣୁନାହୁଁ । କିଏ ସେ, ଆମେ ଜାଣି ନାହୁଁ । ଶେଷ ଦମ୍ ନେଇ ଆମେ ପଶିଗଲୁ ଏକ ଅନ୍ଧାର ଗଲିରେ । ଏଇ ଗଲିରେ ତା'ର ଦମ୍ ସରିଯିବ । ସେ ଧରାଦେବ ନିଜକୁ । ଆମର ସାହସ ହେଲା । ସଂକୀର୍ଣ୍ଣ ଅନ୍ଧାର ଗଲି ଭିତରେ ତା'ର ଉର୍ଦ୍ଧ୍ୱଶ୍ୱାସର କୁଣ୍ଡଲି । ସେଇ କୁଣ୍ଡଲି ଭିତରେ କେଉଁଠି ଲୁଚିଯାଉଛି ସେ । ଆମେ ଆଗେଇ ଯାଉଛୁ । ଏଇ ତ ସେ, ଇଏ ତ ! ଆମେ ତିନି ଜଣ ଚାପିଧରିଲୁ ତାକୁ । ଆମ ଓଜନରେ ସେ ଭାଙ୍ଗିପଡ଼ୁଛି । ବସିଯାଉଛି ତଲେ । ସେ କିଛି କହୁନାହିଁ, ତା'ର କହିବାର କିଛି ନାହିଁ, ସେ ଧରା ପଡ଼ିଯାଇଛି । ସେ ମୂର୍ଚ୍ଛିତ ହୋଇ ପଡ଼ିଗଲା ବୋଧେ । ଆମେ ତାକୁ ତୋଲି ଧରିଲୁ । ଠାକୁର ବିମାନ ଭଳି ସେ ବସିଛି ଆମର କାନ୍ଧରେ, ଗେହ୍ଲାପୁଅ ଭଳି ସେ ବସିଛି ଆମ ମୁଣ୍ଡରେ । ଆମେ ଗଲି ପାର ହୋଇ ରାସ୍ତା ଉପରକୁ ଆସିଲୁ । ରାସ୍ତାର ଝକ୍ ଝକ୍ ଆଲୁଅରେ ଆମେ ତାକୁ ମୁଣ୍ଡରୁ ଓହ୍ଲାଇ ତଲେ ବସାଇଲୁ, ତା'ର ମୁହଁକୁ ଚାହିଁଲୁ । ସେ ଆଖି ମିଟି ମିଟି କରି ଚାହୁଁଟି । ତା'ର ଭୟନାହିଁ ଯେମିତି ! ଆମେ ବର୍ତ୍ତମାନ ଭାବୁଛୁ, ଆମର ଉଦ୍ଦେଶ୍ୟ କ'ଣ ? ଆମେ କାହିଁକି ତା'ର ପଛେ ପଛେ ଦୌଡ଼ିଲୁ ? ଆମେ କାହିଁକି ତା'କୁ ଧରିନେଲୁ ? ଆମର କ'ଣ ଯାଏ ଆସେ ? ଆମେ କିଛି ପଚାରିବା ପୂର୍ବରୁ ସେ

ସ୍ୱସ୍ଥ ଆଖିଖୋଲି ଚାହିଁଲା ଓ ପକେଟରୁ ଗୋଟାଏ ସୁନା ଚେନ୍ ବାହାର କରି ଆମ ସାମ୍ନାରେ ରଖିଦେଲା। ଆମେ ଉଜ୍ଜ୍ୱଳ ଆଲୋକରେ ଭଲକରି ଥରେ ଦେଖିନେଲୁ। ସୁନାର ଚେନ୍ ଓ ତହିଁରେ ଗୋଟିଏ ତିରୁପତି ମେଡ଼ାଲିଅନ୍। ଆମେ ପରସ୍ପର ଆଙ୍ଗୁଠିରେ ଝୁଲାଇ ଝୁଲାଇ ଦେଖିନେଲୁ ଚେନଟିକୁ। ତା'ପରେ ଏ ହାତର ସେ ହାତ ଖେଳାଇ ଖେଳାଇ ବଜାର ଭିତରକୁ ଚାଲିଲୁ। ଆମର ମନେହେଲା ଯେମିତି ଏଇ ସୁନାଚେନ୍‌ଟି ପାଇଁ ଗୋଟାଏ ଲଙ୍ଗଳା ବେକ ବଜାର ଭିତରେ ଆମକୁ ଅପେକ୍ଷା କରି ବସିଚି। ଆମର ପହଞ୍ଚିବା ଦରକାର ପୁଣି ଥରେ ବଜାର ମଝିରେ। ଯେଉଁଠାରୁ ଆମର ଦୌଡ଼ ଆରମ୍ଭ ହୋଇଥିଲା, ସେଇଠିକୁ ଆମେ ଫେରିଯାଉଛୁ, ହାତରେ ଆମର ଖେଳୁଚି ମହାମୂଲ୍ୟ ଖବର ଆଜି ସନ୍ଧ୍ୟାର। ପ୍ରତୀକର ମୃତ୍ୟୁଠାରୁ ଆହୁରି ଗୁରୁତର।

ବଜାର ଭିତରେ ପହଞ୍ଚି ଆମେ ଚିନ୍ତା ମଧ୍ୟ କରିପାରିଲୁ ନାହିଁ ଯେ ମାତ୍ର ଘଣ୍ଟାକ ତଳେ ଆମେ ଏଇଠାରୁ ହିଁ ଦୌଡ଼ ଆରମ୍ଭ କରିଥିଲୁ। ଆମେ କାହାକୁ ଚିହ୍ନିପାରୁନାହୁଁ। କାହିଁ, ସେହି ଲଙ୍ଗଳା ବେକ କାହିଁ ? ସୁନାଚେନ୍‌ରେ ଝୁଲୁଚି ତିରୁପତି ମେଡ଼ାଲିଅନ୍ – ଈଶ୍ୱରଙ୍କ ନିଜ ହାତଲେଖା ସୁଖସମୃଦ୍ଧିର କଲ୍ୟାଣ। କାହିଁ ସେହି ବେକ ? ହାୟ ହାୟ ! ଈଶ୍ୱରଙ୍କ କଲ୍ୟାଣ। କାହିଁ ସେ ବେକ ?

ଆମେ ଚାରିଆଡ଼କୁ ଚାହିଁ ଚାହିଁ ଥକିଯାଉଛୁ। ନଜର ପାଉନାହିଁ। ଗୋଟାଏ ପ୍ରକାଣ୍ଡ ଯାତ୍ରୀବାହୀ ଡବଲଡେକରେ ଝାଁ କରି ଚାଲିଗଲା ଆମ ପାଖଦେଇ। ପେଟ୍ରୋଲ ଓ ଧୂଳି ଗନ୍ଧ ବସିଗଲା ପରେ, ଆମେ ପୁଣି ଚାହିଁଲୁ। ଏଥର କିନ୍ତୁ ମିଳିଲା ସେ ଲଙ୍ଗଳା ବେକ। ଆମେ କୃତକୃତ୍ୟ, ଆନନ୍ଦରେ ତା' ନିକଟକୁ ଦୌଡ଼ିଗଲୁ। ଝାପ୍‌ସା ଆଲୁଅରେ ନର୍ଦ୍ଦମା କଡ଼ର ଖଣ୍ଡେ ପଥର ଉପରେ ବସିଚି ସେ। ତା'ର ବେକ ନଙ୍ଗଳା, କେବଳ ସେଟିକିରେ ହିଁ ନିଅଣ୍ଟଲକ ଟିକିଏ ପଡ଼ିଚି। ସେଟିକି ସ୍ୱସ୍ଥ ଦିଶୁଚି। ଆମେ ତାକୁ ଘେରିଗଲୁ, ହସିଦେଲା ଟିକିଏ, ତା'ପରେ ହାତ ପତାଇଦେଲା। ଏଇ ଅନ୍ଧ ଭିକାରୀ ପିଲାର ସୁଖସମୃଦ୍ଧି ଆସୁ, ଈଶ୍ୱରଙ୍କ କଲ୍ୟାଣ ହାୟ ହାୟ ! ସେ ଚମକି ଉଠିଲା। ଆମେ ତା'ର ବେକରେ ଲମ୍ବାଇ ଦେଲୁ ସୁନାଚେନ୍। ସୋରାଏ ନିଅଣ୍ ଆଲୁଅରେ ବେକରେ ତା'ର ଝଟକି ଉଠିଲା ତିରୁପତି ମେଡ଼ାଲିଅନ୍। ଆମେ ମୁଗ୍ଧ ବିସ୍ମୟରେ ଠିଆହୋଇ ରହିଲୁ ଛକ ଉପରେ। କେତେବେଳେ ଆସିବ ତା'ର ସୁଖସମୃଦ୍ଧି, କେତେବେଳେ ? କେମିତି

ଆସିବ, ଯେମିତି ସକାଳ ଆସେ, ନିଃଶବ୍ଦରେ, ନା ଯେମିତି ବୋମାମାଡ଼ ଘରଛାତରେ। କେମିତି ?

ସେ ଆସିଲା, ଅତି ଶୀଘ୍ର ଆସିଲା ସେ ସୁଖ, ସମୃଦ୍ଧି। ପ୍ରଥମେ ଅନ୍ଧ ଭିକାରୀ ପିଲା ମୁହଁରେ ପଡ଼ିଲା ଉକ୍ଳ ସର୍ଚ ଲାଇଟ୍ ଭଳି ଗୋଟାଏ ଫୋକସ୍। ତା' ପରେ ମଟ୍ ମଟ୍ ଶବ୍ଦ କରି କିଏ ଆଗେଇଗଲା ତା' ନିକଟକୁ। ପିଲାଟି ବୋଧେ ହସିଲା। ହସି ହସି ଦେଖାଇଦେଲା ବେକର ଚେନ୍‌ଟିକୁ – ସୁନା ନା ଟିଣ ନା ମାଟି ନା ଆଉ କ'ଣ ? ମଟ୍ ମଟ୍ ଶବ୍ଦ କରିଯାଇଥିବା ମୂର୍ତ୍ତିଟି କାହାର ? ସେ ସ୍ୱୟଂ ଭେଙ୍କଟେଶ୍ୱର, କୃଳମୂର୍ତ୍ତି ମେଡ଼ାଲିଅନ୍‌ର। ଆମେ ଅପେକ୍ଷା କରି ରହିଲୁ ଭିକାରୀ ପିଲାର ରାଜାଭିଷେକ ଦେଖିବା ପାଇଁ ଉଜ୍ଜ୍ୱଳ ଆଲୋକରେ।

ଛକର ଉଜ୍ଜ୍ୱଳ ଆଲୋକରେ ସ୍ୱଷ୍ଟ ଦିଶିଲା। ଗୋଟାଏ ପୁଲିସ୍ କନଷ୍ଟେବଲର ମୂର୍ତ୍ତି। ତା' ହାତମୁଠାରେ ଛଟପଟ ଘୋଷାରି ହୋଇଯାଉଛି ଅନ୍ଧଭିକାରୀ। କେଉଁ ସ୍ୱର୍ଗକୁ ଯାଉଛି ଅନ୍ଧଭିକାରୀ, କେଉଁ ସିଂହାସନକୁ! ଆମେ ଭୟ ଓ କ୍ଷୋଭରେ ଆଖି ବୁଜିଦେଲୁ।

ଆଖି ବୁଜିଦେଲେ ଅନ୍ଧାର। ଆଉ ଦିଶୁନାହିଁ ଛକର ଆଲୋକସଜ୍ଜା, କାନ ବୁଜି ଦେଲେ ନିଃଶବ୍ଦ, ଆଉ ଶୁଭୁନାହିଁ କୋଲାହଲ। ଆଖି କାନ ବୁଜି ସ୍ଥିର ହୋଇ ଆମେ ଠିଆହେଲୁ।

ବର୍ତ୍ତମାନ ଆମ ଆଖି ଭିତରେ ଅନ୍ୟ ଏକ ଦୃଶ୍ୟ, ଅନ୍ୟ ଏକ ଶବ୍ଦ। କୋଦାଳରେ ମାଟି ଉଠିବାର ଓଜନିଆ ଶବ୍ଦ, ପ୍ରତୀକର ମଲାଦେହର ଦୃଶ୍ୟ। କାଲି ରାତିରେ ପ୍ରତୀକକୁ ଆମେ ତିନିଜଣ ପୋତିଦେଲୁ ମାଟିତଳେ। ପୋତିଦେଲୁ ଭଲ କଲୁ। ଆମର ଇଚ୍ଛା, ଆମର।

ଖୁସି, କିନ୍ତୁ ଆମର ଇଚ୍ଛା ଖୁସି ଯେ ଆମର ଆପଉରେ ନାହିଁ ଏ କଥା କିଏ ବିଶ୍ୱାସ କରିବ ? ପ୍ରତୀକର ମରିବା ଉଚିତ ଥିଲା, ଠିକ୍ ସମୟରେ ମଧ ତାକୁ ମାରି ଦିଆଗଲା। କର୍ତ୍ତବ୍ୟର ଉଚିତ୍ ବିଚାର କେଉଁ ସୂତ୍ରଧାରୀଙ୍କ ଆଦେଶରେ ଆମେ ଜାଣୁନାହୁଁ। ଆମର ଇଚ୍ଛା ଖୁସି ଯାହା ଆମର କର୍ତ୍ତବ୍ୟବୋଧ ଠିକ୍ ସେଇଆ, ଇଚ୍ଛାଖୁସିର ଦେବତା ଯିଏ, କର୍ତ୍ତବ୍ୟବୋଧର ନିୟନ୍ତ୍ରକ ମଧ ସେହି ଦେବତା।

ଏତିକିବେଳେ ଆମେ ଜାଣିଲୁ ଭୋକ ଶୋଷରେ ଆମର ମୁଣ୍ଡ କ୍ରମେ

ନିଷ୍କ୍ରିୟ ହୋଇ ଆସୁଛି । ଆମେ ସକାଳୁ ଏମିତି ବୁଲୁଛୁ, ଖିଆପିଆର ପ୍ରଶ୍ନ ଭିତରେ ଏ ପର୍ଯ୍ୟନ୍ତ କାଚ ଖଣ୍ଡେ ଭଳି କ'ଣ ଯେମିତି ଗୋଟାଏ ଅଟକି ରହିଥିଲା ପାକସ୍ଥଳୀରେ, କଣ୍ଠନଳୀରେ । ସେ କାଚଖଣ୍ଡକୁ ଅସ୍ତ୍ରୋପଚାର କରି ବାହାର କରିଦେବାର ଶକ୍ତି ଯେହେତୁ ଆମର ନ ଥିଲା କି ନାହିଁ ଆମେ ମାନି ନେଇଛୁ । ସେ କାଚଖଣ୍ଡ ଆମ କଣ୍ଠନଳୀର ଅଂଶ, ପାକସ୍ଥଳୀର ଅଂଶ । ମାଟି ପ୍ଲେଟରେ କାଚଖଣ୍ଡେ, ଲାଗିଛି ତ ଲାଗିଛି, ଭୋକ ଶୋଷରୁ ନିବୃତ୍ତି କାହିଁ ।

ଛକ ଉପରେ ପୁଣି ଆଉ ଏକ କୋଳାହଳର ତରଙ୍ଗ । ରାତିର ଆଉ ଏକ ପ୍ରସ୍ତୁ ।

କେତେ ବେଳଠୁ ଆମେ ଏକଲୟରେ ସେହି ପାଣି ପାଇପ୍ ଓ ତାର ଚିପାଟ୍ୟାପ୍‌କୁ ଦେଖୁଛୁ । ପାଣି ଝରିବ ଝରିବ ହେଉଛି । ଝରୁନାହିଁ । ଯେମିତି ଆମେ କହିବୁ କହିବୁ ହେଉଛୁ କହି ପାରୁନାହିଁ । ଆମ ଭିତରୁ ଜଣେ ଟ୍ୟାପଟିକୁ ଚିପିଧରିଲା, ଆଉ ଜଣେ ହାତ ଆଙ୍ଗୁଳା କରି ଆଣ୍ଠୁମାଡ଼ି ବସିଗଲା ତଳେ, ଆଉ ଜଣେ ଠିଆ ହୋଇ ଅପେକ୍ଷା କଲା । ସଁ ସଁ କେବଳ, ବିରକ୍ତିର ସଁ ସଁ ।

ନିର୍ଜଳା ପାଣିଟ୍ୟାପର ବିରକ୍ତିର ସଁ ସଁକୁ କିଏ ନ ଚିହ୍ନେ ? କିନ୍ତୁ ଆମେ ଯେମିତି ପ୍ରଥମ ଥର ପାଇଁ ଚିହ୍ନି ପାରୁନାହୁଁ । ପାଣି ଯଦି ନାହିଁ ତେବେ ଟ୍ୟାପ୍ କାହିଁକି ? ଟ୍ୟାପ୍ ଯଦି ଅଛି, ତେବେ ଏ ସଁ ସଁ କାହିଁକି ? ଏଭଳି ଏକ ପ୍ରଶ୍ନର ସିଡ଼ିରେ ଗଡ଼ି ଗଡ଼ି ଆସୁଛୁ ଆମେ ଯାହାର ଶେଷ ଧାପରେ କେବଳ ଡୋଲାଲେଉଟା ଅନ୍ଧାର, ଶୁଷ୍କ ଖଣ୍ଡଖଣ୍ଡ ଅନ୍ଧାର । ସଁ ସଁର ଗତି ସହିତ ମିଶିଯାଉଛି ଆମର ବିଶ୍ୱାସର ଗତି । ଅହର୍ନିଶି ଦୌଡ଼ କେବଳ ଦୌଡ଼ ।

ଯିଏ ଟ୍ୟାପକୁ ଚିପିଧରିଥିଲା ସେ ଘୁଞ୍ଚି ଆସିଲା, ଆଣ୍ଠୁମାଡ଼ି ବସିଥିବା ଜଣଙ୍କ ନିକଟକୁ, ସେ ଦୁଇ ଜଣ ପୁଣି ମିଶିଲେ ଅପେକ୍ଷା କରିଥିବା ଜଣଙ୍କ ସହିତ । ଆମେ ତିନି ଜଣ ବିସ୍ମୟରେ କେବଳ ସହରର ଆଚ୍ଛାଦିତ ଆକାଶକୁ ଚାହିଁଲୁ । ଚନ୍ଦ୍ରତାରା ବିବର୍ଜିତ ଶୂନ୍ୟ ଆକାଶ, ଧୂଳିଧୂଆଁର ଛାୟାପଥ – ବାସ୍ ଆଉ କିଛି ନାହିଁ, ତଳେ ମଟରଟାୟାର ନା ପ୍ରେକ୍ଷାଳୟର ନିଅନ୍ ସଙ୍କେତ ନା ଭୋଜନାଳୟ ନା ପ୍ରିୟପଦାର୍ଥର ନାମ ନା କ'ଣ ?

ଛକ ଉପରେ ଜମିଆସୁଥିବା କୋଳାହଳ ହଠାତ୍ ଘନୀଭୂତ କ୍ରମସଜ୍ଜାରେ

ଲମ୍ବିଆସୁଛି ! କ୍ଷୁଧାତୃଷ୍ଣା । ଭୋକଶୋଷ ବିରୋଧରେ ଶୋଭାଯାତ୍ରା : ଆମର କ୍ଷୁଧା ଆମର ତୃଷା ହାରାମ୍‌ଜାଦାକୁ ଟାଙ୍ଗିଆପକ୍ଷା । ଚମ୍‌କାର ! ଚମ୍‌କାର ! ଆମେ ହସିଉଠିଲୁ । କ୍ଷୁଧାର୍ତ ଆମେ ପେଟର କଳକଳ ଶୁଣିଛୁ, ତୃଷାର୍ତ ଆମେ ଶୁଣିଛୁ ନିର୍ଜଳା ପାଣିଟ୍ୟାପର ସଁ ସଁ : ଆମର ଅଧିକାର ! ଆମର ଅଧିକାର ! ଆମେ ଆଖ୍ ପିଛୁଳାକେ ଶୋଭାଯାତ୍ରାରେ ମିଶିଗଲୁ । ଲମ୍ବା ଶୋଭାଯାତ୍ରାର କ୍ଷୁଧା ତୃଷାରେ ଖଣ୍ଡି ହୋଇଗଲୁ ତିନୋଟି କାଠପିତୁଲା ଆମେ : ଆଗପଛ ହୋଇ ଆମେ ତିନି ଜଣ । ଆମ ଆଗରେ ଚାଲିଛି ଗୋଟାଏ କଙ୍କାଳ । ସମଗ୍ର କୋଲାହଲ ଭିତରେ ମଧ୍ୟ ସ୍ପଷ୍ଟ ଶୁଭୁଚି ତା'ର ହାଡ଼ର ଠକ୍ ଠକ୍ । ଜୀବନ୍ତ କଙ୍କାଳ ଆମେ କସ୍ମିନ୍‌କାଳେ ଦେଖିନାହୁଁ । ଆମେ ତିନି ଜଣ ପରସ୍ପରର କାନ୍ଧ ଉପରେ ଉହୁଙ୍କି ପଡ଼ି ସେହି କଙ୍କାଳ ମୁହଁ ଦେଖୁଛୁ । ଆମେ ଜାଣୁନା ଏ କଙ୍କାଳ ନାରୀ ନା ପୁରୁଷ, ପତଙ୍ଗ ନା ପରମହଂସ, କେବଳ ହାଡ଼ର ଚକ୍‌ଚକ୍ । ଆହାଃ ପଡ଼ିଯିବ ଯେ ! କଙ୍କାଳ ରୋକିନେଲା ଆମ ତିନି ଜଣଙ୍କୁ; ତା'ପରେ ପୁଣି ଆଗେଇ ଚାଲିଲା ଶୋଭାଯାତ୍ରା । ଆମର କ୍ଷୁଧା, ଆମର ତୃଷା, ହାରାମ୍‌ଜାଦାକୁ ଟାଙ୍ଗିଆପକ୍ଷା । ହ୍ୟାକ୍ ହ୍ୟାକ୍ ହିଆଁକଃ ହସିଲା କଙ୍କାଳ, ଆମେ ସ୍ପଷ୍ଟ ଦେଖିଲୁ ତା'ର ହାଡ଼ମାନ ଉଦ୍ଭାସିତ ହୋଇ ଉଠିଲେ ସେ ହସରେ, ସମଗ୍ର ଶୋଭାଯାତ୍ରାକୁ ସେ ଗୋଟିଏ ବିଦ୍ୟୁତ୍ ଚମକରେ ଆଲୋକିତ କରିଦେଲା । ତା'ପରେ ଶୋଭାଯାତ୍ରା ନୀରବ ହୋଇ ଠିଆହେଲା । ନୀରବ ହୋଇଗଲା ପାନ୍ଥଶାଲା, ଭୋଜନାଳୟ ଗୋଟିଏ ମୁହୂର୍ତରେ । ତା'ପରେ ଆକ୍ରମଣ । କଙ୍କାଳ ଲାଇନ୍‌ରୁ ଖସିଯାଇ ଠିଆହେଲା ରାସ୍ତା ଉପରେ, ଶୋଭାଯାତ୍ରା । ଭଙ୍ଗାକାନ୍ତୁ ଭଳି ଆଉଜିଗଲା କଡ଼କୁ । କଙ୍କାଳ ହାତ ଟେକି ଦେଲା । ଆକ୍ରମଣ । ଖାଦ୍ୟର ଗୁଲିମାଡ଼, ପାନୀୟର ବର୍ଚ୍ଛାମାଡ଼ । କେଉଁଠ ସେ ହାରାମ୍‌ଜାଦା ପାଟି, ପେଟ, ଜିଭ, ତଣ୍ଟି । ସବୁ ଛିନ୍‌ଛତ୍ର । ସେତେବେଳେ କଙ୍କାଳ ପୁଣି ହସିଲା ହ୍ୟାକ୍ ହ୍ୟାକ୍ । ଖାଦ୍ୟଗନ୍ଧରେ ଭାରି ପବନ, ପାନୀୟରେ ଆର୍ଦ୍ର ରାସ୍ତା । ପେଟ ଭରିନିଅ । ସୁଯୋଗ ସୁଯୋଗ ! କଙ୍କାଳ ତା'ର କାର୍ଯ୍ୟ ସମ୍ପନ୍ନ କରି ଚାଲିଲା ନିଜ ରାସ୍ତା ଧରି ! ଆମର ପେଟ ପୂର୍ଣ୍ଣ, ଅମଳ ତଣ୍ଟି ଓଦା, ନା କ୍ଷୁଧା ନା ତୃଷା ଓ କଙ୍କାଳ ଚାଲିଛି ଆଗରେ, ଦେହର ପ୍ରଥମ ଛାଞ୍ଚ, ରକ୍ତମାଂସର ଛଳନା ନାହିଁ, ନଗ୍ନ, ନିର୍ଜନ । ରାସ୍ତା ପୁଣି ଶୂନ୍‌ଶାନ୍ । ଅଧିକାରର ପ୍ରଶ୍ନ ନାହିଁ, ନାହିଁ କ୍ଷୁଧା ତୃଷା । ପ୍ରତିଶୋଧ ନାହିଁ, ନାହିଁ ହାରାମ୍‌ଜାଦା, ନାହିଁ ଟାଙ୍ଗିଆପକ୍ଷା । ଶବ୍ଦରୁ ଜାତ, ଶବ୍ଦରେ ବିଳୟ । ପ୍ରତୀକର

ମୃତ୍ୟୁ, ଈର୍ଷାର ରୂପାନ୍ତର, କଙ୍କାଳର ଖେଳ, ମଡ଼େଲର ସ୍ମିତ୍‌ହାସ୍ୟ ସବୁ ଯେମିତି ଗୋଟିଏ ମୁହୂର୍ତ୍ତରେ ଗୋଟିଏ ସତ୍ୟର ଜାଲରେ ଧରାପଡ଼ିଗଲେ। ଆମେ ସନ୍ତୁଷ୍ଟ, ଆମେ ସୁଖୀ, ତିନି ଜଣ। ଆମେ ଆଉ କେହି କାହାକୁ ଛାଡ଼ିପାରିବୁ ନାହିଁ।

ସ୍ମିତ ହସି ସୋ' କେଶରୁ ଚାହିଁଛି ମଡ଼େଲ ସୁନ୍ଦରୀ। ଇସାବେଲା, ଇସାବେଲା – ଆମେ ଚିକ୍କାର କରି ଉଠିଲୁ। ମଡ଼େଲ ସୁନ୍ଦରୀ ହସିଦେଇ ଦେଖାଇ ଦେଲା ଓଠର ରକ୍ତଦାଗ, ଛାତିର କ୍ଷତ। ଇସାବେଲାର ପାଞ୍ଚ ମହଲା ଉପରେ ୧୧୭ ନମ୍ବର ଫ୍ଲାଟ। କଙ୍କାଳ କବାଟ ଠକ୍ ଠକ୍ କଲା, କବାଟ ଖୋଲିଲା, କିଏ – ଈର୍ଷା ନା ଇସାବେଲା? ପ୍ରତୀକର ଦେହ ମାଟିତଳେ ସଢ଼ିଗଲା।

ଆମେ ପରସ୍ପରର ହାତ ଚାପିଧରିଲୁ। ଗୋଟିଏ ଘନିଷ୍ଟ ମୁହୂର୍ତ୍ତରେ ଆମେ ବୁଝିଗଲୁ ସବୁର ଉର୍ଦ୍ଧ୍ୱରେ କେବଳ ଆମେ ହିଁ ସତ୍ୟ, ଆମର ପାପ, ଆମର ପୁଣ୍ୟ, ଆମର କୃତିତ୍ୱ, ଆମର କର୍ତ୍ତବ୍ୟ କାହା ନିର୍ଦ୍ଦେଶରେ ପରିଚାଳିତ, ଆମର ଜାଣିବା ଅନାବଶ୍ୟକ। ପ୍ରତୀକ, ଅନ୍ୟ ଲୋକ, ଅନ୍ୟ ବ୍ୟକ୍ତି, ଅନ୍ୟ ପୃଥିବୀର ନାୟକ। ସେ ଓ ତା'ର ବୁଦ୍ଧି, ଚେତନା, ପ୍ରଜ୍ଞା। ଆମେ ଓ ଆମର ଦେହ, ମନ, ଇନ୍ଦ୍ରିୟ। ପ୍ରତୀକ ପରାସ୍ତ, ପ୍ରତୀକର ଦେହ ମାଟିତଳେ।

ରାତିର ପୁଣି ଏକ ପ୍ରସ୍ତ। ଅନ୍ଧାର କେବଳ ଅନ୍ଧାର। ରାସ୍ତାରେ ବିଜୁଳୀବତୀ ନାହିଁ, ବିଜ୍ଞାପନ, ନିଅନ-ସଂକେତ ନାହିଁ। ସେଇ ଅନ୍ଧାର ଭିତରେ ଗୋଟିଏ ଆଲୋକପିଣ୍ଡ ଗଡ଼ିଚାଲିଛି କେବଳ। ଦୋକାନ ବଜାର ଫୁଟାଇ ଉଠୁଛି ପର୍ବତଶିଖର। ବୃକ୍ଷଲତା, ଫୁଲଫଳ, ଅନ୍ଧାର ଅନ୍ଧାର। ଅନ୍ଧାର ସହିତ ଅନ୍ଧାରର ସଂଘର୍ଷ। ଆଲୋକପିଣ୍ଡ ପଛରେ ଦୌଡୁଛୁ ଆମେ। ଦେହରୁ କ୍ରମେ ଖସିପଡୁଛି ବସ୍ତ୍ର, ଦେହ ଲୋମଶ ଓ ପ୍ରକାଣ୍ଡ, ନଖ-ଲୋମ-ଦାନ୍ତ-ଜିଭ, ଉଲଗ୍ନ ଆମେ ଉଲଗ୍ନ, ମାଂସଚର୍ମର ଆବରଣ କେବଳ, ରକ୍ତର ତୀକ୍ଷ୍ଣ ଗତି, ପଶୁପକ୍ଷୀ କୋଲାହଳ, କାନ୍ଧରେ ଧନୁତୀର, ଝକ୍‌ମକି ପଥର, ଆହୁରି ଆଗକୁ ଗଲେ ଗଛ ଶାଖାରେ ମାଙ୍କଡ଼, ଆଗକୁ ଗଲେ ମହାସମୁଦ୍ର, ରକ୍ତମାଂସହୀନ ଜେଲି, ପାଣି, ଲାଳ। ବଜ୍ର ଗର୍ଜନରେ, ବିଦ୍ୟୁତ ଚମକରେ ଆକାଶରେ ଦିଶିଲା କାହାର ମୁହଁ? ଈଶ୍ୱର, ଈଶ୍ୱର। କିଏ ଈଶ୍ୱର କିଏ, କେଉଁଠି ସେ? ଶ୍ୟାମମନୀଳଘନକାନ୍ତି ପୀତବସନ। ସୂର୍ଯ୍ୟଚନ୍ଦ୍ର ନିହାରୀକା କ୍ଷିତ୍ୟପ୍‌ତେଜ୍‌ମରୁତ୍ ବ୍ୟୋମ କେଉଁଠି ସେ? ପ୍ରଜ୍ଞା, ଚେତନା, ବୁଦ୍ଧି। ଆଖି ଖୋଲ। ଆମ ସମ୍ମୁଖରେ ଯିଏ ଠିଆ ହୋଇଛି ସେ ପ୍ରତୀକ, ସର୍ବଜ୍ଞ, ସେ ତ୍ରିକାଳଦର୍ଶୀ, ସେ

ଈଶ୍ୱରଙ୍କ ସ୍ରଷ୍ଟା, ସଂହାରକର୍ତ୍ତା, ତା'ର ପ୍ରଜ୍ଞା, ଚେତନା, ବୁଦ୍ଧି। ଆମେ ହତବାକ୍‌ ହୋଇଗଲୁ, ଭୟରେ ଆଖି ବୁଜିଦେଲୁ। ପ୍ରତୀକର ପାଟି ଭିତରେ ଆମେ ଦେଖିଲୁ ପାହାଡ଼ ପର୍ବତ, ବୃକ୍ଷଲତା, ଫୁଲଫଳ, ପଶୁପକ୍ଷୀ ବଦଳରେ ଦୋକାନ ବଜାର ଭୋକଶୋଷ ପାପପୁଣ୍ୟ ନିଅନ୍‌ ବିଜ୍ଞାପନ। ଈଶ୍ୱରଙ୍କ ବଦଳରେ ବିଗ୍ରହ, ଅବତାର, ଘଣ୍ଟାଧ୍ୱନି ମନ୍ଦିରର। ଆମେ ହତବାକ୍‌ ହୋଇଗଲୁ, ପ୍ରତୀକର କ୍ରୀତଦାସ ହୋଇ ତା'ର ପଛେ ପଛେ ଆସିଲୁ। ଅନ୍ୱେଷଣ ଆମର ପ୍ରଜ୍ଞା, ଚେତନା, ବୁଦ୍ଧି। ଦିନେ ହଠାତ୍‌ ସବୁ ଲୋପ ପାଇଗଲା, ଗୋଟିଏ ବିସ୍ଫୋରଣରେ ଆମେ ବୁଝିଗଲୁ ସେ ମୁଣ୍ଡର ଦୁର୍ଗର ଦନ୍ତ କେତେ। ପ୍ରତୀକ ପ୍ରଚାରକ, ପ୍ରତୀକ ଶତ୍ରୁ ଆମର। ତା'ର ତଣ୍ଟି ଚିପିଦେଲୁ, ତାକୁ ମାଟିତଳେ ପୋତିଦେଲୁ, ସୃଷ୍ଟିର ମୌଳିକ ସଭା ଆମେ ଆଜିର ଠିକ୍‌ ପରେ ଫେରିଯିବୁ ପୁଣି ସେହି ଅନ୍ଧକାରକୁ।

ବର୍ତ୍ତମାନ ଆଉ ସହରରେ ଅନ୍ଧକାର ନାହିଁ। ଦିଗ୍‌ବିଦିଗ ଆଲୋକିତ। ଆମେ ଠିଆହୋଇଛୁ ସେହି ଛକ ଉପରେ।

ଗତ କେତେ ସମୟ ଭିତରେ କ'ଣ ଯେ ଘଟିଗଲା। ଏବେ ଛକ ଉପରର ଖିଆଲି ଚେହେରା ଦେଖି କିଏ ବିଶ୍ୱାସ କରିବ, ଗତ କେତେ ସମୟ ଭିତରେ ଯାହାସବୁ ଘଟିଗଲା, ମୂଳ ଘଟଣାର ସ୍ରୋତ ମୁହଁରୁ ଖସିଯାଇ କେଉଁ କୂଳର ଆଶ୍ରୟ ବା ମିଳିଲା ? ବରଂ ଆମେ ଶହ ଶହ ଘଟଣାର ଶାଖାପ୍ରଶାଖା ଦେଇ ମିଶିଗଲୁ ପୁଣି ସେହି ମୂଳ ସ୍ରୋତରେ।

ରାତି ଦଶଟା। ଆଉ ଦୁଇ ଘଣ୍ଟା ପରେ ଗୋଟିଏ ଛୋଟ ଟିକ୍‌/ଆହା କରି ତାରିଖ ବଦଳିଯିବ ହାତ ଘଣ୍ଟାରେ। ନା ନା, ତାରିଖ ଆଉ ବଦଳିବ କେମିତି ? ପ୍ରତୀକର ହାତଘଣ୍ଟାର ଡାଏଲ ଉପରେ ଦୁଇଗୋଟି କଣ୍ଟାର ଅଚଳ ସ୍ଥିର କୋଣ ଆମର ମନେ ପଡ଼ିଗଲା। ଠିକ୍‌ ରାତି ଦଶଟା, କାଲି ରାତିର। ପ୍ରତୀକର ତଣ୍ଟି ଚିପିଦେଲା ପରେ, ତା'ର ଦେହର ସବୁ ସ୍ପନ୍ଦନ ସ୍ଥିର ହୋଇଗଲା ପରେ ଅନବରତ ଟିକ୍‌, ଟିକ୍‌। ଆହାଃ ଆହାଃ କରୁଥିବା ଘଣ୍ଟା ମଧ ହଠାତ୍‌ ସ୍ଥିର ହୋଇଗଲା। ରାତି ଦଶଟା। ଗତ ରାତିର ଦଶଟା ଓ ଆଜି ରାତିର ଦଶଟା ସମୟ ମଧରେ କି ଯେ କୁହୁକ ପୋଲ ଗଢ଼ିଉଠୁଛି ! ଆମେ ଆଜି ରାତି ଦଶଟାର ପୋଲ ଟପି ଗତକାଲି ରାତି ଦଶଟାରେ ପହଞ୍ଚୁଛୁ।

ଗତକାଲିର ରାତି ଦଶଟା ଆମ ତିନି ଜଣଙ୍କ ଜୀବନର କେଉଁ ପର୍ଯ୍ୟାୟ

ତାହା ସ୍ଥିର କରି କହିବାର ବେଳ ଏ ପର୍ଯ୍ୟନ୍ତ ଆସିନାହିଁ । ଏପରି କି ଆମେ କହିପାରିବୁ ନାହିଁ ସମଗ୍ର ଗତକାଲି, ତା'ର ବିଗତ ଓ ଆସନ୍ତା 'କାଲି' ମାନଙ୍କଠାରୁ କେଉଁ ଗୁଣରେ ପୃଥକ୍ ।

ଗତକାଲିର ରାତି ଦଶଟାରେ ପହଞ୍ଚିଗଲୁ ଆମେ । ରାତି ଦଶଟାର ଚିକ୍କଣ ପାହାଚରେ ଖସିଗଲୁ ସକାଳ ୭ ଟାକୁ ।

ଗତକାଲିର ଦୃଶ୍ୟପଟ :

ପ୍ରଥମ ସ୍ଥିରଚିତ୍ର : ପ୍ରତୀକ ତୁ କିଏ ?

ସକାଳ ସାତ । ପ୍ରତୀକ ତୁ କିଏ ? ଆମେ ତିନି ଜଣ ଠିଆ ହୋଇଛୁ ଘରକୋଣରେ । ତୁ ଚୁପଚାପ୍ ମୁହଁ ପୋତି ବସିଛୁ ଯେ ବସିଛୁ । ତୋର ଦୁଃଖ କ'ଣ ପ୍ରତୀକ ? ତୁ କ'ଣ ଶେଷ ପର୍ଯ୍ୟନ୍ତ ଆମକୁ ଠକି ଦେଲୁ, କିନ୍ତୁ ଠକି ଦେଇ ଖସିପଡ଼ିଲୁ କୋଉ ଦୁଃଖର ଅନ୍ଧାର କୂଅରେ ! ପାଣି ନାହିଁ ଅନ୍ଧାର କୂଅରେ, ଭଙ୍ଗା କାଚ, ଗୋଡ଼ିପଥରରେ ପାଣି ନାହିଁ ତ କେବେ ନ ଥିଲା । ତୁ କିଛି କହିବୁ ନା ଏମିତି ବସିଥିବୁ ? ଆମର ତ ଆଉ କିଛି କହିବାର ନାହିଁ । ପାଞ୍ଚବର୍ଷ ତୋ'ର ପଞ୍ଜୁରିରେ ତୋର ନାଁ ଡାକି, ଶେଷରେ ଲାଭ କ'ଣ ହେଲା ? ନା ତୁ ସୁଖୀ ହେଲୁ ନା ଆମେ । ଏତେବଡ଼ ମୁଣ୍ଡରେ ତୋ'ର ଏତେ ବୁଦ୍ଧି, ଆମର ତିନି ତିନିଟା ମୁଣ୍ଡ ବୋକା ବେକାର । କ'ଣ ଆମେ କରି ପାରିଥା'ନ୍ତୁ ପୃଥିବୀରେ ? ଆମେ ଥିଲେ ଯାହା ନ ଥିଲେ ବି ସେଇଆ । କିନ୍ତୁ ତୋ'ର ଭୟ କାହିଁକି ପ୍ରତୀକ ? ତୁ ଆମକୁ ବିଶ୍ୱାସ କରିପାରୁନୁ ? ପାରୁନୁ ହୁଏ ତ । କିନ୍ତୁ ଆମେ କ'ଣ ଦୋଷୀ ? ତୋ'ର ସୁଖର ସାମ୍ରାଜ୍ୟ ତୋ'ର ମୁଣ୍ଡ ଭିତରେ, ଆମର ସୁଖର ସାମ୍ରାଜ୍ୟ କାହିଁ ? ତୋ'ର ନିଜ ବିପକ୍ଷରେ କିଛି ଯୁକ୍ତି ଅଛି କି ? ଆମର ଅଛି । ଜୀବନର କ'ଣ କାହିଁକି ଜାଣି ଆମର କି ଲାଭ ? ଜୀବନ, ଜୀବନ । ତୋ'ର ମୁଣ୍ଡ ପୋତିଦେବାରୁ ଆମେ ଜାଣିଛୁ ଆଜି କ'ଣ ଯେମିତି ଘଟିବ । କୂଳରୁ ଡଙ୍ଗା ଫିଟିବ ଆଜି, ଭାସିବ କି ନାହିଁ କିଏ ଜାଣେ ? ଅନ୍ଧାର କୂଅରୁ ତତେ ରକ୍ଷା କରିବ କିଏ ? ପ୍ରତୀକ କିଏ ? ତୁ ମହାପୁରୁଷ ? ନା ମହାପୁରୁଷ ଛାଇ ? ନା ମହାପୁରୁଷଙ୍କ କାନ୍ଥରେ ଟଙ୍ଗା ଛବି ନା କ'ଣ ? ସାଧାରଣ ମଣିଷ ତୁ ନୁହଁ, ଏମିତିକି ମଣିଷ ନୁହଁ ତୁ । ସାଧାରଣ ମଣିଷ ହୋଇଥିଲେ ତୁ ଆମ ତିନି ଜଣଙ୍କୁ ଡାକି ଆଣିଥା'ନ୍ତୁ କାହିଁକି ? ଆଉ ମଣିଷ ହୋଇଥିଲେ ତୁ ଆମକୁ ଚିହ୍ନିପାରନ୍ତୁ ନାହିଁ କାହିଁକି ? ପ୍ରତୀକ, ତୁ କାହାର ପ୍ରତୀକ ?

ତୁ ନିଜେ ମନେ ପକାଇ ଦେଖ୍ ମନେ ପଡୁଛି କି ନାହିଁ ପାଞ୍ଚ ବର୍ଷ ତଳର ଇତିହାସ। ବେଶ୍ ମନେ ପଡୁଛି ତୋ'ର ତୁ ମୁଣ୍ଡ ପୋତି କ'ଣ ଯେ ଏଣୁତେଣୁ ଭାବୁଚୁ! ସେଦିନ ତୁ କାହିଁକି ଡାକି ଆଣିଲୁ ଆମକୁ? ତୋର ସାବତ ବାପା ତୋ'ର ନିଜ ସମାଜର ଲୋକ, ତାଙ୍କୁ ମାରିଦେଲେ କ'ଣ ତୋର ସମାଜ ବଦଳି ଯାଇଥା'ନ୍ତା? ତୁ କିନ୍ତୁ ସମାଜ ପାଇଁ ଚିନ୍ତା କରୁ ନ ଥିଲୁ ସେତେବେଳେ। ଆମେ ଜାଣିଲୁ ତୁ ଆମ ପାଇଁ ଫାଶ ବସାଇଥିଲୁ। ଧରା ପଡ଼ିଗଲୁ ଯେତେବେଳେ କି କଷ୍ଟ ହେଲା ଆମକୁ। କିନ୍ତୁ ଉପାୟ କ'ଣ ଥିଲା ଆଉ? ଚା' ଦୋକାନ ବାରଣ୍ଡାରୁ ତୁ ଆମକୁ ଗୋଟାଇ ଆଣିଲୁ ପୁଣି ଆଲିମାଲିକା ଗୁନ୍ଥି ରାତ୍‌କାରାତ୍ ବନାଇ ଦେଲୁ ବେକର ହାର। ଆମେ ଝୁଲି ରହିଲୁ ତୋର ବେକରେ। ତୁ ଆମକୁ କେତେ ଭଲପାଇଲୁ ପ୍ରତୀକ, ଆମେ ରାସ୍ତା ଭୁଲିଗଲୁ। ରାସ୍ତା ଭୁଲିଯାଇ ପଶିଲୁ ଘରେ। ଘରେ ତୁ ଚିହ୍ନାଇ ଦେଲୁ ଜୀବନକୁ, ମୃତ୍ୟୁକୁ, ସ୍ୱପ୍ନକୁ, ଅନ୍ଧକାରକୁ। ସେ ପର୍ଯ୍ୟନ୍ତ ଆମେ ଜାଣି ନ ଥିଲୁ ଏ ସବୁ କ'ଣ କେମିତି ଅଭିଧାନର ଶବ୍ଦ ତ କେବଳ, ଏମାନଙ୍କର ଅର୍ଥ କ'ଣ! ଆମେ ଗଡ଼ିଯାଉଥିଲୁ କେତେବେଳେ ଛିଡ଼ି ଯାଉଥିଲୁ କେତେବେଳେ, ବଡ଼ିଯାଉଥିଲୁ କେତେବେଳେ, ନା ଥିଲା ଜୀବନ ନା ମୃତ୍ୟୁ ନା ସ୍ୱପ୍ନ ନା ଅନ୍ଧକାର। ତୁ ଆମ ଦେହରେ ଛୁଞ୍ଚି ଫୋଡ଼ିଦେଇ ଯନ୍ତ୍ରଣାକୁ କହିଲୁ ଜୀବନ, ଶବର ଡୋଲା ତାଡ଼ି ଆଣି କହିଲୁ ମୃତ୍ୟୁ, ପୁଣି ସକାଳର ପାଲଟା ଲୁଗା ପବନରେ ଉଡ଼ାଇ ଦେଇ କହିଲୁ ସ୍ୱପ୍ନ, ପଥର କାନ୍ତରେ ବିଧା ମାରି କହିଲୁ ଅନ୍ଧକାର। ପାଞ୍ଚବର୍ଷ କାଳ ତୋ'ର ଅନ୍ତରେ ପ୍ରତିପାଳିତ କୁକୁର ତୋର ପ୍ରଭୁତ୍ୱ ଛଡ଼ା ଆଉ କ'ଣ ବୁଝେ? ଆମେ ବି କିଛି ବୁଝିଲୁ ନାହିଁ ତୋର ବୁଦ୍ଧି, ବଡ଼ଲୋକର ଅହଂକାର ଛଡ଼ା। ଦେହରେ ଛୁଞ୍ଚି ଫୋଡ଼ିଦେଲେ କଷ୍ଟ ହେଲା ଦେହକୁ, ରକ୍ତ ବୋହିଲା କିନ୍ତୁ ଜୀବନ ଗଲା କୁଆଡ଼େ? ଜୀବନକୁ ଦେଖ୍‌ହେଲା ନାହିଁ ତ! ଶବର ଡୋଲା କାଚଖଣ୍ଡ ତ! ମୃତ୍ୟୁ କାହିଁ ସେଥିରେ। ଆଉ ସ୍ୱପ୍ନ ତ ଆମେ ଦେଖ୍ ପାରିଲୁ ନାହିଁ ଲୁଗା ଉଡ଼ିଗଲା ବେଳେ? ଅନ୍ଧକାର କ'ଣ ବୁଝିପାରିଲୁ ନାହିଁ ତ ପଥର କାନ୍ତରେ ବିଧା ମାରିଲାବେଳେ?

ତେବେ କ'ଣ ଶିଖିଲୁ ଆମେ ଦୀର୍ଘ ପାଞ୍ଚବର୍ଷ କାଳ ତୋ'ର ମୁହଁକୁ ଚାହିଁ? ଉପାୟ ଶିଖିଲୁ ଉପାୟ, ଯାଦୁକରର ହାତ ସଫେଇ, ହାତର ମୋହର ଆସ୍ତିନରେ: ଏଇ ଉପାୟ, ତୋ'ର ଏତେବଡ଼ ଲାଇବ୍ରେରୀର ଯେତେ ବହି ସବୁ

କ’ଣ ଏଇ ହାତସଫେଇ ଶିଖାନ୍ତି ତୋତେ ? ସବୁଦିନେ ରାତିରେ ତୋ’ର ବକ୍ତ୍ତା ଆମେ ନିୟମିତ ଶୁଣିଛୁ, ତୁ ଯାଦୁକର ପ୍ରତୀକ, ଯାଦୁକର ହିଁ ତ ମହାପୁରୁଷ, ନ ହେଲେ ମହାପୁରୁଷଙ୍କ ଛାଇ ନ ହେଲେ ମହାପୁରୁଷଙ୍କ କାନ୍ତର ଛବି, ମଣିଷ ନୁହେଁ ଯାଦୁକର। ସେତେବେଳେ କିନ୍ତୁ ଆମେ ବୁଝି ନ ଥିଲୁ ତୋ’ର ଦୁନିଆକୁ। ବକ୍ତ୍ତାରୁ କିଏ ବୁଝିବ ଦୁନିଆକୁ ? ଖାଇବା ଟେବୁଲ ଉପରୁ ତୋର ବକ୍ତ୍ତା ଆରମ୍ଭ ହୋଇଯାଏ ପୁଣି ବିଛଣା ପର୍ଯ୍ୟନ୍ତ। ଆମ ମୁଣ୍ଡ ଉପରେ ତୋ’ର ବକ୍ତ୍ତାର କେତେ ପଦ, ଅଶ୍ରାବ୍ୟ ଗାଳିଗୁଲଜ ପାଲଟି ଯା’ନ୍ତି; ହଠାତ୍ ଆମେ ଅସହାୟ ହୋଇ ଚାରିକାନ୍ତୁକୁ ଚାହୁଁ। ହଠାତ୍ ତୋ’ର ବହିଥାକ ଭିତରୁ ଉଡ଼ିଆସନ୍ତି ପଞ୍ଚାଏ ହିଂସ୍ର ବିରୁଡ଼ି। ଆମର ମୁଣ୍ଡର କରୋଟିରେ ନାହୁଡ଼ ଗଳିଯାଏ, ଆମେ ଚିତ୍କାର କରିଉଠୁ ଓ ତା’ପରେ ଅଜ୍ଞାନ ହୋଇ ଟଳିପଡ଼ୁ ବିଛଣାରେ। ତା’ପରେ ପୁଣି କାହାର ଉଷ୍ମ ଦେହରେ ମୁହଁ ଗୁଞ୍ଜି ଶୋଇଯାଉ ଆମେ। ସକାଳକୁ ତୋ’ର ଡାକରେ ନିଦ ଭାଙ୍ଗେ।

ଦିନେ କିନ୍ତୁ ତୋର ବୁଦ୍ଧିର ଖେଳ ଧରାପଡ଼ିଗଲା। ଆମେ ଜାଲ ପାତି ନ ଥିଲୁ। କେବଳ ଆଖି ଖୋଲି ରଖିଥିଲୁ। ତୁ ଧରାପଡ଼ିଗଲୁ। ସେ ଦିନ ଆମେ ସତର୍କ ହୋଇଥିଲୁ ଖାଇବା ଟେବୁଲ ନିକଟରୁ। ତୁ ହାତରେ ଖଣ୍ଡେ ରୁଟି ଉଠାଇ ପଚାରିଲୁ : ପାଟି ରୁଟିକୁ ଖାଏ ନା ରୁଟି ପାଟିକୁ ? ଆମେ ପ୍ରଥମ ଥର ପାଇଁ ଏ ପ୍ରଶ୍ନର ଅବାନ୍ତରତାରେ ଝୁଣ୍ଟିପଡ଼ିଲୁ। ଅନ୍ୟ ଦିନ ହୋଇଥିଲେ ଆମେ ଭୁଲଟା ଟେକି ଆଖି ତୀକ୍ଷ୍ଣ କରି ଆମେ ରୁଟିକୁ ଚାହିଁଥା’ନ୍ତୁ, ନ ହେଲେ ପାଟିକୁ। ସେ ଦିନ କିନ୍ତୁ ଆମେ ଚାହିଁରହିଲୁ ଉପରକୁ। ତୋର ପ୍ରଶ୍ନର ଉତ୍ତର ଦେବାର କ’ଣ ଥିଲା ? ତୁ ତା’ପରେ ବକ୍ତ୍ତା ଆରମ୍ଭ କଲୁ, ଆମେ ଶୁଣି ମଧ ଶୁଣିଲୁ ନାହିଁ। ତୁ ବୁଝିପାରିଲୁ ନାହିଁ ପ୍ରତୀକ, ଆମେ ତୋତେ ସନ୍ଦେହ କରୁଥିଲୁ। ତୁ ଜାଣିପାରିଲୁ ନାହିଁ। ମଣିଷର ସନ୍ଦେହ କେତେ ପ୍ରକାଣ୍ଡ ! ତୁ ତୋ’ର ନିଜର ବୁଦ୍ଧିର ସମ୍ମୋହନରେ ବଶୀଭୂତ ହୋଇ ଆସିଲୁ ଶୋଇବା ଘରକୁ। ପାଟି ରୁଟିକୁ ଖାଏ ନା ରୁଟି ପାଟିକୁ ? ଏ ପ୍ରଶ୍ନର ତର୍ଜମା ତଥାପି ଚାଲିଥାଏ, ତୋର ମୁହଁର ମୁଦ୍ରା ଗୋଟି ଗୋଟି ବୁଝିବାକୁ ଚାହିଁଲୁ ଆମେ, ତୋ’ର ମୁହଁ ଧରା ପଡ଼ିଗଲା, ମାଂସର କୁହୁଡ଼ି କାଟି ସ୍ପଷ୍ଟ ଦିଶିଲା ତୋ’ର ହାଡ଼ କଙ୍କାଳର ଭଙ୍ଗାଘର। କୁଆଡ଼େ ମିଳାଇଗଲା ତୋ’ର ବୁଦ୍ଧି ବିଦ୍ୟାର ପ୍ରକାଶ ଇମାରତ୍। ଆମେ ବୁଝିଗଲୁ ତୋର ବୁଦ୍ଧିର ଖେଳ। ଆମେ ସତର୍କ ହୋଇ ରହିଲୁ,

ଆଖ୍ ଖୋଲି ରହିଲୁ, ଅପେକ୍ଷା କରି ରହିଲୁ ସେ ବିରୁଡ଼ିପଲଙ୍କୁ। ଲାଇବ୍ରେରୀର ବହିଥାକ ଥରିଉଠିଲା, ଘିଁ ଘିଁ ଶବ୍ଦ କରି ଉଡ଼ିଆସିଲେ ପଞ୍ଚାଏ ହିଂସ୍ର ବିରୁଡ଼ି। ଆମେ ସିଧା ଚାହିଁଲୁ, ମୁଣ୍ଡରୁ ସବୁ ଓଜନ ଓହ୍ଲାଇ ଦେଇ ହାଲୁକା ହୋଇ ଚାହିଁଲୁ ସେ ବିରୁଡ଼ିପଲଙ୍କୁ। ହଠାତ୍ ଏକ ସ୍ଥିର ଜ୍ୟାମିତିକ ପ୍ରବାହରେ ଅଟକିଗଲେ ବିରୁଡ଼ିପଲ, ତା' ପରେ ଫେରିଲେ ପଛକୁ। ଏଥର ବିରୁଡ଼ିପଲର ଗତି ତୋ'ର ମୁଣ୍ଡକୁ।

ତୋ'ମୁଣ୍ଡ ଉପରେ ବସି ତୋ'ର ପାଳିତ ବିରୁଡ଼ିପଲ ତୋତେ ଦଂଶନ କଲେ, ତୁ ଚିକ୍ତାର କରିଉଠିଲୁ, ପୁଣି ଗଭୀର ଯନ୍ତ୍ରଣାରେ ଆସାଢ଼ ହୋଇଗଲୁ। ଆମେ ଦେଖିଲୁ ବିରୁଡ଼ିପଲ ଫେରିଗଲେ ବହିଥାକକୁ। ଆମେ ବିରୁଡ଼ିପଲଙ୍କୁ ଅନୁସରଣ କରି ପହଞ୍ଚିଲୁ ବହିଥାକ ନିକଟରେ। ବିରୁଡ଼ିପଲ ପଶିଗଲେ ବହିର ପୃଷ୍ଠା ପୃଷ୍ଠାରେ। ଆମେ ପୃଷ୍ଠା ଖୋଲି ଦେଖିଲୁ ସହସ୍ର ବିରୁଡ଼ି ଭଳି ହିଂସ୍ର ଅକ୍ଷରର ପ୍ରବାହ। ଦଂଶନ କେବଳ ଦଂଶନ।

ସେଦିନ ରାତିରେ ତୋ'ର ମୁହଁକୁ ଚାହିଁ ଦୟା ହେଲାରେ ପ୍ରତୀକ। ଗଭୀର ଆମୃସନ୍ତୋଷର କ୍ଲାନ୍ତ ଆନନ୍ଦରେ ଆମେ ଗଡ଼ିଗଲୁ ବିଛଣାରେ। କିନ୍ତୁ କାହିଁ ସେ ଉଷ୍ମ ଦେହ, କାହିଁ ସେ ନିଦ? ଆମେ ସେମିତି ପଡ଼ିରହିଲୁ ସେ ସ୍ପର୍ଶ ଟିକକ ଅପେକ୍ଷାରେ। ମଳିନ ଆଲୋକ ଭିତରେ ହଠାତ୍ ଯେମିତି ଉଜ୍ଜ୍ୱଳ କ'ଣ ଗୋଟିଏ ଚହଲିଗଲା। ଆମେ ଆଖି ଅଲପ ଖୋଲି ଚାହିଁଲୁ। ଯାହା ଦେଖିଲୁ ଆମର ଦେହ ଥଣ୍ଡା ହୋଇଗଲା ଭୟରେ। ଗୋଟିଏ ଲଙ୍ଗଳା ସ୍ତ୍ରୀ ଲୋକ ଅତି ସନ୍ତର୍ପଣରେ ଆଗେଇ ଆସୁଛି। କିଏ? କିଏ? ଆମେ ଚିକ୍ତାର କରିବାକୁ ଚାହିଁଲୁ। କିନ୍ତୁ ତଣ୍ଟି ଯେମିତି କିଏ ଚିପି ଧରିଲା। ଲଙ୍ଗଳା ସ୍ତ୍ରୀ ଲୋକ ଆମ ନିକଟରେ ପହଞ୍ଚିଲା ବେଳକୁ ଆମେ ଭୟରେ ଆଖି ବୁଜି ଦେଇଥିଲୁ। ସେ ଆମ ଦେହରେ ହାତ ବୁଲାଇ ନେଲା ଓ ଜଣକ ବିଛଣାରେ ଗଡ଼ିପଡ଼ିଲା। ସେଇ ବିଛଣାରେ ଯେ ଶୋଇଥିଲା ସେ ମୁହଁ ଗୁଞ୍ଜିଦେଲା ତା'ର କୋଳରେ ଓ ଏହିପରି ବୋଧହୁଏ ଆମେ ସମସ୍ତେ ଶୋଇ ପଡ଼ିବାର ଛଳନା କଲୁ।

ଆମ ସମସ୍ତଙ୍କୁ ଶୁଆଇଦେବା ପରେ ସେ କିଛି ସମୟ ଆମକୁ ଚାହିଁ ଠିଆହେଲା ଓ ତା'ପରେ ପୂର୍ବନିର୍ଦ୍ଧାରିତ ଦିଗରେ ଶୋଇବାଘର ଅତିକ୍ରମ କରି ଚାଲିଗଲା। ଆମେ ପୁଣି ଅନୁସରଣ କଲୁ ଓ ବାରଣ୍ଡା ଟପିଯିବା ପୂର୍ବରୁ ତା'କୁ ଧରିନେଲୁ। ଆମେ ପଚାରିଲୁ ତୁମେ କିଏ? ସେ କହିଲା : ମୁଁ ନିଦ ଔଷଧ।

ପ୍ରତୀକ ତୁ କ'ଣ ଜାଣି ନ ଥିଲୁ ଆମେ ଦିନେ ତୋ'ର ଏଇ ନିଦ ଔଷଧକୁ ଚିହ୍ନିଯିବୁ ବୋଲି ! ତୁ ଯେଉଁଦିନ ଈର୍ଷାକୁ ଚିହ୍ନାଇଦେଲୁ ତା'ର ଆଗରୁ ଆମେ ଚିହ୍ନିଥିଲୁ ଈର୍ଷାକୁ। ନିଦଔଷଧ ହୋଇ ଆମର ଭାର ସମ୍ଭାଳିଛି ସେ ସେତିକି ହିଁ ତା'ର ଗୌରବ। ଏ ଦୁଃଖୀ ଲଙ୍ଗୁଳୀଟିକୁ ତୁ ପାଇଲୁ କେଉଁ ପ୍ରମିଳା ରାଜ୍ୟରୁ ପ୍ରତୀକ ? ସେ ବା କେମିତି ତୋ'ର କଳ୍ପନା, ଯୋଜନା ଭିତରକୁ ଆସିଲା ? ପରଦିନ ସକାଳକୁ ତୁ ଭୟପାଇ ଉଠିଲୁ ବିଛଣାରୁ, ତୋ ଆଗରୁ ଆମେ ଉଠିସାରିଥିଲୁ। ତୁ ଅନ୍ୟ ଉପାୟ ଚିନ୍ତା କଲୁ। ଈର୍ଷାର ପ୍ରେମରେ ଫସିଗଲୁ ଆମେ। ସେ ପ୍ରେମରେ ବି ମିଶିଥିଲା ତୋ'ର ବୁଦ୍ଧିର ହଳାହଳ। ବର୍ଷକ ଭିତରେ ଘଟିଲା ବିସ୍ଫୋରଣ, ଈର୍ଷାକୁ ଧର୍ଷଣ କଲା କିଏ। ପ୍ରେମର ଦୁର୍ଗ ଭୁଷୁଡ଼ି ପଡ଼ିଲା ନାହିଁ, ଗଢ଼ି ହୋଇଗଲା। ଆମେ ଆହୁରି ଗଭୀର ହେଲୁ। ତୁ ବୋଧେ ଆହୁରି ଭୟ ପାଇଗଲୁ। ଈର୍ଷାର ଗର୍ଭପାତ ହେଲା। ତୋ'ର ଉଦ୍ଦେଶ୍ୟ ପୂର୍ଣ ହେଲା, ତୋ'ର ଉଦ୍ଦେଶ୍ୟର ଗାର୍ଷିରେ ବନ୍ଧା ହୋଇ ଆମେ ଆସିଲୁ ପୁଣି ତୋ'ର ମସ୍ତିଷ୍କର ବିଚାରାଳୟକୁ। ଜମାନ୍‌ବନ୍ଦୀ କିଏ ଦେବ କାହାକୁ ? ପ୍ରତୀକ, ତୁ ତ ଧର୍ଷଣ କରିଥିଲୁ ଈର୍ଷାକୁ ଅନ୍ୟ ଲୋକର ମୁଖା ପିନ୍ଧି ଛଦ୍ମବେଶରେ, ତୁ ତ ଦାୟୀ ଈର୍ଷାର ଗର୍ଭପାତ ପାଇଁ। ଆଉ ପୁଣି କି ନାଟକ ବାକି ଅଛି, ତୋ'ର ? ପ୍ରତୀକ ତୁ କିଏ ? ପ୍ରତୀକ ତୁ କିଏ ? ପ୍ରତୀକ ତୁ କିଏ ? ତୁ ସେତିକିବେଳୁ ସେମିତି ବସିଛୁ, ତୋ'ର ମୁହଁ ଖୋଲୁ ନାହିଁ, ହାତଗୋଡ଼ ଚଳୁନାହିଁ। ଆମର ମଧ ସେଇ ଅବସ୍ଥା। ଆଜିର ଦିନ କେମିତି କଟିବ, ନାଟକର କେଉଁ ଦୃଶ୍ୟ ଆଜି ପ୍ରତୀକ ?

ତୁ କିଏ ? ତୁ ସ୍ରଷ୍ଟା ନା ନିର୍ମିତ ମାତ୍ର ? ପ୍ରତୀକ, ତୁ ଏଥର ଉଠି ଠିଆ ହେଲୁ, ଆମ ତିନି ଜଣଙ୍କୁ ସ୍ବସ୍ଥ ଚାହିଁଲୁ ଓ ଛୋଟ ସଂକ୍ରାମକ ହସଟିଏ ଛାଡ଼ିଦେଲୁ ଆମକୁ ଲକ୍ଷ୍ୟ କରି। ଆମର ଦେହ ଶିର୍‌ ଶିର୍‌ କରି ଉଠିଲା, ଆମେ ଘରକୋଣ ଛାଡ଼ି ତୋ ନିକଟକୁ ଆସିଲୁ। ଭିତର ବାରଣ୍ଡାରେ ତୋ'ର ମା', ବାହାର ବାରଣ୍ଡାରେ କଠିନ ସୂର୍ଯ୍ୟାଲୋକ। ତୁ ପ୍ରଥମଥର ପାଇଁ ଭିତର ବାରଣ୍ଡାର ମା ମୂର୍ତ୍ତିକୁ ଚାହିଁଲୁ। ତୁ ବୋଧେ ତୋର ମା'କୁ ତଥାପି ଚିହ୍ନ ପାରିଲୁ ନାହିଁ। ତା'ପରେ ଚାହିଁଲୁ ବାହାର ବାରଣ୍ଡାକୁ, କଠିନ ସୂର୍ଯ୍ୟାଲୋକ ଭିତରେ ରଖନ୍ଦ୍‌ନ୍‌କୁଲସ ଦାହିର ତୀର୍ଯ୍ୟକ ଛାଇ। ତୋ ଆଖିରେ ପ୍ରତିଫଳନ ନାହିଁ। ତୁ ଘର ଭିତରେ ଆବଦ୍ଧ ପବନ ଭଳି ବୁଲୁଛୁ, ତୋ'ର ଖର ନିଃଶ୍ୱାସରେ ପୋଡ଼ା କାଗଜର ଗନ୍ଧ, ତୁ ଅକ୍ଷରର ସ୍ତମ୍ଭ, ତୋ'ର

ବିପର୍ଯ୍ୟସ୍ତ ସୀମାରେଖା। ଆମେ ତୋ'ର ଚାରିଆଡ଼େ ଘେରି ବୁଲୁଛୁ। କେଉଁଠି ଅଟକିବୁ ତୁ, କେଉଁ ମଞ୍ଚରେ କେଉଁ ଦୃଶ୍ୟରେ। ଘୂରି ଘୂରି ଆସି ତୋ'ର ମୂଳବିନ୍ଦୁରେ ଅଟକି ଗଲୁ ତୁ। ଆମେ ପଛେଇ ଆସିଲୁ ନିଜ ନିଜର କୋଣକୁ। ପୁଣି ସବୁ ସ୍ଥିର।

ସୁଡ଼ଙ୍ଗ ଆବିଷ୍କାର :

ତା'ପରେ ଆଉ କ'ଣ ଥିଲା ? ଗୋଟିଏ ସ୍ଥିର ମୁହୂର୍ତ୍ତ କେତେବେଲେ ତୀକ୍ଷ୍ଣ ସ୍ରୋତରେ ପରିଣତ ହେଲା ଆମେ ଦେଖିପାରିଲୁ ନାହିଁ। ଘଣ୍ଟାର ସତ୍ ସତ୍ ଟିକ୍ ଟିକ୍ ଭିତରେ ଘଟିଗଲା ପ୍ରଚଣ୍ଡ ରୂପାନ୍ତର, ଆଉ ହୋସ୍ ପାଇଲା ନାହିଁ। ଚେତନାର ଦୌଡ଼ ବା କେତେ ଦୂର; ଏଇ ବାହାର ବାରଣ୍ଡା ଯାଏ ତ! ପ୍ରତୀକ ଏତେବେଲେ ଯାଏଁ ସ୍ୱପ୍ନ ଦେଖୁଥିଲା ନା କ'ଣ ?

ପ୍ରତୀକ ହଠାତ୍ ଆମ ସାମ୍ନାରେ ପହଞ୍ଚିଗଲା କେତେବେଲେ କେମିତି ଆମେ ଜାଣିପାରିଲୁ ନାହିଁ। କିନ୍ତୁ ଥରେ ପ୍ରତୀକର ମୁହଁକୁ ଚାହିଁଦେଇ ଆମେ ବୁଝିଗଲୁ ଆଜି ଆମର ଶେଷ ଦିନ। କିନ୍ତୁ ପ୍ରତୀକର ଦୃଷ୍ଟି ଦଣ୍ଡାୟମାନ ସ୍ତମ୍ଭ ଭଲି ଦିଶୁନାହିଁ ତ ଆଉ, ଆମ ଦୃଷ୍ଟି ସାମ୍ନାରେ ସଙ୍କୁଚିତ ହୋଇ ଶୋଇପଡୁଛି ମଇଲା କାର୍ପେଟ୍ର କୋଉ କୋଣରେ। ପ୍ରତୀକର ପରାଜୟ ନା ପୁଣି ନୂଆଖେଲର ଆରମ୍ଭ ?

ପ୍ରତୀକ, ଆମେ ଜାଣିଛୁ, ତୁ ତଳକୁ ଚାହିଁ କାର୍ପେଟରୁ କ'ଣ ଖୋଜୁଛୁ। ପୁରୁଣା ପର୍ସିଆନ୍ କାର୍ପେଟରେ ଯେତେ ଫୁଲ, ତା'ଠୁ ବେଶୀ ପୋଡ଼ା ଦାଗ, ଯେତେ ବୟସ ତାଠୁ ବେଶୀ ଧୂଳି, ଯେତେ ସାମ୍ରାଜ୍ୟ ତା'ଠାରୁ ବେଶୀ ସ୍ମୃତି। ପର୍ସିଆନ୍ କାର୍ପେଟର ଇତିହାସ ତୁ ଖୋଜୁନାହୁଁ ନିଶ୍ଚୟ, ତୁ ଖୋଜୁଛୁ ସୁଡ଼ଙ୍ଗର ବାଟ। ତୋ'ର ଏକାନ୍ତ ବ୍ୟକ୍ତିଗତ ବ୍ୟାପାରରେ ଆମର ଆଗ୍ରହ ନ ଥିଲା କି ନାହିଁ; କିନ୍ତୁ ସେ ଦିନ ଶୋଇବାଘରେ ଇର୍ଷାକୁ ଆବିଷ୍କାର କଲାପରେ ସୁଡ଼ଙ୍ଗ ବାଟ ଖୋଜି ପାଇବା ପାଇଁ କଷ୍ଟ ହେଲା ନାହିଁ। କାର୍ପେଟର ଦାଗ, ଧୂଳି, ସ୍ମୃତି ତଳେ ତୋ'ର ମସ୍ତିଷ୍କର ଇତିହାସ କେତେ ଦିନ ଆଉ ଛପି ରହିଥା'ନ୍ତା ? ସୁଡ଼ଙ୍ଗ ଶେଷରେ ଯେଉଁ ଦ୍ୱାର ସେ ଦ୍ୱାରେ ଚିରଦିନ ପ୍ରବେଶ ନିଷେଧ। ହଜାର ଚେଷ୍ଟା କରି ମଧ୍ୟ ଆମେ ସେ ଦ୍ୱାର ଖୋଲିପାରି ନଥା'ନ୍ତୁ। କିନ୍ତୁ ଦିନେ ସବୁ ଆପେ ଆପେ ଦିଶିଗଲା। ଆଖିରେ ଦିଶିଲା ନାହିଁ ତ, ହୃଦୟର ଦର୍ପଣରେ ଝଲସିଲା।

କାର୍ପେଟ ତଳେ ବୋତାମ ଚିପିଲେ ସୁଡ଼ଙ୍ଗର ପ୍ରବେଶଦ୍ୱାର। ପ୍ରତୀକ, ଏ କି ମାୟାପୁରୀ ତୋ'ର ? ଆମେ ବିସ୍ମୟରେ ହତବାକ୍ ହୋଇଗଲୁ। କିନ୍ତୁ ଥରେ ପ୍ରବେଶଦ୍ୱାର ପାଇ ଆମେ ସୁଯୋଗ ହରାଇବାକୁ ଚାହୁଁ ନ ଥିଲୁ। ସୁଡ଼ଙ୍ଗ ଭିତରେ ସହସ୍ର ବଣ୍ୟଜନ୍ତୁର ଆଖି ଭଳି ଜ୍ୱଳିଉଠିଲେ କେତେ ନା କେତେ ତେଜସ୍ୱିୟ ଆଲୋକ-ବିନ୍ଦୁ। ସୁଡ଼ଙ୍ଗର ପ୍ରବେଶ ପଥ ଅତିକ୍ରମ କରି ଆମେ ଭିତରକୁ ପାଦ ବଢ଼ାଇଲୁ। ସବୁ ପରିଷ୍କାର ହୋଇଗଲା ଆଖ୍ ଅଭ୍ୟସ୍ତ ହୋଇଗଲା ପରେ। ସୁଡ଼ଙ୍ଗର କାନ୍ଥ, ଘଣ୍ଟାର ଡାୟଲ୍‌ରେ ଗଢ଼ା, ତଳେ ଘଣ୍ଟାକଣ୍ଟାର ଆଶ୍ଚର୍ଯ୍ୟ ବିଛଣା। ଅଥଚ ଚାଲିବାକୁ କଷ୍ଟ ହେଲା ନାହିଁ, ଅଥଚ ଦେଖିବାକୁ କଷ୍ଟ ହେଲା ନାହିଁ। ବଣ୍ୟଜନ୍ତୁର ଆଖି ଭଳି ଯାହା ମୁହୂର୍ତ୍କ ପୂର୍ବରୁ ଡରାଉଥିଲା ତାହା ସହସ୍ର ଘଣ୍ଟାର ସହସ୍ର ରେଡ଼ିଅମ୍ ଅକ୍ଷର। ସବୁ ଆଲୋକ-ବିନ୍ଦୁ ଫେଣ୍ଟିହୋଇ ମୁହୂର୍ତ୍କ ଭିତରେ ଗଡ଼ିଦେଲେ କି ବିଚିତ୍ର ବର୍ଣ୍ଣାଳୀ ? ସହସ୍ର ଦୋଲକ ବାଜିଉଠିଲେ ଏକ ତାନରେ। କେତେ ସମୟ ସେତେବେଳକୁ ? କିଏ କହିଥା'ନ୍ତା କେତେ ସମୟ ? ଏ ତ ସମୟର ସୁଡ଼ଙ୍ଗ। କିନ୍ତୁ ସମୟର ସୁଡ଼ଙ୍ଗରେ ଏ ଘଣ୍ଟାର ଶୟ୍ୟା-ଆଭରଣ କାହିଁକି ? କିଏ କହିବ ଘଣ୍ଟାରେ ସାତଟା ବାଜିଲା କାହିଁକି ? ତୁ ତ ଏ ପୃଥିବୀର ସ୍ରଷ୍ଟା ପ୍ରତୀକ, ତୁ ନିଜେ କହିପାରିବୁ ?

ସୁଡ଼ଙ୍ଗ ଅତିକ୍ରମ କରି ଆମେ ପହଞ୍ଚିଲୁ, ସୁଡ଼ଙ୍ଗ ଶେଷରେ କୋଠରୀର ଦ୍ୱାର ନିକଟରେ। ଶେଷପର୍ଯ୍ୟନ୍ତ ଆମେ ଜାଣି ନ ଥିଲୁ ତୁ ଆମର ଅନୁସରଣ କରି ଆସୁଛୁ ବୋଲି।

ଆମେ ଦ୍ୱାର ସାମ୍ନାରେ ଠିଆ ହୋଇ ଲକ୍ଷ୍ୟ କଲୁ ଚାରିଦିଗକୁ। ଆମେ ଆଶ୍ଚର୍ଯ୍ୟ ହେଲୁ ଆମେ ଆସି ପହଞ୍ଚି ସହରର କେନ୍ଦ୍ରରେ। କିଏ ପ୍ରତୀକର କାଳପୁରୁଷ କିଏ ? ଆପେ ଆପେ ଦ୍ୱାର ଖୋଲିଗଲା।

କୋଠରୀ ଭିତରେ ଆମେ କାହାକୁ ଦେଖିଲୁ ? ସେ ପୁଣି ତୋ'ର ଗୁରୁ ପ୍ରତୀକ ? ଅନ୍ୟ ଦିନ ହୋଇଥିଲେ ତୋ ସହିତ କଣ୍ଠ ମିଳାଇ 'ମହାରାଜଙ୍କର ଜୟ' କହିବା ପାଇଁ ଆମର ଆପଉ ନ ଥା'ନ୍ତା। କିନ୍ତୁ ସେଇଠି ସେଇ ମୁହୂର୍ତ୍କରେ ଘୃଣାରେ ଆମର ଦେହ ଶିର୍ ଶିର୍ କରି ଉଠିଲା। ପ୍ରଜ୍ଞାର ବିରସ ମୁହଁ ଦେଖ୍ କିଏ ଧୈର୍ଯ୍ୟ ଧରି ରହିପାରିବ ? ପ୍ରତୀକ, ତୁ ଦର୍ପଣକୁ ଚାହିଁ ଦେଖ୍ ପ୍ରଜ୍ଞାର ପ୍ରଖର ତୁଲୀ ତୋ ମୁହଁରୁ କେମିତି ସବୁ ପୋଛି ସଫା କରିଦେଇଛି। ତୁ ରାକ୍ଷସ ପାଲଟି ଯାଉଛୁ

ପ୍ରତୀକ, ଆଉ ପାହାଚେ ଆଗକୁ ଗଲେ ତୋ'ର ଶେଷ। ମହାପୁରୁଷ ଓ ରାକ୍ଷସ ଭିତରେ ପ୍ରଭେଦ ଆଉ କ'ଣ? ପାଦେ ଆଗକୁ ନ ହେଲେ ପାଦେ ପଛକୁ। ତୋ'ର ମହାପୁରୁଷ ଥିଓରୀରେ ଆମର ବିଶ୍ୱାସ ଶେଷ ସୁଦ୍ଧା ସୃଷ୍ଟି ହୋଇପାରିଲା ନାହିଁ। ସ୍ୱାମୀ ପ୍ରଜ୍ଞାନନ୍ଦ ଡାକନାମ ଡୋଡୋ ମହାରାଜଙ୍କୁ ପ୍ରଣାମ, ଦେଖ୍ଲା ପରେ ମଧ ନୁହେଁ। ଡୋଡୋ ମହାରାଜଙ୍କୁ ପ୍ରଣାମ କରିପାରିଲୁ ନାହିଁ ଆମେ, ଆମ ଭିତରର ଛୋଟିଆ ମଣିଷ ପ୍ରତିବାଦ କଲା। ଆମେ ନିର୍ବାକ ହୋଇ କେବଳ ତାଙ୍କୁ ଚାହିଁଲୁ। ସେ ହସିଲେ ସତେ ଯେମିତି ସେ ସବୁ ବୁଝିଗଲେ। ଆମେ ବାଜିମାରି କହିପାରୁ ସେ କିଛି ବୁଝିପାରିଲେ ନାହିଁ। ପ୍ରତୀକ, ଛୋଟିଆ ମନରେ ମହାନ୍ ପ୍ରତି କେତେ ଘୃଣା ତୁ କଳ୍ପନା ସୁଦ୍ଧା କରିପାରିବୁ ନାହିଁ। ମହାରାଜ ବୋଧେ ଭାବିଲେ ଆମେ ଅଭିଭୂତ ହୋଇ ପଡ଼ିଛୁ, ଆମର ଚେତନା ଲୋପ ପାଇ ଯାଇଛି। ଆହା ହାଃ! କି ଦୟନୀୟ ଏ ଆମ୍ସନ୍ତୋଷ! ଆମେ ସାମାନ୍ୟ ଅନ୍ୟମନସ୍ତ ହୋଇ ପଡ଼ିଲୁ। ପୁଣି ଦୃଷ୍ଟି ସ୍ଥିର କଲାବେଳକୁ ମହାରାଜ ମଧ ଶୂନ୍ୟରୁ ଖସୁଛନ୍ତି। ଆଶ୍ଚର୍ଯ୍ୟ! ଆଶ୍ଚର୍ଯ୍ୟ ଆମେ ଆଦୌ ହେଲୁ ନାହିଁ ପ୍ରତୀକ, ଆମେ ଦେଖ୍ପାରିଲୁ ମହାରାଜଙ୍କୁ ମଧ ଶୂନ୍ୟରେ ଧରି ରଖ୍ଥିବା ରଜୁଟିକୁ। ମହାରାଜ ତଳକୁ ଖସି ପୁଣି ନିଜ ଆସନରେ ବସିଲେ। ବିସ୍ମୟରେ ତାଙ୍କର ଚକ୍ଷୁ ବିସ୍ଫୋରିତ ହେଲା। ସେ ବୋଧେ ଚିନ୍ତା କରିପାରିବେ ନାହିଁ ଆମର ଏ ପ୍ରତିକ୍ରିୟାର କାରଣ। ତାଙ୍କରି ନିର୍ଦ୍ଦେଶରେ ପରିଚାଳିତ ତୁ ଆମ ଚାରିଆଡ଼େ ଘେରାଇ ଦେଇଥିଲୁ ପ୍ରଲୋଭନର ପାଚେରୀ। ଏବେ ଦେଖ୍, ତୋର ମହାରାଜଙ୍କୁ, ତାଙ୍କ ଚାରିଆଡ଼େ ପରାଜୟର ପାଚେରୀ। ଦେଖ ବେଖ୍ ତାଙ୍କ ମୁହଁ କେମିତି ବିବର୍ଣ୍ଣ ଫଳଟିଏ ଭଳି ଝୁଲୁଛି ଯେମିତି ଟିକିଏ ପବନରେ ଖସିପଡ଼ିବ। ପ୍ରତୀକ, ତୋ'ର ଗୁରୁ କ'ଣ ଏ ପୃଥିବୀର ଲୋକ ନୁହନ୍ତି? ଯଦି ସେ ଏ ପୃଥ୍ୱୀର ଲୋକ ତାଙ୍କର ଏ ଅଜ୍ଞାତବାସ କାହିଁକି? ଆଉ ପୁଣି ଏ ଘଣ୍ଟାମୟ ସୁଡ଼ଙ୍ଗର ରହସ୍ୟ କ'ଣ? ତୋ'ର ଗୁରୁ କ'ଣ ଦଲାଲ ନା ସ୍ମଗ୍ଲର ନା କ'ଣ? ମହାରାଜ ଆମକୁ ତୀକ୍ଷ୍ଣ ଦୃଷ୍ଟିରେ ଚାହିଁ ଘୋଷଣା କଲେ : ମୁଁ ଡୋଡୋ ମହାରାଜ୍, ମୁଁ ପ୍ରଜ୍ଞାନନ୍ଦ, ମୁଁ ପ୍ରତୀକର ଗୁରୁ, ମୁଁ ପୃଥିବୀର ମସ୍ତିଷ୍କ। ଆମେ ଜାଣିଛୁ ଏ ଘୋଷଣା ଆମକୁ ସମ୍ମୋହିତ କରି କବଳିତ କରିବା ପାଇଁ କରାଯାଇଥିଲା। ଆମେ ଉତ୍ତର ଦେଲୁ ମିଳିତ ସ୍ୱରରେ। ଆମେ ଜାଣୁ, ଆମେ ଜାଣୁ। ସେ ଚିତ୍କାର କରି କହିଲେ, କିଛି ଜାଣ ନାହିଁ ମୂର୍ଖ, ନର୍କର କୀଟ ତୁମେ ଜାଣ କ'ଣ? ଆମେ

ପଚାରିଲୁ, ତେବେ କୁହନ୍ତୁ ଜ୍ଞାନ କ'ଣ ? ଡୋଡ଼ୋ ମହାରାଜ ନିଜର ଆପାତତଃ ବିଜୟରେ ସ୍ମିତ ହସି କହିଲେ : ଜ୍ଞାନ, ଅଜ୍ଞାନର ବିପରୀତ । ଆମେ ପଚାରିଲୁ "ବିପରୀତ ପୁଣି କ'ଣ ?" ମହାରାଜ କହିଲେ : ଜ୍ଞାନ ହେଲା ଇନ୍ଦ୍ରିୟଲବ୍ଧ ଚେତନାର ଅତୀନ୍ଦ୍ରିୟ ଉପଲବ୍ଧ ।" ଆମେ ଉଚ୍ଚାରଣ କଲୁ: 'ଇନ୍ଦ୍ରିୟଲବ୍ଧ ଚେତନାର ଅତୀନ୍ଦ୍ରିୟ ଉପଲବ୍ଧ" ଶବ୍ଦ କେବଳ ଶବ୍ଦ, ଶବ୍ଦର ମାୟାଜାଲ, ଶବ୍ଦର କୁହୁକ । ପ୍ରତୀକ, କୁରୁକ୍ଷେତ୍ର ଯୁଦ୍ଧ ଦେଖି ରଥଧ୍ୱଜାରୁ ବେଲାଳସେନ କ'ଣ କହିଲା ଜାଣୁ ? ବେଲାଳସେନ କହିଲା, କୁରୁକ୍ଷେତ୍ରରେ ସମସ୍ତେ କୀଟ, ପତଙ୍ଗ, ନାୟକ କେବଳ ଗୋଟିଏ ଚକ୍ର । ସେଇ ଅନୁଭବ ଆମର ପ୍ରତୀକ, ତୁ ବିଶ୍ୱାସ କର ବା ନ କର । ତୁ ଓ ତୋ'ର ଗୁରୁ, ତୋ'ର ଗୋଷ୍ଠୀ, ତମେ ସମସ୍ତେ କୀଟପତଙ୍ଗ, ହାଡ଼ ମାଂସ, ନାୟକ କେବଳ ଶବ୍ଦ । ଶବ୍ଦ ହିଁ ତ କେବଳ । କିଏ ଦେଖିଛି ଚେତନାକୁ, କିଏ କହିଲା ଅତୀନ୍ଦ୍ରିୟ କ'ଣ ଉପଲବ୍ଧ କ'ଣ ? ଶବ୍ଦର ଖେଳରେ ଜିତାପଟ ତୋ'ର କିନ୍ତୁ କାହାକୁ ଜିତିଲୁ ତୁ କାହାକୁ ? ମହାରାଜାଙ୍କ ଉତ୍ତରରେ ହସିବା ଛଡ଼ା ଅନ୍ୟ ଉପାୟ ନ ଥିଲା । ଆମେ ହସିଲୁ, ହସି ହସି ଥୁଃ ଥୁଃ ଛେପ ପିଙ୍ଗିଲୁ ତୋ'ର ଗୁରୁଙ୍କୁ । ପ୍ରଜ୍ଞା । ହାଃ ହାଃ ! ଡୋ ! ଡୋ ହାଃ ହାଃ ମହାରାଜ ହାଃ ହାଃ ! ଡୋଡୋ ମହାରାଜ ଅକ୍ଷରର ଉଚ୍ଚହୁଙ୍କାରୁ ବିଷଧର ଭଳି, ଶବ୍ଦର ଚିତାରୁ ଭସ୍ମାସୁର ଭଳି ଉଠିଲେ, ସେ ଚିତ୍କାର କରି ଆମକୁ ହସରୁ ନିବୃତ୍ତ କରିବାକୁ ଚେଷ୍ଟା କଲେ । ପ୍ରଲାପ କଲା ଭଳି କହିଲେ, ମୁଁ ଡୋଡୋ, ମୁଁ ଡୋ ଡୋ ଡୋ ଡୋ ଡୋ ଡୋଡୋ । ଡୋ ଡୋ ? ଡୋ ଡୋ କ'ଣ ? ପକ୍ଷୀର ନାମ ? ନକ୍ଷତ୍ରର ନାମ ? ନର୍କର ନାମ ? ନା ପ୍ରଜ୍ଞାର ନାମ ? ଆମର ହସ ତଥାପି ଥମିଲା ନାହିଁ । ହଠାତ୍ ସେ ବିଷଧର ନିଜକୁ ଦଂଶନ କଲା, ସେ ଭସ୍ମାସୁର ନିଜ ମୁଣ୍ଡରେ ହାତ ରଖିଦେଲା । ସୁଡ଼ଙ୍ଗର ସମସ୍ତ ଘଣ୍ଟା ତରଳ ଧାତବସ୍ରୋତ ହୋଇ ବହିଗଲେ କାହିଁ କୁଆଡ଼େ କେଉଁ ଅଜଣା ସମୁଦ୍ରକୁ ।

ଦ୍ୱିତୀୟ ସ୍ତର ଚିତ୍ର / ପ୍ରତୀକ ତୋର ରକ୍ତମାଂସ ।

ତୁ ସେମିତି ଠିଆହୋଇ ରହିଛୁ, ସେତିକିବେଳୁ । ଆଉ କାହିଁକି ଚାହିଁଛୁ କୋଉ ସୁଡ଼ଙ୍ଗକୁ ପ୍ରତୀକ ? ଏଥର ସନ୍ଧ୍ୟା ହେଲା, ଆ ଚାଲିଆ ବାହାରକୁ, ଆଖି ଖୋଲି ଦେଖିନେ ପୃଥିବୀକୁ । ସ୍ନାୟୁର ଜାଲରେ ବୁଢ଼ୀଆଣି ଭଳି ବସିଥିବୁ ଏମିତି କେତେଦିନ ? ଆମକୁ ତୁ ଆଉ ଗିଲିଦେଇ ପାରିବୁ ନାହିଁ । ଆମେ ଖସିଗଲୁ ପ୍ରତୀକ, ଆମେ ଖସିଗଲୁ ।

ପ୍ରତୀକ ବିନା ଆପଭିରେ ଆମ ନିକଟରେ ଠିଆହୋଇ ରହିଲା। ତା'ର ଆଖିର ହିଂସ୍ର ଆଲୋକ କେଉଁ ଦୂରଦୂରାନ୍ତର କେତେ ଆଲୋକବର୍ଷର ସୁତାଖିଅ ଭଳି ଲମ୍ବି ଯାଉଛି କେଜାଣି କେଉଁ ଶୂନ୍ୟକୁ। କ୍ରମେ ତା'ର ରକ୍ତମାଂସର ଶରୀର ସ୍ଥୁଳ ହୋଇଯାଉଛି। ପ୍ରତୀକ ଆମ ତିନି ଜଣଙ୍କ ସହିତ ଚାଲିଛି।

ପ୍ରତୀକର ଘର ଟପିଗଲୁ ଆମେ। ନିକାଞ୍ଜନ ପତିତ ଜମି ମାଇଲ୍ ମାଇଲ୍, ଅନ୍ଧକାର ଏରୋଡ୍ରମରେ ତୀକ୍ଷ୍ଣ ଲାଲନୀଳ ଆଲୋକର ଭାସମାନ ଇଙ୍ଗିତ। ଆମେ ଆଗକୁ ଆଗକୁ ଚାଲିଲୁ। ପ୍ରତୀକ ଜାଣେ ତା'ର ଭବିଷ୍ୟତ। ପ୍ରଜ୍ଞାର ଶିଖରରେ ଠିଆହୋଇ ସେ ଦେଖୁଁଚି ଅନ୍ଧକାରକୁ; ଦେଖୁଛି କି ? ଆମ ହାତରେ କୋଡ଼ିକୋଦାଳ, ଆମେ ଆସନ୍ନ ବିସ୍ଫୋରଣ ପାଇଁ ପ୍ରସ୍ତୁତ।

ସେହି ଆବୃତ ରମ୍ୟସାକୃତି ଖଣ୍ଡେ ପତିତ ଜମି। ଆମେ ପ୍ରତୀକର ତଣ୍ଟିଚିପି ଧରିଲୁ। ଚିତ୍କାର ସୁଦ୍ଧା ଶୁଭିଲା ନାହିଁ। ରକ୍ତମାଂସର ଓଜନ କେବଳ ରକ୍ତମାଂସର। ମୁଣ୍ଡର ଓଜନ କେତେ ? ଗୋଟିଏ ଝଲକ୍‌ରେ ସବୁ ଶେଷ ହୋଇଗଲା।

ପ୍ରତୀକକୁ ମାଟିତଳେ ପୋତିଦେଲୁ ଆମେ। ଯା' ପ୍ରତୀକ କୀଟମାନଙ୍କର ରାଜାଧିରାଜ ହୁଅ, ପତଙ୍ଗମାନଙ୍କର ହୃଦୟେଶ୍ୱର ହୁଅ। ତୋ'ର ମୁଣ୍ଡ ପଚିଯାଉ ମାଟିତଳେ, ତୁ ଅମର ହୋଇ ରହ ପାତାଳରେ। ଆମେ ଚାଲିଲୁ, ତିନିଟା ବାବନାଭୂତ, ତିନିଟା ଛୋଟ ମଣିଷ, ତିନିଟା ଛାଇ, ତିନିଟା ଗାର। ବିଦାୟ ପ୍ରତୀକ, ବିଦାୟ ତୋ'ର ରକ୍ତମାଂସକୁ।

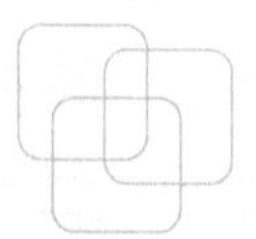

ଅବତଳ ଯବକାଢ଼

ତମେ ନରେନ୍ଦ୍ର

'ଅତୁଳନୀୟ ପ୍ରାଃ ଲିଃ'ର ବିଜ୍ଞାପନ ଓ ସୂଚନା ବିଭାଗର ତମେ ଜଣେ ଅନୁ-ଅନୁ- ଅନୁ-ଅନୁ ବିଭାଗୀୟ ପଦାଧିକାରୀ । କମ୍ପାନୀ ମହଲର ସାତ ମହଲାରେ ପାଞ୍ଚମହଲାଟି ତମର ବିଭାଗ-ସିଡ଼ିରୁ ବାମକୁ ହଲ୍ ଶେଷରେ ଡାହାଣକୁ ଗଲେ ତମର ଅନୁବିଭାଗ, ଅନୁବିଭାଗର ମୁଖ୍ୟ ତମେ । ତମ ଟେବୁଲ ଉପରେ ପ୍ରିଜମ୍ ଆକୃତି କାଠଫଳକରେ ତମର ଇନିସିଆଲ ଇଂରାଜୀରେ – "ଏନ୍.କେ.ଆର୍" ହଲ୍‌ର ଦକ୍ଷିଣ କୋଣର ଅଧିକାରୀ ତମେ, ତମ ସାମ୍ନାରେ ତମର ପାଞ୍ଚ ଜଣ ସହକାରୀ, ତମ ଡାହାଣରେ କାନ୍ତୁ, କାନ୍ତୁ ଅଧାରୁ ବଡ଼ ଝ୍‌ର୍କାର ଆରମ୍ଭ, ତମ ବାମରେ ହଲର ପ୍ୟାସେଜ୍ ଶେଷ, ତମ ପଛରେ ଫାଇଲ୍ କ୍ୟାବିନେଟ୍ ଓ କ୍ୟାବିନେଟ୍ ଉପରେ ବଡ଼ ହରଫ୍‌ରେ ଲେଖା ତମ କମ୍ପାନୀର ଇନିସିଆଲ୍– ଇଂରାଜୀରେ, ହିନ୍ଦୀରେ ।

ସଂକ୍ଷେପରେ ତମ ଅନୁବିଭାଗର ନାମ 'ଡାଟା' (ତଥ୍ୟ), ତମେ ବିଜ୍ଞାପନର ମୂଳସୂତ୍ର, ତମର ସୂଚନା ଉପରେ କମ୍ପାନୀର (କ'ଣ ନିର୍ଭର କରେ ?) ଧମନୀ ।

ଠିକ୍ ଦିନ ସାଢ଼େ ନ'ଟାରେ ତମେ ତଳ ମହଲାର ଲିଫ୍‌ଟ ପାଖରେ ପହଞ୍ଚିଲ । ତା'ପରେ ଲିଫ୍‌ଟ ଭିତରେ ତମେ ଏକା – ସ୍ୱିଚ୍ ବୋର୍ଡର ୫ ଅଙ୍କଟିକୁ ଚିପିଧରିଲ । ଲିଫ୍‌ଟର ସରସର ଭିତରେ ତମେ ଉଠିଚାଲିଲ ତମର ନିର୍ଦ୍ଦିଷ୍ଟ ଆକାଶର ଦକ୍ଷିଣ କୋଣକୁ । ତମ ହାତରେ ପୁରୁଣା ବ୍ରିଫ୍ କେସ୍ । ପ୍ୟାସେଜ୍‌ରେ ଚାଲିଗଲାବେଳେ ତମେ ଚୋରା ନଜରରେ ଥରେ ଅଫିସର୍ସ କ୍ୟାବିନର ମୁଣ୍ଡ ଉପରେ ସେହି ଚୂଡ଼ାନ୍ତ ଲାଲ ଆଲୋକର ଦପ୍ ଦପ୍‌କୁ ଚାହିଁଦେଲ । ତମେ ଜାଣିଗଲ ତମର ଭାଗ୍ୟାଧିକାରୀ ମାଲହୋତ୍ରା ସାହେବ ଆସିଗଲେଣି । ଗତକାଲିର ବଳକା କାମର ତଦାରଖ ହେଉଛି । ତମେ ନିଷ୍ଚିନ୍ତରେ ସିଗାରେଟ୍‌ଟିଏ ଜଳାଇପାର, ଧୂଆଁ

ଫୁଙ୍କି ଫୁଙ୍କି ଫାଇଲ କ୍ୟାବିନେଟ୍କୁ ଚାହିଁ କିଛିକାଳ ବିଶ୍ରାମ ନେଇପାର ! ପୁରୁଣା ବ୍ରିଫ୍‌କେଶ ଝୁଙ୍କି ଝୁଙ୍କି ଚାଲିଛି ତମ ଦାହାଣ ହାତରେ, ତମେ ହାତ ବଦଲାଇ ଦେଲ ଓ ଡାହାଣ ହାତରେ ପକେଟରୁ ସିଗାରେଟ ପ୍ୟାକେଟ୍ ବାହାର କରି ଆଣିଲ। ଏଥର ତମର ଟେବୁଲ। ଟେବୁଲର କାଚ ତଳେ କମ୍ପାନୀର ସର୍ବଶେଷ ତଥ୍ୟ — ଗତକାଲିର। ଟେବୁଲ ଉପରେ ମୋଟା ଫୋଲ୍ଡର ଭିତରେ ଆଜିର ଯୋଜନା। ତମର ନାମଲେଖା କାଠପଲକଟି ତା'ର ନିର୍ଦ୍ଦିଷ୍ଟ ସ୍ଥାନରୁ କିଛି ଦୂରରେ, ତମେ ସଜାଡ଼ିଦେଲ, ତା'ପରେ ଚଉକିରେ ବସିଗଲ। ବ୍ରିଫ୍‌କେଶ୍ ତମର ଚଉକି ସହିତ ସମାନ୍ତର ଛୋଟ ଷ୍ଟୁଲ୍ ଉପରେ। ତମେ ଫୋଲ୍ଡର ଉପରେ ସିଗାରେଟ ପ୍ୟାକେଟ ରଖିଦେଲ। ସିଗାରେଟ୍‌ରେ ନିଆଁ ଧରୁଛି। ତମେ ଦିଆସିଲି କାଠିଟିକୁ ସଦ୍ୟ ଚକ୍ ଚକ୍ ଲିଟର ବକ୍ସ ଭିତରକୁ ଫିଙ୍ଗି ଦେଲ। ଦିନର ପ୍ରଥମ ଆବର୍ଜନା — ପୋଡ଼ା ଦିଆସିଲ୍ କାଠିଟିକୁ ଚାହିଁ ହସିଦେଲ ଟିକିଏ। ତା'ପରେ—

କାହାନ୍ତି ତମର ପାଞ୍ଚ ଜଣ ସହକାରୀ? ସିଂ ତମର ଏତେ ଡେରି? ବାନାର୍ଜୀ କଂପିଲେଶନ୍ କାହିଁ? ମିସ୍ ଗୁପ୍ତା, ମୁଁ ପଚାରୁଛି ନୋଟ୍‌ସିଟ୍ ଟାଇପ ହୋଇଛି ନା ନାହିଁ? ରମଣ ରାଓ ତମର ହ୍ୱାଟ୍‌ନଟ୍‌ରେ ଏତେ ଅଳିଆ କାହିଁକି? ଓଲ୍ଡ଼ ରେକର୍ଡ଼କୁ ପଠାଇଦିଅ। ମିଷ୍ଟର ହୋଲ୍‌କର୍ ଆପଣ କମ୍ପାନୀର ଜଣେ ସିନିଅର୍ କର୍ମଚାରୀ, ଅଥଚ କମ୍ପାନୀର ସମୟକୁ ଆପଣଙ୍କର ଖାତିର୍ ନାହିଁ।

ଦିନର କାମ ଆରମ୍ଭ ହେଲା।

ପ୍ରଥମେ ମାଲ୍‌ହୋତ୍ରା ସାହେବଙ୍କ ଟେଲିଫୋନ। ଫାଇଲ୍ କ୍ୟାବିନେଟ୍‌ରୁ 'ଗୋପନୀୟ' ଲେଖାଥିବା ଧୂସର ଫାଇଲଟିଏ ଭିତର ସେଲ୍‌ଫରୁ ବାହାର କଲ ଓ ତା'ପରେ ସିଗାରେଟ୍‌ର ବଳକା ଅଂଶଟିକୁ 'ଲିଟର' ଭିତରେ ଫିଙ୍ଗି ଦେଇ ଉଠିଗଲ। ସାତବର୍ଷ ଭିତରେ ତମେ ଜାଣିଗଲଣି ତମକୁ କ'ଣ କହିବାକୁ ହେବ। ମାଲ୍‌ହୋତ୍ରା ସାହେବ ତମର ଠିକ୍ ଉପରେ, କିନ୍ତୁ କମ୍ପାନୀ ସିଡ଼ିରେ ତାଙ୍କର ସ୍ଥାନ ଯଥେଷ୍ଟ ତଳେ। ତମେ ଜାଣ, ମାଲ୍‌ହୋତ୍ରା ସାହେବ କମ୍ପାନୀର ଟାଇପିଷ୍ଟ ହୋଇ କାମ ଆରମ୍ଭ କରିଥିଲେ। ୨୦ ବର୍ଷ ପରେ ଇନ୍‌ଫରମେସନ୍‌ର ବ୍ରାଞ୍ଚ ଅଫିସର ହୋଇ ତମର ଉପର ସାହେବ। ତମେ ଜାଣ, ମାଲ୍‌ହୋତ୍ରା ସାହେବଙ୍କୁ ନୋଟ ଦେବାର କାଇଦା — ଟାଇପ୍ ସ୍ପଷ୍ଟ ଓ ସୁନ୍ଦର ହେବା ଦରକାର। ଇଂରାଜୀ ସିଧା ଓ ଟାଣ ଟାଣ। ମାଲ୍‌ହୋତ୍ରା ସାହେବ ଟେବୁଲ ଉପରେ ଅନ୍ୟମନସ୍କ ହୋଇ ଆଙ୍ଗୁଠି

ଚଳାଉଛନ୍ତି ଟାଇପ୍ ମେସିନ୍‌ରେ କଳାଭଳି । ତମେ ପହଞ୍ଚିଲ । ମାଲହୋତ୍ରା ସାହେବ ତମକୁ ଚୌକି ଦେଲେ ନାହିଁ । ତମ ମୁହଁକୁ ସିଧା ଚାହିଁ ରହିଲେ ଓ ତମ ହାତରୁ ସେଇ ଧୂସର ଗୋପନୀୟ ଫାଇଲଟିକୁ ପ୍ରାୟ ଝାମ୍ପିନେଲେ । ତମେ ହଠାତ୍ ଶଙ୍କିଗଲ । ତମ ପାଟିରୁ ଗୋଟିଏ ଛୋଟ 'ସାର୍' ବାହାରି ମିଳାଇଗଲା ଯେମିତି ଜିଭ ଉପରେ । ମାଲହୋତ୍ରା ସାହେବ ଗୋଟାଏ ଟାଇପ୍‌କରା ଲମ୍ବା କାଗଜ ଫିଙ୍ଗି ଦେଲେ ତମ ମୁହଁ ଉପରକୁ । ତମେ କାଗଜ ଉପରେ ଆଖି ବୁଲାଇନେଲ । ମାର୍ଜିନରେ ନାଲି, ନୀଳ, ବାଇଗଣୀ, ସବୁଜ ରଙ୍ଗର ସ୍ୟାହିରେ ବିଭିନ୍ନ ସ୍ତରର ମତାମତ । ମୋଟାମୋଟି, ତମର ଗତ ସପ୍ତାହର 'ଡାଟା' ସଂପୂର୍ଣ୍ଣ 'ଫେକ୍' ।

'ଫେକ୍, ଫେକ୍, ଫେକ୍' ମାଲହୋତ୍ରା ସାହେବଙ୍କ ଚିତ୍କାର । ତମ ଆଖି ଆଗରେ ସବୁ ସ୍ୱଷ୍ଟ ହୋଇଗଲା । ଗତ ସପ୍ତାହର ଡାଟା ଅତି ଯନ୍ତରେ ଟାଇପ୍ କରାଯାଇ ମାଲହୋତ୍ରା ସାହେବଙ୍କୁ ତମେ ନିଜେ ଦେଇଥିଲ ହାତେ ହାତେ— ଅତି ଜରୁରୀ, କମ୍ପାନୀର ସେଲ୍ସ ପ୍ରମୋଶନ ଉଇକ୍‌ର ଫଳାଫଳ । ଏଥିପାଇଁ ରମଣ ରାଓ ଓ ସିଂ ଅକ୍ଲାନ୍ତ ପରିଶ୍ରମ କରିଥିଲେ, ମିସ୍ ଗୁପ୍ତା ରାତିସାରା ଟାଇପ୍ କରିଥିଲେ— ବିନା ଓଭର ଟାଇମ୍‌ରେ, ବିନା ଆପତ୍ତିରେ, କେବଳ କମ୍ପାନୀର ଭବିଷ୍ୟତ ପାଇଁ । ନିର୍ଦ୍ଦିଷ୍ଟ ମାପରେ ଛୋଟ ଦସ୍ତଖତଟିଏ ଆଙ୍କିଦେଇ ମାଲହୋତ୍ରା ସାହେବ ଟାଇପ୍ କାଗଜଟିକୁ ପଠାଇ ଦେଇଥିଲେ ଉପରକୁ । କାଗଜ ସିଡ଼ି ଚଢ଼ି ଚଢ଼ି ପହଞ୍ଚିଗଲା ସର୍ବୋଚ୍ଚ ଶିଖରରେ, ମାଲହୋତ୍ରାଙ୍କ ଦୃଷ୍ଟିର ସୀମାବାହାରେ (ଭେଲଭେଟ୍ ପର୍ଦ୍ଦାଘେରା କାନ୍ଥରୁ କାନ୍ଥକୁ ଲାଲ କାର୍ପେଟ୍) । ତା'ପରେ କାଗଜ ଫେରିଲା, କଲମ ମାଡ଼ରେ କ୍ଷତବିକ୍ଷତ ହୋଇ, ବୁମେରାଂ ଭଳି ଇନ୍‌ଫର୍ମେଶନ ବିଭାଗକୁ ବର୍ତ୍ତମାନ ତମେ 'ଡାଟା', 'ଇନ୍‌ଫରମେଶନ'ର କବଳରେ । ତମେ କେବଳ ହାଣଖିଆ ପଶୁ ଭଳି ଗାଁ ଗାଁ ହୋଇପାରିବ, ଚୋଟଖିଆ ପକ୍ଷୀ ଭଳି ଚେଁ ଚେଁ କରିପାରିବ । ତମର ଟେବୁଲ ଚୌକି ଉଡ଼ିବେ ଏଥର ।

ରମଣ ରାଓ ଓ ସିଂ ଯେତେବେଳେ ତମ ସାମ୍ନାରେ ସେଲ୍‌ସ ପ୍ରମୋଶନ ଉଇକ୍‌ର ଫଳାଫଳ ସଜାଡ଼ି ଥୋଇ ଦେଇଥିଲେ, ସେତେବେଳେ ତମେ ନିଜ ହାତରେ ନୋଟ୍‌ସିଟ୍ ଉପରେ ଲେଖ୍ ଦେଇଥିଲ ଇଂରାଜୀରେ ଯାହା— ଓଡ଼ିଆରେ 'ଗୋଲାପୀ ଭବିଷ୍ୟତ" । ସେଇ "ଗୋଲାପୀ ଭବିଷ୍ୟତ" ଉପରେ ସବୁ କଲମର ଗୋଇଠାମାଡ଼ । ମାଲହୋତ୍ରା ସାହେବ ସେଇ "ଗୋଲାପୀ ଭବିଷ୍ୟତକୁ" ତମ

ଆଖ୍ ଆଗରେ ଆଙ୍ଗୁଠି ଦେଖାଇ ଚିହ୍ନାଇ ଦେଲେ ଓ ଗୋଟିଏ ଫୁଃର ଝଟକାରେ ତମ ହାତରୁ କାଗଜଟିକୁ ଟାଣିନେଇ ଲିଟର୍ ବକ୍ସରେ ଫିଙ୍ଗିଦେଲେ। ପ୍ରଥମ ଆବର୍ଜନା ଆରମ୍ଭ ହେଲା ତାଙ୍କ ଲିଟର୍ ବକ୍ସରେ।

ତମେ କୈଫିୟତ୍ ଚିନ୍ତା କରିପାରୁ ନାହଁ। ମୂଳ କୈଫିୟତ୍ ଦେବେ ବିଜ୍ଞାପନ ଓ ସୂଚନାର ମୁଖ୍ୟ ସ୍ୱାମୀନାଥନ୍ ସାହେବ। କୈଫିୟତ୍‌ର କୈଫିୟତ୍‌ର କୈଫିୟତ୍ ତମେ ଦେବ। ତମ କୈଫିୟତ୍ ମାଡ଼ଖୁଆ ଭିକାରୀ ଛୁଆ ଭଳି ମାଲହୋତ୍ରା ସାହେବଙ୍କ ଟେବୁଲ ପାଖରେ ଠିଆହେବ, ମାଲହୋତ୍ରା ସାହେବଙ୍କର ଗୋଟାଏ ଧକ୍‌କାରେ ଭିକାରୀ ଛୁଆକୁ ପେଣ୍ଟ ଜାମା ମିଲିଯିବ, ତା'ପରେ ସ୍କୁଲ ପିଲାଟିଏ ଯାଇ ଠିଆହେବ ସ୍ୱାମୀନାଥନଙ୍କର ଟେବୁଲ ପାଖରେ। ସ୍ୱାମୀନାଥନ ତା'ର ମୁଣ୍ଡ କୁଣ୍ଡାଇ ଦେବେ, ଆଦର ଯତ୍ନରେ ବଢ଼ାଇବେ ବାପଭଳି ଓ ଶେଷରେ ଭିକାରୀ ଛୁଆ ଝଟ‍ଝଟ୍ ଏକ୍‌ଜିକ୍ୟୁଟିଭ ହୋଇ ବିଲାତି ଠାଣିରେ ପହଞ୍ଚିବ ସର୍ବୋଚ୍ଚ ମହଲାରେ। ସର୍ବୋଚ୍ଚକରା ବିଚାର କରିବେ। ବିଜ୍ଞାପନ ଓ ସୂଚନା ବିଭାଗରେ ନୂଆ 'ଡାଟା' ଖୋଜା ଚାଲିବ। ତମେ କିନ୍ତୁ ତମର ଭିକାରୀ ଛୁଆକୁ ଖୋଜି ପାଇବ ନାହଁ ଜୀବନ ସାରା। ତେଣୁ ନରେନ୍ଦ୍ର, ତମେ ତମ ଟେବୁଲକୁ ଫେରିଯାଅ, ଭିକାରୀ ଛୁଆକୁ ଭୋକିଲା –ଶୋଷିଲା କର, ଛିଣ୍ଡା ମଇଳା ଜାମା ପିନ୍ଧାଇ ଦିଅ, ଲୁହ ଦି' ଧାର ବି ଦିଅ ଆଖିରେ। ବାସ୍, ତମର କୈଫିୟତ ଶେଷ।

ତମେ ମୁଣ୍ଡ ନୁଆଁଇ ମାଲହୋତ୍ରା ସାହେବଙ୍କ ଚେମ୍ବରରୁ ବାହାରି ଆସିଲ। ସିଂ, ରମଣରାଓ, ବାନାର୍ଜୀ, ମିସ୍ ଗୁପ୍ତା କାମ କରି ଚାଲିଛନ୍ତି ମେସିନ ଭଳି। ଏକା ହୋଲକାର୍ ବସି ଟେବୁଲ ଉପରର କ୍ୟାସିଟ୍ ମେସିନ୍‌କୁ ଚାହିଁ ରହିଛି। ତମର ହୃଦୟ କରୁଣାରେ ପୂର୍ଣ୍ଣ ହୋଇଗଲା। ତମେ ଅତି ନିମ୍ନ ସ୍ୱରରେ ସିଂ ଓ ରମଣରାଓକୁ ତମ ଟେବୁଲ୍ ନିକଟକୁ ଡାକିଲ। ଇସାରାରେ ଜଣାଇଦେଲ ହୋଲକାରକୁ ଯେ ତମେ ଅସନ୍ତୁଷ୍ଟ ନୁହଁ। ମିସ୍ ଗୁପ୍ତା ଥରେ ମାତ୍ର ମୁଣ୍ଡ ଟେକି ଚାହିଁଲା ଟାଇପ ରାଇଟର୍‌ରୁ, ତା'ପରେ ଟାଇପ୍ ଚାଲିଲା। ତମେ ଯଥେଷ୍ଟ ସ୍ୱଷ୍ଟ କରି ବୁଝାଇ ଦେଲ ଗତ ଉଇକ୍‌ର ଡାଟା କେମିତି 'ଫେକ୍', କେମିତି ତମେ ମୁଣ୍ଡ ଟେକି ଚାଲିପାରୁ ନାହଁ ଲଜ୍ଜାରେ। ସିଂ ଓ ରମଣରାଓ ଥର ଥର କମ୍ପୁଛନ୍ତି ଭୟରେ। ତାଙ୍କ ଜିଭରେ ବହୁ ଛୋଟ ଛୋଟ 'ସାର୍' ମିଳାଇ ଯାଉଛନ୍ତି ଥରକୁ ଥର। ତମେ କ୍ରମେ ବିରକ୍ତ ହୋଇ ଆସୁଛ, ତମର ଅନୁକମ୍ପା କରୁଣା ଆଉ ବସି ରହିପାରିବେ ନାହିଁ

ପେପରୱେଟ୍ ଭଳି । ତମେ ଗୋଟାଏ ପେପରୱେଟ୍ ଉଠାଇ ନେଇ ଲିଟର୍ ବକ୍ସରେ ଫିଙ୍ଗିଦେଲ । ହୋଲକାର ପାନଖିଆ ପାଟିରେ ଗୋଟାଏ ପ୍ରଶସ୍ତ ହସ ହସିଦେଇ, ମିସ୍ ଗୁପ୍ତାଙ୍କୁ ଆଖି ମାରିଦେଲା । "ବଦମାସ୍ ବୁଢ଼ା !" ତମେ ତାତି ଉଠିଲ, ସିଂ ଓ ରମଣରାଓ ତମ ଆଖି ସାମ୍ନାରୁ ହଟିଯାଇ, ହୋଲକାର ସହିତ ତମର ଏକ ସିଧାସଳଖ ଦୃଷ୍ଟି ବିନିମୟ ପାଇଁ ରାସ୍ତା କରିଦେଲେ । ତମେ ଗର୍ଜନ କରି ଡାକିଲ "ମିଷ୍ଟର ହୋଲକାର୍" । ଗୋଟିଏ ସଂକ୍ଷିପ୍ତ ଓ ସରଳ ସାର୍ ଜରିଆରେ ସେ ତମ ସାମ୍ନାରେ ପହଞ୍ଚିଗଲା ।

ମୂଳ କାରଣରୁ ବିଚ୍ୟୁତ ହୋଇ ତମେ ଖସିପଡ଼ୁଥିଲ, ହଠାତ୍ ମିସ୍ ଗୁପ୍ତା ସହିତ ହୋଲକାରର ଦୃଷ୍ଟି ବିନିମୟ ହିଁ ତମକୁ ଆଶ୍ରୟ ଦେଲା । ତମେ ଯଥେଷ୍ଟ ସଂଯତ ହୋଇ ପଚାରିଲ "ମିଷ୍ଟର ହୋଲକାର୍ ଆପଣ ମିସ୍ ଗୁପ୍ତାଙ୍କର ବାପ ବୟସର, କେବଳ ମିସ୍ ଗୁପ୍ତା କାହିଁକି ଏଠି ସମସ୍ତଙ୍କଠାରୁ ଆପଣ ବୟସରେ ବଡ଼, ମୁଁ ଆପଣଙ୍କ ବୟସକୁ ସମ୍ମାନ ଦେଇ ଆପଣଙ୍କୁ 'ଆପଣ' କହେ, 'ମିଷ୍ଟର' କହେ, ଅଥଚ ଆପଣ କଥା କଥାକେ ମିସ୍ ଗୁପ୍ତା ସହିତ ଆଖି ମିଳାନ୍ତି, ଆପଣଙ୍କୁ ସଙ୍କୋଚ ଲାଗେ ନାହିଁ ?" ହଠାତ୍ ସିଂ ଓ ରମଣରାଓ ଦୁହେଁ ପ୍ରଫୁଲ୍ଲିତ ହୋଇ ଉଠିଲେ, ମିସ୍ ଗୁପ୍ତା ଟାଇପ୍ ମେସିନ୍‌ରୁ ଟାଇପ୍ କାଗଜ ଘରର କରି ଟାଣିନେଇ କାର୍ବନ ବଦଲାଇବା ପାଇଁ ଅଟକିଗଲା । ହୋଲକାର୍ ହତଭମ୍ଭ ହୋଇ ଚାହିଁ ରହିଲା । ତମେ ଆଉ ଗୋଟିଏ ମୁହଁ ଖୋଜିଲ ଭରସା ପାଇଁ । ବାନାର୍ଜୀ ଇ.ଡ଼ି.ପି.ରୁ ମେସେଜ୍ ନଉଛି, ତମ ଆଡ଼କୁ ପଛ କରି । ଆଉ କେହି ନାହାନ୍ତି, ତମେ ୫ର୍କ୍ ବାହାରକୁ ଚାହିଁଲ । ଗୋଟାଏ ପେନ୍ଦ୍ରା ମଧୁମାଳତୀ ୫ୁଲ୍ ୫ୁଲ୍ ଖେଳୁଚି ଠିକ୍ ଗ୍ରୀଲ ଉପରେ । ପବନର ଗୋଟାଏ ଟାଣରେ ଖସିପଡ଼ିଲା ତଳକୁ । ତମେ ଖସିପଡ଼ିଲ, ତଳକୁ, ତଳକୁ, ମୂଳ କାରଣରୁ ବିଚ୍ୟୁତ ହୋଇ, ଛିଣ୍ଡା କାଗଜ ଭଳି, ତମର 'ଫେକ୍ ଡାଟା' ଭଳି ଲିଟର୍ ବକ୍ସ ଭିତରକୁ ।

ଲଞ୍ଚ ବ୍ରେକ୍ ।

ତମର : ପୁରୁଣା ବ୍ରିଫ୍‌କେଶ୍ ଖୋଲିଲା । ତମେ ଗୋଟାଏ ପ୍ୟାକେଟରୁ ବାହାର କଲ ଗୋଟାଏ ନାସପାତି, ଚାରି ସ୍ଲାଇସ୍ ପାଉଁରୁଟି ଓ ଗୋଟାଏ ସିଝା ଅଣ୍ଡା । ପ୍ରଥମେ ପ୍ରଥମେ ତମେ କମ୍ପାନୀ କ୍ୟାଣ୍ଟିନ୍‌ରୁ ଗୋଟାଏ ଚୌକସ ଲଞ୍ଚ ଖାଇ

ଆସୁଥିଲ, ଏବେ ଆଉ ଦରକାର ପଡ଼ୁନାହିଁ। ସାତବର୍ଷରେ ତମେ ଶିଖିବ ଯେ ଗୁଣ୍ଡା ଗୁଣ୍ଡା କରି ମେଞ୍ଚାଏ ଭାତ ଓ ସୁଢ଼ୁ ସୁଢ଼ୁ କରି ଗିନାଏ ମାଂସଝୋଲ ହାପୁଡ଼ି କିଛି ଲାଭ ହୋଇନାହିଁ, ବରଂ ସୂକ୍ଷ୍ମ ଶୈଳୀରେ ଅଣ୍ଡା, ପାଉଁରୁଟି, ଫଳ ଖାଇ ତମେ ବେଶ୍ ଦାୟିତ୍ଵ ସମ୍ଭାଳୁଛ। କିନ୍ତୁ କ୍ୟାଣ୍ଟିନରୁ ତରକାରୀ ବାସ୍ନା ତମ ଆଡ଼କୁ ଏକମୁହାଁ ହୋଇ ଛୁଟିଛି ପ୍ରାୟ ଅଧଘଣ୍ଟାଏ ହେଲା। ତମେ ରକ୍ଷା ପାଇବା ପାଇଁ ନାସ୍ପାତିରେ ଦାନ୍ତ ବସାଇଦେଲ।

ଠିକ୍ ସେତିକିବେଳକୁ ମିସ୍ ଗୁପ୍ତା ଟେବୁଲ ପାଖରେ। ତମେ ସଜାଗ ହୋଇ ଜମର ପରିପାର୍ଶ୍ଵକୁ ଥରେ ଦେଖିନେଲ। ହୋଲକାର ବୁଢ଼ା ଆଖି ମିଟିମିଟି କରି କଫି ପିଉଛି ତା' ସିଟ୍‌ରେ, ଫ୍ୟାସିଟ୍ ମେସିନ୍ ଉପରେ ପାନ ଖଲଟିଏ ଖୋସା ହୋଇଛି ଅତି ଯତ୍ନରେ, ବାନାର୍ଜୀ ବିସ୍କୁଟ ଖାଉଛି, ସିଂ ଓ ରମଣରାଓ ନାହାନ୍ତି, ମିସ୍ ଗୁପ୍ତା ତମ ଟେବୁଲ ପାଖରେ ତମକୁ କ'ଣ ଯେମିତି କହିବାକୁ ଚେଷ୍ଟା କରୁଛି। 'ସାର୍' ମିସ୍ ଗୁପ୍ତା ଆରମ୍ଭ କଲା "ସାର, ମୁଁ ଦୁଃଖିତ", ତା'ପରେ ମୁହଁ ତଳକୁ ପୋତି ଅସ୍ପଷ୍ଟ ସ୍ଵରରେ 'ହୋଲକାର ଗୋଟାଏ ପର୍ଭର୍ଟ୍ ସାର!" ତମେ ମିସ୍ ଗୁପ୍ତାକୁ ନ ଚାହିଁ ହୋଲକାରକୁ ଚାହିଁଲ– ବୁଢ଼ା ପରମ ତୃପ୍ତିରେ ପାନ ଚୋବାଉଛି। ପାନ ପିକ ଢୋକିଦେଲା ବେଳେ ତା' ଆଖିରେ ଯେଉଁ ଅଦୃଶ୍ୟ ଆନନ୍ଦର ଢେଉ ଟିକିଏ ଉଠୁଛି, ତମେ ତାକୁ ଦେଖି ହଠାତ୍ ବିଚଳିତ ହୋଇଗଲ। ତମେ ମିସ୍ ଗୁପ୍ତାକୁ କ୍ଷମା କରିଦେଲ, କିନ୍ତୁ ହୋଲକାର ସମ୍ପର୍କରେ କୌଣସି ଟିପ୍ପଣୀ ଗ୍ରହଣ କଲ ନାହିଁ। ମିସ୍ ଗୁପ୍ତା ଚାଲିଗଲାବେଲେ ତମେ ଲକ୍ଷ୍ୟ କଲ (ପ୍ରଥମଥର ପାଇଁ) ମିସ୍ ଗୁପ୍ତା ଅସତର୍କ। ତମେ ଟେବୁଲ ଉପରକୁ ଖଣ୍ଡିଆ ନାସ୍ପାତିକୁ ଚାହିଁ ଚାହିଁ ହସିଦେଲ। ହସ ସହିତ ଅଣ୍ଡାରୁ ଖୋଲ୍‌ପା ଛାଡ଼ିଲା ଓ ପାଉଁରୁଟି ଚାଲିଲା ପେଟ ଭିତରକୁ। ଚମର ସୂକ୍ଷ୍ମ ଲଞ୍ଚରେ ଆଉ କୌଣସି ସୂକ୍ଷ୍ମତା ରହିଲା ନାହିଁ। ମିସ୍ ଗୁପ୍ତା ଯେଉଁ ସ୍ଥୁଳତାକୁ ହଠାତ୍ ପ୍ରତ୍ୟକ୍ଷ କରି ଦେଇଗଲେ, ତା'ର ପ୍ରତିକ୍ରିୟା ସ୍ଵରୂପ ତମେ ହୋଲକାରକୁ ଗୋଟିଏ ମୁହୂର୍ତ୍ତରେ ହୃଦୟଙ୍ଗମ କଲ ଓ ଈର୍ଷାରେ ତମର ଦିପହର ବିଷାକ୍ତ ହୋଇଗଲା।

'ରାୟ !' ଟେବୁଲ ଉପରେ ହାତମାଡ଼।

ତମେ ଦେଖିଲ ମିଷ୍ଟର ଆଇଡ଼ିଆ ତମ ଟେବୁଲ ଉପରେ ଅବଲୀଳାକ୍ରମେ

ବସିଯାଇଛନ୍ତି। ମିଷ୍ଟର ଆଇଡ଼ିଆ (ମିଷ୍ଟର ଭଟ୍ନାଗରଙ୍କର କମ୍ପାନୀ ନାମ) ଚୁରୁଟ୍ ଟାଣୁଛନ୍ତି ଓ ଧୂଆଁର ପର୍ଦ୍ଦା ଭିତରୁ ବେଳେବେଳେ ତାଙ୍କର ଚଷମାର ରିମ୍ କେବଳ ଫୁଟି ଉଠୁଛି। ତମେ ଧୂଆଁରୁ ରକ୍ଷା ପାଇବା ପାଇଁ ଚଉକି ଘୁଞ୍ଚାଇ ନେଇ ଓ ଭଟ୍ନାଗରର ପ୍ରୋଫାଇଲ ତମକୁ ସ୍ୱଷ୍ଟ ହେଲା।

'ଆଇଡ଼ିଆ' ତମେ କହିଲ।

ଭଟ୍ନାଗର ରସିକତା କରିବାର ମୁଡ଼ରେ ନ ଥିଲା। ଭଟ୍ନାଗର ହାତରୁ ଚୁରୁଟ ତଳକୁ ଓହ୍ଲାଇଲା ଓ ଏଥର ଯୋଡ଼ାଏ ତୀକ୍ଷ୍ଣ ଦୃଷ୍ଟି ଦୁଇ ଆଖିରୁ ଆସି ତମକୁ ଅତି ଅସହାୟ ଅବସ୍ଥାରେ ବନ୍ଦୀ କରିନେଲା।

ଭଟ୍ନାଗର ପଚାରିଲା "ତମର ଡାଟା ତା'ହେଲେ ଭୁଲ ରାୟ? ମୁଁ ଅକ୍ଲାନ୍ତ ପରିଶ୍ରମ କରି ତମରି ଡାଟା ଉପରେ ଗୋଟାଏ ଯୁବିଲି ପ୍ରୋପାଗଣ୍ଡା କେମିତି ପ୍ଲାନ୍ କରିଥିଲି ଦେଖ। ମୁଁ ପରାଜିତ ରାୟ, ମୁଁ ପରାଜିତ। ମୋ ସେକ୍ସନର ପିଲାମାନେ ମୋତେ ବୁଢ଼ା ମାଙ୍କଡ଼ କହିଲେ ମୋର ଆପତ୍ତି କରିବାର କ'ଣ ଅଛି ଆଉ? ଡାଟା ଯଦି ଭୁଲ ହୁଏ ମୁଁ କ'ଣ କରିବି ଆଉ? ତମେ ଯୁବକ ଅଥଚ ତମେ ମୋର ବନ୍ଧୁ ରାୟ, ଅନ୍ତତଃ ଏତେଟା ବିଫଳତା ତମେ ମୋ ପାଇଁ ତିଆରି ନ କରିଥିଲେ ଚଳିଥା'ନ୍ତା। ତମର 'ଗୋଲାପୀ ଭବିଷ୍ୟତ ସ୍ୱପ୍ନ ମୁଁ ଟାଇପିଂ ଷ୍ଟେଜରୁ ସଂଗ୍ରହ କରି ନେଇଥିଲି କି ଆଶାରେ, ତମେ ଜାଣ ନାହିଁ। ତମେ ମୋର ଶତ୍ରୁ, ଏକ ନମ୍ବର ଶତ୍ରୁ।"

ତମେ ଉତ୍ତର ଦେବା ପାଇଁ ନିଜକୁ ପ୍ରସ୍ତୁତ କରୁଥିଲ। 'ଆଇଡ଼ିଆ-ସେଲ' ସହିତ 'ଡାଟା'ର ଅଭେଦ୍ୟ ଓ ଗୋପନୀୟ ସମ୍ପର୍କ ହେତୁ ତମର ଉତ୍ତର ଦେବା ନିହାତି ଜରୁରୀ ଥିଲା। ତା'ପରେ ପୁଣି ବୁଢ଼ା ଭଟ୍ନାଗର ଆଇଡ଼ିଆ ସେଲର ମୁଖ୍ୟ, ଯେମିତି ତମେ 'ଡାଟା'ର। କିନ୍ତୁ ଭଟ୍ନାଗର ହଠାତ୍ ଟେବୁଲ ଉପରୁ ଡେଇଁପଡ଼ି ଉଭାନ୍। ତମେ ଭଟ୍ନାଗରକୁ ଅନୁସରଣ କଲ। ବୁଢ଼ା ଏକଲୟରେ ଚାଲିଛି, ତା'ର ଆଇଡ଼ିଆ ଫେଲ୍ ମାରିଚି, ସେ ଈଶ୍ୱରଙ୍କୁ ମଧ ଏ ମୁହୂର୍ତ୍ତରେ ଧକ୍କା ମାରି ଚାଲି ଯାଇପାରେ।

ଆଇଡ଼ିଆ-ସେଲର ପ୍ରୋଜେକ୍ସନ ରୁମ୍‌ରେ ବୁଢ଼ା ଭଟ୍ନାଗର ଏକା ବସିଛି। ସଁ ସଁ ହେଉଚି, ଗର୍ଜୁଛି, ଚୁରୁଟ୍ ଧୂଆଁ ଛାଡୁଛି। ତମେ ଭଟ୍ନାଗର କାନ୍ଧରେ ହାତ

ରଖ୍ଦେଲ । ଭଟ୍ନାଗର ତମକୁ ଓଦା ଓଦା ଆଖିରେ ଚାହିଁଛି । ସେ ଆଖିରେ ଆଉ ଆକ୍ରୋଶ ନାହିଁ, ଅଛି ଏକ ଫାଙ୍କା ଆମ୍ୟସମର୍ପଣର ଭାବ । ସବୁ ସଁ ସଁ ଗର୍ଜନର ସ୍ରୋତ ପରିଣତିଟିଏ ପ୍ରୋଜେକ୍ସନ ପର୍ଦା ଉପରେ ଦୋଳି ଖେଳୁଛି । ଗୋଟିଏ ଉଜ୍ଜ୍ୱଳ ଲାଲ୍ ରେଖା ବଢ଼ିଯାଉଛି ଉପରକୁ କମ୍ପାନୀର ଭବିଷ୍ୟତ ଲେଖ ହୋଇଯାଉଛି । ତମେ ଉଦାସ କ୍ଲାନ୍ତ ଆଖିରେ ଚାହିଁଛ । ସବୁ ତମ ଭୁଲ୍ ଡାଟାର ଫଳ । ଭଟ୍ନାଗର ମୁଣ୍ଡପୋତି ବସିଛି । ଗ୍ରାଫ୍ ସରିଗଲା ପରେ ବି ପର୍ଦା ଉପରେ ତମେ ଦେଖୁଛ ଲାଲ୍‌ରେଖାର ହ୍ରାସ-ବୃଦ୍ଧି । ତମର ମୁଣ୍ଡ ଭିତରେ ଭଟ୍ନାଗର – ଆଇଡ଼ିଆ ବୁଢ଼ାର ଚୁରୁଟ୍ ଧୂଆଁ । ଆକ୍ରାମାକ୍ରା ହୋଇ ତମେ ଖସି ଯିବାର ବାଟ ଖୋଜୁଛ । 'ମୁଁ ଦୁଃଖିତ ଭଟ୍ନାଗର' ତମେ ନିଦା ସ୍ୱରରେ କହୁଚ । ଭଟ୍ନାଗର ତମ ମୁହଁକୁ ଚାହୁଁ ନାହିଁ ଆଉ । ତମେ ପ୍ରୋଜେକ୍ସନ ରୁମ୍‌ର ଅନ୍ଧାର ଭିତରୁ କରିଡ଼ରକୁ ଆସୁଛ । ଦୋଷୀ ଭଳି ତମେ ସମସ୍ତଙ୍କୁ ଭୟ କରୁଚ— ଭୟରେ ଥରିଥରି ଆସି ତମ ଚଉକିରେ ବସୁଛ ।

ଟେବୁଲ୍ ଉପରେ ଫୋଲଡ଼ରେ ଆଜିର ଯୋଜନା-ଅଥଚ ଆଜି ଦିନ ଅଧା ହୋଇଗଲା ଏପର୍ୟ୍ୟନ୍ତ ତମେ ଲକ୍ଷ୍ୟ ବି କରିନାହିଁ । ତମେ ଫୋଲଡ଼ର ତୋଲି ଧରୁଛ । ଏତିକିବେଳେ ଟେଲିଫୋନ୍ । ସେପଟୁ ମାଲହୋତ୍ରା ସାହେବଙ୍କ ସ୍ୱର– 'ରାୟ, ଇନ୍‌ଭେଷ୍ଟିଗେସନ୍ ରିପୋର୍ଟ୍ ପଠାଇଲି । ଦେଖ୍ବ । ଆମେ ଲଜ୍ଜିତ । ମାଲହୋତ୍ରା ଦୃଶୀରରୁ ଶେଷ ତୀର ଖାଲି ହୋଇଗଲା । ତମେ ଭାବିଲ ନାହିଁ କିଛି, ଲଜ୍ଜିତ ବି ହେଲ ନାହିଁ ଆଉ, ଇନ୍‌ଭେଷ୍ଟିଗେସନ୍ ରିପୋର୍ଟ ପାଇଁ ବସିରହିଲ ।

ଔର୍ଦ ପିନ୍ଧା ଚପ୍ରାସି ଗୋଟାଏ ମୋଟା ଲଫାପା ତମ ହାତକୁ ବଢ଼ାଇ ଦେଲା ଓ ପିଅନ ବୁକ୍‌ରେ ତମର ଦସ୍ତଖତ କରି ନେଲା । ତମେ ଲଫାପା ଖୋଲିଲ । ରିପୋର୍ଟ୍ ପଢ଼ିଲ । ତମ ମୁଣ୍ଡରେ ଝାଲ ଜମିଗଲା । ତମେ ବାରମ୍ବାର କପାଳ ପୋଛିଲ, ଚଉକିରୁ ଠିଆ ହେଲ ପୁଣି ବସିଲ ପୁଣି ଠିଆ ହେଲା, ତମ ସେକ୍‌ସନ୍‌ରେ ଛାଇ ବୁଲିଗଲା ଭୟର, ସଦେହର । ତମେ ଏଥର ଏକାଗ୍ର ହୋଇ ପୁଣିଥରେ ରିପୋର୍ଟ୍ ପଢ଼ିଲ : ଗତ ସପ୍ତାହର ସେଲସ୍ ପ୍ରମୋଶନ 'ଡାଟା' ଯାହା ଅତୁଳନୀୟ ପ୍ରାଃ ଲିଃର ବୋଲି ଆମେ ସଂଗ୍ରହ କରିଥିଲୁ, ପ୍ରକୃତରେ ଅକଳନୀୟ ପ୍ରାଃ ଲିଃର । ଆଶଙ୍କାର କାରଣ ଏତିକି ଯେ 'ଅକଳନୀୟ'ର ସେଲ୍ ଫିଗର୍ ଦିନକୁ ଦିନ 'ଅତୁଳନୀୟ'କୁ ଟପି ଚାଲିଛି ଓ ଏହାର ସଦ୍ୟତମ ଉଦାହରଣ ଗତ ଉଇକର ସେଲ୍ ପ୍ରମୋଶନ ଫିଗର । ଡାଟା x ନୋଟ୍ କର । ଲେଗାଲ୍ ଡିପାର୍ଟମେଣ୍ଟ +

କପିରାଇଟ୍ ଓ ଗୁଡ୍‌ଉଇଲ୍ ଚେକ୍ କର। ଆଇଡିଆ x ନୂଆପ୍ଲାନ। ପ୍ରୋପାଗଣ୍ଡା x ଆର୍ଣ୍ଟ x x x। ପ୍ରତ୍ୟେକ ବିଭାଗ ପାଇଁ ନିର୍ଦ୍ଦେଶ ରହିଚି, ରିପୋର୍ଟରେ। 'ଅକଳନୀୟ' ଓ 'ଅତୁଲନୀୟ' ପରସ୍ପର ସାଦୃଶ୍ୟକୁ ତମେ ମନେ ମନେ ପରୀକ୍ଷା କରି ନେଲ।

'କ' ଏବଂ 'ତୁ' ଏହି ଦୁଇଟି ଅକ୍ଷର ଛଡ଼ା ଅନ୍ୟ ସବୁ ଅକ୍ଷର ସମାନ। ଦୁଇଟି ଯାକ ଏକା ପ୍ରସାଧାନୀ କମ୍ପାନୀ। 'ଅତୁଲନୀୟ' ପୁରୁଣା କମ୍ପାନୀ ଇନ୍‌କରପୋରେଟେଡ୍ ପିଆର ଲେସ୍ ଅବ୍ ଇଂଲଣ୍ଡ। 'ଅକଳନୀୟ' ଗତ ଆଠ ଦଶ ବର୍ଷର କମ୍ପାନୀ, କିନ୍ତୁ 'ଅତୁଲନୀୟ'ର ଏକମାତ୍ର ପ୍ରତିଦ୍ୱନ୍ଦୀ। 'ଅକଳନୀୟ' ଯେ 'ଅତୁଲନୀୟ'ର ନାମର ଫାଇଦା ଉଠାଇବାକୁ ଚେଷ୍ଟା କରୁଚ୍ଛି, ତାହା ବୁଝିବା କଷ୍ଟକର ନୁହେଁ। କିନ୍ତୁ ଡାଟା–ବଦଲ କମ୍ପାନୀର ଇତିହାସରେ ନୂଅ କଥା। କିନ୍ତୁ ରିପୋର୍ଟ ପଢ଼ିଲା ପରେ ତମେ ବର୍ତ୍ତମାନ ହତାଶ ହୋଇପଡ଼ିଚ୍ଛ। ଏଇ ଇସୁ ଉପରେ ଯଦି ତମକୁ ଚାକିରୀରୁ ବରଖାସ୍ତ କରାଯାଇଥା'ନ୍ତା, ତମେ ଆଶ୍ଚର୍ଯ୍ୟ ହୋଇ ନ ଥା'ନ୍ତ। ତମର ଦୁଃଖର ସୀମା ନାହିଁ ତମେ ଡାଟାର ଅନୁବିଭାଗୀୟ ଅଧିକାରୀ, କମ୍ପାନୀର ଶେଷସ୍ୱାର୍ଥର ଚାବିକାଠି ତମ ହାତରେ ନାହିଁ। ଡାଟା ବଦଲ ହୋଇପାରେ। କେହି ଗୁରୁତ୍ୱ ଦବାର ନାହିଁ, ଭୟର କାରଣ ହେଲା ଅକଳନୀୟର ସେଲ୍‌ସ୍ ଫିଗର, ଯାହା 'ଅତୁଲନୀୟ'ର ସେଲ୍‌ସ୍ ଫିଗର ବୋଲି ତମେ ଗତ ସପ୍ତାହରେ ଉପରକୁ ପଠାଇଥିଲ ଓ ଯାହା 'ଫେକ୍' ବୋଲି ଆଜି ତମ ମୁଣ୍ଡ ଉପରେ ପ୍ରଳୟ ଉଡ଼ିଗଲା। ଉଡ଼ିଗଲା ପ୍ରଳୟ ମେଘ! ହାଃ ବର୍ଷା ହେଲା ନାହିଁ। ଟୋପାଏ ବି ନାହିଁ। ବର୍ତ୍ତମାନ ମୂଲକାରଣ ଅନ୍ୟଠାରେ ଖୋଜାଯିବ, ଡାଟା କାମ କରିଚାଲିବ ପୁରୁଣା ରୀତିରେ, ନରେନ୍ଦ୍ରକୁ ଭୁଲିଯିବ ଭଟ୍‌ନାଗର, 'ଆଇଡିଆ'ର କେନ୍ଦ୍ର ଲିଗାଲ ଡିପାର୍ଟମେଣ୍ଟକୁ ଉଠିଯିବ। ଡାଟା, ଡାଟା, ସ୍ଟାଟିଷ୍ଟିକ୍‌ସ।

୧ ୨ ୭ ୩ ୪ ୫ ୯ ୮ ୨ ୧ ୧ ୬ ୪ ୩ ୨ ୧ ୯ ୪ ୩ ୮ ୪ ୫ ୫ ୨ ୬ ୧ ୦ ୦ ୦ ୦ ୦ ୧ ୯ ୭ ୦ ☐ ୧ ୯ ୭ ୧ ୩ ୪ x ୧ ୯ ୭ ୨ x ୧ ୯ ୭ ୩ ✛ ୧ ୯ ୭ ୪ ? ? ? ? ?   ✓   ☐☐

ତମେ ମେସିନରୁ କାଲକୁଲେଶନ ସିଟ୍ ଟାଣି ଆଣିଲ। ହୋଲକାର୍ ତମକୁ ଅବାକ୍ ହୋଇ ଚାହିଁଚି। ତମେ କାଗଜରେ ଦେଖୁଚ୍ଛ ଅଙ୍କର ଲମ୍ବାଧାର, ୪ ବର୍ଷର ନିରର୍ଥକ ସୂଚନା ଚିହ୍ନ— ଠିକ ଚିହ୍ନ, ଭୁଲ ଚିହ୍ନ, ଭଗ୍ନାଂଶ, ଯୁକ୍ତ ବିୟୁକ୍ତ ବର୍ଗମୂଳ,

ପ୍ରଶ୍ନବାଚୀ କ'ଣ ଏସବୁର ଅର୍ଥ ତମେ ଜାଣ ନାହିଁ ଯେମିତି, ତମେ ଭୁଲିଯାଇଛ ଯେମିତି ତମେ ଡାଟାର ମୁଖ୍ୟ। ତମେ ହୋଲକାର ମୁହଁକୁ ଚାହିଁ ଉତ୍ତର ଖୋଜୁଛ। ହୋଲକାର ବିବ୍ରତ ହୋଇ ଉଠୁଛି, ତା'ର ପାଟିରେ ପାନ ଚୋଷିବାର ନିୟମିତ ଶବ୍ଦ ତମକୁ ଶୁଭୁଛି ତା'ର ରୁଦ୍ଧ ଅବସାଦ ଭଳି, ତମ ଆଖିର ଦୃଷ୍ଟି ମଳିନ ପଡ଼ିଆସୁଛି, ତମେ ହଠାତ୍ କମ୍ପାନୀର ସିଡ଼ିରେ ଖସିପଡ଼ୁଛ, ବିଦାୟ-ବିଦାୟ ! ସିଂ-ରମଣରାଓ –ବାନାର୍ଜୀ –ହୋଲକାର-ଗୁପ୍ତ। ବିଦାୟ ଆଜି।

ଲିଫ୍ଟ ତଳକୁ ଖସୁଛି।

ଅପରାହ୍ଣ ପାଞ୍ଚଟା ତିରିଶ।

ତମେ ରାସ୍ତା ଉପରେ।

ତମ ଦୁଇ ପାଖରେ :

ଅତୁଳନୀୟ : ଯାହାର ତୁଲନା ନାହିଁ

ଅକଳନୀୟ : ଯାହାର କଳନା ନାହିଁ

ମଞ୍ଚରେ ହ୍ୟାମ୍ଲେଟ୍ – ଡାଟାର ୟୁବରାଜ। ହେବା କି ନ ହେବା ଭିତରୁ ତମେ 'ନହେବା' ଟିକୁ ଦେଖିପାରିଲ। ତମ ମୁଣ୍ଡ ଉପରେ କୃଷ୍ଟଚୂଡ଼ାର ଲାଲ ସମ୍ଭାର ଭିତରେ ଛୋଟ ମୁହଁଟିଏ ଭଳି। ତା'ପରେ ସେଇ ମୁହୂର୍ତ୍ତରେ–

ତମର ମୁଣ୍ଡ ଉପରୁ ଯେମିତି ସବୁ ଓଜନ ଓହ୍ଲାଇଗଲା। ତମେ 'ଅତୁଳନୀୟ'କୁ ଚାହିଁ ଟିକିଏ ହସିଦେଲ (ହସିଦେଲ), 'ଅକଳନୀୟ'କୁ ରାସ୍ତା ଦେଖାଇ ଦେଇ ଆଗକୁ। ତମ ଆଖି ସାମ୍ନାରେ ପ୍ରୋଜେକ୍ସନ ପର୍ଦ୍ଦାରେ ସେଇ ଲାଲ-ରେଖାର ହ୍ରାସବୃଦ୍ଧି, କାନ ଭିତରେ ଟୁକ୍-ଟୁକ୍-ଟୁକ୍ ଅଙ୍କ କଷା ଉପରେ, ଅନେକ ଉପରେ ଭେଲଭେଟ୍ ପର୍ଦ୍ଦାଘେରା, କାନ୍ଥରୁ କାନ୍ଥକୁ ଲାଲ କାର୍ପେଟ୍।

ତମେ

ଗଛ ଉପରେ। ହାତ ଛୁଉଁଛି 'ଅତୁଳନୀୟକୁ' ପାଦ ତଳେ ଆଲକାତ୍ରା ଡ୍ରମ୍, ହାତ ରଙ୍ଗ ସାଲୁବାଲୁ। ତମେ 'ଅତୁଳନୀୟ' ଉପରେ ଟାଣିଦେଲ ଗୋଟାଏ ମୋଟା କଳା ଛକି। ତା'ପରେ ତମେ ଓଟାରି ହୋଇ ଆସିଲ ଜନସ୍ରୋତର

ଭଉଁରୀକୁ। ତମର ଠିକଣା ଲୋପ ପାଇଲା। ଭୀଷଣ–ଖବର ଅଛି – ଭୀଷଣ –
ଖବର –ଟେଲିକ୍ରପ –ବିସ୍ଫୋରଣ –ନେତାଙ୍କ ଭାଷଣ ସଂଧାର ତେଣ୍ଡୀ ଆଲୁଅ ବର୍ତ୍ତୀ
ଭଳି ଉଠିଗଲା କ୍ଲକ୍ ଟାଓ୍ୱାର୍ ଉପରକୁ।

ତମେ ଦୁଇ ଗାଲରେ ଦୁଇ ପାପୁଲି ଚାପି ଧରିଲ। ଡାହାଣ ଗାଲରେ ଉଠି
ଆସିଲା ତମ ହାତର ଜଳଛବି। ତମେ ତମର ଗାଧୁଆ ଘରେ, ସାଓ୍ୱାର ତଳେ।

ମୁହଁରୁ ଆଲକାତ୍ରା ଦାଗ ଲିଭିଗଲା ନାହିଁ। ଗୋଟାଏ ମଳିନ ପାଉଁଶ ଛାପ
ତଥାପି ରହିଗଲ ଡାହାଣ ଗାଲରେ। ତମେ ଦର୍ପଣରେ ମୁହଁ ଦେଖ୍ଲ, ନିଜ
ଗାଲକୁ ନିଜେ ଚିହ୍ନି ନେଲ, ନଖ ତଳେ କଳାଦାଗକୁ ନିଜର କରିନେଇ ପୁଣି
ଚିହ୍ନାଇ ଦେଇ ତମର ପ୍ରତିଛବିକୁ।

ସନ୍ତୋଷରେ ଆଖ୍ ବୁଜି ହୋଇ ଆସୁଛି। ଡେନ୍ମାର୍କର ରାଜସିଂହାସନରେ
କଙ୍କାଳ ବସ୍ତୁ ଏଥର, ହ୍ୟାମଲେଟ୍ର ଯାଏଆସ ନାହିଁ।

'ସାର୍'

ତମେ ଅବାକ ହୋଇ ଦେଖୁଛ ହୋଲକାର ଓ ମିସ୍ ଗୁପ୍ତା ତମକୁ ସମ୍ମାନ
ଜଣାଇ ବାରଣ୍ଡାର ଦୁଇଟି ଚଉକିରୁ ଉଠି ପଡୁଛନ୍ତି। ତମେ ଅଧାମେଲା କବାଟର
ବାଇନୋକୁଲାରରେ ଯେମିତି ବହୁ ଦୂରରୁ ଦୁଇଟି ପର୍ବତଶୃଙ୍ଗ ଦେଖୁଛ। ହୋଲକାର
ଓ ମିସ୍ ଗୁପ୍ତା ଦୁହେଁ ଏକାଠି, ପୁଣି ହଠାତ୍ ଏମିତି! ହୋଲକାର ନିର୍ଲିପ୍ତ ହୋଇ
ପାନ ଚୋବାଉଛି, ମିସ୍ ଗୁପ୍ତା ଆଙ୍ଗୁଠିରେ କାର୍ବନ କାଳି, ମୁହଁରେ ଗୋଟାଏ
ଦିନର ଝାଲ, ହୋଲକାର ମିସ୍ ଗୁପ୍ତା ପଛରେ ଠିକ୍ ଉପର ପାହାଚ ଉପରେ, ମିସ୍
ଗୁପ୍ତା କହିବ ହେଉଛି କହିପାରୁ ନାହିଁ। ହୋଲକାର ଗଳା ପରିଷ୍କାର କରୁଛି,
ଶୂନ୍ୟକୁ ଆଖ୍ଠାର ମାରୁଚି ବୁଢ଼ା ପର୍ଭତ୍। ତମେ ହଠାତ୍ ବିଚଳିତ ହୋଇଗଲ।
ତମର ମନେ ପଡ଼ିଲା ଆଜି ଦିପହର, ଈର୍ଷାରେ ଅଙ୍ଗାର ତମର ମୁହଁ। ତମର
ଗୋଟାଏ ଗୋପନ ଆଶଙ୍କା ଯେମିତି ହଠାତ୍ ଗୋଟାଏ ତ୍ରିକାଳ ସତ୍ୟ ଭଳି ତମ
ଉପରକୁ ମାଡ଼ି ଆସୁଛି–ଦୂରର ଦୁଇଟି ପର୍ବତ ଶୃଙ୍ଗ କ୍ରମେ ପାଖେଇ ଆସୁଛନ୍ତି
ବାଇନୋକୁଲାର ଲେନ୍ସ ଭିତରକୁ, ତା'ପରେ ଆଖ୍ର କନିନୀକା ଭିତରକୁ

"ଆପଣ ଆମର ସାକ୍ଷୀ!"

ହୋଲକାର ଓ ମିସ୍ ଗୁପ୍ତା ତମ ଚଉକି ପାଖରେ, ତମକୁ ପଛକରି। ତମେ

ଅଧା ମେଲା କବାଟ ପାଖରେ କାନ୍ଥକୁ ଆଉଜି ଠିଆ ହୋଇଛ। ତମକୁ ଦିଶୁଛି ହୋଲକାରର ମୁଣ୍ଡ ପଛର ଚନ୍ଦା-ଗୋଲ, ମିସ୍ ଗୁପ୍ତାର ଲମ୍ବା ବବ୍, ମୋଟା ପିଠି, ଶାଢ଼ୀରୁ ବଳକା ଯୋତାର ମଇଳା ହିଲ୍। ହୋଲକାରର ମୁଣ୍ଡରେ ସେହି ଚନ୍ଦା ଗୋଲ, ଯାହା ଭିତରେ ହୋଲକାର ୧୮- ହୋଲଗଲଫକୋର୍ସ, ମିସ ଗୁପ୍ତାର ପିଠିର ଛାଇରେ ବିଶ୍ରାମ ନେଉଛି ବୁଢ଼ା ଖେଳାଳୀ–ଘୋଡ଼ା ଯାଉଛି ତା'ର ରେସକୋର୍ସରେ, ତାଳି ତାଳି ତାଳି ତାଳି।

ତମେ ନିଜର ଉଭଟ କଚ୍ଚନାରେ ହଠାତ୍ ସ୍ୱୟଂଭୂତ ହୋଇଗଲ। ହୋଲକାରର ଚନ୍ଦାମୁଣ୍ଡ, ଗଲଫ, ପିଠିର ଛାଇ, ବୁଢ଼ା ଖେଳାଳୀ, ରେସକୋର୍ସର ଘୋଡ଼ା ପୁଣି ହାତ ତାଳି ସବୁ ଭିତରୁ ସୃଷ୍ଟି ହୋଇ ଠିଆ ହେଲା କେବଳ ଗୋଟିଏ ବ୍ୟବଧାନ ହୋଲକାର ଓ ମିସ୍ ଗୁପ୍ତାର ବୟସର ତାରତମ୍ୟ। 'ଅତୁଲନୀୟ' ଓ 'ଅକଲନୀୟ'ର କାଟ୍ଠିର ତାରତମ୍ୟ ତମେ ବୁଝିପାର, ଅଥଚ ତମେ ବୁଝିପାର ନାହିଁ ବୟସର ତାରତମ୍ୟ। ତମେ ଭାବିଲ, ଏଇ ମୁହୂର୍ତ୍ତରେ ହୋଲକାର ସହିତ ମିସ୍ ଗୁପ୍ତାର ଗୋଟାଏ ଗୋପନ ମିଳନ ଦୃଶ୍ୟ କିଏ ଆଙ୍କି ଦିଅନ୍ତା ଯଦି ବୁଝି ହୋଇଯା'ନ୍ତା ସବୁ। କିନ୍ତୁ ହୋଲକାରର ଗୋଟାଏ ଶୀର୍ଷ୍ଣ ହାତ ମିସ୍ ଗୁପ୍ତା ପିଠି ଉପରେ।

"ମିସ୍ ଗୁପ୍ତା" ତମେ ଡାକିଲ!

ତମକୁ ସାମ୍ନା କରି ଠିଆ ହୋଇଛି ମିସ ଗୁପ୍ତା। ଲୁଗା ଖସି ପଡୁଛି ଦେହରୁ, ଖସି ପଡ଼ୁଛି ଗୋଟି ଗୋଟି ହୋଇ ନିଭୃତ ପୋଷାକ। ତା'ପରେ ସମ୍ପୂର୍ଣ୍ଣ ନିରାଭରଣା, ଉଲଗ୍ନ ମିସ୍ ଗୁପ୍ତା ତମ ସାମ୍ନାରେ ତୀକ୍ଷ୍ଣ ଭୃରୁ, ଉଜ୍ଜ୍ୱଳ ଆଖି, ଉନ୍ନତ ନାକ, ଚଞ୍ଚଳ ଚିକୁର, ଥର ଥର ଓଠ, ଉଦ୍ୟତ ସ୍ତନ,

"ଯୌବନ ଯୌବନ" ହୋଲକାରର ଚିତ୍କାର

ହୋଲକାର ଠିଆ ହୋଇଛି ମିସ୍ ଗୁପ୍ତାକୁ ଚାହିଁ– ଡାକ୍ତର, ଈଶ୍ୱର, ଯୌବନର ଧର୍ମପିତା।

ତମେ ଭୁଲିଗଲଣି। ତମେ ଡାଟାର ଅନୁବିଭାଗୀୟ ଅଧିକାରୀ–ଛୋଟ ଅନୁଟିଏ କେବଳ ମାଛିଟିଏ ହୋଇ ବସିଛି ମିସ୍ ଗୁପ୍ତାର ସେମିଜ ଉପରେ ଚଟାଣରେ। ରେସକୋର୍ସର ଘୋଡ଼ା ଲାଇନ୍ ଛୁଉଁଛି, ତମେ ଆଗେଇ ଗଲ।

"ସାର୍' ହୋଲକାରର ସତର୍କ ବାଣୀ।

ତା'ପରେ ? ହୋଲକାର ପ୍ରଥମେ ହାତ ରଖୁଛି ମିସ୍ ଗୁପ୍ତାର କପାଳ ଉପରେ, ବୁଢ଼ା ଆଙ୍ଗୁଠି ସେହି ତୀକ୍ଷ୍ଣ ଭ୍ରୁ ଉପରେ। ହୋଲକାର ଚିହ୍ନାଇ ଦେଉଛି "ଅତୁଳନୀୟର ଶ୍ରେଷ୍ଠ ଭ୍ରୁ-କଳାକୁ ଦେଖନ୍ତୁ, ଦେଖନ୍ତୁ କେମିତି ଲିଭି ଯାଉଛି, ବାସ୍ ନା ଭ୍ରୁ ନା ଭ୍ରୁ କଳା।"

"କି ସୁନ୍ଦର ତମର ଭ୍ରୁ-ହୀନ ଚକ୍ଷୁ ଦୁଇଟି ମିସ୍ ଗୁପ୍ତା, କି ସୁନ୍ଦର" ତମେ ଅବାକ୍ ସୌନ୍ଦର୍ଯ୍ୟରେ ବୁଡ଼ି ଯାଇ କହୁଛ "ଆଉ ଦେଖାଅ ହୋଲକାର, ଆଉ ଦେଖାଅ।"

"ଏଇ ଦେଖନ୍ତୁ ଏ ଆଖି ଦୁଇଟିକୁ" ହୋଲକାରର ହାତ ବୁଲି ଯାଉଛି ମିସ୍ ଗୁପ୍ତାର ଦୁଇ ଆଖି ଉପରେ "ଦେଖନ୍ତୁ ଦେଖନ୍ତୁ ଅତୁଳନୀୟର 'ଚକ୍ଷୁଶ୍ରୀ'କୁ, କେମିତି ଲିଭି ଯାଉଛି, ତା' ବଦଳରେ ସ୍ପଷ୍ଟ ହୋଇ ଉଠୁଛି କେଉଁ ଗଭୀର କୋଟରରୁ ଦୁଇଟି ଜ୍ୱଳନ୍ତ କ୍ଷତଚିହ୍ନ।"

"ଚମତ୍କାର, ଚମତ୍କାର" ତମେ ଚିତ୍କାର କରୁଛ।

ହୋଲକାର ହାତ ରଖୁଛି ମିସ୍ ଗୁପ୍ତାର ଉନ୍ନତ ନାକ ଉପରେ। ହୋଲକାର କହୁଚି "ଦେଖନ୍ତୁ ଏ ଖଡ୍ଗଧାର ନାସିକାକୁ ଦେଖନ୍ତୁ, କିନ୍ତୁ କାହିଁ, ଗୋଟିଏ ଚିପ ମାଡ଼ରେ ଅତୁଳନୀୟର 'ନାୟିକା' ନାସା-ମହମ ଖସି ପଡୁଚି, ତା' ଖଡ୍ଗଧାର ବଦଳରେ ଗୋଟାଏ ଛୋଟ, ନିରଂହକାର ଆକୃତିବିହୀନ ନାକ ସ୍ପଷ୍ଟ ହେଉଛି।

"ମିସ୍ ଗୁପ୍ତା, ମିସ୍ ଗୁପ୍ତା, ସ୍ୱପ୍ନର ଅପ୍ସରୀ ତମେ" ତମେ ବିହ୍ୱଳ।

ହୋଲକାର ହାତରେ ଏଥର ମିସ୍ ଗୁପ୍ତାର କେଶଦାମ, ଚଞ୍ଚଳ ଚିକୁର, କୃଷ୍ଣ-ଚିକ୍କଣ ନିତମ୍ୱ-ପ୍ରଲମ୍ୱ। ହୋଲକାର କହୁଛି– "ଏଇ ଯେ ମିସ୍ ଗୁପ୍ତାର କେଶରାଶି, ଦେଖନ୍ତୁ ଦେଖନ୍ତୁ କେମିତି ଖସିପଡୁଛି ଗୋଟିଏ ଆକର୍ଷଣରେ, କାହିଁ 'ଅତୁଳନୀୟ'ର "ମାୟାବିନୀ" ତୃଣ ? ଦେଖନ୍ତୁ ଦେଖନ୍ତୁ ଆପଣଙ୍କର ମୁଣ୍ଡିତା ସୁନ୍ଦରୀଙ୍କୁ।"

"କି ଆଶ୍ଚର୍ଯ୍ୟ ରୂପ ତମେ ଲୁଚାଇ ରଖିଥିଲ ମିସ୍ ଗୁପ୍ତା ! "ତମେ କହୁଚ..."

ମିସ୍ ଗୁପ୍ତାର ଓଠ କମ୍ପୁଛି ଥର ଥର, ଫୁଲ ପାଖୁଡ଼ାର ମିଠାହସ ଖସିପଡୁଛି;

ତୋଳିଧରି ତମର ଓଠ ଉପରେ, ଚୁମ୍ବନ କର । ହୋଲକାରର ଆଙ୍ଗୁଠିରେ ଲିଭିଯାଉଛି ଓଠର ଲାଲିମା, ଓଠର ସୀମା ରେଖା ବଦଲି ଯାଉଛି । ହୋଲକାର ଚିକ୍କାର କରୁଛି "ଦେଖନ୍ତୁ, ଦେଖନ୍ତୁ ସାର୍, 'ଅତୁଳନୀୟ'ର "ଆଫ୍ରିକଟ-ଲାଲ"କୁ, ଗୋଟିଏ ସ୍ପର୍ଶରେ ଲିଭିଯାଉଛି, ଦେଖନ୍ତୁ ମିସ୍ ଗୁପ୍ତାର ଲିପଷ୍ଟିକ-ବିହୀନ ଓଠକୁ ।"

"ମୋତେ ଚୁମ୍ବନ କର, ମୋତେ ଚୁମ୍ବନ କର" ତମେ ଆତୁର, ଲୁବ୍ଧ ।

ଦୁଇ ତୁଙ୍ଗ-ସ୍ତନ ଉପରେ ହୋଲକାରର ହାତ । ତମେ ଆଖି ବୁଜିଦେଉଛ । ଆଉ ପୁଣି କ'ଣ ଦେଖାଇବ ହୋଲକାର ? ହୋଲକାର ହାତ ଚାପରେ ଫିଟି ଯାଉଛି ଦୁଇ ସ୍ତନର ଅଦୃଶ୍ୟ ଶୃଙ୍ଖଳ । ଶୃଙ୍ଗ ଧସିପଡୁଛି ବିନା ଭୂକମ୍ପରେ, କେବଳ ବାୟୁର ଗୁଞ୍ଜରଣରେ । ହୋଲକାର ହାତରେ 'ଅତୁଳନୀୟ'ର 'ଉର୍ବଶୀ' ସ୍ତନାଧାର, କନା, ରବର, ପ୍ଲାଷ୍ଟିକର । ହୋଲକାର କହୁଛି "ଦେଖନ୍ତୁ ମିସ୍ ଗୁପ୍ତାଙ୍କର ଦୁଇ ସ୍ତନକୁ, ସ୍ତନ- ହୀନ ଛାତିର କଙ୍କାଳକୁ ।"

"ମୁଁ ପୁରୁଷ, ମୁଁ ଶିଶୁ, ମୁଁ ସମ୍ମୋହିତ" ତମେ ଆବେଶରେ ଅବଶ ହୋଇ ପଡୁଛ ।

ହୋଲକାର ଏଥର ହାତ ରଖିଛି ମିସ୍ ଗୁପ୍ତାର ନାଭି ମଣ୍ଡଲରେ । ତମେ ସ୍ପଷ୍ଟ ଦେଖିପାରୁଛ ଖସିପଡୁଛି ସୌନ୍ଦର୍ଯ୍ୟର ଚେତନାର 'ଅତୁଳନୀୟ' ଆବରଣ । ତମ କାନରେ ହୋଲକାରର ଚିକ୍କାର କ୍ରମେ କ୍ଷୀଣରୁ କ୍ଷୀଣତର ହୋଇ ଆସୁଛି । ଦେଖ-ଦେଖ-ଦେଖ-ଦେଖ ।

ତମେ ଜଡ଼, ତମେ ବଧିର, ତମେ ମୂକ, ତମେ ଅନ୍ଧ । ଚେତନାର ଦ୍ୱାର କେବଳ ମୁକ୍ତ । ସେଇ ଚେତନାର ଦ୍ୱାର ଦେଇ ପୋଷ୍ଟର ଉପରୁ ଓହ୍ଲାଇ ଆସୁଛି ଏକ ପ୍ରକାଣ୍ଡ କଳାଛକି, ସେଇ କଳାଛକି ବୁଲି ଯାଉଛି ତମର ତୁଳନା ଉପରେ, ତଥ୍ୟ ଉପରେ ।

'ଅତୁଳନୀୟ', 'ଅକଳନୀୟ' । ଲୋପ ପାଇ ଯାଉଛନ୍ତି ଏକ ଅନ୍ଧକାର ସ୍ଥାପତ୍ୟରେ । ସର୍ବୋଚ୍ଚ କର୍ତ୍ତାଙ୍କର 'ଭେଲଭେଟ ପର୍ଦ୍ଦା, 'କାନ୍ଥରୁ କାନ୍ଥକୁ' ଲାଲ-କାର୍ପେଟର ନକ୍ଷତ୍ର ସାମ୍ରାଜ୍ୟ ଖସି ପଡୁଛି ସେ କଳାଛକିର ଆଘାତରେ । କାଠ ପ୍ୟାନେଲ ଉପରେ ଲାଲବତୀ ଲିଭିଯାଉଛି, ଅଚଳ-ପ୍ରୋଜେକ୍ଟର, ଅଚଳ ଲାଲ-ରେଖା, ଉଭଟ ଭଟନାଗର, ମସ୍ତକହୀନ ସ୍ୱାମୀ ନାଥନ୍-ମାଲହୋତ୍ରା ଗୋଷ୍ଠୀ,

ଲିଟର ବଢ଼ିରେ ସହକାରୀ, ପ୍ୟାସିଟ୍ ମେସିନରେ ହିସାବ ଫର୍ଦରେ ପ୍ରକାଣ୍ଡ କଳା ଛକି। ମିସ୍ ଗୁପ୍ତାର ମୃତ୍ୟୁନାଚ ଚେତନାର ଅନ୍ତଃପୁରରେ, ହୋଲକାରର ଆଙ୍ଗୁଠି ଆଗରେ ରକ୍ତ ଟୋପାଏ, ଯୁଗ ଯୁଗର କଳାଛାଇ ନରେନ୍ଦ୍ରର ଗାଲରେ।

କେତେ ସମୟ କୁକ୍‌ଟାଓ୍ୱାରରେ ? ଘଣ୍ଟା କଣ୍ଟାର, ମିନିଟ୍ କଣ୍ଟାର କଳାଛକି ସମୟର ଗଲାରେ।

ଯୁଗ ଯୁଗର କଳା ଛାଇ, ଯୁଗ ଯୁଗର ଅନ୍ଧକାର ଗୋଟିଏ ମୁହୂର୍ତରେ। ନରେନ୍ଦ୍ର ତମେ, ତମେ ଜାଣ ନରେନ୍ଦ୍ର, ନରେନ୍ଦ୍ର ତମେ ନରେନ୍ଦ୍ର ନରେନ୍ଦ୍ର ନରେନ୍ଦ୍ର ନରେନ୍ଦ୍ର ନରେନ୍ଦ୍ର ତମେ ନରେନ୍ଦ୍ର ଏକା ନରେନ୍ଦ୍ର ତମେ ଉଠ ନରେନ୍ଦ୍ର ତମର ଇତିହାସ ତମର ତମର ତମର ତମର କେବଳ ତମର ନରେନ୍ଦ୍ର ଏକା ତମେ ତମେ ଜାଣ ଜାଣ ଜାଣ ଜାଣ ନରେନ୍ଦ୍ର ତମେ ଗ୍ୟାଲେରୀର ଶେଷ ଦର୍ଶକ, ତମେ ଆଇନାରେ ଶେଷ ଶୃଙ୍ଗାର ନରେନ୍ଦ୍ର ତମେ/ତମେ ନରେନ୍ଦ୍ର।

ମୁଁ ନରେନ୍ଦ୍ର ?

କେତେବେଳେ ସକାଳ ହେଲା, କେତେବେଳେ ସୂର୍ଯ୍ୟ କାଟିଦେଲେ ଦୁଃସ୍ୱପ୍ନର ଡୋର ମୁଁ ଜାଣେ ନାହିଁ। ମୁଁ ସାରା ରାତି ବସିଛି ଚଉକିରେ ନା ଠିଆ ହୋଇ ରହିଛି ଖୋଲା କବାଟ ପାଖରେ କାନ୍ଥକୁ ଆଉଜି ନା ଠିଆ ହୋଇଚି ଘର ମଝିରେ ମୁଣ୍ଡ ପୋତି ମୁଁ ଜାଣେ ନାହିଁ। ଆଖି ଖୋଲିଲା ପରେ ମୋର ମନେ ହେଉଛି ଯେମିତି ମୁଁ ଏକ ସହିତ ବହୁ ଅବସ୍ଥାରେ ଶୋଇ ରହିଥିଲି ସାରା ରାତି। ମୋର ବି ମନେ ନାହିଁ ଗତ ରାତିର ଦୃଶ୍ୟ ସତ ନା ମିଛ, ନା ହୋଲକାର ନା ମିସ୍ ଗୁପ୍ତାର ପାଦଚିହ୍ନ ନା ମୋଜାଇକ୍‌ରେ ପବନରେ। ବେଲେବେଲେ ଲାଗୁଚି ଗୋଟାଏ ଭୟଙ୍କର ଦୁଃସ୍ୱପ୍ନର ନଈରେ ହୋଲକାର ଓ ମିସ୍ ଗୁପ୍ତା ମୋତେ ଭସାଇ ନେଉଛନ୍ତି ସମୁଦ୍ରକୁ, ନୌକା ବୁଡ଼ିଗଲା ପରେ ମୁଁ ପ୍ରଖର ସ୍ରୋତ ଭିତରେ ଖୋଜି ବୁଲୁଚି ହୋଲକାରକୁ, ମିସ୍ ଗୁପ୍ତାକୁ, ତା'ପରେ ସମୁଦ୍ର, ମୁଁ ଦେଖୁଛି ମୋର ଦୁଇପଟେ ମୋର ଦୁଇଟି ଛାଇ, ହୋଲକାର, ମିସ୍ ଗୁପ୍ତା, ସମୁଦ୍ର, ତା'ପରେ ମହାସଙ୍ଗମ। ଆଉ ପୁଣି କେତେବେଳେ ଝଡ଼ବର୍ଷା ଭିତରେ ମୁଁ ଓହ୍ଲାଇ ଆସୁଛି କମ୍ପାନୀ ମହଲର ପାଞ୍ଚ ମହଲାରୁ। ମୋର କୋଳରେ କାହାର ଅବାଞ୍ଛିତ ଶିଶୁ, ହୋଲକାର–ମିସ୍

ଗୁପ୍ତାର ? ନା ବସୁଦେବ-ଦେବକୀର ନନ୍ଦ-ଯଶୋଦାର ? ନା କେବଳ ମୋର, ମୋର ନାରୀର ମୋର ପୁରୁଷର ? ମୁଁ ନିଜର ସୀମାରେଖା ଚିହ୍ନଟ କରିପାରୁ ନାହିଁ। ମୋର ଆଖ୍ରୁ ମାୟାର ଅଞ୍ଜନ ଟିକକ ପୋଛିନେଲା କାଲି ରାତି। ତା'ପରେ କେବଳ ସତ୍ୟର କଙ୍କାଲ, ଦେହ ସଢ଼ିଯାଉଛି ତା'ର ଚାରିପଟେ, ଦିବାଲୋକର 'ଗୋଲାପୀ କ୍ଷତ'ରୁ ପୂଜ ରକ୍ତର ଧାର ବୋହି ଯାଉଛି, ରାତିର ପଚାମାଂସ, କଙ୍କାଲର ପ୍ରତିଛବି ଦର୍ପଣରେ।

ମୁଁ ନରେନ୍ଦ୍ର ? ନା ମୁଁ ନରେନ୍ଦ୍ର ନୁହେଁ। ନରେନ୍ଦ୍ର କିଏ ? ନରେନ୍ଦ୍ରର କଙ୍କାଲକୁ କିଏ ଚିହ୍ନିବ ? ମୁଁ ହୋଲକାର ? ମୁଁ ମିସ୍ ଗୁପ୍ତା ? ମୋର ପଛରେ ମୁଣ୍ଡର ଚନ୍ଦ୍ରାଗୋଲ, କାନ୍ଧ ପର୍ଯ୍ୟନ୍ତ ମୋଟା ବେକ। ମୁଁ କ୍ୟାସିଟ୍ ମେସିନ୍ ଟୁକଟୁକ କରି ହିସାବ କରୁଛି, ମିସ୍ ଗୁପ୍ତାକୁ ଇଙ୍ଗିତ କରୁଛି, ପାନ ଚୋବାଉଛି, ଥୁ ଥୁ କରୁଛି, ମିସ୍ ଗୁପ୍ତାକୁ ବିବସ୍ତ୍ର କରୁଛି, ଦେହର ଫ୍ରେମ୍ ଖୋଲି ଦେଖାଉଛି ନରେନ୍ଦ୍ରକୁ। ମୁଁ ମିସ୍ ଗୁପ୍ତା, ମୋର କେଶ-ହୀନ ମୁଣ୍ଡ, ମୋ'ର ଭୁ-ହରା ଆଖି ଦୁଇଟି, ମୋର ପତଙ୍ଗର ଦୃଷ୍ଟି, ମୋର ନିରକ୍ତ ୨୦, ମୋର ସ୍ତନହୀନ ଛାତି, ମୋ'ର……ମୁଁ ନରେନ୍ଦ୍ରର ଦର୍ପଣ, ମୁଁ 'ଅତୁଳନୀୟ'ର ଶେଷ ପୋଷ୍ଟର ମୁଁ।

ନା ନା ନା...

ମୁଁ ନରେନ୍ଦ୍ର ନୁହେଁ, ହୋଲକାର ନୁହେଁ, ମୁଁ ମିସ୍ ଗୁପ୍ତା ନୁହେଁ...

କିଏ ତା' ହେଲେ ?

ମୁଁ ଫ୍ୟାସିଟ୍ ମେସିନ, ମୁଁ ପ୍ରୋଜେକ୍ଟର, ମୁଁ ଗ୍ରାଫ୍, ମୁଁ ପୋଷ୍ଟର, ମୁଁ ନିଅନ୍, ଆଲୋକ, ମୁଁ ପାଉଡ଼ର-ନେଲପଲିଶ୍ -ଲିପ୍‌ଷ୍ଟିକ-ମହମ-କଜଲ-ବ୍ରେସିଅର ନା—

ମୁଁ କ୍ୟାସିଟ୍-ପ୍ରୋଜେକ୍ଟର ଗ୍ରାଫ୍ ପୋଷ୍ଟର-ନିଅନ୍-ପାଉଡ଼ର -ନେଲପଲିଶ୍ -ଲିପ୍‌ଷ୍ଟିକ୍- ମହମ-କଜଲ-ବ୍ରେସିଅରର ପରିଣତି।

ହେ ମୋର ଦେଶର ଅଶିକ୍ଷିତ-କାଙ୍ଗାଲ-ଅନାର୍ଯ୍ୟ। ମୁଁ ତମର ପ୍ରଥମ ଧର୍ମଗୁରୁ, ମୁଁ ତମର ଶେଷ ପ୍ରତାରଣା, ତମର ଦୀପରୁଖାର ଆଲୁଅରେ ମୁଁ ପ୍ରଥମ ଅକ୍ଷର, ଶେଷ ପରିଚୟ, ତମର ବୁଭୁକ୍ଷୁ ପେଟରେ ମୁଁ ଅନ୍ନ-ହଲାହଲ, ତମର ସାତ ମହଲାର ଅନ୍ଧକୂପ ଅନ୍ଧକୂପ।

ଆକାଶକୁ ଚାହଁ ହେ ଅସଂଖ୍ୟ ଜନତା, ରାତିର ନିର୍ମଲ ଆକାଶରେ ଚିହ୍ନ

ରଖ କାଳପୁରୁଷର ଆଖେପାଖେ ସେହି ଲୁବ୍ଧକକୁ, ଭୟ ନାହିଁ ତା'ର ଛୁରୀ ବନ୍ଧୁକକୁ, ରକ୍ତ ସ୍ୱେଦକୁ।

ଦୀକ୍ଷା ନିଅ, ଦୀକ୍ଷା ନିଅ, ମୁଁ ଗତ କାଲିର ଯୀଶୁ ମୁଁ ଦୁଇ ଦିନର ଶିଶୁ।

କ୍ୱାଁ ମୁଁ ଏକ, କ୍ୱାଁ ମୁଁ ଏକା। କ୍ୱାଁ ମୁଁ ଏକା। କ୍ୱାଁ ମୁଁ ଏକା, କ୍ୱାଁ ମୁଁ ଜାଣେ କ୍ୱାଁ ମୁଁ ଚିହ୍ନେ। କ୍ୱାଁ ମୁଁ ଦେଖେ। କ୍ୱାଁ ମୁଁ ଏକା, ଏକା।

(ଆୟୁଚରିତ : ନରେନ୍ଦ୍ର କୁମାର ରାୟ)

ମୁଁ ଜନ୍ମ ହେଲି, ଦ୍ୱିତୀୟ ବିଶ୍ୱଯୁଦ୍ଧ ଶେଷ ହେଲା। ମୋତେ ଦୁଇବର୍ଷ, ଭାରତ ସ୍ୱାଧୀନ ହେଲା, ବ୍ରିଟିଶ ରାଜତନ୍ତ୍ର କବଳରୁ ଇତ୍ୟାଦି ଇତ୍ୟାଦି ଗାନ୍ଧିଜୀଙ୍କର ପ୍ରିୟ ଛେଲିକୁ ମୁଁ ଦେଖ୍ୟାପାରିଲି ନାହିଁ; କେବଳ ତ୍ରିରଙ୍ଗା ପତାକା ଉଡ଼ିଲା ନି:ପ୍ରା:ସ୍କୁଲ ଚୌତରାରେ ଜନଗଣମନ, ମୋତେ ଛଅ ବର୍ଷ। ଆମ ଘର ଛାତ ଉପରେ ମୋର ଗୁଡ଼ି କଟିଗଲା, ନାଣ୍ଟୁର ଚାଣ୍ ରଜ୍ ରଜ୍ ମାଞ୍ଜାରେ। ମୁଁ ଛାତ ଉପରୁ ତଳକୁ ଓହ୍ଲାଇ ଆସିଲି। ଯୁଦ୍ଧ ଏଥର, ସ୍ୱାଧୀନତା ଏଥର, ବୁଢ଼ାଟିଏ ଯାଉଛି ଥରି ଥରି ଗାନ୍ଧିଜୀ ଗାନ୍ଧିଜୀ / ଛେଲି ଚରୁଛି ପଡ଼ିଆରେ। ଗାନ୍ଧିଜୀଙ୍କ ପ୍ରିୟ ଛେଲି।

ମୁଁ ଗୁଡ଼ିକୁ ଖୋଜିଲି ମୋ'ର ଗୁଡ଼ିକୁ। ହେ ମୋ'ର ଗୁଡ଼ି, ହେ ମୋ'ର ସ୍ୱାଧୀନତା ହେ ମୋର ତ୍ରିରଙ୍ଗ ପତାକା, ହେ ମୋର ଗାନ୍ଧିଜୀ! ଗୁଡ଼ି ମୋର ଖସିପଡ଼ିଛି କୋଉ କିଆବୁଦାରେ କି ପୋଖରୀରେ କି ନାଣ୍ଟୁର ଗୁଡ଼ି ଖାଇଗଲା ମୋ'ର ଗୁଡ଼ିକି। ମୁଁ ରାସ୍ତାରେ ରାସ୍ତାରେ ଚାଲିଛି, ବୁଦାବୁଦା ବୁଲି ଖୋଳିଛି ଡାହାଣୀ ଚିର୍ଘୁଣୀର ମନ୍ଦକିଲା କବାଟ, କାହିଁ ଗୁଡ଼ି ମୋର କାହିଁ ?

କାହିଁ ମୋ'ର ଗୁଡ଼ି, ଯାହାର ଛାତି ଉପରେ କଳା ଅକ୍ଷରରେ ଲେଖା ହୋଇଛି ନରେନ୍ଦ୍ର (ଭାରତ)। ମୁଁ ଉପରକୁ ଚାହିଁଲି, ଗଛରୁ ପତ୍ର ଝଡ଼ୁଛି, ଆକାଶରେ ପକ୍ଷୀ ଉଡ଼ି ଯାଉଛି, ଆଉ ମୋର ଗୁଡ଼ି ? ସନ୍ଧ୍ୟା ହେଲା। ମୁଁ ଘରକୁ ଫେରିଆସିଲି। ବାପା ପଚାରିଲେ : "ଭାରତ କେବେ ସ୍ୱାଧୀନ ହେଲା ?" '୧୯୪୭ ମସିହା

ଅଗଷ୍ଟ ପନ୍ଦର’ ମୁଁ କହିଲି । ‘ଗାନ୍ଧିଜୀ କିଏ ?’ ବାପା ପଚାରିଲେ ‘ଜାତିର ଜନକ’ ମୁଁ କହିଲି । ଗୋଟିଏ ଛୋଟ ସାବାସରେ ଗାଧୋଇପଡ଼ି ମୁଁ ଚାଲିଲି ମୋର ଶୋଇବା ଘରକୁ ।

ସେଦିନ ରାତିରେ ମୁଁ ସ୍ୱପ୍ନ ଦେଖିଲି: ‘ଗୋଟାଏ ବଡ଼ ଯୁଦ୍ଧ ଚାଲିଛି, ଶହ ଶହ ମୁଣ୍ଡ ଛିଡ଼ି ପଡୁଚି, ବାୟବ୍ୟ ଖୋଜୁଛି ଶବ୍ଦଭେଦିକୁ । ମହାଭାରତ ଯୁଦ୍ଧ କି ବିଶ୍ୱଯୁଦ୍ଧ ମନେ ପଡୁନାହିଁ । କାଳିଆ ଭୂତ କେବଳ ବୁଲି ବୁଲି ମୁଣ୍ଡ ଗଣୁଚି ! ଗୋଟେ କାହାର ରଥ ଉପରେ ଖୋସା ହୋଇଛି ତ୍ରିରଙ୍ଗ ପତାକାଟିଏ । କିନ୍ତୁ ସବୁଠାରୁ ଡେଙ୍ଗା ତାଳଗଛ ଉପରେ ବସିଚି ଗୋଟେ ବୁଢ଼ା, ଗାନ୍ଧିଜୀ ବୋଧେ । ମୁଣ୍ଡ ଉପରେ – ? ଏଇତ ମୋ’ ଗୁଡ଼ି, ଯାହାର ଛାତି ଉପରେ ନରେନ୍ଦ୍ର (ଭାରତ) ଲେଖା ହୋଇଛି କଳା କାଳିରେ । ବାପୁ, ତମ ମୁଣ୍ଡରେ ମୋର ଗୁଡ଼ି ରଖ୍ଣ ବସିଚ କାହିଁକି ? ବାପୁ, ନାଣ୍ଡୁ ହିଂସାକରେ, ନାଣ୍ଡୁ ସହିପାରେ ନାହିଁ ମୋ’ର ଗୁଡ଼ିର ଲାଞ୍ଜ ଫର୍‍ଫର୍‍କୁ । ବୁଢ଼ା ହସିଦେଲା, ଗୁଡ଼ି ଖସିପଡ଼ିଲା ମୁଣ୍ଡ ଉପରୁ । କି ଆଶ୍ଚର୍ଯ୍ୟ! ଏଡ଼େ ବଡ଼ ଯୁଦ୍ଧ କେବଳ କାଗଜ ଗୁଡ଼ିର ? ଆରେ ମୁଣ୍ଡ ନୁହନ୍ତି ତ ଏଗୁଡ଼ା ଏଗୁଡ଼ା, ଆରେ ଗୁଡ଼ିରେ ଗୁଡ଼ି । ଆରେ ଏ ତ ଆମ ସ୍କୁଲ ଘର, ମାତ୍ର କାନରେ ପଇତା ଖୋସି ପରିସ୍ରା ବସିଛନ୍ତି କିଆବୁଦା ମୂଳରେ ! ଯଃ ଯଃ ଏତେ ହଣାକଟା ଆଉ କାହିଁକି ହେଲା ? ମୋ ଗୁଡ଼ି ପାଇଁ–

ଯେହେତୁ ପ୍ରତିଗୁଡ଼ିରେ ଲେଖା ନରେନ୍ଦ୍ର (ଭାରତ) ସମସ୍ତଙ୍କଠାରୁ ଉଚ୍ଚ ତାଳଗଛ ଉପରେ ।

ସକାଳକୁ ମୁଁ ସ୍କୁଲ ପାଖ ପଡ଼ିଆରେ । ସବୁଠାରୁ ଡେଙ୍ଗା ତାଳଗଛକୁ ଚାହିଁଲି । ତାଳଗଛରେ ମୋର ଗୁଡ଼ି, ଠିକ୍ ନରେନ୍ଦ୍ର ତଳକୁ ଚିରିଯାଇଛି, ‘ଭାରତ’ର ‘ଭା’ ଝୁଲୁଛି କାନଟାଏ ଭଳି, ‘ରତ’ ପଡ଼ି ଯାଇଛି ବୋଧେ ପୋଖରୀରେ । ବହୁ କଷ୍ଟରେ ଗୁଡ଼ି ମୋର ଖସିଲା ତାଳଗଛରୁ, ମୁଁ ଗୁଡ଼ିକୁ ଚାହିଁ ଚାହିଁ ବସିଲି ତାଳ ଗଛ ମୂଳରେ– ଭୁଲି ହୋଇଗଲା ଭାରତବର୍ଷ, ଗାନ୍ଧିଜୀ, ସ୍ୱାଧୀନତା, ଯୁଦ୍ଧ । କେବଳ ଅତି ଉପରେ ଆକାଶରେ ଘୁରିବୁଲିଲା ମୋର ନାମ । ମୋତେ ନାଣ୍ଡୁର ଚିନ୍ତା ନାହିଁ । ଆଉ ତାଳଗଛ ଉପରେ ‘ନରେନ୍ଦ୍ର (ଭା)କୁ କିଏ ନ ଜାଣେ ।

ତା’ପରେ ମୁଁ କ୍ଲାସରେ ପ୍ରଥମ, ମୋର ହସ୍ତାକ୍ଷର ସୁନ୍ଦର, ମୁଁ ଅଙ୍କରେ

ଧୀରଧର, ବହିର ସବୁ ପଦ୍ୟ ମୁଖସ୍ଥ । ମୁଁ ପରିଷ୍କାର ଜାମା ପିନ୍ଧେ, ମୋ'ର ନଖରେ ମଳିଧୂଳି ନାହିଁ, ସାବାସ୍ ସାବାସ୍ ନରେନ୍ଦ୍ର, ସୁସ୍ଥ ନାଗରିକ ହୁଅ, ରାସ୍ତାର ବାମକଡ଼ ମାଡ଼ି ଚାଲ, ଦର୍ପଣକୁ ଚାହିଁ ଚାହିଁ ଟେରିକାଟ, ଚୋରା-ପାଉଡ଼ର ମୁହଁରେ ମାଖିଦେଇ ବାହାରିଯାଅ ରାସ୍ତାକୁ । ମୋତେ କିଏ ନ ଚିହ୍ନେ ?

ଗ୍ୟାସ୍ ଲାଇଟ୍ର ଉଜ୍ଜ୍ୱଳ ଗୋଟାଏ ଛାମୁଣ୍ଡିଆ ଚାରିଆଡ଼େ ଘେରି ବସିଛନ୍ତି ଲୋକ । ତୁରୁରୁ ବିଗୁଲରେ କମ୍ପିଯାଉଛି ରାସ୍ତାଘାଟ ଓ ଏଣେ ସୁନ୍ଦରୀଟିଏ ଛାତିପିଟି କାନ୍ଦୁଟି ତା'ର ସ୍ୱାମୀର ଶବ ଉପରେ । ସ୍ୱାମୀ ଛାତିରେ ଛୁରୀ ଭୁଷିଦେଇ ଚାଲିଗଲେ ରାଜାଙ୍କର ଅନୁଚର । ଭୋର୍ ହେଲାବେଳକୁ ଜଣାଗଲା ସୁନ୍ଦରୀର ସ୍ୱାମୀ ଦେଶର ପ୍ରକୃତ ରାଜା ଓ ସତୀତ୍ୱ ବଳରେ କେବଳ ଜୀବନ ପାଇଲା ମୃତ ସ୍ୱାମୀ । ତା'ପରେ ମୋର ନିଦୁଆ ଆଖି ସାମ୍ନାରେ ଛାମୁଣ୍ଡିଆ ଭାଙ୍ଗିଗଲା, ସୁନ୍ଦରୀ କରିଆ ପିନ୍ଧି ବିଡ଼ି ଟାଣି ଟାଣି ଗଲା ଦାଣ୍ଡରେ, ମୃତ ସ୍ୱାମୀ (ପ୍ରକୃତ ରାଜା) ନୀଳ ଲୁଙ୍ଗିପିନ୍ଧି ବୁଲିଲା ତାଳବଣିଆରେ, ବିଗୁଲବାଲାଟା ଚା' ପିଇଲା ସୁଡ଼ୁ ସୁଡ଼ୁ କରି ଦୋକାନ ବାରଣ୍ଡାରେ, ମୋ ମୁହଁରେ ପାଉଡ଼ର ଗନ୍ଧ ବାରିଲା ଏକା ନାନ୍ଦୁ । ମୁଁ ନାନ୍ଦୁକୁ ଧକ୍କାଟାଏ ମାରି ଉଠିଗଲି ଆମ ଦାଣ୍ଡ ବାରଣ୍ଡାକୁ । ମୋ ଆଖି ଛଳ ଛଳ ହୋଇଗଲା ବୋଧେ, ମୁଁ କିଛି ଦେଖି ପାରିଲି ନାହିଁ ଆଉ । ମଳିନ ଆଲୋକ ଭିତରେ ଦିଶିଲା କେବଳ ଗୋଟାଏ ଚକ ଚକ ବାଉ ଦାଉ ରଙ୍ଗବୋଲା ଆଙ୍ଗୁଠି ପୁଣି ଆଖି ସାମ୍ନାରେ ରାଜାରାଣୀ ଅପେରା, ସୁନ୍ଦରୀ ଫେରିଲା, ଫେରିଲା ମୃତ ସ୍ୱାମୀ, ଫେରିଲା ବିଗୁଲ ବାଲା ।

ଭାଗୀରଥୀ ନଦୀକୂଳରେ ଯେଉଁ ବିଶାଳ ଶାଲ୍ମଲୀ ଗଛ ତା'ରି ଡାଳରେ ସ୍ୱପ୍ନର ଜାଲ ବୁଣିଦେଇ ଚାଲିଗଲା କେଉଁ ପକ୍ଷୀ, ଗନ୍ଧ ଭିତରେ ଗନ୍ଧ ଭିତରେ ଗନ୍ଧ, ମୁଁ ଗନ୍ଧ ଭିତରେ । ପ୍ରସ୍ତ ପ୍ରସ୍ତ ଖୋଲି ଯାଉଛି ରଙ୍ଗର ଆବରଣ, ଅକ୍ଷର ଭିତରେ ମୁଁ ଠାବ କରିପାରୁନାହିଁ ରକ୍ତମାଂସର ମୂର୍ତ୍ତିକୁ । ଚାଲ ଉପରୁ ଖସିପଡୁଛି କଖାରୁଲତା । କଖାରୁ ଲତାର ଆଢୁଆଲରେ ସୁନ୍ଦରୀର ଆଖି ଦୁଇଟି । ବନ୍ଦ ହେଲା ମୋର ଅକ୍ଷିକକ୍ଷ, ବନ୍ଦ ହେଲା ମୋର ପଢ଼ା ଘରର କବାଟ । ମୁଁ ସୁନ୍ଦରୀକୁ ଚିଠି ଲେଖିବସିଲି ମୋର ଗାରପକା ଏକ୍ସରସାଇଜ ଖାତାରେ ।

"ସୁନ୍ଦରୀ,

ଦୂରର ଖରିବଣରେ କାହାର କଇଁ କଇଁ ଶବ୍ଦ ଶୁଣି ସତ୍ୟବ୍ରତଙ୍କର ନିଦ ଭାଙ୍ଗିଗଲା । କିନ୍ତୁ ପ୍ରକୃତରେ ତୁ କାନ୍ଦୁଥିଲୁ ଘର ବାରଣ୍ଡାରେ ବସି କଖାରୁଲତା ଆଢୁଆଲରେ ।"

ଚିଠି ପୂର୍ଣ୍ଣ ହେଲା ନାହିଁ, ଡିଟେକ୍ଟିଭ ସତ୍ୟବ୍ରତ ଆସି ନଷ୍ଟ କରିଦେଲା ସବୁ । ମୁଁ ହସି ହସି ଖାତା ବନ୍ଦ କରିଦେଲି । ସୁନ୍ଦରୀ ବି ଆଉ ଦିଶିଲା ନାହିଁ ।

ପରେ, ଦଶମ ଶ୍ରେଣୀରେ ସୁନ୍ଦରୀ ଆଗ ବେଞ୍ଚରେ । ମୁଁ ସୁନ୍ଦରୀର ସିଧା ତେଲଚିକିଟା ବେକ ଓ ବେକ ପାଖରେ ଫ୍ରକର ମଇଲା ଧାରକୁ ଦେଖି ଦେଖି ଅବାକ୍ ହେଲି । ସୁନ୍ଦରୀ ଶାଢ଼ୀ ପିନ୍ଧେ ନାହିଁ କାହିଁକି ? ସୁନ୍ଦରୀର ଓଠ ଲାଲ ଦିଶୁନାହିଁ କାହିଁକି ? ସୁନ୍ଦରୀର ଅଣ୍ଟା ପର୍ଯ୍ୟନ୍ତ ଲମ୍ବା ବାଲ କାହିଁ ? ସୁନ୍ଦରୀ ବା କ'ଣ ବୁଝିବ, ସୁନ୍ଦରୀକୁ ତ ଷୋଲ ବର୍ଷ ହୋଇ ନାହିଁ ? ଷୋଲ ବର୍ଷ ହୋଇଥିଲେ ସୁନ୍ଦରୀ ମୋତେ ଚୋରା ଆଖିରେ ଚାହାଁନ୍ତା; ଆମେ କ୍ଲାସ ଛାଡ଼ି ଚାଲିଯା'ନ୍ତୁ ଆମ୍ଭ ତୋଟାକୁ; ମୁଁ ସୁନ୍ଦରୀକୁ ଚିଠି ଲେଖନ୍ତି ।

"ସୁନ୍ଦରୀ, ପ୍ରିୟତମା

ମୁଁ ଯେତେ ଦୂରରେ ଥିଲେ ବି ତମର । ତମେ ସମାଜକୁ ଭୟ କର ନାହିଁ । ଯେତେଦିନ ପର୍ଯ୍ୟନ୍ତ ଏ ସୂର୍ଯ୍ୟ, ପୃଥ୍ୱୀ ଥିବେ, ସେତେଦିନ ପର୍ଯ୍ୟନ୍ତ ମୁଁ ତମର ହୋଇ ରହିବି ।"

ଏ ସରସାଇଜ ଖାତାର ଆଉ ଗୋଟିଏ ପୃଷ୍ଠା ଗଲା । ସୁନ୍ଦରୀ ସହିତ ଏତେ ରୋମାନ୍ସ କଳ୍ପନା ମଧ୍ୟ କରିହୁଏ ନାହିଁ – ସୁନ୍ଦରୀ ଆଗ ବେଞ୍ଚରେ ଫୁସ ଫୁସ କରି ତା' ସାଙ୍ଗ କାନରେ କ'ଣ କହୁଛି । ମୁଁ ଖାତା ବନ୍ଦ କରିଦେଲି ।

ସ୍କୁଲରୁ ଫେରିବା ରାସ୍ତାରେ ସୁନ୍ଦରୀ ଏକା । ମୁଁ ସୁନ୍ଦରୀ ପଛେ ପଛେ, ସୁନ୍ଦରୀ ପଛକୁ ଚାହିଁଲା । ମୁଁ ହସିଦେଲି, ସୁନ୍ଦରୀ ହସିଦେଲା । ସୁନ୍ଦରୀର ଦାନ୍ତ ପୋକ ଖାଉଛି, ପୁଣି ଆଗ ଦାନ୍ତ । ମୁଁ ସୁନ୍ଦରୀ ସାମ୍ନାରେ ଠିଆ ହୋଇଗଲି । ସୁନ୍ଦରୀ ଆଖି ଟେକି ନିଷ୍ପଲକ ହୋଇ ଚାହିଁଚି । ସ୍ଥିର ଉଜ୍ଜ୍ୱଲ ନିର୍ବାକ ଆଖି । ଏ ତ ପ୍ରେମ । ମୁଁ ଭୟରେ ଆନନ୍ଦରେ ଆଖି ବୁଜିଦେଲି । ଠିକ୍ ଏତିକିବେଳକୁ ସାଇକେଲରୁ ଓହ୍ଲାଇଲା ସୁନ୍ଦରୀର ମାଉସୀ-ପୁଅ ଭାଇ । ସୁନ୍ଦରୀ ଛୋଟ ଚଢ଼େଇଟିଏ ଭଳି ଡେଇଁ ପଡ଼ିଲା କ୍ୟାରିଅରକୁ, ସାଇକେଲରେ ବସାଇ ନେଲା ମାଉସୀ- ପୁଅ ଭାଇ । ମୁଁ

ଏକା ଏକା ଘରକୁ ଫେରିଲି। ସେଦିନ ମୋର କେବଳ ମନେ ପଡ଼ିଲା ସୁନ୍ଦରୀର କାଚ-ଆଖି। ପ୍ରକୃତରେ ସୁନ୍ଦରୀର ଡାହାଣ ଆଖି କାଚର ଆଖି, ତେଣୁ ଏତେ ନିର୍ଭୀକ, ନିର୍ଲଜ୍ଜ, ସ୍ଥିର, ଯନ୍ତ୍ରଣାହୀନ। ମୁଁ ଭୟଙ୍କର ଈର୍ଷାରେ ଜଳି ଜଳି ପାଉଁଶ ହୋଇଗଲି ଗୋଟିଏ ପଲକରେ। ହେ କାଚ ଆଖି, ତୁ କ'ଣ ବୁଝିବୁ ପ୍ରେମର ଆଲୋକ। ତୁ ଗଞ୍ଜ ଉପନ୍ୟାସ ପଢ଼ିନାହୁଁ, ତୁ ଦିନରାତି କ'ଣ ଜାଣିନାହୁଁ, ତୁ ଦେଖିନାହୁଁ ମୋର ନାକ ତଳେ ଦୁଇଧାର କଳା ପେନ୍ସିଲ୍ ଗାରକୁ।

ସେଦିନ ରାତିରେ ସବୁ ଗଞ୍ଜ ଉପନ୍ୟାସ ବହି ଟେବୁଲରୁ ଓହ୍ଲାଇ ଗଲେ କାଠ ଡାବଲ ଭିତରକୁ। ମୁଁ ଅଙ୍କ କଷିଲି, ଧାତୁରୂପ ମୁଖସ୍ଥ କଲି, ନୂଆ ବହି ଉପରେ ଲେଖିଦେଲି ନାଲି କାଲିରେ "ନରେନ୍ଦ୍ର କୁମାର ରାୟ : ଦି ଗ୍ରାସ୍ ଇଜ୍ ଗ୍ରୀନ୍, ଦି ରୋଜ୍ ଇଜ୍ ରେଡ଼, ଦିସ୍ ବୁକ୍ ଇଜ୍ ମାଇନ, ଟିଲ ଆଇ ଆମ୍ ଡେଡ୍।"

ସବୁଜ ଘାସ ଓ ଲାଲ ଗୋଲାପ ସହିତ ମୃତ୍ୟୁର ଗୋଟାଏ ଅହେତୁକ ସମ୍ପର୍କ ସ୍ଥାପିତ ହୋଇଗଲା ପରେ ସୁନ୍ଦରୀ ଭୁଲି ହୋଇଗଲା ସତ, କିନ୍ତୁ ସାରା କଲେଜର ସବୁଜ ଘାସ, ସାରା କଲେଜର ଲାଲଗୋଲାପ ଦିନେ ମୋ ହାତରୁ 'ଭାରତ ଇତିହାସ' ବହି ଖଣ୍ଡକ ଚୋରାଇ ନେଲା। ଚୋରଣୀ ପୁଣି ବହି ଫେରାଇ ଦେଲା, ସାହାଜାହାନ୍ ଅଧ୍ୟାୟରେ ଟୋପାଏ ଲାଲ କୁଙ୍କୁମ ଲଗାଇଦେଇ। ରାତାରାତି ମୁଁ ତାଜମହଲ ଗଢ଼ିଦେଲି, ଖାଲି ସିଗାରେଟ୍ ଖୋଲରେ। ସାହାଜାହାନ୍ ବି.ଏ. ପାସ୍ କଲେ, ମମ୍ତାଜ କିନ୍ତୁ କବର ଖୋଲି ଉଠିଗଲେ କେତେବେଳେ। ନୂଆ ସବୁଜ ଘାସ, ନୂଆ ଲାଲ ଗୋଲାପ : ମୃତ୍ୟୁ ଭୟରେ ଆତଙ୍କିତ ନରେନ୍ଦ୍ର କୁମାର ରାୟ। ମଞ୍ଚର ପର୍ଦ୍ଦା ଉଠିଲା ପରେ ଦେଖାଗଲା ମୁଁ ନାଣ୍ଟୁ ଛାତି ଉପରେ ମାଡ଼ିବସି ଛୁରୀ ଭୁଷିଦେଉଛି, ନାଣ୍ଟୁର ସ୍ତ୍ରୀ କେବଳ ସତୀତ୍ୱ ବଳରେ...

ନାଣ୍ଟୁ ମୋର ପ୍ରତିଦ୍ୱନ୍ଦୀ କଲେଜ ଇଲେକ୍ସନରେ। ନାଣ୍ଟୁ ପ୍ରଚାର କରୁଚି କ୍ଲାସ କ୍ଲାସ ବୁଲି। ପି.ୟୁ. ପିଲାମାନେ ନାଣ୍ଟୁକୁ ଭଲ ପାଉନାହାନ୍ତି, ମୁଁ ଜାଣେ, କିନ୍ତୁ ପି.ୟୁ. ପିଲାମାନଙ୍କୁ କିଏ ବୁଝାଇବ ? ଉପର କ୍ଲାସରେ ନାଣ୍ଟୁ ପ୍ରଭାବଶାଳୀ, ଝିଅମାନେ ମଧ୍ୟ ଭଲପାଆନ୍ତି ନାଣ୍ଟୁକୁ। ନାଣ୍ଟୁ କହୁଚି "ମୋର ପ୍ରିୟ ବନ୍ଧୁ ନରେନ୍ଦ୍ର ମୋ'ଠାରୁ ଭଲ ଛାତ୍ର, ମୋ'ଠାରୁ ଭଲ ବକ୍ତା, ମୋ'ଠାରୁ ଉତ୍ତମ ଆଦର୍ଶରେ ଗଢ଼ା, କିନ୍ତୁ ନରେନ୍ଦ୍ର ବସିଛି ସୌନ୍ଦର୍ଯ୍ୟର ଶିଖରରେ, ମୁଁ ଏଇଠି ଆପଣମାନଙ୍କ ଭିତରେ ସଡ଼ା ନର୍ଦ୍ଦମାରେ ଆପଣମାନଙ୍କର ଅଶ୍ରୁ, ସ୍ୱେଦ, ବିଷ୍ଠା, ପରିସ୍ରାରେ। ମୁଁ

ସେବକ, ନରେନ୍ଦ୍ର ରସିକ। ଆପଣମାନେ ବିଚାର କରନ୍ତୁ। ତାଳି ତାଳି ତାଳି ଭିତରେ ନିଷ୍ପତ୍ତି ହୋଇଗଲା, ସେବକର ଜୟ ହେଲା। ନାମ୍ବୁର ନାମ ଆକାଶଦୀପରେ ଲେଖା ହୋଇ ଜ୍ବଳିଲା ସେଦିନ ସଂଧ୍ୟାତାରା।

ତା'ପରେ ମୁଁ ଚାକିରୀ ଖୋଜିଲି। ବାପା ନିଜକୁ ପଲଟିକାଲ୍ ସଫରର ବୋଲି ପ୍ରମାଣ କରିପାରିଲେ ନାହିଁ, ବହୁ କଷ୍ଟରେ ସଂରକ୍ଷିତ ଓ ସଯତ୍ନଲାଳିତ କ୍ଷତ ଚିହ୍ନଟି ବୁଲେଟ୍ ବା ବାୟୋନେଟ୍ ଚିହ୍ନ ନୁହେଁ ବୋଲି ପ୍ରମାଣିତ ହେଲା। ଘର ବିକ୍ରି ହୋଇଗଲା, ବାପା ତାଙ୍କର ପୂର୍ବ ନିର୍ଦ୍ଧାରିତ ସ୍ବର୍ଗକୁ ଗଲେ। ନର୍କର ଲିପିକାର ହୋଇ ଏକା ରହିଗଲି ମୁଁ। ପାଠ ପଢ଼ି 'ମଧୁ ବାରିଷ୍ଟର' ହେବାର ଆଶା ନ ଥିଲା। ରାଜନୀତି ମଧ ହେଲା ନାହିଁ।

ଠିକ୍ ଏହିଭଳି ସମୟରେ ଦୈନିକ କାଗଜରେ 'ଅତୁଳନୀୟ ପ୍ରସାଧନୀ ପ୍ରାଃ ଲିଃ' ଜୁନିଅର ଏକ୍ଜିକ୍ୟୁଟିଭ୍ ଦରକାର ବୋଲି ଘୋଷଣା କଲେ। ପାସପୋର୍ଟ୍ ସାଇଜ୍ ଫଟୋ ଓ

ବର୍ତମାନ ଫେରିଆସିବା ଉଚିତ୍। ଉଡ଼ାଜାହାଜ ପଡ଼ିଆ ନିକଟରେ। ଖରାରେ ଜକ୍ ଜକ୍ ଦିଶୁଚି ଲମ୍ବା ରନ୍ଧେ। ସକାଳର ଉଡ଼ାଜାହାଜ ଉଠୁଚି ଉପରକୁ। ଟାୱାର ଉପରେ ପବନଚକ ଘୁରୁଚି, ତୀର ଦେଖାଉଚି ଉଉରକୁ। ଉଡ଼ାଜାହାଜ ଚକ୍ର କାଟି ଉପରକୁ ଉଠୁଚି। ଆମେ ଉପରକୁ ଚାହିଁଲୁ।

ଉପରେ ଉଡ଼ାଜାହାଜ। ତଳେ, ମାଟିତଳେ ପ୍ରତୀକର ମଳାଦେହ। ଆମେ ମାଟି ଉପରେ ଓ ଫର୍ମ ସହିତ ମୋର ଆପ୍ଲିକେଶନ ପହଞ୍ଚିଲା କମ୍ପାନୀର ପର୍ସନେଲ ବିଭାଗରେ।

"ନାମ ?"

"ନରେନ୍ଦ୍ର କୁମାର ରାୟ।"

"ରୁଚି ?"

"ସୌନ୍ଦର୍ଯ୍ୟ ଆବିଷ୍କାର।"

"ବୟସ ?"

"୨୧"

ଓ !

କମ୍ପାନୀ ସାହେବ୍ ପଚାରିଲେ, "ମିଷ୍ଟର ରାୟ, ଆପଣ କୁହନ୍ତୁ ଆପଣଙ୍କ ଭଳି ଜଣେ ଯୁବକ 'ଅତୁଳନୀୟ ପ୍ରସାଧନୀ'ରୁ କ'ଣ ଆଶା କରେ। ନା ନା ବରଂ କୁହନ୍ତୁ ଏ ଚାକିରୀ ପଛରେ ଆପଣଙ୍କର ବ୍ୟକ୍ତିଗତ ଚିନ୍ତା ବା ଦର୍ଶନ ଅଛି କିଛି ?"

"ଅଛି ସାର୍ ଅଛି'" ମୁଁ କହିଲି। ମୋର ଗୋଟାଏ ନୂଆ ଉକ୍ଣ୍ଖାର ସ୍ୱର ଧରିପାରିଲେ ସାହେବ୍। ଅଳ୍ପ ହସି କହିଲେ "ଆପଣ ବରଂ ଗୋଟାଏ ରାଇଟ୍-ଅପ୍ ଲେଖ୍ ଦିଅନ୍ତୁ, ଦେଖିବା ଯଦି କମ୍ପାନୀ ପାଇଁ କିଛି କୁ ମିଳେ।

ଗଳଦ୍ଘର୍ମ ହୋଇ ମୁଁ କମ୍ପାନୀ ପାଇଁ ପ୍ରବନ୍ଧ ଲେଖିଲି। ଏବେ ମନେ ହେଉଛି ମୋ ପ୍ରବନ୍ଧ କମ୍ପାନୀ ପାଇଁ ବୋଧେ ଲେଖା ହୋଇ ନ ଥିଲା। ସେ ଥିଲା ଗୋଟାଏ ଛୋଟ ଉପନ୍ୟାସ-ସୁନ୍ଦରୀ ପାଇଁ, କାଚ ଆଖି ପାଇଁ, ସବୁଜ ଘାସ-ଲାଲ ଗୋଲାପ ପାଇଁ, ନାଣ୍ଟୁର ଆକାଶଦୀପ ପାଇଁ। ସମସ୍ତଙ୍କ ମୁହଁ ପଛରେ କ୍ଲାନ୍ତିର କାଳିମା ପୋଛିଦେବା ପାଇଁ ପ୍ରସାଧନ ଲୋଡ଼ା, ପ୍ରସାଧନ। ପୋକଖିଆ ଦାନ୍ତ ପାଇଁ, କାଚ ଆଖି ପାଇଁ, ସବୁଜ ଘାସ-ଲାଲଗୋଲାପ ପାଇଁ, ଆକାଶଦୀପ ପାଇଁ। ରୂପର ମନ୍ତ୍ର ପ୍ରଚାର କରିଯାଅ 'ଅତୁଳନୀୟ'। ଦେହର କୋଣାର୍କ ପୋତି ହୋଇଯିବ ଯେତେବେଳେ, ସେତେବେଳେ ପୁଣି ଆସିବ କାରିଗର, କେବଳ ବାଲିରେ ଗଢ଼ି ଦେବ କୋଣାର୍କ। ଏଇ ଦେଖନ୍ତୁ ରୂପସୀ ଗୃହିଣୀଙ୍କୁ, ତାଙ୍କ ମୁହଁରେ ତେଲ ଛାପ, ରୋଷେଇ କଳା, ବ୍ୟସ୍ତ ହୋଇ ପଡ଼ୁଛନ୍ତି, ମୁଣ୍ଡରେ ବାୟାବସା, ହତାଶ ହୁଅନ୍ତୁ ନାହିଁ କହିଲେ ପ୍ରତିବେଶିନୀ— ଅତୁଳନୀୟ ପ୍ରସାଧନୀ ଆପଣଙ୍କ ମୁଖଶ୍ରୀ ଅକ୍ଷୁର୍ଣ୍ଣ ରଖିବ। ଚାହାଁନ୍ତୁ ଅଫିସର ବଡ଼ବାବୁଙ୍କୁ, ମୁଣ୍ଡର ବାଲ ଧଳା ପଡ଼ିଆସୁଛି ଅଥଚ ଯୌବନ ଯାଇ ନାହିଁ, ଟୋକା କିରାଣୀକୁ ଈର୍ଷା କରୁଛନ୍ତି— ବ୍ୟସ୍ତ ହୁଅନ୍ତୁ ନାହିଁ, ଆପଣଙ୍କ ଡ୍ରୟାରରେ ଅତୁଳନୀୟ ପ୍ରସାଧନୀ। ଏଇ ଯାଉଛି ପ୍ରେମିକାର, କାହାର, ଶାଢ଼ୀର ନୀଳ ଧଡ଼ି, ହାତରେ ନୀଳ ଚୂଡ଼ି କିନ୍ତୁ ମୁହଁରେ ପୁଞ୍ଜାଏ ବ୍ରଣ, କ'ଣ ଭାବିବ ପ୍ରେମିକ ଶିରୋମଣି, ଘୃଣାରେ ନାକ ଟେକିବ, ପ୍ରିୟତମା ଏ କି ଅବସ୍ଥା, ଆଜି ନୁହେଁ ଅନ୍ୟ କେଉଁଦିନ। ଆହାଃ ଏତେ ହତାଶ ହୁଅନା ପ୍ରେମିକ, ପ୍ରେମିକାକୁ କିଣିଦିଅ 'ଅତୁଳନୀୟ ପ୍ରସାଧନୀ'।

ଏମିତି କେତେ କ'ଣ! ସାହେବ୍ ଖୁସି ହେଲେ। ତା'ପରେ ମୋର ପ୍ରୋବେସନ୍। ତା'ପରେ ସାତବର୍ଷ ହେଲା ଶେଷରେ 'ଡାଟା' (ତଥ୍ୟର)

ଅନୁବିଭାଗୀୟ ମୁଖ୍ୟ ମୁଁ ନରେନ୍ଦ୍ର କୁମାର ରାୟ-ଟେବୁଲ ଉପରେ ପ୍ରିଜ୍‌ମ୍ ଆକୃତି କାଠ ଫଳକରେ 'ଏନ୍. କେ. ଆର୍.'।

ଇତିହାସ କଡ଼ ଲେଉଟାଇଲା ବୋଧେ। ଅତୁଳନୀୟ ଓ ଅକଳନୀୟ ଭିତରେ ଡାଟାର ଅବଲବଦଲ। ମୋର ସ୍ଥିତିର ଚୀନ୍-ପ୍ରାଚୀର ଭିତରେ ଭିତରେ ଫାଙ୍କ କେତେ ନା କେତେ! ଆଉ କାହା ପାଇଁ ଲେଖା ହେଉ ଇତିହାସ, ମୋ ପାଇଁ ନୁହେଁ। ଦେହର ଖାଲି ଖୋଳରେ କମ୍ପାନୀର ମୋହର କେବଳ ମିସ୍ ଗୁପ୍ତାର ଦେହର ସ୍କୁ, ପେନ୍, କଣ୍ଠା, ବାର୍ଣ୍ଣିସ୍, ମହମ ସବୁ ଖସିଗଲା ହୋଲକାର୍ ହାତରେ। ହାଡ଼ କଙ୍କାଳରେ ସ୍ତୁପ ଉପରେ ଲଙ୍ଗଳା ମଣିଷର ନାଁ ଲେଖା ହେଲା। 'ଅତୁଳନୀୟ'ର ମୁହଁ ଉପରକୁ ଓହ୍ଲାଇଲା କୁଶର କଳା ଛକି। ସେଇ କଳା ଛକିରେ ଦୋଦୁଲ୍ୟମାନ, ପୃଥିବୀର ହଲାହଲ ଜର୍ଜରିତ ମୁଁ ଯୀଶୁ ନୁହେଁ ତ ଆଉ କିଏ ?

ଈଶ୍ୱର ପୁତ୍ର ଏଥର ଚାଲିଲେ ଛକ ଉପରକୁ। ଦୀକ୍ଷା ଦୀକ୍ଷା ଦୀକ୍ଷା ନିଅ ଭାରତର ନରନାରୀ। ମୁହଁ ପଛରେ ଲାଗିରହୁ ତମର କ୍ଲାନ୍ତ କାଳିମା, ଦର୍ପଣରେ ଦେଖ, ମୋ ଆଖିର ଦର୍ପଣରେ ଦେଖ ତମର ଚିତ୍ରପ୍ରତିମାକୁ। ବାସ୍, ତା'ପରେ ଆଖି ବୁଜି ଦିଅ, କଳାଛକି ବୁଲିଯାଉ ସହର ଉପରେ।

ତେଣୁ ନରେନ୍ଦ୍ର

ତେଣୁ ନରେନ୍ଦ୍ର ତମେ ଠିଆହେଲ ଛକରେ, ଶୂନ୍ୟ ପୁଲିସ୍ ସ୍ୱାଣ୍ଠ ଉପରେ। ତମ ଚାରିଆଡ଼େ ଘର୍ ଘର୍ ବୋହିଯାଉଛି ଚଲମାନ ଜନତାର ସ୍ରୋତ। ଦ୍ୱୀପ ଉପରେ ତମେ ଠିଆ ହୋଇଚ କାଳପୁରୁଷ, 'ଅତୁଳନୀୟ'ର ନକ୍ଷତ୍ରଖଚିତ ଆକାଶ ମଳିନ ତମର ନିଃଶ୍ୱାସରେ। ସେଇ ମଳିନ ଆକାଶରେ ମଣିଷର ମଳିନ ମୁହଁର ଶୋଭାଯାତ୍ରା—ଖାଦ୍ୟ ଦିଅ ଖାଦ୍ୟ ଦିଅ।

ତମେ ଚିତ୍କାର କରି ଡାକିଲ ଜନତାକୁ। କେହି ଶୁଣିଲେ ନାହିଁ ସେ ଘର ଘର ଭିତରେ। ତମ ସାମ୍ନାରେ ଗୋଟିଏ ଭିକାରୀ ଛୁଆ—କମ୍ପାନୀକୁ ତମର କୈଫିୟତ ଭଳି। ଭିକାରୀ ଛୁଆର କଙ୍କାଳ ହାତ ଲମ୍ବି ଆସୁଛି ତମ ଆଡ଼କୁ।

ତମେ ଚିତ୍କାର କରୁଚ ତଥାପି। ପ୍ରଲାପ କରୁଚ। ତମେ ଭିକାରୀ ଛୁଆକୁ

ଶୂନ୍ୟ ଶୂନ୍ୟ ଟେକି ଆଣ୍ଡୁଚ ତମର କୋଳକୁ। ତମକୁ ଘେରି ଠିଆ ହେଲେଣି ତମର ଶ୍ରୋତା କେତେଜଣ। ତମେ ଗୋଟାଏ ହାତରେ କୋଲେଇ ଧରିଛ ଭିକାରୀ ଛୁଆକୁ, ଅନ୍ୟ ହାତ ତମର ଟେକା ହୋଇଛି ଉପରକୁ। ଗୋଟିଏ ପାଦ ଆଗକୁ, ଆଉ ଗୋଟିଏ ପାଦ ପଛକୁ।

ତମେ ଗଳା ସଫା କଲ। ପକେଟ୍‌ରୁ ରୁମାଲ ବାହାର କରି ପୋଛିଦେଲ ଭିକାରୀ ଛୁଆର ମୁହଁ। ତା’ପରେ ରୁମାଲଟିକୁ ଉଡ଼ାଇଦେଲ ରାସ୍ତାକୁ। ଏଥର ତମର ସ୍ୱର ତୀକ୍ଷ୍ଣତର ହେଲା—

“ହେ ଜନତା, ମୁଁ ନେତା ନୁହେଁ, ବକ୍ତା ନୁହେଁ, ଯାଦୁକର ନୁହେଁ, ସୌଦାଗର ନୁହେଁ, ରକ୍ଷ ନୁହେଁ, ସନ୍ନ୍ୟାସୀ ନୁହେଁ, ପୁଲିସ୍‌ ନୁହେଁ, ପୟଗମ୍ବର ନୁହେଁ।

ନୁହେଁ ମୁଁ ତମର ଭ୍ରାତା, ଜାମାତା, ନୁହେଁ ମଧ୍ୟ ମୁଁ ଏ ଶିଶୁର ପିତା।

ମୁଁ କିଏ ତାହେଲେ, ଏଠି ଏଇ ମୁହୂର୍ତ୍ତର ଡୋରରେ ବନ୍ଧା, ତମର ସୁନ୍ଦର ସ୍ୱପ୍ନର ବଗିଚାରେ ପାଲଭୂତ।

ମୋତେ ଶୁଣ, ମୋତେ ଶୁଣ। ମୁଁ ଛୋଟିଆ ଯାଁଶୁଟିଏ, ମୋର ଛୋଟିଆ କୁଶଟିକୁ ଦେଖ, ମୋର ଛୋଟିଆ ଆଲପିନ୍‌ କ୍ଷତକୁ ଦେଖ, ଦେଖ ମୋର ଛୋଟିଆ ଇତିହାସକୁ।

ହେ ବଡ଼ ବଡ଼ ମୁଣ୍ଡବାଲା ନାଗରିକ, ତମର ସାଇକେଲ ଚକ ଫାଟିଗଲା ନା ତମର ମଟରରୁ ପେଟ୍ରୋଲ ସରିଗଲା ନା ଝୁଣ୍ଟି ପଡ଼ିଲ ଚଲାବାଟରେ, ନା ତମର ଚିନାବାଦାମରେ ଗୋଡ଼ି। କେଉଁ ଦୁର୍ଘଟଣାରେ ସନ୍ଧ୍ୟାର ଆକାଶ ଲାଲ ହେଲା, କେଉଁ ପାଣିଚିଆ ସ୍ୱେଦ — ରକ୍ତରେ ଫୁଟିଚି ଏ ନିଅନ୍ର କଇଁ ? କୁହ କୁହ। ଜବାବ୍‌ ନାହିଁ। କାହିଁକି ଜବାବ୍‌ ନାହିଁ ?

ମୋଠାରୁ ଶୁଣ। ପ୍ରଶ୍ନର ତୋରଣ ଟପିଗଲା ପରେ ଉତ୍ତରର ରଣକ୍ଷଣ ଶୁଣ। ତମ ସ୍ୱାମୀମାନଙ୍କ ହାତରେ ଚୂଡ଼ି, ତମ ଝିଅମାନଙ୍କ ପାଦରେ ଘୁଙ୍ଗୁର, ଆହ୍ଲ ସେଇଠି ଅଟକି ଗଲା ଉତ୍ତର। ସ୍ୱାମୀମାନେ, ତମ ପୁରୁଷ ବୀରକୁ ଚାହଁ, ଛେଲି ଚରାନ୍ତି, ଶୁଖୁଆ ବିକନ୍ତି, ଫାସ ବସାନ୍ତି, ଚୋରି କରନ୍ତି, ନିଆଁରେ ଓଦା କାଗଜ ଶୁଖାନ୍ତି କିନ୍ତୁ।”

(ପାଗଲଟାଏ : କ୍ଷୀଣ ସ୍ୱରରେ କହିଲା ଜଣେ)

"ପାଗଳ ? କିଏ ପାଗଳ ? ପ୍ରଶ୍ନଟି ନା ଉତ୍ତରଟି କିଏ, ନା ଏ ଥୋବରା ପାଟି, ଚାକୁ ଚାକୁ ଦାନ୍ତ-ଜିଭ ? ଗନ୍ଧ ଶୁଣ ଏଥର ଗନ୍ଧ ଯେଉଁଥିପାଇଁ ମୁଁ ଏଠି, ଏଇ ମୁହୂର୍ତ୍ତରେ !"

(ଦର୍ଶକ ସଂଖ୍ୟା ବଢୁଛି । ଶ୍ରୋତା ଚୁପ୍ ହୋଇ ଶୁଣୁଛନ୍ତି)

"ଏଇ ଟୋକାର ଗନ୍ଧ, ଭିକାରୀ ଟୋକାର । ଆହା ଆହା ପିଲାଟାଏ ବୋଲି ଭାବନ୍ତୁ ନାହିଁ । ଏ ଗୋଟାଏ ବଡ଼ ଦୁର୍ଦମ ଚେରା । ଏ ଗାନ୍ଧିଜୀଙ୍କର ପୁଅ । ହେ ସାଇକେଲଧାରୀ ଯୁବକ, ତମେ ଆଶ୍ଚର୍ଯ୍ୟ ହେଉଛ, ଗାନ୍ଧିଜୀଙ୍କର କୋଉ ପୁଅ ଇଏ ନା ଶୁଣି ତାହେଲେ ।

ଗାନ୍ଧିଜୀ ଚାଲିଛନ୍ତି ଗୋଟାଏ ବନ୍ଧୁକନଳୀ ସାଙ୍ଗରେ ଗପ କରି କରି । ବନ୍ଧୁକନଳୀ କହୁଛି ମୁଁ ବହୁଦିନ ଧରି ଜଙ୍କ୍ ଲାଗି ପଡ଼ିଛି, ଥରେ ଫୁଟେଁ, ଫୁଟାଇ ଦିଅ ଥରେ । ଗାନ୍ଧିଜୀ କହୁଚନ୍ତି–ହେ ବନ୍ଧୁକନଳୀ, ତୋ'ର ଏତେ ସାହସ, ତୁ ମୋ ସାମ୍ନାରେ ଫୁଟିବୁ ପୁଣି, ଫୁଟିବୁ ଯଦି ଅନ୍ୟ ରାଜ୍ୟକୁ ଯା', ଏ ରାଜ୍ୟରେ ତୋର ଫୁଟାଫୁଟି ଆଉ ଚଲିବ ନାହିଁ । ବନ୍ଧୁକନଳୀ ହାଲିଆ ହୋଇ କଣା ଆଖିରେ ଥରେ ଗାନ୍ଧିଜୀଙ୍କ ଗୋଲ ଚଷମାକୁ ଚାହିଁ ଦେଲା, ଆରେ ବାପରେ ଯୋଡ଼ାଏ ନଳି ଏଠି ! ଗାନ୍ଧିଜୀ ଦେଖିଲେ ଭୟରେ ବନ୍ଧୁକନଳୀ ଆତଙ୍କିତ, ଭୟରେ କେତେବେଳେ ଲୁଚିଛି ତାଙ୍କ ଛେଲି ପେଟତଳେ । ଗାନ୍ଧିଜୀ ଆଖି ବୁଜିଦେଲେ, ଚଷମା ଖୋଲିଦେଲେ, ବନ୍ଧୁକନଳୀ ସାହସ ପାଇ ଫୁଟିଗଲା ଯେ ଫୁଟିଗଲା ବାସ୍, ଗାନ୍ଧିଜୀ ଚାଲିଗଲେ । ଆହାଃ ଗାନ୍ଧିଜୀ ଚାଲିଗଲେ କିନ୍ତୁ ବନ୍ଧୁକନଳୀ ଯାଏ କୁଆଡ଼େ? ଲକ୍ଷ ଲକ୍ଷ ଧଳା ପାରା ଜଗିବସିଚନ୍ତି ଦାଣ୍ଡ କବାଟ ପାଖରେ, ଗାନ୍ଧିଜୀ ଗଲେଣି ଶୋଇବାକୁ । ଯାଏ କୁଆଡ଼େ ? ଏଇ ଯେ ଟୋକା, ଭିକାରୀ ଟୋକା, ବୁଲୁଥିଲା କୋଉଠି, ଚିରାଜାମା ତଳେ, ଫାଙ୍କା ପେଟ ଭିତରେ ଲୁଚାଇଦେଲା ସେ ବନ୍ଧୁକନଳୀକୁ । ଧଳା ପାରା ଜଗିଥା'ନ୍ତି, ଭିକାରୀ ପିଲାକୁ ସନ୍ଦେହ କରେ କିଏ ? କିନ୍ତୁ ବନ୍ଧୁକ ଫୁଟିବା ପାଇଁ ମନା, ବନ୍ଧୁକ ଫୁଟିବ ଅଥଚ ଏଇ ଟୋକାର ପେଟ ଭିତରେ । ଯା'ର ନା କ'ଣ ଜାଣନ୍ତି –ରାଜାରାମ, ଏ ଗାନ୍ଧିଜୀଙ୍କ ଅନ୍ତେ ରାଜା ହେବାର କଥା । କେବଳ ଏହି ଚୋରିକାମ କଲା ବୋଲି ଗାନ୍ଧିଜୀଙ୍କ ଭାଇ-ବନ୍ଧୁ ବିରୋଧ କଲେ । ଖାଲି ସେତିକି

ନୁହେଁ, ଏ ଗାନ୍ଧିଜୀଙ୍କ ଛେଲିଟିକୁ ଏଇ ବଜାରରେ ବିକି ଦେଲା ମୁଁ ନିଜେ ଦେଖିବି। ପ୍ରତାରଣା ନୁହେଁ ତ ଆଉ କ'ଣ?"

(ପ୍ରତାରଣା ନୁହେଁ ତ ଆଉ କ'ଣ?)

"ଏଇ ଦେଖ, କେତେବେଳେ ଖସିଗଲା ରାଜାରାମ ମୋ ହାତ ମୁଠାରୁ। କୋଉଠି ଲୁଚିଛୁ ରାଜରାମ, ତୋତେ ଧରିବା ପାଇଁ ତୋ ପଛରେ ଧାଇଁଚି ଘନ ଘନ ଗାଡ଼ି, ନା ଏଇଠି ଛପି ଯାଇଚୁ କାହା ଆଖ଼ତଳେ? ହେ ଚଷମାବାବୁ, ଚଷମା ଉତାର, ଦେଖିବା ରାଜରାମକୁ। ନା, ଆଖ଼ତଳେ? କଳାଦାଗ, ଅଙ୍ଗୁର ଲାଲଦାର୍, ରାଜରାମ୍ କାହିଁ? ହେ କଳାଟୋପି, ଉଠାରି ଦିଅ କଳାଟୋପି, ଦେଖିବା ତମ ମୁଣ୍ଡର ଖାନ୍ଦାନ୍ ପଡ଼ିଆରେ ଆମର ରାଜରାମକୁ। ନା ଏଠି ନାହିଁ ତ! ହେ ମିସ୍, ତମର ଗାଲର ତିଳ ଚିହ୍ନ ବାହର କର, ତଳେ ରାଜରାମ ଲୁଚିଛି ରାଜରାମ୍। ନାହିଁ, କୁଆଡ଼େ ଗଲା ତେବେ? ହୋ ବୁଢ଼ାବାବୁ, ଆଁ କର ଆଁ କର, ଆରେ ତମର ଏଡ଼େ ଚକ୍ ଚକ୍ ଦାନ୍ତ ଆସିଲା ପୁଣି କୋଉଠୁ? ଖୋଲି ପକାଅ ସେ ଦିଭାଡ଼ି ଦାନ୍ତ ହଁ। ଏଥର ଦେଖାଅ ତମର ପାକୁଆ ପାଟି। ନାହିଁ ତାହାହେଲେ।

ଖୋଜି ଦେଖନ୍ତୁ ପରସ୍ପର ଚିକ୍‌କଣ ଚମରେ, ମଳି ଧୂଳିରେ। ପାଉଡ଼ର ଲିପଷ୍ଟିକ– କଜଳ–ବ୍ରେସିଅରରେ। ଆହାଃ ଏ କ'ଣ? ଏ ତ ରୀତିମତ ଯୁଦ୍ଧ ଆରମ୍ଭ ହେଲା। ଆରେ ଦେଖରେ ଦେଖ ମୋର ରୁମାଲ ଉଡ଼ୁଛି କେତେ ଉପରେ, ଧଳା ରୁମାଲରେ ଛୁଞ୍ଜିକାମରେ ନାଁ ଲେଖା ହୋଇଚି –ଆହାଃ ମୋର ନରେନ୍ଦ୍ର (ଭାରତ) କହ କହ କେଉଁଠି ରାଜାରାମ, ଏ ଯୁଦ୍ଧରେ ଆରମ୍ଭ, ଅବଶ୍ୟ ରକ୍ତ ଟୋପାଏ ନାହିଁ, କିନ୍ତୁ କାହିଁକି ଯେ ଏତେ ଯୁଦ୍ଧ? କହ କହରେ ମୋର ରୁମାଲ କେଉଁଠି ରାଜାରାମ।

ଭଦ୍ର ମହୋଦୟ/ମହୋଦୟା ଗଣ, କ୍ଷାନ୍ତ ହୁଅନ୍ତୁ, ମୁଁ ପାଇଛି ରାଜାରାମକୁ। ଉପରକୁ ଚାହାଁନ୍ତୁ, ତା'ପରେ ବାମକୁ, ନଜର ରାସ୍ତା ଉପରୁ ସାମାନ୍ୟ ଡାହାଣକୁ ନିଅନ୍ତୁ, ଏଥର ଉପରକୁ ଚାହାନ୍ତୁ –ଏଇ ରାଜାରାମ ମୁଣ୍ଡରେ ପଳାଶ ଫୁଲର ଟୋପି, ବସିଛି 'ଅତୁଳନୀୟ' 'ଅକଳନୀୟ' ମଝିରେ ଗୋଟାଏ ବଡ଼ ଛକି ଉପରେ। ଆ' ରାଜାରାମ ତଳକୁ ଆ', ଫୁଟାଇ ଦେ ଥରେ ପଛେ ତୋ'ର ବନ୍ଧୁକ, ଆ ତଳକୁ ଆ।

ମୁଁ ଜାଣେ ସେ ଆସିବ ନାହିଁ। ସେଇଥିପାଇଁ ତ ଏ ଗଛ କହୁଥିଲି – ସେଇଥିପାଇଁ ତ! ଏଇ ହେଲା ଗୋଟାଏ କଥା। ଆହୁରି କଥା ଅଛି, ଧୈର୍ଯ୍ୟ ହରାନ୍ତୁ ନାହିଁ।

(ରଘୁପତି ରାଘବ ରାଜରାମ, ପତିପାବନ……ଢୋଁୟ ଢୋଁୟ ଢୋଁୟ ଢୋଁୟ)

ବାସ୍ ରାଜା ରାମ୍‌ର କଥା ସରିଗଲା। ଗୁଲି ଫୁଟିଲା ଶେଷରେ, ସଂଧ୍ୟା ପ୍ରାର୍ଥନା ପରେ ଘରେ ଘରେ ବାରୁଦର ମେଘ ଘୋଟିଗଲା। ଆଉ ଠିକ୍ ଏମିତି ସମୟରେ ମୋ'ର ବାପା ତାଙ୍କର ବାମ ହାତର କ୍ଷତ ଚିହ୍ନଟିକୁ ଆଉଁସି ଦେଇ କାଦି ପକାଇଲେ। ହେ ଜନତା, ମୋର ବାପାଙ୍କର ଗନ୍ଧ ପଛରେ ସତ୍ୟର ଗୋଇନ୍ଦାଗିରି କଲା କିଏ? ମୁଁ, ବାପାର ପୁଅ ହାରାମ୍ ଖୋର, ସାଧାରଣ ଜ୍ଞାନରେ ଶହେରୁ ଶହେ, ନାଟକ ଉପନ୍ୟାସରେ ଧୁରନ୍ଧର, ଅଙ୍କ ବିଜ୍ଞାନରେ ବିଚକ୍ଷଣ, ମୁଁ ସେଇ କ୍ଷତ ଚିହ୍ନ ପଛରେ ଚିହ୍ନିଲି ଇତିହାସର ସୁବର୍ଣ୍ଣ ସ୍ୟାହିକୁ।

ଘଟଣାଟି ଘଟିଗଲା ଅତି ଅଭୁତ ଭାବରେ। ବାପା କ୍ଷତ ଚିହ୍ନଟିକୁ ଆଉଁସି ଦେଲା ପରେ ମୁଁ ତାଙ୍କର କାନ୍ଦ କାନ୍ଦ ଆଖିକୁ ଚାହିଁଲି। କାହିଁ ଲୁହ ପଛରେ, ଆଖିର ପାଣ୍ଠୁର ପୃଷ୍ଠାରେ ଇତିହାସ ଲେଖା ହୋଇ ନାହିଁ ତ? ମୁଁ ବାପାଙ୍କୁ ପଚାରିଲି ନାହିଁ କିଛି, ଲୁଚି ଲୁଚି ଗଲି ବାପାଙ୍କ ଆଲମିରା ପାଖକୁ। ଆଲମିରାରେ କୋଲପ ପଡ଼ିଛି, ଦାନ୍ତପାଟି ବୁଜି ଆଲମିରା ବସିଚି କାହିଁ କେବେଠୁ, ଚାବି କେବଳ ବାବାଙ୍କ ପାଖରେ। ଦିନେ ରାତିରେ, ବାପାଙ୍କ ପକେଟ୍‌ରୁ ଚୋରି କରି ନେଲି ଆଲମିରାର ଚାବି, ବାପା ଘରେ ନ ଥିଲେ। ସେଦିନ ରାତିରେ ଆଲମିରାର ସବୁ କାଗଜପତ୍ର ଭିତରୁ ମୁଁ ଜାଣିଗଲି ମୋର ବାପାଙ୍କର କ୍ଷତଚିହ୍ନର ଇତିହାସ। ବାପାଙ୍କୁ ବିଲାତୀ ସାହେବର କୁକୁର କାମୁଡ଼ିଥିଲା ୧୯୨୧ ମସିହା ସେପ୍ଟେମ୍ବର ୨୨ ତାରିଖ ଦିନ ସକାଳ ସାତଟାବେଳେ। ବାପା ଡାଇରୀରେ ଲେଖି ରଖିଛନ୍ତି ଏହିଭଳି : ଆଜି ହବାର୍ଡ଼ ସାହେବଙ୍କ ଘରେ ମଧୁର ଦୁର୍ଘଟଣାଟାଏ ଘଟିଗଲା। ସକାଳ ପ୍ରାୟ ସାତଟା ବେଳକୁ ସାହେବକୁ ରିପୋର୍ଟ ଦବାର କଥା। ମୁଁ ସାହେବଙ୍କ ବଙ୍ଗାଲାରେ ପହଞ୍ଚିଛି, କୁଆଡୁ ଧାଇଁ ଆସିଲା ବିଲାତି କୁକୁର, ଏକାଥରକେ ଡେଇଁ ଧରିଦେଲା ମୋର ବାଁ ହାତକୁ। ସାହେବ କିନ୍ତୁ ଚଟ୍ କରି ଆୟତ କରିନେଲା କୁକୁରକୁ। ମୁଁ କୃତଜ୍ଞ 'ଧନ୍ୟବାଦ୍ ସାର୍' କହି ସାରିଲା ବେଳକୁ ସାହେବାଣୀ ବ୍ୟାଣ୍ଡେଜ୍ ତୁଲା ଔଷଧ ଧରି ହାଜର। ସାହେବାଣୀ ନିଜ ହାତରେ ମୋର ଚିକିତ୍ସା କଲା, ଆହାଃ ମୁଁ କୃତାର୍ଥ

ହୋଇଗଲି । ସାହେବ୍‌କୁ ରିପୋର୍ଟ ଦେଲି, ସାହେବର କୁକୁର, ଆହା କି ଚମତ୍କାର, କି ଭଦ୍ର, କାମୁଡ଼ିସାରିଲା ପରେ ସେ କି ଆମୃଗ୍ଲାନିପୂର୍ଣ୍ଣ ଆଖ଼ି ଦିଓଟି ସାହେବ୍‌ ଗୋଟାଏ ସାର୍ଟିଫିକେଟ୍‌ ଲେଖ଼ିଦେଲା ସାଙ୍ଗେ ସାଙ୍ଗେ – "ମିଷ୍ଟର ରାୟ ଯେତିକି ବିଚକ୍ଷଣ ସେତିକ ବୀର । ସେ ଏକ ହାତରେ ସରକାରଙ୍କ ନୌକାର ଜଣେ ବିଶ୍ୱସ୍ତ ନାବିକ, ଅନ୍ୟ ହାତରେ ସିଂହ ସହିତ ଯୁଦ୍ଧରତ ବୀରପୁରୁଷ ।

ଶୁଣିଲେ, ଶୁଣିଲେ ଗଙ୍କ । ବୁଝିଲେ ? ଏଇ ଯେ ବାପାଙ୍କ ହାତର କ୍ଷତଚିହ୍ନ ସେଇଟି ହେଲା କୁକୁରର ଦାନ୍ତ ଚିହ୍ନ, ଆଉ ସରକାରଙ୍କର ବିଶ୍ୱସ୍ତ ନାବିକ ମୋର ବାପା ତାଙ୍କର ଡାହାଣ ହାତଟିରେ ଆହୁଲା ମାରିଲା ବେଲେ, ବାମ ହାତଟିକୁ କାମୁଡ଼ି ଧରିଥିଲା ସାହେବର କୁକୁର 'ଲାୟନ୍‌' ସିଂହ । ଏଇ ହେଲେ ରାୟସାହେବ୍‌ ଫର୍ମାନନ୍ଦ (ପରମାନନ୍ଦ) ମୋର ବାପା ।

ବାପା ଫେରିଆସିଲା ବେଳକୁ ଇତିହାସରେ କୋଲ୍ୟ ପଢ଼ିଯାଇଚି ପୂର୍ବଭଳି – ମୋ ହାତରେ କେବଳ ବାପାଙ୍କର ଡାଇରୀ, ସାହେବ୍‌ର ସାର୍ଟିଫିକେଟ୍‌ । ବାପା ଯେମିତି ସାପ ଦେଖ଼ିଲେ ତକିଆ ତଲେ, ଚମ୍‌କି ଉଠି ଝାମ୍ପିନେଲେ ତାଙ୍କର ଡାଇରୀ ଖଣ୍ଡିକ ମୋ ହାତରୁ । ହାତମୁଠାରୁ ଛଡ଼ାଇ ନେଲେ ସାହେବ୍‌ର ସାର୍ଟିଫିକେଟ । 'ରାୟସାହେବ୍‌ ଫର୍ମାନନ୍ଦ' ମୁଁ ଡାକିଲି । ବାପା କାନ୍ଦିଲେ ଏଥର, ଦାସତ୍ୱର ରାବିଜୀୟବାଣୁ ରକ୍ତ ସ୍ରୋତରେ, 'ପୁଅ' 'ପୁଅ' ମୋତେ ଶୁଭିଲା କୁକୁରର 'ଭୋ' 'ଭୋ' ଭଳି ।

ଏବେ ଅବଶ୍ୟ ବାପା ବଞ୍ଚିନାହାନ୍ତି ସାକ୍ଷୀ ହେବା ପାଇଁ । କିନ୍ତୁ ହେ ଜନତା । ଏଇ ବାପାମାନେ ଯେଉଁମାନେ ସ୍ୱାଧୀନତାର ଆଖେପାଖେ ଆମଠାରୁ 'ପିତୃତ୍ୱ' ହାସଲ କରିନେଲେ, ସେମାନେ ଆମକୁ ତାଙ୍କର ଇତିହାସର କି ସତ୍ୟ ଦେଇଗଲେ ? ଇତିହାସର ସୁନା ରଙ୍ଗର ସ୍ୟାହିରେ ଲେଖା ଯେଉଁ ପିତୃପୁରୁଷଙ୍କ ନାମ, ସେ ନାମରେ କାଳି ବୋଳି ହୋଇଗଲା ପୁଣି କେମିତି ?

(ମୁର୍ଦାବାଦ୍‌, ମୁର୍ଦାବାଦ)

ହେ ଜନତା ! ମୋ ପ୍ରଶ୍ନର ଉତ୍ତର ଦିଅ । ନ ହେଲେ ପଚାର ତମ ଗାଁ ସ୍କୁଲର ସୁନ୍ଦରୀକୁ, କଲେଜର ଲାଲଗୋଲପ-ସବୁଜଘାସକୁ, ନ ହେଲେ ତମର ସାଙ୍ଗ ନାଷ୍ଟକୁ, ନ ହେଲେ ତମର ସ୍ତ୍ରୀ ଦେହର ପେଟ୍‌କକ୍ଷକୁ, ନହେଲ ତମର କମ୍ପାନୀ ମହଲର ପାଞ୍ଚମହଲାକୁ ।

ଏଇ ଚାହିଁ ଦେଖ 'ଅତୁଳନୀୟ' 'ଅକଳନୀୟ'ର ନିଅନ୍ ଚିହ୍ନକୁ। ଚିହ୍ନରଖ ଏ କଳା ଛକିକୁ। ଏ କଳାଛକିର ପିତା କିଏ? ଆମେ ସମସ୍ତେ। ଆମର ପିତାମାନଙ୍କର ସନ୍ତାନ ଆମେ, ଆମର ସନ୍ତାନ ଏ କଳାଛକି। ରକ୍ତମାଂସ ଶରୀରକୁ ଆମେ ଟାଙ୍ଗି ଦେଇଗଲେ ଏ କଳାଛକି କ୍ରୁଶରେ।

ରାଜାରାମ୍, ରାଜାରାମ୍ କାହିଁ?

(ରାଜାରାମ୍, ରାଜାରାମ୍ କାହିଁ?)

ହେ ଜନତା, ଶାନ୍ତ ହୁଅ।

"ଅତୁଳନୀୟ ପ୍ରସାଧନୀ ପ୍ରାଃ ଲିଃର ଜଣେ ଅନୁ -ଅନୁ -ଅନୁ ବିଭାଗୀୟ ପଦାଧିକାରୀ ମୁଁ, ନାମ ନରେନ୍ଦ୍ର କୁମାର ରାୟ।"

(ନରେନ୍ଦ୍ର ତମେ ଭୁଲ୍ କଲ। ତମେ ଚିହ୍ନିଲ ନାହିଁ ତମର ଜନତାକୁ। ତମେ କାହିଁକି କହିଲ ତମର ପରିଚୟ? ତମେ ଯୀଶୁଖ୍ରୀଷ୍ଟ ନୁହଁ, ଗାନ୍ଧିଜୀ ନୁହଁ, ନେତା, ବକ୍ତା ଇତ୍ୟାଦି ନୁହଁ, କିନ୍ତୁ ତମେ ଯେ ପ୍ରସାଧନୀ କମ୍ପାନୀର 'ଡାଟା'ର ମୁଖ୍ୟ! ଏଇଠି ତମେ ଭୁଲ୍ କଲ। ତମର ଗଲାର ଡୋର ଛିଡ଼ିଗଲା, ତମର ଏତେବଡ଼ ଭାଷଣ ମାତ୍ର ଏଇ ଗୋଟାଏ ପରିଚୟ ବୋମା ମାଡ଼ରେ ଭୁଶୁଡ଼ି ପଡ଼ିଲା। ଦେଖ, ଦେଖ ତମର ବହୁ ଶ୍ରୋତା ତମର ମୁହଁକୁ ମଧ ଚାହୁଁ ନାହାନ୍ତି ଘୃଣାରେ। ତମେ ତମ କମ୍ପାନୀ ପାଇଁ ପ୍ରଚାର କରୁଛ ବୋଲି ଧରି ନେଲଣି ତମର ଏତେ ଶ୍ରୋତା। ତମେ କେମିତି ପୁଣି ଗଢ଼ିବ ତମର ଭଙ୍ଗାଘର, ଶ୍ରୋତା ଆଉ ତମର ଶ୍ରୋତା ନୁହଁ, ହାତରେ ତାର ପରିବାମୁଣି, ଘରକୁ ଫେରିବ ଶ୍ରୋତା। ତମେ ଏଇଠି ଠିଆହୋଇ ରହିବ ଏକା ମନୁମେଣ୍ଟ ଭଳି। ଭୁଲ୍ ସୁଧାରିଦିଅ ନରେନ୍ଦ୍ର, ଚଞ୍ଚଳ କହିଦିଅ ତମେ ପ୍ରଚାର ପାଇଁ ଭାଷଣ ଦେଉନାହିଁ, ତମେ ପ୍ରଚାର ବିପକ୍ଷରେ କହୁଛ, ତମେ ସେଇ ସୁନ୍ଦର ଝକ୍ଝକ୍ ଚିତ୍ର-ପ୍ରତିମାକୁ ଚିରି ଟିକ୍ଟିକି କରି ଦେଖାଇ ଦେବାକୁ ଚାହିଁ ତା'ର ବିକୃତି। ଚଞ୍ଚଳ, ଚଞ୍ଚଳ ନରେନ୍ଦ୍ର।)

'ନା, ନା, ମୁଁ ପ୍ରଚାର କରୁ ନାହିଁ, ମୁଁ ବିଜ୍ଞାପନ ଦେଉନାହିଁ। ମୁଁ ଆପଣମାନଙ୍କର ରକ୍ତମାଂସର ଦର୍ପଣକୁ ପଚାରୁଛି, ମୋର ଏ ପରିଚୟ ସହିତ ମୋର ସମ୍ପର୍କ କ'ଣ? ନା ନା, ମୁଁ ରୂପସଜ୍ଜାର ଜଗତରୁ ଖସିପଡ଼ିଛି ଗୋଟାଏ ଧକ୍କାରେ। ମେସିନ୍ର ଟୁକ୍ଟୁକ୍ ଟୁକ୍ ଅଙ୍କ କକ୍ଷାରେ, ଗ୍ରାଫ କାଗଜର ଲାଲ ରେଖାରେ, ମିସ୍ ଗୁପ୍ତାର ଅବୟବର ବତାସ ମାଡ଼ରେ ମୋର ଜ୍ଞାନୋଦୟ ହୋଇଛି।

କମ୍ପାନୀ ବେକରେ କଳାଛକି ଝୁଲାଇ ଦେଇଛି ମୁଁ ନିଜେ, ନିଜ କଳାଛକିରେ ମୁଁ ଯୀଶୁ, ମୋର ନିଜ ଭାରତର ସ୍ୱାଧୀନତାରେ ମୁଁ ଗାନ୍ଧିଜୀ। ମୁଁ ପ୍ରତିମାର ମୂଳପ୍ରତିମା, ମୁଁ ଏତେ ଛୋଟ, ଅଥଚ ମୁଁ ଏତେ ବିରାଟ ମୋର ପ୍ରତିଛବିରେ। ଅପେକ୍ଷା କରନ୍ତୁ; ମୁଁ ବିଦାୟ ଦିଏ ମୋର ପାଞ୍ଚମହଲାକୁ; .....ମୁଁ,

(ଦୂରରେ ତମ କମ୍ପାନୀ ମହଲର ଗାଢ଼ ଛାଇ ଆବୋରି ରଖିଛି ସାରା ଆକାଶକୁ। ତମେ ଦେଖୁଛ ଛାୟାଚିତ୍ର ଭଳି ତମ ଆଖି ଆଗରେ ରଙ୍ଗ, ଗନ୍ଧ, ପୁଟ ପ୍ରଲେପର ଗୋଟାଏ ମୂର୍ତ୍ତି ଠିଆ ହୋଇଛି କମ୍ପାନୀ ମହଲ ଶୀର୍ଷରେ। ରଙ୍ଗର ଆଭା, ଗନ୍ଧର ଆମୋଦ, ପୁଟର ଚାଣ, ପ୍ରଲେପର ମସୃଣତା, ସବୁ ମିଶି ଏକ ବିଚିତ୍ର ଚେତନାର ରୂପ କଥା ଗଢ଼ି ଚାଲିଛି ବନ୍ଦ ଆଖିର ପର୍ଦ୍ଦାରେ। ଜନତାର କୋଲାହଲ ନାହିଁ, ଶ୍ରୋତା-ବକ୍ତାର ସମ୍ପର୍କ ନାହିଁ। ଏକ ନିରୁଦ୍ଧ, ନିର୍ବିକଳ୍ପ ମନୁମେଣ୍ଟ ପୁଲିସ୍ ଷ୍ଟାଣ୍ଡ ଉପରେ।)

"କ'ଣ ଚାହିଁଥିଲ ମୋଠାରୁ, କ'ଣ ପାଇଲ ନାହିଁ, ହେ ଜନତା! ହେ ଅଶିକ୍ଷିତ, ଅନାର୍ଯ୍ୟ ଜନତା! ମୁଁ ମାନିଲି ମୋର ଭାଷଣରେ ତମେ ଖୋଜି ପାଇଲ ନାହିଁ କାହିଁ କେଉଁଠି ଉଦ୍ଦେଶ୍ୟରେ ଲମ୍ବ ଆଙ୍ଗୁଠିରେ ତମର କଳା-ସାହିତ୍ୟ-ରାଜନୀତିର ହୀରାମୁଦି। ମୁଁ ତମର ରୂପକଥାର ନାୟକ ନୁହେଁ, ମୁଁ ନିଜକୁ ମହାମ୍ୟ। ମହାପୁରୁଷ। ଯୋଗଜନ୍ମା। ଦିବ୍ୟଦ୍ରଷ୍ଟା ବୋଲି ପ୍ରମାଣ କରିପାରିଲି ନାହିଁ। କିନ୍ତୁ କିନ୍ତୁ।"

(ହତାଶ ହୁଅନା ନରେନ୍ଦ୍ର। ଇତିହାସର ବୀର ପୁରୁଷମାନେ ଯୁଦ୍ଧପଡ଼ିଆରେ ଏତେ ଲାଲ ରକ୍ତ ବୁହାଇ ଦେଇଗଲେ, କିନ୍ତୁ ଇତିହାସ ତ କେବଳ ସ୍ୟାହିରେ ଲେଖା ହେଲା, ଅକ୍ଷରର ପେଟ ଭିତରେ ମରି ହଜିଗଲେ କେତେ ନା କେତେ ବପୁବନ୍ତ – ନାମ ରହିଲା କେବଳ, ରକ୍ତଦାଗ ରହିଲା ନାହିଁ। ଆଜି ତମେ ପରାଜିତ, ତମର ରକ୍ତଦାଗ କାଲି ସକାଳେ ପୋଛି ହୋଇଯିବ ସହରର ଛକରୁ, ଇତିହାସର କାଲକ୍ରମ ଭିତରେ ବ୍ୟତିକ୍ରମଟାଏ ହୋଇ ରହିଯିବ ତମେ, ଶହୀଦ୍ ହେବ ଶହୀଦ, ମାଟିତଳେ ତମ ମାଂସ ଝୁଣିଲା ବେଳେ କୀଟଜଗତ ବି ଜାଣିଯିବେ ତମେ ଶହୀଦ୍ ନରେନ୍ଦ୍ର। ଜନତାର ପରିବାମୁଣି, ପାଁ ପୋଛରେ ପାଦଧୂଲି, ଶୋଇବା ଘରେ ନୀଳବତୀ, ସବୁ ଭିତରେ ତମର ହାଡ଼ ଖଣ୍ଡେ। ତମେ ଜାଣ କି ନ ଜାଣ ରୂପଚାନ୍ଦ ଓହ୍ଲାଇଆସ ଛକ ଉପରୁ। ଫେରି ଯାଅ ତମର ପାଞ୍ଚମହଲାର ଦକ୍ଷିଣ କୋଣକୁ।

ଭୁଲ ସୁଧାରି ଦିଅ । ହୋଲକାରକୁ ଗୋଟାଏ କୈଫିୟତ୍ ମାଗିଦିଅ, ସିଂ, ରମଣରାଓ, ବାନାର୍ଜୀଙ୍କୁ ଦସ୍ତଖତ ମାଡ଼ରେ ନଚାଅ, ମିସ୍ ଗୁପ୍ତା ସହିତ ଗୋପନରେ ପ୍ରେମାଳାପ କର, ଭଟ୍ନାଗରକୁ କ୍ଷମା ମାଗିଦିଅ, ମାଲହୋତ୍ରାକୁ ସନ୍ତୁଷ୍ଟ କର । ତମର ଶହୀଦ୍‍ପଣ ମଧ ଭେଲଭେଟ୍ ପର୍ଦା, ଲାଲକାର୍ପେଟ୍‍ର ସିଂହାସନରେ ବସିପାରେ । ଫେରି ଆସ ନରେନ୍ଦ୍ର, ତମର ପିଲାଦିନର ଛୋଟ ଛୋଟ ସ୍ମୃତିର ପଞ୍ଜୁରୀରୁ, ତମର ଅସଫଳ 'ଯୀଶୁତ୍ୱ' ଗାନ୍ଧୀତ୍ୱ'ର ଏକାକୀତ୍ୱରୁ ଗୋଟାଏ ବଡ଼ କାଚ ଫ୍ରେମ୍ ଭିତରକୁ, ଫଟୋଗ୍ରାଫ୍ ଭିତରକୁ।)

ଗ୍ଲୁପ୍ ପଟୋଗ୍ରାଫରେ ନରେନ୍ଦ୍ର

ପରିଦିନର ସକାଳ ଏକ ବିଚିତ୍ର ସକାଳ । ଆହା, ମୃତ୍ୟୁପରେ ଗାନ୍ଧିଜୀଙ୍କର ପ୍ରଥମ ସକାଳ, କ୍ରୁଶବିଦ୍ଧ ହେବାପରେ ଯୀଶୁଙ୍କର ପ୍ରଥମ ସକାଳ । ତମେ ଗୁଣୁଗୁଣୁ ହୋଇ ଗୀତ ଗାଉଛ, ହିଟର୍‍ରେ ପାଣି ଗରମ କରୁଛ, ଖବର-କାଗଜ ପଢ଼ୁଛ । ଯେମିତି, ତମର ଅଚେତନ, ଅବଚେତନ ବୋଲି କିଛି କେବେ ନ ଥିଲା, କେବଳ ପରିଷ୍କାର ଚେତନା ଖଣ୍ଡେ ଯବକାଚ ଭଳି ସ୍ୱଚ୍ଛ ଓ ଉଜ୍ଜ୍ୱଳ, ସେ ଯବକାଚ ଦେଇ ତମେ ତମର ସୁନ୍ଦର ପୃଥିବୀକୁ ଚାହିଁପାର, ଯୋତା ପଲିସ୍ ଶୁଢ଼ି ଶୁଢ଼ି ଅନ୍ତରୋଠାର ପିନ୍ଧି କ୍ୟାଲେଣ୍ଡରର ଗତ ମାସମାନଙ୍କର ଚିତ୍ରତାରକାମାନଙ୍କୁ ଚିହ୍ନିପାର ।

ତମେ ଖବରକାଗଜରୁ ଇଓପିଆର ପ୍ରାସାଦ-ବିଦ୍ରୋହ କଥା ଭାବୁଛ । ସମ୍ରାଟଙ୍କ ନିଜ ଅଙ୍ଗରକ୍ଷୀ, ସମ୍ରାଟଙ୍କ ଛାତିରେ ବନ୍ଧୁକ ରଖ୍ଧ ଠିଆ ହୋଇଛନ୍ତି ଧାଡ଼ିକି ଧାଡ଼ି । ସମ୍ରାଟଙ୍କ ପ୍ରିୟତମ ନାତି ଆଦେଶ ଦେଉଛନ୍ତି "ସୁଟ୍, ସୁଟ୍" । ସମ୍ରାଟ ଭୟରେ—

ପାଣି ଫୁଟୁଛି ହିଟର୍‍ରେ । ତମ ଦୁଇ ଦିନର ଦାଢ଼ିରେ ହାତ ବୁଲାଇ ଆଣୁଛ । ବ୍ଲେଡ଼ର ଧାର ପରୀକ୍ଷା କରୁଚି । ଖବର କାଗଜର ପଛପୃଷ୍ଠାରୁ ଏହି ବ୍ଲେଡ଼ ବ୍ୟବହାରକାରୀ ବୀର, ତା'ର ଅୟଥା ସୁନ୍ଦରୀ ପ୍ରେମିକାକୁ ରକ୍ଷା କରୁଛି 'ଦାଢ଼ି' ନାମକ ରାକ୍ଷସ କବଳରୁ । ତମକୁ ହସ ମାଡୁଚି । ତମେ ସାୱାର ତଳେ ଠିଆହୋଇ ବି ହସୁଛ ।

ତମର ପୁରୁଣା ବ୍ରିଫ୍‌କେଶ୍‌ ପାଟି ମେଲା କରି ଚାହିଁଛି ଟେବୁଲ ଉପରେ। ବ୍ରିଫ୍‌କେଶ୍‌ରେ ତମେ ଭର୍ତ୍ତି କରିଦେଲ ତମର କେତେଟା ନୋଟ୍‌ବୁକ୍‌। ଗୋଟାଏ କ'ଣ ବହି, କେତେଟା ଫାଇଲ ଓ ଗୋଟାଏ ଲଞ୍ଚ ବକ୍ସ।

ଠିକ୍‌ ସାଢ଼େ ନଟାରେ ତମେ ତଳ ମହଲାର ଲିଫ୍ଟ୍‌ ପାଖରେ ପହଞ୍ଚିଲ। ତା'ପରେ ଲିଫ୍ଟ ଭିତରେ ତମେ ଏକା-ସ୍ୱିଚ୍‌ବୋର୍ଡ଼ର ପାଞ୍ଚ ଅଙ୍କଟିକୁ ଟିପି ଧରିଲ। ଲିଫ୍ଟ୍‌ର ସରସର ଭିତରେ ତମେ ଉଠି ଚାଲିଲ ତମର ନିର୍ଦ୍ଦିଷ୍ଟ ଆକାରର ଦକ୍ଷିଣ କୋଣକୁ। ତମ ହାତରେ ପୁରୁଣା ବ୍ରିଫ୍‌କେଶ। ପ୍ୟାସେଜ୍‌ରେ ଚାଲିଗଲାବେଳେ ତମେ ଚୋରା ନଜରରେ ଥରେ ଅଫିସର୍ସ କ୍ୟାବିନ୍‌ର ମୁଣ୍ଡ ଉପରେ ସେହି ଚୂଡ଼ାନ୍ତ ଲାଲ ଆଲୋକର ଦପ୍ ଦପ୍‌କୁ ଚାହିଁଦେଲ। ତମେ ଜାଣିଗଲ ତମର ଭାଗ୍ୟାଧିକାରୀ ମାଲହୋତ୍ରା ସାହେବ ଆସିଗଲେଣି। ଗତକାଲିର ବଳକା କାମର ତଦାରଖ ହେଉଛି, ତମେ ନିଶ୍ଚିନ୍ତରେ ସିଗାରେଟ୍‌ଟିଏ ଜଳାଇପାର, ଧୂଆଁ ଫୁଙ୍କି ଫୁଙ୍କି ଫାଇଲ କ୍ୟାବିନେଟ୍‌କୁ ଚାହିଁ କିଛିକାଳ ବିଶ୍ରାମ ନେଇପାର। ପୁରୁଣା ବ୍ରିଫ୍‌କେଶ୍‌ ଝୁଙ୍କି ଝୁଙ୍କି ଚାଲିଛି ତମ ଡାହାଣ ହାତରେ, ତମେ ହାତ ବଦଲାଇ ଦେଲ ଓ ଡାହାଣ ହାତରେ ପକେଟରୁ ସିଗାରେଟ୍ ପ୍ୟାକେଟ୍ ବାହାର କରି ଆଣିଲ। ଏଥର ତମର ଟେବୁଲ, ଟେବୁଲର କାଚତଳେ କମ୍ପାନୀର ସର୍ବଶେଷ ତଥ୍ୟ–ଗତକାଲିର ଟେବୁଲ ଉପରେ ମୋଟା ଫୋଲ୍ଡ଼ର ଭିତରେ ଆଜିର ଯୋଜନା। ତମର ନାମ ଲେଖା କାଠଫଳକଟି ତା'ର ନିର୍ଦ୍ଦିଷ୍ଟ ସ୍ଥାନରୁ କିଛି ଦୂରରେ, ତମେ ସଜାଡ଼ି ଦେଲ ଓ ତାପରେ ଚଉକିରେ ବସିଗଲ। ବ୍ରିଫ୍‌କେଶ ତମର ଚଉକି ସହିତ ସମାନ୍ତର ଛୋଟ ଷ୍ଟୁଲ ଉପରେ। ତମେ ଫୋଲ୍ଡ଼ର ଉପରେ ସିଗାରେଟ୍ ପ୍ୟାକେଟ୍ ରଖିଦେଲ। ସିଗାରେଟରେ ନିଆଁ ଧରୁଛି। ତମେ ଡିଆସିଲ୍ କାଠିଟିକୁ ସଦ୍ୟ ଚକ୍ ଚକ୍ ଲିଟର୍ ବକ୍ସ ଭିତରକୁ ଫିଙ୍ଗିଦେଲ। ଦିନର ପ୍ରଥମ ଆବର୍ଜନା ପୋଡ଼ା ଡିଆସିଲି କାଠିଟିକୁ ଚାହିଁ ହସିଦେଲ ଟିକିଏ। ତା' ପରେ....।

ତମର ପାଞ୍ଚଜଣ ସହକାରୀ। ପାଞ୍ଚ ଜଣଙ୍କର ପାଞ୍ଚଟି ମୁହଁ ଯେମିତି ବନ୍ଧା ହୋଇ ରହିଛି ଗୋଟିଏ ସୂତ୍ରରେ। ହସ ହସ ମୁହଁ ପଛରେ ତମେ ସନ୍ଦେହର ଛୁରୀ ମୁନକୁ ଦେଖ ପାରୁଛ।

ତମ ଟେବୁଲ ଉପରେ ଗ୍ରୁପ୍ ଫଟୋଗ୍ରାଫ୍ – ତମ ବିଭାଗର। ଏ ପର୍ଯ୍ୟନ୍ତ ତମେ କେବଳ ଗୋଟାଏ ଅଭ୍ୟାସଗତ ଦୈନନ୍ଦିନ ଭିତରେ ବୁଡ଼ିଯାଇଥିଲ ଯେମିତି,

ଏଇ ଗୋଟିଏ ଗ୍ରୁପ୍ ଫଟୋଗ୍ରାଫ୍ ତମକୁ ଟାଣି ଆଣିଲା ତମର ଗତକାଲିର ଅସଫଳ ଜଗତକୁ।

ତମେ ଗ୍ରୁପ୍ ଫଟୋରେ ଆଖି ବୁଲାଇ ନେଲ। ସମସ୍ତେ ଠିକ୍ ଯେମିତି ସେମିତି। ଆଖିରେ ହସ, ଓଠରେ ହସ, କିନ୍ତୁ ତମେ କେଉଁଠି? ତମେ ନିଜର ମୁହଁ ଚିହ୍ନି ପାରୁନାହଁ ଗ୍ରୁପ୍-ଫଟୋରେ। ତମ ଦେହରୁ ଝାଲ ବୋହି ଯାଉଛି, କାନ ଲାଲ ପଡ଼ିଆସୁଛି। ଅପମାନରେ, ଅସନ୍ତୋଷରେ ଜଳି ପୋଡ଼ି ଯାଉଛି ତମର ସାରାଦେହ। ଫଟୋ ତଳେ ମାଉଣ୍ଟରେ ତମେ ନାମର ତାଲିକା ଦେଖିଲ-ବାମରୁ ଡାହାଣକୁ, ପ୍ରଥମ ଧାଡ଼ି, ଦ୍ୱିତୀୟ ଧାଡ଼ି, ତୃତୀୟ ଧାଡ଼ି। ତାଲିକା ଅନୁସାରେ ଦ୍ୱିତୀୟ ଧାଡ଼ିର ଲୋକ। ତମେ ବାମରୁ। କାହିଁ କେହି ନାହିଁ ତ ସେଠି। ତମେ ଆଖି ପରିଷ୍କାର କଲ, ଆଖିକୁ ଅଭ୍ୟସ୍ତ କରିବାକୁ ଯାଇ ଚାହିଁ ଦେଲ ଝଙ୍କା ବାହାରର ମଧୁମାଲତୀକୁ। ନା, ତଥାପି ଦିଶୁ ନାହିଁ ତମର ମୁହଁ।

ସେଇ ମୁହୂର୍ତ୍ତରେ ତମେ ଗର୍ଜି ଉଠିଲ। ହୋଲକାର, ମିସ୍ତର ହୋଲକାର, ଏ କି ତାମସା ଚାଲିଚି ଏଠି, ମିସ୍ ଗୁପ୍ତା ଯାଆ ତମେ ନିଜ ସିଟ୍କୁ। ବାନାର୍ଜୀ ଇ.ଡ଼ି. ପିରୁ ମେସେଜ ନିଅ। ରମଣ ରାଓ-ସିଂ ନୂଆ କମ୍ପେନ୍ସେଶନର କପି ତିଆରି କର।

ଟେଲିଫୋନ୍। ମାଲହୋତ୍ରା ସାହେବ ଡାକୁଛନ୍ତି।

ମାଲହୋତ୍ରା ସାହେବଙ୍କ କ୍ୟାବିନରେ, ଆଇଡ଼ିଆ (ଭଟ୍‌ନାଗର) ବସିଛି। ଭୟରେ ତମର ଦେହ ଥର ଥର କମ୍ପୁଛି। କୁଆଡ଼େ ଗଲା ତମର କୈଫିୟତ, ତମେ କାନ୍ଦୁକୁ ଚାହିଁଛ କେବଳ।

"କଂଗ୍ରାଚୁଲେସନ୍" ଚଉକି ଉପରୁ ଠିଆ ହୋଇପଡ଼ି କହୁଛି ମାଲହୋତ୍ରା ସାହେବ। ଆଇଡ଼ିଆ ବୁଢ଼ାର ପାଟିରେ ଗୋଟାଏ ଲମ୍ବା ହସ।

"ସାର" ତମର କ୍ଷୀଣ ଓ ଦୁର୍ବଳ ସ୍ୱର।

"ମିସ୍ତର ରାୟ, ଗୋଟାଏ ଦିନରେ ତମେ କି ଅସାଧ୍ୟ ସାଧନ କଲ? କାଲି ସନ୍ଧ୍ୟାରେ ତମରି ଭାଷଣର ଗୋଟାଏ କପି ମିଳିଛି ଆମକୁ ଇଣ୍ଟେଲିଜେନ୍ସ ସେକ୍ସନ୍‌ରୁ। କାଲି ରାତିରେ ସେଲସ ଫିଗର ଟପି ଯାଇଛି ଅକଳନୀୟକୁ। 'ଅତୁଳନୀୟ'ର ପୋଷ୍ଟର ଉପରେ କଳାଛବି ଶତକଡ଼ା ୪୮.୭ ଲୋକଙ୍କର ଦୃଷ୍ଟି ଆକର୍ଷଣ କରିପାରିଛି। ତମେ ଜିନିଅସ୍ ମିସ୍ତର ରାୟ, ମିସ୍ତର ଭଟ୍‌ନାଗର ତମ

ପ୍ରତି ଏତେ କୃତଜ୍ଞ।

"ଭାଇ ରାୟ, ମତେ କ୍ଷମା କରିବ, ମୁଁ ସତରେ ବୁଢ଼ା ମାଙ୍କଡ଼। ନେଗେଟିଭ୍ ପ୍ରୋଜେକ୍‌ନ୍‌ର ଏତେବଡ଼ ଡିମୋନ୍‌ଷ୍ଟ୍ରେସନ୍ ମୁଁ କଳନା କରିପାରୁନାହିଁ। ରାୟ, ତମେ ଗୋଟାଏ ଜୁଏଲ, ଖାଲି ଚିହ୍ନିବାକୁ ଯାହା ଡେରି ହେଲା। ବହୁଦିନ ଧରି 'ଆଇଡିଆ' ସେଲରେ ମୁଁ ରୁଦ୍ଧ ହୋଇଗଲିଣି। ମୁଁ ସ୍ୱାମୀନାଥନ୍ ସାହେବଙ୍କୁ ସୁପାରିଶ୍ କରିବି, ତମେ ଏଥର ଡାଟାରୁ ଆଇଡ଼ିଆକୁ ଆସ।"

"କିନ୍ତୁ ମୁଁ ତ ମୁଁ କାଲି କେବଳ.....।" ତମର ସ୍ୱର ବାଷ୍ପରୁଦ୍ଧ, ଆଖିରେ ଲୁହଜମି ଆସୁଛି। ତମେ ପ୍ରାସାଦ-ବିଦ୍ରୋହରେ ସମ୍ରାଟଙ୍କର ସେହି ଅଙ୍ଗରକ୍ଷୀ ଯାହାର ଆନୁଗତ୍ୟ ନିବଦ୍ଧ କେବଳ ବନ୍ଧୁକ ନଳୀର ଗତିକୋଣ ଉପରେ। ତମେ ବିଦ୍ରୋହ କରିପାରିବ ନାହିଁ, ତମେ ପ୍ରମୋସନ୍ ପାଇବ, ଡାଟାର ଆଇଡ଼ିଆକୁ ଯିବ; ତଥ୍ୟରୁ ଚିନ୍ତାକୁ ଯିବ। ତା'ପରେ .....।

"କିଏ ଜାଣେ ତମେ ଭେଲଭେଟ୍ ପର୍ଦ୍ଦା, ଲାଲ କାର୍ପେଟ୍ ସାମ୍ରାଜ୍ୟର ଅଧୀଶ୍ୱର ନ ହେବ ବୋଲି!"" କହୁଛନ୍ତି ମାଲହୋତ୍ରା ସାହେବ।

ତମେ ଉଠିଲ। ହଠାତ୍ ଆଖି ସାମ୍ନାର ଛାତ ଯେମିତି ଆକାଶରେ ମିଶି ଯାଉଛି। ସ୍କୁଲ ଘର ପାଖରେ ପଡ଼ିଆରେ ଲମ୍ବ ତାଳଗଛ ଉପରେ ଲାଗିଛି ତମର ଗୁଡ଼ି, ଗୁଡ଼ି କଟିଯାଇଛି କମ୍ପାନୀର ଟାଣ ରଜରଜ ମାଞ୍ଜାରେ। ନରେନ୍ଦ୍ର (ଭାରତ)କୁ ଚିହ୍ନ ହେଉନାହିଁ, ଆଖି ଲୁହରେ ପଢ଼ି ହେଉ ନାହିଁ ନିଜର ନାମ। ସୁନ୍ଦରୀ ବସିଛି ସାମ୍ନା ବେଞ୍ଚରେ – ଫ୍ରକ୍‌ର ମଇଲାଧାର। କଲେଜର ସବୁଜ ଘାସ, ଲାଲ ଗୋଲାପ ଡାକୁଛି ତମକୁ ସା'ଜାହାନ। ନାଣ୍ଡୁ କହୁଛି ନରେନ୍ଦ୍ର ରସିକ, କମ୍ପାନୀ ଈଶ୍ୱରଭିଉରେ ତମେ କହୁଛ ତମର ହବି ସୌନ୍ଦର୍ଯ୍ୟ ଆବିଷ୍କାର। ତମର ସମଗ୍ର ଜୀବନ ଗୁଡ୍ଡି ହୋଇଯାଇଛି ଗୋଟିଏ ସୂତାରେ।

ଦ୍ୱୀପ ଭଳି କେବଳ ଗୋଟିଏ ଦିନ, ତମର ନିଷ୍ଫଳ ବିଦ୍ରୋହର ବାଙ୍ଗରେ ସିଝୁଛି ତା'ର ନିଜ ଲାଭାରେ। ସଁ ସଁ ଗର୍ଜୁଛି ଗୋଟିଏ ଦିନ, ତମର ମହାପୁରୁଷର ଆଟୋପ, ମହାମ୍ମାର ନଭ୍ୱା।

ତମେ ଦର୍ପଣରେ ଶେଷ ଶୃଙ୍ଗାର ନୁହେଁ ନରେନ୍ଦ୍ର, ନୁହଁ ରୂପସଜ୍ଜାର ପରିଣତି। ତମେ ଫାସିଟ୍-ପ୍ରୋଜେକ୍ଟର-ଗ୍ରାଫ୍-ପୋଷ୍ଟର-ନିଅନ୍-ପାଉଡ଼ର -ନେଲପଲିଶ –

ଲିପ୍‌ଷ୍ଟିକ୍‌ –ମହମ– କଜଳ–ବ୍ରେସିଅରର ପରିଣତି ନୁହଁ, ତମେ ତା'ର ଫାଙ୍କା ଖୋଲ ।

"ସାର୍ !"

ଡଃ ହୋଲକାର, ଯୌବନର ଧର୍ମପିତା, କ'ଣ ହେଲା ତମର ? ତମର ଓ ମିସ୍ ଗୁପ୍ତାର ଛୁଟି ଦରକାର ! ଡଃ ତମେ ଦୁହେଁ ଶେଷରେ ହାଃ ହାଃ ହେ, ହୋଲକାର, ତମେ ମିସ୍ ଗୁପ୍ତାର ବାପ ବୟସର ଅଥଚ ସ୍ୱାମୀ ହେବ ପୁଣି ମିସ୍ ଗୁପ୍ତାର । ପୁଣି କ'ଣ ମିଳିବ ତମକୁ ମିସ୍ ଗୁପ୍ତାର ଦେହରୁ –ଭୂରେ ଯଦି କଳା ନାହିଁ, ଆଖିରେ ନାହିଁ ଆଲୋକ, ନାକରେ ନାହିଁ ତୀକ୍ଷ୍ଣତା, ଓଠରେ ନାହିଁ ଲାଲିମା, ବକ୍ଷରେ ନାହିଁ ପୂର୍ଣ୍ଣତା !

"ସାର୍"

ମିସ୍ ଗୁପ୍ତାର ଚିତ୍ର ପ୍ରତିମା ପରି ଦେହ । ହୋଲକାରର ହାତ ଧରି ଚାଲି ଯାଉଛି ମିସ୍ ଗୁପ୍ତା ।

'କ୍ଷମାକର ମୋତେ, କ୍ଷମାକର" ତମେ ଚିକ୍ତାର କରି କହୁଛ । ଚୁପକର, ଚୁପକର ନରେନ୍ଦ୍ର, ସୋ' କେଶର ସୁନ୍ଦରୀ ଡମି ପେଟର ତମର ସନ୍ତାନ, ତାକୁ ବଞ୍ଚାଅ, ନିଜେ ବଞ୍ଚି ରହ ।

ନୂତନ ଗଳ୍ପର ଇସ୍ତାହାର

ମୋର ଏ ପର୍ଯ୍ୟନ୍ତ ପ୍ରକାଶିତ ରଚନାମାନ ବହୁ ଅପଯଶ ଅର୍ଜନ କରିଛନ୍ତି । ବହୁ ପାଠକ ଓ ଲେଖକ ଏଭଳି ରଚନାମାନଙ୍କୁ ଗଳ୍ପ ବୋଲି ଗ୍ରହଣ କରିବାକୁ ମଧ ନାରାଜ । ଏଭଳି ଅବସ୍ଥାରେ ମୋର ଧାରଣା ହେବା ସ୍ୱାଭାବିକ ଯେ, ସଂଯୋଗ ସ୍ଥାପନର କେଉଁ ଏକ ବିନ୍ଦୁ ହଠାତ୍ ଅଚଳ ହୋଇ ପଡ଼ିଛି ଓ ଏହି ଅଚଳ ସଂଯୋଗବିନ୍ଦୁକୁ ସଚଳ କରିବାରେ ମୋର ନିଜର ଦାୟିତ୍ୱ ସର୍ବାଧିକ ।

ମୁଁ ମୁଖ୍ୟତଃ କବିତା ଲେଖେ, କିନ୍ତୁ ଗଳ୍ପ କାହିଁକି ଲେଖେ ଏ ପ୍ରଶ୍ନ କେହି ମୋତେ ଆପାତତଃ ପଚାରି ନାହାନ୍ତି । ମୋର ବ୍ୟକ୍ତିଗତ ବିଶ୍ୱାସ ଯେ ସାହିତ୍ୟର ବୃହତ୍ତର ଦୃଷ୍ଟିକୋଣରୁ ଗଳ୍ପ ବା କବିତା ପରିସରଠାରୁ ଏତେ ପୃଥକ୍ ନୁହନ୍ତି । କାହାର ସୃଷ୍ଟି କ୍ଷମତା କେଉଁଥିରେ ଅଧିକ, ଏ ପ୍ରଶ୍ନ ମଧ ଅନାବଶ୍ୟକ । ଯେ ଭଲ କବିତା ଲେଖିପାରେ, ସେ ଭଲ ଗଳ୍ପ ମଧ ଲେଖିପାରେ ଏବଂ ଯେ ଆଦୌ କିଛି ନ ଲେଖେ, ତା'ର ସୃଷ୍ଟିକ୍ଷମତା ଅନ୍ୟତ୍ର ନିହିତ । ମୋଟାମୋଟି ମୋର ଧାରଣା, ସାହିତ୍ୟ ବୁଦ୍ଧିଜୀବୀର ଉତ୍ତରାଧିକାର ନୁହେଁ, ଏହା ଏକ ଚଳମାନ ଜଗତର ଚିତ୍ରଶାଳା, ଯାହାର ଦ୍ୱାର ଚିର ଉନ୍ମୁକ୍ତ । ତେଣୁ ଆବଶ୍ୟକ ହେଲେ ଗଳ୍ପ ଲେଖେ, ଦଶ ଜଣ ବୁଦ୍ଧଙ୍କ ପାଇଁ ଲେଖେ ନାହିଁ, ସହସ୍ର ବାନରଙ୍କ ପାଇଁ ଲେଖେ ।

ଏହା ସ୍ୱୀକାର୍ଯ୍ୟ ଯେ ଓଡ଼ିଆରେ ପ୍ରକୃତ ନବତରଙ୍ଗ ଅଦ୍ୟାବଧି କେବଳ କାଳ୍ପନିକ ହୋଇ ରହିଛି । ଦ୍ୱିଧା ନ ରଖି କହିଲେ ତରଙ୍ଗ କେବେ ଆଉ ଉଠିଛି ଓଡ଼ିଆ ସାହିତ୍ୟରେ; ଏପରି କି ଜାତିପ୍ରାଣରେ ? ଥରେ ଉଠିଥିଲା କାହିଁ କେତେ ଦଶକ ତଳେ ସ୍ୱାଧୀନତାର ସନ୍ଧିକାଳରେ, ତା' ପରେ ଆଉ ନାହିଁ । ୧୯୪୭ରୁ ଏ ପର୍ଯ୍ୟନ୍ତ ଯାହା ଗଡ଼ି ଆସୁଛି ତା' ଭିତରେ ଚିରାୟତ ଶତକଡ଼ା କେତେ ? କେତେଜଣ ସାହିତ୍ୟକ ବା କୂଳ ଟିଆରି କଲେ ଭବିଷ୍ୟତ ପାଇଁ ? ମତେ ତ ଲାଗୁଛି ସମୟ ବଢ଼ି ବଢ଼ି ଯାଉଛି ଓ ଏହି ଦୁର୍ଯୋଗରେ ସତ୍ୟ ଠେଲି ହୋଇ ଯାଉଛି ପଛକୁ, ଆଗରେ ଠିଆହେଉଛି ଗଳ୍ପ ରାଜ୍ୟର ଦୁଃସ୍ୱପ୍ନ । ଗଳ୍ପ ରାଜ୍ୟର

ରାଜା ମନ୍ତ୍ରୀ ସ୍ତାବକ ନିଜ ନିଜ ଆସନରେ ଏତେ ଦୀର୍ଘକାଳ ବସି ରହିଲେଣି ଯେ ତାଙ୍କୁ ଗାଦିଚ୍ୟୁତ କରିବ କିଏ? ମନୋରଞ୍ଜନର ଶେଷ ଆଶ୍ରୟକୁ ପରିତ୍ୟାଗ କରିବ କିଏ?

ମନୋରଞ୍ଜନ ପାଇଁ ସାହିତ୍ୟ ଲେଖାଯାଏ ନାହିଁ। ସାହିତ୍ୟ କାହିଁକି, ଯେ କୌଣସି ସୃଜନକ୍ରିୟା ଅପରର ମନୋରଞ୍ଜନ ପାଇଁ ସମ୍ପାଦିତ ହୁଏ ନାହିଁ। ବିଶୁଦ୍ଧ ସାହିତ୍ୟ ତାରି ନିଜ ଲକ୍ଷ୍ୟରେ ସୃଷ୍ଟି ହୁଏ, ବୁଦ୍ଧ ବାନର ସମସ୍ତଙ୍କୁ କାଳକ୍ରମେ କବଳିତ କରି ପ୍ରସାରିତ ହୁଏ। ତେଣୁ ଗଳ୍ପରୁ ମନୋରଞ୍ଜନ ଆଶା କରିବା ବିଡ଼ମ୍ବନା। ଗଳ୍ପର ଏ୍ୟାବତ୍ ପ୍ରତିଷ୍ଠିତ ଗଢ଼ ଗୁଣ ଶହ ଶହ ବର୍ଷର ନିର୍ବିଚାର ଅପମିଶ୍ରଣର ଫଳ। ମୋର ବିଶ୍ଵାସ, ଏ ଅପମିଶ୍ରଣ ବ୍ୟକ୍ତିର ସ୍ଵାଭାବିକ ଭାବବୋଧକୁ ଭୟଙ୍କର ଭାବେ ପୂର୍ଣ୍ଣ କରିଛି। ଏହି ଭାବବୋଧର ପୁନର୍ଗଠନ ପାଇଁ ଏଭଳି ନୂତନ ଓ ମୁକ୍ତଗଳ୍ପର ଆବଶ୍ୟକତା ରହିଛି ଯାହା ବହୁ ବର୍ଷର ପ୍ରସ୍ତୁତ ଦ୍ୟୋତନାକୁ ଭାଙ୍ଗିଦେବ ଓ ସୁପ୍ତ ଚେତନା ସହିତ ଏକ ସ୍ଵଚ୍ଛ ଓ ସଫଳ ସଂଯୋଗ ଘଟାଇବ। ଏ ମୁକ୍ତ ଗଳ୍ପ କ'ଣ ଓ ଏହାର ସ୍ଵରୂପ କଅଣ, ଏ ସମ୍ପର୍କରେ ଅଦ୍ୟାବଧି କୌଣସି ନିର୍ଦ୍ଦିଷ୍ଟ ଆଲୋଚନା ହୋଇନାହିଁ। ନିଜେ ଗାଳ୍ପିକ ମଧ୍ୟ ତା'ର ନିରଙ୍କୁଶ ଉଦାସୀନତାରୁ ମୁକ୍ତ ହେବାର ଲକ୍ଷଣ ଦିଶୁ ନାହିଁ।

ବର୍ତ୍ତମାନ ମୁଁ ବୁଝିପାରୁଛି ସଂଯୋଗ ବିନ୍ଦୁଟି କେଉଁ କାରଣରୁ ଅଚଳ ହୋଇ ପଡ଼ିଛି। ଫଳରେ ଦାୟିତ୍ୱ ଏଡ଼ାଇ ଯିବା ଆଉ ସମ୍ଭବ ହେଉ ନାହିଁ। ଏ ଇସ୍ତାହାର ଯଦି ସେ ଦାୟିତ୍ୱ ସମ୍ପାଦନରେ କୃତକାର୍ଯ୍ୟ ହୁଏ!

ପାରମ୍ପରିକ ସମାଲୋଚନା ତା'ର ନିଜ ପରିଭାଷା ତିଆରି କରିଛି। କେତେକ ନିର୍ଦ୍ଦିଷ୍ଟ ସୂତ୍ରକୁ ଏକତ୍ରିତ କଲେ ଏ ସମାଲୋଚନାର ସ୍ଵରୂପ ଉଦ୍ଘାଟିତ ହୋଇଯାଉଛି। ଏ ସମାଲୋଚନା ପଦ୍ଧତି ଏକ ବିଷାକ୍ତ ଜାଲ ହୋଇ ପଡ଼ିଛି ଚେତନାର ମୁହାଣରେ। ସ୍ଵଚ୍ଛ ହୋଇ କିଛି ରହୁ ନାହିଁ। ଜୀବନ୍ତ ହୋଇ କିଛି ରହୁ ନାହିଁ। ଗଳ୍ପ ସମାଲୋଚନାରେ ମଧ୍ୟ ତାହା ହିଁ। ବହୁବର୍ଷ ଧରି ଆମେ ଗଳ୍ପରେ ଚରିତ୍ର, କାହାଣୀ, ଶୈଳୀ, ବିଷୟବସ୍ତୁ, ବାର୍ତ୍ତା, ଅଙ୍ଗୀକାର ଆଦି ଶବ୍ଦ ସହିତ ପରିଚିତ ହୋଇଛୁ। ତେଣୁ ଗଳ୍ପଟିଏ ପଢ଼ିଲେ ହଠାତ୍ ମନକୁ ଆସୁଛି ଏହି ଶବ୍ଦ-ବିଭାବ ମଧ୍ୟରୁ କେଉଁଟି ଏ ଗଳ୍ପରେ ଅଛି, କେଉଁଟି ନାହିଁ। ଯଦି ସବୁ ଅଛି ତା' ହେଲେ ତ ଗଳ୍ପ ମହାନ୍, ଚିରାୟତ ଆଖ୍ୟା ନେଇ ଖସିଗଲା, ଯଦି ଏସବୁ ମଧ୍ୟରୁ କୌଣସିଟି ନ ଥାଏ, ଆମେ ଲେଖକକୁ

ସତର୍କ କରିଦେଉଛୁ, ଯଦି କିଛି ନାହିଁ ତା'ହେଲେ କହୁଚୁ ଏ ଗଳ୍ପ ପଦବାଚ୍ୟ ନୁହେଁ। ଏହି ଦୁର୍ଯୋଗରେ ଲେଖକର ଦାୟିତ୍ୱହୀନତା ମଧ୍ୟ ବଢୁଛି। ସମାଲୋଚକ/ ପାଠକର ଅହଂକୁ ସାମ୍ନା କରିବା ସମ୍ଭବ ହେଉନାହିଁ ବୋଲି— ପରୀକ୍ଷାମୂଳକ ଗଳ୍ପ, ଅଗଳ୍ପ ଇତ୍ୟାଦି ପରିଭାଷା ସୃଷ୍ଟି ହୋଇଛି ଯାହା ପାରମ୍ପରିକ ପରିଭାଷା ବିରୁଦ୍ଧରେ ଅନ୍ୟ ଏକ ପରିଭାଷାର ଉଦ୍ଭାବନ। ପରିଭାଷା ସହିତ ପରିଭାଷାର ଯୁଦ୍ଧରେ ସବୁଠାରୁ କ୍ଷତିଗ୍ରସ୍ତ ଗଳ୍ପ ନିଜେ। ବର୍ତ୍ତମାନ ସମୟ ଆସିଛି, ଗଳ୍ପର ସ୍ୱରୂପ ସମାଲୋଚନାର ଜାଲ ଭେଦକରି ଜୀବନ୍ତ ଓ ସ୍ୱଚ୍ଛ ହୋଇ ଉଠିଆସୁ।

ଗଳ୍ପର ନାୟକ ଦୀର୍ଘକାଳ ଧରି ଏକ ଦୁରାରୋଗ୍ୟ ନୈରାଶ୍ୟ ବ୍ୟାଧରେ ପୀଡ଼ିତ। ଏହି ରୁଗ୍ଣ ନାୟକର ମାନସିକ ମୃତ୍ୟୁ ହୋଇସାରିଛି, ଅଥଚ ତା'ର ଶାରୀରିକ ମୃତ୍ୟୁ ଏ ପର୍ଯ୍ୟନ୍ତ ଘୋଷିତ ହୋଇନାହିଁ। ମାଟିରେ ଘୁଷୁରି ଘୁଷୁରି ନିଜ ଓଜନ ନିଜେ ବହନ କରି ସେ ଗଳ୍ପ ଭିତରକୁ ଆସୁଛି ଓ ତା'ର ବକ୍ତବ୍ୟ ଶେଷ କରି ଫେରିଯାଉଛି ଆଉ କେଉଁ ଗଳ୍ପ ଭିତରକୁ। ସେ ଗଳ୍ପରେ ମଧ୍ୟ ସେହି ରୁଗ୍ଣ ଭଙ୍ଗା ଚାଲି। ଦେଖିଲେ ଚିହ୍ନିହେଉଛି ନାୟକକୁ, ଅଥଚ ନିଜ ସହିତ ନିଜର ନିଃଶ୍ୱାସ ଦେଇ ଗ୍ରହଣ କରି ହେଉନାହିଁ, ଏପରିକି ତା'ର ମୃତ୍ୟୁ ଘୋଷଣା ମଧ୍ୟ କରି ହେଉନାହିଁ। ମମ୍ମି ଭଲି ଶବର କାଚବାକ୍ସ ଭିତରୁ ଦିଶୁଚି ତା'ର ମୁହଁ, କେତେ ଶତାଦ୍ୟୀ ତଳର। ସେଇ ମଞ୍ଜିକୁ ଜଗିବସିଛି ଗାଳ୍ପିକ। ଗଳ୍ପର ଚରିତ୍ର ଯେମିତି ଗାଳ୍ପିକର ମୃତ ଆମ୍ୟୀୟ, ଯାହାର ମୃତ୍ୟୁକୁ ମାନିନେବାର ସାହସ ବା ନିର୍ଦ୍ଦୟତା ଗାଳ୍ପିକର ନାହିଁ। କିନ୍ତୁ ଏ ସମ୍ପର୍କରେ ଛଳନା ଆଉ କେତେଦିନ ? ଏ ଭିତରେ ପୁଣି ନୂଆମଣିଷ ଜନ୍ମ ନେଇଛି, ନୂଆ ସମ୍ପର୍କର ସୂତ୍ରପାତ ହୋଇ ସାରିଛି। ସହୃଦୟତା ଓ ସୌକୁମାର୍ଯ୍ୟ ଭିତରୁ ସଂଘର୍ଷର ପ୍ରକୃତ ଚେହେରା ଗାଳ୍ପିକକୁ ଦିଶୁ ନାହିଁ। ବାଲ୍ଜାକଙ୍କର ଓଲଡ୍ ଗାରିଓଟ୍ ବା ଦସ୍ତଭସ୍କିଙ୍କର କାରାମାଜୋଭ୍ ଭ୍ରାତୃଗଣ ଇତିହାସକୁ ରୋକି ଦେଇ ନାହାନ୍ତି। ଇତିହାସ ଏଇଠି ଠିଆ ହୋଇଛି ମଞ୍ଚ ଉପରେ, ଇତିହାସ ଏଇଠି ବସିଛି ମୋ' ସାମ୍ନାରେ, ଇତିହାସ ହିଁ ବର୍ତ୍ତମାନ, ଅନ୍ୟ କେବଳ।

ପାଠକ ଜାଣେ ଏ ପର୍ଯ୍ୟନ୍ତ ଗଳ୍ପ ଉପନ୍ୟାସରେ ଚରିତ୍ରର ଅର୍ଥ କ'ଣ। ଚରିତ୍ର ସେ ନୁହେଁ ଯେ ବେନାମୀ, ଉଦ୍‌ବାର୍ଯ୍ୟ, ସ୍ୱଚ୍ଛ, ଅନବଧାରିତ, ଚରିତ୍ର ସେ ଯାହାର ନାମ ସହିତ ରହିଛି ଉପନାମ, ପଦବୀ, ଅଧିକାର, ବିଡ଼ମ୍ବନା, ପୂର୍ବନିର୍ଦ୍ଧାରିତ କାର୍ଯ୍ୟ-କାରଣ। କିନ୍ତୁ ଚରିତ୍ରର କି ଭ୍ରାନ୍ତରୂପ ଏ ? ଚରିତ୍ର କହିଲେ ଆମେ ପ୍ରକୃତରେ

କ'ଣ ବୁଝୁ ? ମୋ'ର ଦନ୍ତବ୍ୟ ଏହି କି, ଚରିତ୍ର ସୃଷ୍ଟି କରିବାର ସାର୍ବଭୌମ କ୍ଷମତା ଆଉ ଗାଳ୍ପିକର ନାହିଁ। ନିଜେ ଚରିତ୍ରମାନେ ଦିନେ ଏକ ପ୍ରକାଶ ଶୋଭାଯାତ୍ରାରେ ଆସି ଗାଳ୍ପିକଠାରୁ ସେ କ୍ଷମତା ନିଜ ହାତକୁ ନେଇଯାଇଛନ୍ତି, ନେଲେଣି ବା ନେବେ। ଗାଳ୍ପିକ ଯେତେ ଶୀଘ୍ର ଶବ୍ଦ ଓ ଶୂନ୍ୟରେ ମିଶିଯାଏ, ସେତେ ମଙ୍ଗଳ। ଶାରୀରିକ ସୌନ୍ଦର୍ଯ୍ୟ, ଉତ୍ତରାଧିକାର, ବିଡ଼ମ୍ବିତ ଭାଗ୍ୟକୁ ନେଇ ଗଳ୍ପ ଲେଖାଯାଏ ନାହିଁ; ଏହା ଏକ ସାହିତ୍ୟକ ପାପ। ଏଗୁଡ଼ିକ ପ୍ରକୃତିର ନିର୍ଦ୍ଧାରିତ କ୍ୟାଟେଗୋରୀ ଯାହାକୁ ପୁଞ୍ଜିକରି ସତ୍ୟର ରହସ୍ୟ ଉଦ୍ଘାଟିତ କରି ହେବ ନାହିଁ। କାଫ୍କାଙ୍କର ନାୟକ K କୁ କେତେ ଜଣ ମନେ ରଖ୍ଛନ୍ତି ? K କେବଳ K ଅକ୍ଷର; ଏହା ଊର୍ଦ୍ଧ୍ୱରେ ଆଉ କିଛି ନୁହେଁ। ବେକେଟ୍ ଗୋଟିଏ ଗଳ୍ପର ମଝିରେ ଚରିତ୍ର ନାମ ବାରମ୍ବାର ପରିବର୍ତ୍ତିତ କରିଛନ୍ତି, କାହିଁକି ? ଏପରିକି ନବୋକୋଭ୍ ଗୋଟିଏ ଚରିତ୍ରକୁ ଭାଙ୍ଗି ପାଞ୍ଚଟି ଚରିତ୍ର ସୃଷ୍ଟିକରି ତାଙ୍କ ଭିତରେ ଯୁଦ୍ଧ ମଧ୍ୟ ଭିଆଇଛନ୍ତି। କାହିଁକି ? ମୁଁ କହୁନାହିଁ ଯେ ଏମାନେ ଗଳ୍ପରେ ଆମର ଆଦର୍ଶ। ମୋର କହିବାର କଥା ଏତିକି ଯେ ଚରିତ୍ର ସ୍ଥୂଳଚରିତ୍ର ହୋଇ ଗଳ୍ପ ଭିତରକୁ ନ ଆସୁ। ଚରିତ୍ର ଆସୁ ରକ୍ତରେ ମିଶି, ନିଃଶ୍ୱାସରେ ମିଶି ଏକ ପ୍ରକାଣ୍ଡ ଅଭ୍ୟନ୍ତର ହୋଇ, ନାମ ଠିକଣା, ପରିଚୟର ସଙ୍କେତ ରେଖା ସେଇ ଧକ୍କାରେ ଖସିପଡ଼ି ମିଳାଇ ଯାଉ। ଗଳ୍ପ ସତ୍ୟର ନିକଟବର୍ତ୍ତୀ ହେଉ, ଗଳ୍ପ ରକ୍ତର ନିକଟବର୍ତ୍ତୀ ହେଉ।

ଅଧିକାଂଶ ପାଠକଙ୍କ ପାଇଁ ଗଳ୍ପର ମୁଖ୍ୟ ଆଦର୍ଶ ତା'ର କାହାଣୀ। ଏହି କାହାଣୀ ଅଂଶର ସଫଳତା ବା ବିଫଳତା ଉପରେ ଗଳ୍ପର ଭବିଷ୍ୟତ ନିର୍ଭର କରେ। ଏ ପର୍ଯ୍ୟନ୍ତ ପ୍ରାୟ ବଦ୍ଧମୂଳ ଏହି ଧାରଣା ଚଳିଆସିଛି ଯେ ସେ ହିଁ ବଡ଼ ଗାଳ୍ପିକ ଯେ କାହାଣୀ ଆବିଷ୍କାର କରି ଜାଣେ। ତା'ପରେ ପୁଣି ଅଛି କହିବାର ଭଙ୍ଗୀ, ସରଳ, ତରଳ, ସାବଲୀଳ ଇତ୍ୟାଦି ଇତ୍ୟାଦି; କିନ୍ତୁ କାହାଣୀର ଆବିଷ୍କାର ଗାଳ୍ପିକର ଉପଯୁକ୍ତ କର୍ମ ନୁହେଁ, ଏହି ଆବିଷ୍କ୍ରିୟା ଯେ କୌଣସି ମୁହୂର୍ତ୍ତରେ ସୃଷ୍ଟି ପ୍ରକ୍ରିୟାକୁ ଅତିକ୍ରମ କରି ଗାଳ୍ପିକକୁ କେବଳ ଜଡ଼ ଭାଷ୍ୟକାରରେ ପରିଣତ କରିଦେଇପାରେ। ଫଳରେ, କାହାଣୀ ସହିତ ପାଠକ ନିଜର ସମାସ ଖୋଜି ପାଏ, କିନ୍ତୁ ଚେତନାର ସୌନ୍ଦର୍ଯ୍ୟ ଦେଖିପାରେ ନାହିଁ। ଚେତନାର ସୌନ୍ଦର୍ଯ୍ୟ କାହାଣୀରେ ନିହିତ ନ ଥାଏ, ଚେତନାର ସୌନ୍ଦର୍ଯ୍ୟ ଖଣ୍ଡ ଖଣ୍ଡ ହୋଇ ପଡ଼ିଥାଏ ସମୟରେ। ତାକୁ ଏକାଠି କରେ ଗୋଟିଏ ଉଲଙ୍ଗ ସତ୍ୟ।

ସେ ଉଲଙ୍ଗ ସତ୍ୟ ସର୍ବସମକ୍ଷରେ ଦଣ୍ଡାୟମାନ, କେବଳ ପ୍ରୟୋଗର ପ୍ରୟୋଜନ। ଗାଳ୍ପିକ ଯଦି ଏହି ବିଭକ୍ତ ଚେତନାକୁ ଗୋଟିଏ ସତ୍ୟର ସୂତ୍ରରେ ସଂଯତ କରି ନ ପାରେ, ତେବେ ତା'ର ଗାଳ୍ପିକ ବୋଲାଇବା ଅନୁଚିତ। ସେ ଚେତନା ବରଂ ସେହିଭଳି ବିକ୍ଷିପ୍ତ ହୋଇଥାଉ।

ବର୍ତ୍ତମାନ ପ୍ରଶ୍ନ ଉଠୁଛି 'ଗଳ୍ପ'ର ଏହି ସଚରାଚର ପ୍ରିୟତମ 'କାହାଣୀ' ଅଂଶଟି କ'ଣ? ସଂଜ୍ଞା ନିରୂପଣ କଲେ କାହାଣୀ ତାହା, ଯାହା ଘଟଣା ବା ରୂପକର କ୍ରମବିସ୍ତାର। 'କ୍ରମବିସ୍ତୃତି' ସମ୍ପର୍କରେ ପାଠକର ନିଜର ଧାରଣା ଗାଳ୍ପିକ ସୃଷ୍ଟ ଏକ କୌଶଳ ମାତ୍ର। ଗୋଟିଏ ଘଟଣା ଘଟିଲା, ପ୍ରତ୍ୟହ ଘଟୁଛି, ପ୍ରତି ମୁହୂର୍ତ୍ତରେ। ସେ ଘଟଣା ସହିତ ଏକ ବା ଏକାଧିକ ପାତ୍ରପାତ୍ରୀ ଜଡ଼ିତ, ସେମାନଙ୍କର ପୁଣି ଅଛି ବିବିଧ ସୁପ୍ତ, ଜାଗ୍ରତ ମାନସିକ ଅବସ୍ଥା। ସବୁକୁ ଏକତ୍ରିତ କରି ଗୋଟିଏ ଲଘୁପାକ ମିଶ୍ରଣ ପ୍ରସ୍ତୁତ କରାଗଲା। ପାଠକ ତା'ର ପୂର୍ବନିର୍ଦ୍ଧାରିତ ଆସନରେ ବସି ସେ ସ୍ୱାଦ ଆହରଣ କଲା। ଗାଳ୍ପିକ ପ୍ରମାଣ କଲା ଯେ ସେ ଏ ଜଗତର ସଫଳ ପାଚକ। କିନ୍ତୁ ଚେତନାର ଯେଉଁ କଞ୍ଚାମାଲ ଏହି ପାଚନକ୍ରିୟା ଭିତରେ ରୂପାନ୍ତରିତ ହେଲା, ତାହା କେତେଦୂର ଆଉ ମୌଳିକ ହୋଇ ରହିଲା? ସୃଷ୍ଟି ପ୍ରକ୍ରିୟା ଏକ ବୃହତ୍ତର ଯୋଜନାର ଅପେକ୍ଷା ରଖେ। ରୂପାନ୍ତରନ୍ୟାସ, କଳାର ଏକ ଇତର ଗୁଣ, ଯାହା ଶତାବ୍ଦୀ ଶତାବ୍ଦୀ ଧରି ଗଳ୍ପର ସ୍ୱରୂପକୁ ଗ୍ରାସ କରି ରଖିଛି। ତେଣୁ କାହାଣୀର ଯେଉଁ ଝଲମଲ୍ ରୂପ ପାଠକୁ ସମ୍ମୋହିତ କରି ରଖିଛି, ତାହା ସତ୍ୟରୁ ସୁଦୂର ଏକ ସୁନ୍ଦର ପରିମଣ୍ଡଳ, ତା'ର ଅଭ୍ୟନ୍ତର ଶୂନ୍ୟ।

ତେଣୁ ଗଳ୍ପର କାହାଣୀ ଅଂଶଟି ଏକ ନିରାଟ ଅସତ୍ୟ, ମାୟା। ଏହି ମାୟା ମାଧ୍ୟମରେ ଜୀବନକୁ ଉପଲବ୍ଧ କରିବା ଦୂରର କଥା, ସ୍ପର୍ଶ ମଧ୍ୟ କରିବା ସମ୍ଭବ ନୁହେଁ। ଦର୍ପଣର ପ୍ରତିଛବିରେ ଚେହେରାର ଦୃଶ୍ୟମାନ ସୀମାରେଖା ମିଳେ ସତ; ମାତ୍ର ରକ୍ତ ମାଂସର ଉତ୍ତାପ ମିଳେ ନାହିଁ। ତେଣୁ ପ୍ରତିରୂପ ସବୁବେଳେ ଶୀତଳ, ସ୍ପର୍ଶହୀନ ଓ ଜୀବ। କେବଳ ଏହାକୁ ହିଁ ପୁଞ୍ଜି କରି ଗଢ଼ିଉଠେ ଯେଉଁ କାହାଣୀର ଇନ୍ଦ୍ରଜାଲ, ତାହା ଯେତେ ଚମକ୍ରାର ହେଉ ପଛେ ସତ୍ୟର ଆଲୋକରେ ଅଗ୍ରାହ୍ୟ।

ତେବେ ଗଳ୍ପର ବିଷୟବସ୍ତୁ କ'ଣ? ମୋଟାମୋଟି ଭାବେ ଏହା ମଣିଷର ବାହ୍ୟପୃଥିବୀ ସହ ସମ୍ପର୍କର ଏକ ବ୍ୟାପ୍ତ ଓ ଜଡ଼ିତ ଭାବ। ଏହାର ବିକଳ୍ପ ନାହିଁ। ଏ ପର୍ଯ୍ୟନ୍ତ ବାହ୍ୟପୃଥିବୀର ବୁଝାମଣାରେ ବିଶେଷ ସନ୍ଦେହ ନଥିଲା, ତେଣୁ ଏହି

ସମ୍ପର୍କରେ ବ୍ୟାପ୍ତି ପ୍ରାୟ ପୂର୍ବନିର୍ଦ୍ଧାରିତ ସରଳ ଜ୍ୟାମିତିକ ସୂତ୍ରରେ ଗଡ଼ିଚାଲିଥିଲା। ବର୍ତ୍ତମାନ ଏକ ନୂତନ ସନ୍ଦେହ ଜନ୍ମ ନେଇଛି। ଫଳରେ ବାହ୍ୟପୃଥିବୀ କହିଲେ ଆଖିକୁ ଯାହା ଦିଶେ, ତାହା ଯଥେଷ୍ଟ ହେଉ ନାହିଁ। ଗଳ୍ପ ଲେଖକର ନିରୀହ ଆତ୍ମସନ୍ତୋଷ ସେଇ ସନ୍ଦେହର ପ୍ରଥମ ଧକ୍କାରେ ହିଁ ମିଳାଇ ଯାଉଛି। ଗୋଟିଏ ସତ୍ୟ ସ୍ପଷ୍ଟ ହେଉଛି ଯେ, ଗାଳ୍ପିକର ଲେଖନ କର୍ମଟି ସବୁବେଳେ ସତ୍ୟାସତ୍ୟର ଊର୍ଦ୍ଧ୍ୱରେ ଏକ ଗ୍ଲାନିମୟ କଳ୍ପନା, ଫଳରେ ସମ୍ପର୍କର ଦୃଢ଼ତା ଓ ଗଭୀରତା ଜଣାପଡ଼ୁ ନାହିଁ। ବର୍ତ୍ତମାନ ଆବଶ୍ୟକ ହେଉଛି ଏ କଳ୍ପନାର ଏକ 'ହଠାତ୍ ଅବତରଣ'। ଲେଖନକର୍ମ ମଧ୍ୟ ବିଷୟବସ୍ତୁର ଏକ ପ୍ରଧାନଅଂଶ, ଭାଷା ନିଜେ ଭାବର ପ୍ରଥମ ନିସର୍ଗ ରୂପ। ଭାଷା ଓ ଭାବର ବିରୋଧାଭାସ ଲେଖକର ଇଚ୍ଛାକୃତ, ବହୁ ବର୍ଷର ମଧ୍ୟ ଅଭ୍ୟାସର ଜଟିଳ ପରିଣତି। ତେଣୁ କଳ୍ପନାକୁ ଆଶ୍ରୟ କରି ଓ ଭାଷା-ଭାବର ଅନେକ୍ୟକୁ ମୂଳ କରି ମଣିଷର ବ୍ୟାପକତାକୁ କ୍ଷୁଦ୍ର କରିବାର ଅଧିକାର ଲେଖକର ନାହିଁ। କଳ୍ପନା ମଧ୍ୟ ସତ୍ୟାଶ୍ରୟୀ।

ପ୍ରଶ୍ନ ଉଠୁଛି, ଘଟଣା, ଚରିତ୍ର, ପ୍ଲଟ୍ ନ ଥାଇ ନୂତନ ଗଳ୍ପର କ'ଣ ଅଛି ଆଉ ? ଏଠାରେ ବୁଝାଇ ଦେବା ଉଚିତ୍ ସେ ଗଳ୍ପରେ ଘଟଣା, ଚରିତ୍ର ଓ ପ୍ଲଟ୍‌ସବୁ ଅଛି, କେବଳ ଗୁଣାମ୍ଳକ ପ୍ରଭେଦ ଯାହା। ଏହି ଗୁଣାମ୍ଳକ ପ୍ରଭେଦ ଯୋଗୁ ନୂତନ ଗଳ୍ପରେ ଘଟଣା, ଚରିତ୍ର, ପ୍ଲଟ୍ କେହି ଚିହ୍ନିତ ହୋଇପାରୁ ନାହାନ୍ତି। ବାହ୍ୟଜଗତର ବସ୍ତୁ ଓ ଅନୁଭୂତି ସକଳ ଗଳ୍ପର କଳେବର ଭିତରେ ମିଳାଇ ଯାଉଛନ୍ତି, ପୁଣି କେତେବେଳେ ଏକତ୍ରିତ ହୋଇ ସ୍ଥାନକାଳର ଏକ ମାନସିକ ସ୍ଥାପତ୍ୟ ଗଢ଼ି ଦେଉଛନ୍ତି। ପୁଣି ଏ ସ୍ଥାପତ୍ୟ ଭାଙ୍ଗିପଡ଼ୁଛି, ବସ୍ତୁ ଓ ଅନୁଭୂତିମାନ ନିଜ ନିଜ ସ୍ଥାନରେ ସୁରକ୍ଷିତ ଅଛନ୍ତି। ଗଳ୍ପର ଅବୟବ ଭିତରେ ହିଁ ଏ ବିଭାଜନ ଓ ଏକତ୍ରୀକରଣର କ୍ରିୟା ଚାଲିଛି, ସୃଷ୍ଟିପ୍ରକ୍ରିୟା ମଧ୍ୟ ଏହାକୁ ବିନା ଦ୍ୱିଧାରେ ଅଙ୍ଗୀଭୂତ କରୁଛି। ଚରିତ୍ର ନାହିଁ ବୋଲି ଯେ ମଣିଷ ନାହିଁ, ଏ ଧାରଣା ଭୁଲ୍। ଚରିତ୍ର ଖଣ୍ଡ ଖଣ୍ଡ ହୋଇ ମିଶିଯାଉଛି ଶବ୍ଦ ସହିତ, ତେଣୁ ଚରିତ୍ରକୁ ଗୋଟିଏ ପଲକରେ ଚିହ୍ନ ହେଉ ନାହିଁ, କିନ୍ତୁ ମଣିଷକୁ ଜାଣି ହେଉଛି, ଏହିଠାରେ ରହିଛି ସବୁଠାରୁ ବଡ଼ ଗୁଣାମ୍ଳକ ପ୍ରଭେଦ। ମୃତ ମଣ୍ଡେଲପ୍ରାୟ ଚରିତ୍ର ବଦଳରେ ଆସିଚି ମଣିଷ, ଘଟଣା ବଦଳରେ ଘଟଣାର ପ୍ରଭାବ, ପ୍ଲଟ୍ ବଦଳରେ ପ୍ଲଟର ମାନସିକ ଜ୍ୟାମିତି। ମୋଟାମୋଟି ଭାବେ ନୂତନ ଗଳ୍ପ, ପାରମ୍ପରିକ ଗଳ୍ପର ସ୍ଥିରତା, ପ୍ରଶାନ୍ତି ଓ ନିରୀହତା

ଆଦି ସୁକୁମାର ଗୁଣ ତ୍ୟାଗ କରିଛି । ଫଳରେ ମଣିଷ-ପୃଥିବୀ ସମ୍ପର୍କରେ ଗତି ଓ ପ୍ରଭାବର ଏ ପ୍ରଚଣ୍ଡ ପରିବର୍ତ୍ତନ ଆସିଛି ।

କାହାର ମନୋରଞ୍ଜନ ପାଇଁ ଗଳ୍ପ ଲେଖିବା ବୃଥା, ଅନ୍ୟ ମନରେ ବିଶ୍ୱାସ ଜନ୍ମାଇବା ପାଇଁ ଗଳ୍ପ ପଢ଼ିବା ମଧ୍ୟ ଏକ ସନ୍ଦେହଜନକ କର୍ମ । ନୀତିର ପ୍ରଚାର ପାଇଁ ଅନ୍ୟ ମାଧ୍ୟମ ଅଛି । ତେବେ ଗଳ୍ପର ଉଦ୍ଦେଶ୍ୟ କ'ଣ ? ଗଳ୍ପ କି ଅଙ୍ଗୀକାର ବହନ କରିବ ? ଏ ପ୍ରଶ୍ନ ଏକ ଗୁରୁତର ପ୍ରଶ୍ନ ଉପସ୍ଥାପିତ କରିଚି । ନୀତିବାଦୀ ଗଳ୍ପର ମୃତ୍ୟୁ ପରେ ଏ ପ୍ରଶ୍ନ ଏକ ଭୟଙ୍କର ପ୍ରେତଛାଇ ଭଳି ମାଡ଼ିବସୁଛି । ପୁଣି ଯେତେବେଲେ ଆମ ପ୍ରାଚ୍ୟଦେଶରେ ଆମେ ଏହି ଅଙ୍ଗୀକାର ବା କମିଟ୍‌ମେଣ୍ଟକୁ ଆମର ସାମାଜିକ ବାସ୍ତବତା ସହିତ ସାମିଲ୍ କରିଦେଇଛୁ, ଏ ପ୍ରଶ୍ନର ଉତ୍ତର ନୂତନ ଗାଳ୍ପିକକୁ ଦେବାକୁ ହିଁ ହେବ ।

ନୂତନ ଗଳ୍ପ ଜରିଆରେ ଗଳ୍ପର ପୁନର୍ଜନ୍ମ ସହିତ ସାମାଜିକ ବିପ୍ଲବର ସୂତ୍ରପାତକୁ ଯୋଡ଼ିନେବା ଗଳ୍ପର ବହୁ ସମ୍ଭାବନା ମଧ୍ୟରୁ ଅନ୍ୟତମ । ଏହି ସମ୍ଭାବନା କଳାର ଦୃଷ୍ଟିକୋଣରୁ ଯାହା ହେଉ ପଛେ, ଏହା ସାମାଜିକ ଆବେଗ ଦ୍ୱାରା ପ୍ରଭାବିତ ଓ କେତେକାଂଶରେ ଯୁକ୍ତିସମର୍ଥିତ ମଧ୍ୟ । କିନ୍ତୁ ଏହା ଏକ ଜଟିଳ ସମ୍ଭାବନା ଓ ବହୁ କାରଣରୁ ଏକ ଅସମାହିତ ଚିନ୍ତା । ଗଳ୍ପର କଳା ସହିତ ବିପ୍ଲବର କଳାର ଆପାତଃ ସମ୍ପର୍କ ସହଜ । ଯେ କୌଣସି ଯୁଗରେ ଏହା ଏକ ଦୃଶ୍ୟମାନ ଐତିହାସିକ ସମ୍ପର୍କ । କିନ୍ତୁ ଟ୍ୟାସିନ ବା ବାଲ୍ଜାକଙ୍କ ପାଇଁ ଯେଉଁ ସମୀକରଣ ସମ୍ଭବ ହୋଇଥିଲା, ତାହା ଆଜି ସମ୍ଭବ ହେବ ବୋଲି କହିହେଉ ନାହିଁ । କଳା ଓ ବିପ୍ଲବର ସ୍ୱର୍ଗୀୟ ବୁ ପ୍ରିଷ୍ଟି ଭଳି ଭସ୍ମ ହୋଇ ଯାଇଛି ବହୁ ଦିନରୁ । ଏବେ ଯେଉଁ ବିପ୍ଲବର କଥା କୁହାଯାଇଛି ତାହା ଆପେ ବାସ୍ତବତାର ଭୟରେ ମ୍ଲାନ । ରାଜନୈତିକ ନେତୃତ୍ୱ ବା ଅମଲାଚାଳିତ ଶାସନକାଲର ଦୈନ୍ୟ, ମଣିଷର ସବୁ ଦୈନ୍ୟ ଭଳି ଆପେକ୍ଷିକ । ଏହା ବିରୋଧରେ ସଂଗ୍ରାମ ଅନ୍ତତଃ କଳାର ଉଦ୍ଦେଶ୍ୟ ନୁହେଁ । ସାମାଜିକ ବାସ୍ତବତା ନାମରେ ଲିଖିତ ବିଭିନ୍ନ କାଲର ମହାର୍ଘ ଗଳ୍ପମାନଙ୍କରେ କଳାର ଦୈନ୍ୟ ଏତେ ସ୍ପଷ୍ଟ ଯେ ବଞ୍ଚି ରହିବା ପାଇଁ ସେମାନଙ୍କର ଇତିହାସର ସମର୍ଥନ ଲୋଡ଼ା । ନୂତନ ଗଳ୍ପ ଏ ପ୍ରସ୍ତାବକୁ ଅସ୍ୱୀକାର କରୁଛି । ଏହା ପ୍ରମାଣିତ ଯେ କଳା ଓ ସମାଜ ଉଭୟେ ଏକ ଅଭିବୃଦ୍ଧିର ପରିସୀମାଭୁକ୍ତ ହେଲେ ମଧ୍ୟ ଏକ ଉଦ୍ଦେଶ୍ୟ ସାଧିତ କରିପାରି ନାହାନ୍ତି, ଏପରିକି ଏକ ସମସ୍ୟାକୁ ସମାନ ଦୃଷ୍ଟିରେ ଗ୍ରହଣ କରିପାରି

ନାହାନ୍ତି । କାର୍ଯ୍ୟ ଓ ଉଦ୍ଦୀପନା ମଧ୍ୟରେ ଏକ ସଫଳ ସମୀକରଣ ସବୁ କ୍ଷେତ୍ରରେ ସମ୍ଭବ ହୋଇନାହିଁ । ଆମର ସାମାଜିକତା ବହୁ ଜଡ଼କର୍ମର ସମନ୍ୱୟ ଏବଂ ଏହି ଜଡ଼ତାକୁ କଳାର ଉଦ୍ଦୀପନା ମୁହୂର୍ତ୍ତିକରେ ଅତିକ୍ରମ କରି ଯାଇ ବାସ୍ତବତାକୁ ସ୍ୱର୍ଶ କରେ । ସାମାଜିକ ଦିବାନିଦ୍ରା ଭାଙ୍ଗିଲା ବେଳକୁ ଅନେକ ଡେରି । ତେଣୁ ସ୍ଲୋଗାନ ବା ବ୍ୟାରିକେଡ଼ରେ ବନ୍ଧା ହୋଇ ଗଳ୍ପ ବିପ୍ଲବର କୌଣସି ଚରମ ଲକ୍ଷ୍ୟ ହାସଲ କରିପାରିବ ନାହିଁ । ଗଳ୍ପ ମଧ୍ୟ ବିପ୍ଲବର ଶୈଳୀ ନୁହେଁ । ତେଣୁ ଗଳ୍ପ ଯଦି ବଞ୍ଚିରହିବ ତା'ର ନିଜ ପ୍ରତିକ୍ରିୟାର ସ୍ୱାୟୁମଣ୍ଡଳ ନେଇ ବଞ୍ଚିରହୁ; ଯଦି ନ ବଞ୍ଚିବ ତେବେ ବିପ୍ଲବ ହିଁ ବଞ୍ଚିରହୁ ।

ଶେଷରେ ସବୁଠାରୁ ବିରକ୍ତିକର-ଶୈଳୀର ପ୍ରଶ୍ନ । ଗଳ୍ପର ଶୈଳୀ କେଉଁଭଳି ହେବ, କେଉଁଭଳି ହେବା ଉଚିତ ବା କେଉଁଭଳି ହୋଇଥା'ନ୍ତା—ଏଭଳି ନାନା ଅସତ୍ ମନ୍ତବ୍ୟ ପାଇଁ ସମାଲୋଚନାର ସଂକ୍ଷିପ୍ତ ଧାରା ଦାୟୀ । ସମାଲୋଚକ ତା'ର ବୃତ୍ତିଗତ ସୁବିଧା ପାଇଁ କଳାର ପ୍ରତି ଗୁଣକୁ ନିର୍ଦ୍ଦିଷ୍ଟ କ୍ୟାଟେଗୋରୀରେ ପରିଣତ କରିବା ପାଇଁ ଚାହେଁ । କିନ୍ତୁ ସୃଷ୍ଟିର ଦାୟିତ୍ୱ ସମାଲୋଚକର ନୁହେଁ, ଲେଖକର । ବିଭିନ୍ନ ଗୁଣଦ୍ୱାରା ଏକ ଚେତନାକୁ ଚିହ୍ନିରଖିବା ଦ୍ୱାରା ସମାଲୋଚକ ଏହା ଉର୍ଦ୍ଧ୍ୱରେ ଆଉ କିଛି ଦେଖିପାରେ ନାହିଁ । ବୌଦ୍ଧିକ ବୃଦ୍ଧାମଣାର ଏହା ଏକ ସାଧାରଣ ବିପଦ । କିନ୍ତୁ ଲେଖକ ଏ କ୍ୟାଟେଗୋରୀ ଦ୍ୱାରା ପ୍ରଭାବିତ ହେଲେ ସୃଷ୍ଟିକ୍ଷମତା ଆପେ ଆପେ ବ୍ୟାହତ ହେବ । ଫଳରେ ଶୈଳୀ ସୁସମ୍ବଦ୍ଧ ହେବ ଅଥଚ ସତ୍ୟର ସ୍ୱରୂପ ଉଦ୍ଘାଟିତ ହେବ ନାହିଁ । ସୁସମ୍ବଦ୍ଧ ଶୈଳୀ ଭାଷାର ଗତିକୁ ନିୟନ୍ତ୍ରିତ କରିବ; କିନ୍ତୁ ଚେତନାର ବ୍ୟାପ୍ତିକୁ ପ୍ରକାଶିତ କରିବ ନାହିଁ । ତେଣୁ ଗଳ୍ପର ଶୈଳୀ ମୁକ୍ତ ହେବା ଏକ ଅନିବାର୍ଯ୍ୟ ଆବଶ୍ୟକତା । ଶୈଳୀ ବୋଲି କିଛି କେବେ ନଥିଲା । ଯାହାକୁ ଆମେ ଶୈଳୀ କହୁ, ତାହା ଅନ୍ୟ କଥାରେ କହିବାର ଢଙ୍ଗ ବା ଭଙ୍ଗୀ । ଏହା ବାର୍ତ୍ତା ବା ମେସେଜର ଅପେକ୍ଷା ରଖେ ନାହିଁ । ଶୈଳୀ ନିଜେ ଏକ ସମ୍ପୂର୍ଣ୍ଣ ରୂପ । ଗଳ୍ପ ଜରିଆରେ ଗାଳ୍ପିକର ବକ୍ତବ୍ୟ କିଛି ନାହିଁ, ଅଛି କେବଳ ଏକ ଅନୁଭବ, ଶୈଳୀ ଯାହାର ଚଳଚିତ୍ର । ଏହା ଏକ ସ୍ୱାଭାବିକ ପରିଣତି, ପୂର୍ବ ନିର୍ଦ୍ଧାରିତ ମାନ ନୁହେଁ । ଜିରାଫର ବେକ ବା ଜେବ୍ରାର ପଟାପଟା କଳା ଦେହ ଉଭୟେ ସ୍ୱାଭାବିକ ସୌନ୍ଦର୍ଯ୍ୟର ଅଧିକାରୀ । ଜିରାଫର ବେକ ବା ଜେବ୍ରାର ଦେହ ସମ୍ପର୍କରେ ଆଉ ସ୍ୱଷ୍ଟୀକରଣ ଅନାବଶ୍ୟକ । ତେଣୁ ଆମର କହିବାର କଥା ଏତିକି ଯେ

ଶୈଳୀର ଚମକ୍ରାରିତା ଦ୍ୱାରା ପାଠକ ସହିତ ଏକ ପାର୍ଥକ୍ୟ ସ୍ଥାପନ କରିବା ଓ ସେହି ପାର୍ଥକ୍ୟକୁ ଦୋଦୁଲ୍ୟମାନ କରି ରଖିବା ଏକ ସାହିତ୍ୟିକ ଅପକର୍ମ। ଏହା ପାଠକକୁ ସବୁବେଳେ ବିବଶ କରିରଖେ ଓ ସାହଚର୍ଯ୍ୟ ଅପେକ୍ଷା ଅଧିକ ସହାନୁଭୂତି ଦାବୀ କରେ। ନୂତନ ଗଳ୍ପ ପାଠକକୁ ଶୈଳୀ ସହିତ ପ୍ରଥମ ସାକ୍ଷାତରୁ ହିଁ ଅଙ୍ଗୀଭୂତ କରେ। ତା'ପରେ ଯାହା ସୃଷ୍ଟି ହୁଏ ତାହା ଚେତନାର ବିଶ୍ୱରୂପ : ତା'ମଧ୍ୟରେ ପାଠକ, ଲେଖକ ଓ ସତ୍ୟର ସର୍ବସ୍ୱ।

୧୯୭୭   ହରପ୍ରସାଦ ଦାସ

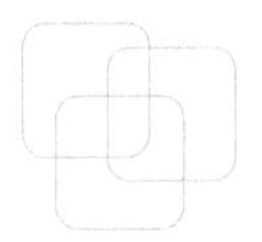

BLACK EAGLE BOOKS

www.blackeaglebooks.org
info@blackeaglebooks.org

Black Eagle Books, an independent publisher, was founded as a nonprofit organization in April, 2019. It is our mission to connect and engage the Indian diaspora and the world at large with the best of works of world literature published on a collaborative platform, with special emphasis on foregrounding Contemporary Classics and New Writing.